이세계 미궁의 최심부

5

로 향하자

와리나이 타리사 지음 **우카이 사키** 일러스트

박용국 옮김

모든 관중의 시선 속,
소녀는 투기장 중심에 화려하게 착지해 보인다.
이 연합국에서 가장 고귀하고 숭고한 소녀──
라스티아라 후즈야즈였다.

CONTENTS

1. 그리고 시작되다.   7

2. 『첫 번째 달 연합국 종합기사단종 무도회』   97

3. 『첫 번째 달 연합국 종합기사단종 무도회』 사흘째   302

4. 라스티아라 후즈야즈의 싸움   331

이세계 미궁의 최심부로 향하자
5

와리나이 타리사 지음 | **우카이 사키** 일러스트 | **박용국** 옮김

커버 그림, 본문 일러스트 | **우카이 사키**

1. 그리고 시작되다.

성 밖은 내부의 왁자지껄함과는 딴판으로 고요하기만 했다.

우리가 휴식을 취하고 있는 성의 발코니도 마찬가지로, 찬 바람 부는 소리만이 들려올 뿐이었다. 너무 오랫동안 그 바람을 맞고 있었던 탓인지, 몸이 바들바들 떨린다. 그리고 나는 그 발코니에 설치되어 있는 벤치 쪽으로 시선을 옮겼다.

거기에는 귀족 남녀——'남매'가 있었다.

서늘해 보이는 파란 머리카락에 연분홍색 눈동자를 가진 소녀가 스노우 워커. 구리색 머리칼에 갈색 눈동자를 가진 청년이 글렌 워커. 외모만 봐서는 완전히 남남 같지만, 두 사람은 틀림없는 '남매'다.

풀이 죽은 채 의자에 앉아 있는 스노우의 등을 쓰다듬으며 글렌 씨는 연신 사과하고 있었다. 그 광경은 내가 아는 '남매'의 모습과 다를 바 없었다.

나도 글렌 씨와 마찬가지로, 나 역시 스노우를 위해서 해줄 수 있는 일이 없을지를 고민하고 있던 참이었다. 당연한 일이지만 조금 전의 갑작스러운 구혼을 승낙할 수는 없었다. 가장 편하다는 이유로 결혼하고 싶다는 건 도저히 받아들일 수 없었고, 무엇보다 이 사태의 배후에 팰린크론의 책략이 있다는 걸 직감했기 때문이다.

틀림없이 펠린크론은 나와 스노우를 맺어주려 하고 있었다. 갑자기 과격하게 변한 스노우의 태도로 보아서 그 점은 의심의 여지가 없었다.

다만…… 그렇다고 해서, 계속 스노우를 거부만 하는 것 역시 문제가 있었다.

──그릇된 선택은 두 번 다시 하고 싶지 않다.

그렇다. 나는 아까 그렇게 생각했었다. '실패'하지 않겠다고 다짐했다.

하지만 그렇다고 해서 스노우를 위해 해줄 수 있는 일을 그리 쉽게 찾아낼 수도 없었다. 위로할 때도 '거짓말'은 절대로 금물이다. 거짓말로는 누구도 행복해질 수 없다.

더 좋은 다른 방법을 찾아내야만 한다──. 그렇게 필사적으로 고민하고 있으려니, 주저앉아 있던 스노우가 별안간 몸을 일으켰다.

약간 비틀거리면서도 내 쪽으로 다가와서 미안해하는 표정으로 입을 연다.

"이상한 소리해서 미안해, 카나미. ……이제 진정됐으니까, 괜찮아."

평소와 같은 말투로 사과했다.

조금 전처럼 흥분 상태에 빠진 스노우도 아니었고, 혼잣말을 중얼거리던 스노우도 아니었다.

"아니, 신경 쓸 것 없어. 그동안 혼약 문제 때문에 고민이 많아서 그런 거였잖아? 그렇다면 어느 정도 흥분하는 건 어쩔 수 없는 일이야."

평소와 같은 그녀의 태도에 맞추어서, 나도 평소와 같은 태도로 대답했다.

"그, 그건 그래. 고민이 많아서…… 여러모로 초조해 하던 참이었어. 결혼 문제로 워낙 들볶이다 보니까, 머리가 좀 어떻게 됐었나 봐. 아하하."

스노우는 변명하면서 건조한 얼굴로 사죄를 거듭했다.

"하하하……. 미안. 방금 일은 잊어줘. 나도 참, 뭘 그렇게 죽을 둥 살 둥 달려든 건지 몰라. 그렇게 필사적으로 달려들어 봤자, 마음대로 될 리도 없는데……."

그리고 늘 그렇듯 모든 걸 체념하려 하고 있었다. 그것은 그녀다운 태도이긴 하지만 간과할 수 없는 일이었다. 나는 그녀가 모든 걸 다 체념해버리기를 원한 게 아니었다.

"스노우, 그렇게까지 비굴하게 굴 필요 없어. 내가 도와주겠다고 그랬잖아. 원치 않는 일을 강요당하거든, 나한테 이야기해줘. 내가 꼭 어떻게든 해결해줄 테니까. 무슨 일이 있어도!"

"……응, 고마워."

나는 진심을 다해서 협력 의지를 표현했지만, 스노우에게서 돌아온 대답은 건조하기 짝이 없었다.

마음속으로는 기뻐하지 않는 게 분명했다. 자신이 진정으로 원했던 말은 그게 아니라는 것 같은 말투였다. 스노우는 고맙다는 말도 하는 둥 마는 둥, 조금씩 조금씩 내 바로 앞까지 다가왔다. 그리고 내 두 손을 붙잡고, 밑에서 올려다보듯 내 얼굴을 바라보며, 그녀답지 않은 억지 미소를 머금고 부탁했다.

"이, 있잖아, 카나미. 혹시나 해서…… 이건 어디까지나 혹시나 해서 말하는 거야. 일단 '그런 길'도 있다는 것만은 기억해줘. 나는 그거면 충분하니까……. 알았지?"

스노우가 이야기하는 '그런 길'이라는 것은, 한마디로 '나와 스노우가 결혼하는 길'을 일컫는 것이리라.

"아, 알았어……. 기억해두는 것 정도라면……."

나는 고개를 끄덕였다. 그 모습을 본 스노우는 안심한 듯 웃었다.

그러자 멀찍이서 지켜보고 있던 글렌 씨가 우리 쪽으로 다가왔다. 나와 스노우가 별문제 없이 이야기를 나누는 것을 보고, 확인하듯 묻는다.

"화해한 것 맞지……? 이제 괜찮은 거 맞지?"

"네, 이제 괜찮아요. 글렌 씨."

나와 스노우가 그 물음에 고개를 끄덕이자, 글렌 씨는 한숨 돌린 듯 말했다.

"하아, 다행이야. 정말 다행이야. ……그나저나 미안하지만, 나는 이제 슬슬 사람들한테 인사하러 가봐야 돼. 스노우 씨, 정말 괜찮겠어……?"

보아하니 자기 때문에 우리가 싸운 거라고 생각하고, 가시방석에 앉은 것 같은 기분이었던 모양이었다. 이제야 가슴을 쓸어내리고 나서 본래 업무로 복귀하려 했다.

"괜찮아. 나야말로, 오빠도 바쁠 텐데 붙잡고 있어서 미안."

"사과해야 할 건 내 쪽이야, 스노우 씨. ……그럼, 다녀올게."

그 말을 끝으로 글렌 씨는 성의 대형 홀 안으로 들어갔다. 그가 금세 많은 사람들에게 둘러싸이기 시작한 것을 발코니에서도 볼 수 있었다. 그 인원은 우리가 대형 홀에서 처리한 양의 몇 배에 달한다. '최강'이라 불리는 '영웅'쯤 되면 이런 자리에서 아부하려고 드는 작자들이 끊이지 않고 몰려드는 모양이다.

"우와아, 글렌 씨는 진짜 바쁘겠는데."

"……저래 봬도 5개국이 자랑하는 '영웅'님이니까. 어딜 가든 저런 식이야."

"어딜 가도 저런 식이라니. 그건 좀 싫은데."

"……응, 나도 싫어. **죽어도 싫어.**"

스노우는 진심이 담긴 목소리로 거부했다.

"저기, 스노우. 오늘은 어떻게 할 거야? 그만 돌아가는 게 어때?"

그녀의 기색으로 보아, 아직 피로가 덜 풀린 상태일 거라 판단하고 제안했다.

"……돌아가고 싶어."

깊이 생각할 것도 없이 의견이 일치해서, 무도회를 빠져나가기로 방침이 정해졌다.

스노우의 몸 상태가 좋지 않은 건 사실이다. 고개를 숙여 가면서, 오늘은 요령껏 빠져나가야겠다.

그녀의 손을 잡고 앞장서서 둘이 함께 대형 홀로 돌아갔다. 이런 식으로 표현하면 좀 미안하지만 글렌 씨를 미끼로 써서 도망치기로 했다. 귀족들의 떠들썩한 파티 속에서 〈디멘션・글래디에이트(결전연산, 決戰演算)〉를 이용해 사람들과 눈이 마주치지 않도록 주의하며 출구로 향했다.

하지만, 출구의 문을 코앞에 두었을 때, 낯선 여자아이가 말을 거는 바람에 발이 묶이고 말았다.

"——어라, 오빠? 우와——, 오랜만이다——."

짧은 머리의 쾌활해 보이는 여자아이였다. 자리에 어울리지 않는 어설픈 존댓말로 이야기하면서, 조금 떨어진 곳에서 나를 향해 나를 향해 손을 흔들고 있었다.

나는 망설였다. 이대로 무시하고 가버리고 싶은 심정이었지만, 어쩌면 무시하기 힘든 상류계급 소녀일지도 몰랐다. 어쩔 수 없이 발걸음을 멈추고, 여자아이에게 눈길을 돌렸다.

그때, 또 하나의 목소리가 더 날아든다. 이번에는 나이가 있어 보이는 나직한 목소리였다.

"으음……. 너는 지크프리트 비지터……?"

조금 전에 말을 걸었던 소녀와는 달리, 상당히 키가 큰 여인이었다. 목소리가 아주 낮아서, 마치 남자 목소리처럼 들릴 정도였다. 게다가 나보다 키가 크고 표정도 늠름해서, 얼핏 보면 미청년처럼 보일 정도였다. 그 여인은 긴 밤색 머리칼을 뒤로 묶어서, 꼬리처럼 늘어뜨리고 있었다.

그런 특이한 두 사람과 마주한 나는, 그들이 보통내기가 아니라는 걸 바로 알아챘다.

발걸음만 봐도 알 수 있다. 두 사람 모두 조용하고 군더더기 없는, 싸움에 용이한 발걸음으로 걷고 있다. 특히 짤막한 머리의 소녀는 로웬과 비슷한 느낌이 들 정도였다.

나는 해후한 두 사람을 재빨리 '주시'한다.

[스테이터스]

이름 : 페르시오나 퀘이거 HP 430/434 MP 105/105 클래스 : 기사

레벨 27

근력 10.99 체력 9.73 기량 8.55 속도 10.09 지능 9.32 마력 6.56 소질 1.56

선천 스킬 : 없음

후천 스킬 : 검술 1.89 신성마법 1.95

[스테이터스]

이름 : 라그네 카이크오라 HP 158/161 MP 36/36 클래스 : 기사

레벨 17

근력 3.40 체력 4.42 기량 12.05 속도 6.62 지능 7.52 마력

1.62 소질 1.12

선천 스킬 : 마력조작 2.12

후천 스킬 : 검술 0.57 신성마법 1.02

 짧은 머리의 소녀가 라그네 카이크오라, 키 큰 여자가 페르시오나 퀘이거인 모양이다. 그 단정한 차림새와 '표시'에 나온 클래스로 보아 그녀들이 기사임을 알 수 있었다.

 두 사람 모두 상당한 실력이다. 심지어 라그네 카이크오라는, 다른 사람도 아닌 로웬이 '평생을 걸고 익혀야 익힐 수 있는 것'이라고 이야기했었던 스킬 『마력조작』을 보유하고 있었다.

 그렇기에 더더욱 무시하고 돌아가고 싶었다. 아무 말도 못 들은 척 하고 도망치고 싶었다.

 그러나 나는 아마 상당한 유명인사일 게 분명한 이 기사들을 무시하고 지나갈 만큼의 배짱은 갖고 있지 못했다.

 "아뇨, 사람 잘못 보신 것 같은데…… . 제 이름은 그런 게 아니니까…… ."

 "응? 우리가 지크 오빠를 잘못 볼 리가 없잖슴까. 그렇게 처참하게 일방적으로 당했는데. 아주 꿈에서 나올 지경이라니깐요. 정말이지, 그때는 의표를 완벽하게 찔렸지만, 다음에는 그렇게 질 일은 없을 줄 아시라고요──?"

 "아니, 아무래도 사람 잘못 보신 것 같은데──."

 라그네 카이크오라가 얼굴을 들이댔으므로, 양손을 펼쳐

서 벽을 만들어 거리를 벌렸다.

"흐음."

그걸 본 페르시오나 퀘이거는 감이 잡혔다는 듯 고개를 끄덕이고, 라그네 카이크오라의 뒷덜미를 붙잡아서 끌어왔다.

"──하긴 사람 잘못 본 거라고 해 둬야겠군. ……라그네, 그분의 말씀대로 사람을 잘못 본 거야. 그 남자의 죄상은 후즈야즈와 라우라비아 간의 거래를 통해서 청산을 마친 상태야. 따라서 이분과 그 무뢰배는 다른 사람이야."

"아, 그렇습까? 난 그런 이야기 못 들었는데요."

"너는 입이 가벼운 데다, 아직 지위도 약해. 그래서 자세하게 이야기 안 해준 거야."

"그, 그렇습까……."

두 사람은 나를 무시하고 이야기를 나눴다.

아무래도 나는 그 '지크'라는 자는 범죄 혐의까지 뒤집어쓰고 있는 모양이다. 안 좋은 타이밍에 안 좋은 이야기를 듣고 말았다. 그리고 두 사람은 얼굴을 찌푸리는 나에게 자기소개를 시작했다.

"라우라비아의 용사 아이카와 공, 내 부하의 무례를 사과하겠다. 나는 후즈야즈의 『셀레스티얼 나이츠(천상의 칠기사)』 중 서열 1위를 맡고 있는 페르시오나 퀘이거다. 잘 부탁한다."

"같은 소속의 라그네 카이크오라라고 한다. 서열은 운 좋게 3위가 됐습다."

상대가 이렇게 정중하게 자기소개를 하니 어쩔 수 없다. 할 수 없이 나도 자기소개를 한다.

"……라우라비아 직속 길드『에픽 시커』의 길드마스터 아이카와 카나미에요. 이쪽은 서브마스터인 스노우 워커에요. 다만, 지금은 좀 갈 길이 바빠서, 이 자리에서는 일단 실례――."

"저 돌아왔어요! 총장님!"

자리를 뜨려고 건네던 내 말을 새로이 등장한 또 한 명의 소녀가 가로막았다.

그 소녀는 무도회에 참가한 수많은 사람들 중에서도 유독 더 고귀한 분위기를 갖고 있었다. 더없이 눈에 띄는 금발 트윈테일에, 금과 은의 자수로 장식된 호화로운 드레스를 입고 있다.

"마침 잘 왔다. 소개해 주지. 새로이『셀레스티얼 나이츠』에 들어온, 서열 6위 프랑류르 헤르빈샤인과 서열 7위 라이너 헤르빌샤인이다."

베르시오나 퀘이거는 곧바로 동료를 소개했고―― 트윈테일 소녀와 나의 눈이 마주쳤다.

"흐, 응? 지, 지크 님……?"

소녀의 눈동자가 조그맣게 수축되고, 입이 크게 벌어진 채 '지크'라고 뇌까렸다.

"――흡!"

그 뒤에서 집사복 차림의 소년도 놀라고 있었다. 하지만 그 놀람은 소녀의 놀람과는 종류가 다른 것이었다. 소년은 잠시 경악했다가, 이내 찌를 듯한 적의를 드러낸다. 가볍게 경계하면서 소년을 '주시'했다.

[스테이터스]
이름 : 라이너 헤르빌샤인 HP 142/172 MP 23/50 클래스 : 기사
레벨 12
근력 6.12 체력 4.52 기량 5.01 속도 6.92 지능 6.53 마력 3.88 소질 1.89
선천 스킬 : 바람 마법 1.12
후천 스킬 : 검술 1.23 신성마법 1.02

재능은 그럭저럭 있다. 그러나 딱히 경계할 정도의 상대는 아닌 것 같았다——아마도.

그리고 그 스테이터스 확인을 마쳤을 무렵에는, 소년의 적의는 안개처럼 사라져 있었다.

표정을 없애고, 소녀 뒤로 물러선다. 그에 맞추어서 나도 경계태세를 풀었다.

"으, 응? 지크 님이 왜 여기에? 게다가 스노우도 함께……?"

프랑류르 헤르빈샤인은 조금 전의 라그네보다도 더 적극적으로 내 곁으로 다가오려 했다. 하지만 스노우가 그런 그녀와 나 사이로 끼어들어서, 거리를 벌려주었다.

"오랜만입니다, 프랑류르 님. 후즈야즈 최상위 기사로 서임 받으셨다고 들었습니다. 축하드립니다."

"스노우! 학원을 휴학하고 길드에 들어갔다는 이야기는 들었지만……! 당신, 지크 님에게는 관심 없다고 그러셨잖아요!"

"어쩌다 보니까."

"어, 어쩌다 보니까?! 그런 식으로 지크 님과 같이 다닐 수 있다면 고생할 일도 없다고요!"

두 사람의 대화로 미루어보아, 같은 학원에 다니던 사이였던 모양이다. 다른 귀족들과 이야기할 때보다 마음 편하게 대화하는 것 같았기에, 잠자코 맡겨두기로 했다. 다만, 그 말씨름은 무도회와는 어울리지 않는 내용이었기에, 곧바로 연장자인 페르시오나 퀘이거의 제지가 들어왔다.

"그 이야기는 그만해, 프랑. 그 분은, 네가 알고 있는 '지크'가 아냐."

"지크 님! 저예요! 예전에 학원의 시험 때 신세를 겼던 프랑류르 헤르빌샤인이에요! 기억 안 나세요?!"

"그러니까, 그 이야기를 그만 하란 말이다."

프랑류르 헤르빌샤인이 제지에도 아랑곳하지 않고 이야기를 계속하자, 페르시오나 퀘이거가 그녀의 뒷덜미를 붙잡아서 말린다.

"——으갹!"

소녀답지 못한 목소리와 함께, 프랑류르 헤르빌샤인은 뒤쪽으로 끌려가서 장황한 충고를 듣는다.

"잘 들어. 너는 후즈야즈의『셀레스티얼 나이츠』멤버이고, 이 사람은 라우라비아의 길드마스터인 아이카와 카나미다. 그렇게 되어 있어. ……너는 사적인 감정에 지나치게 연연하는 경향이 있어."

"끄응……!"

유난히 활달했던 소녀는 꾸지람을 듣고서야 맥없이 물러났다. 라이너 헤르빌샤인도 마찬가지였다. 그 후에 페르시오나 퀘이거는 헛기침을 한 번 하고, 아무 일도 없었다는 듯이 이야기를 이어 갔다.

"아이카와 카나미 공. 보시다시피, 공석이 됐던『셀레스티얼 나이츠』의 자리는 일단 하인 헤르빌샤인의 친척들이 메워 주었지만…… 그래도 아직 한 자리가 채워지지 않은 상태란 말이지. 나 참, 정말 곤란하게 됐다니까. 기사의 상징인『셀레스티얼 나이츠』가 계속 6명으로만 운영되면, 다른 나라들 앞에서 체면이 안 서거든. ……그래서 우리들은, 하인의 유지를 이을 우수한 기사를 찾고 있던 참이었지."

페르시오나 퀘이거는 약간 과장된 말투로 말하면서 거리를 좁혀 왔다.

"하인——?"

하인 헤르빌샤인.

그 이름을 들은 순간, 마음속이 술렁거렸다. 스스로의 의지와 무관하게, 움켜쥔 주먹에 힘이 들어갔다.

"그래서『셀레스티얼 나이츠』의 총장인 나는 마지막 한 자리의 적임자로 아이카와 카나미 공을 추천하는 것도 괜찮겠다고 생각하고 있어. 추천하는 건 공짜니까. ……어때?"

라우라비아의 보호 하에 있는 입장인 이상『셀레스티얼 나이츠』라는 집단에 들어갈 생각은 없었지만, 하인이라는 사람에 대한 이야기는 듣고 싶었다. 하지만 그런 대답을 하기도 전에 페르시오나 퀘이거의 뒤에 있던 부하들이 흥분하기 시작한다.

"그, 그거 괜찮겠네요! 나이스한 생각이에요, 총장님!"

"네에?! 세 자리 모두, 오빠 때문에 비게 된 거나 마찬가지잖습까? 윗사람들이 그런 걸 받아들일 리가 없는 거 아님까?!"

활달하고 높다란 목소리가 2인분. 이 두 사람의 반응은 귀엽긴 하지만, 사실 문제가 될 만한 건 아니었다. 문제가 있어 보이는 것은, 그 뒤에 숨어있는 소년──라이너 헤르빌 샤인이었다.

별안간 소년의 적의가 부풀어 오른다. 로웬과의 거듭된 훈련을 통해 단련되어온 감각이 그렇게 호소해왔다.

이 무표정한 소년은 여차하면 지금 이 자리에서 나를 공격해 올 가능성까지 있었다.

그 점을 아는 건지 모르는 건지, 페르시오나 퀘이거는 이야기를 계속했다.

"이봐. 둘 다 입 좀 다물고 있으라니까. ……그건 그렇고, 아이카와 카나미 공, 대답은?"

"으음——."

나는 일단 자세한 이야기부터 들어봐야겠다고 생각하고, 그렇게 대답하려 했는데——

"안 돼요. 카나미는 제 마스터고, 파트너예요. 후즈야즈에 넘겨줄 수는 없어요."

내 대신 스노우가 거절했다. 내 앞으로 나서서 페르시오나 퀘이거를 쏘아본다.

그러자 페르시오나 퀘이거는 별안간 끼어든 스노우를 호기심 어린 눈길로 쳐다본다.

"호오……."

"카나미는 라우라비아의 일원이에요. 무슨 일이 있어도 카나미가 『에픽 시커』에서 벗어나는 일은 없습니다. 그렇지, 카나미……?"

스노우의 어깨가 살짝 떨리고 있는 것 같은 느낌이 들었다.

"……맞아."

스노우를 위해서라도 일찌감치 이야기를 매듭짓는 게 좋겠다. 나는 고분고분 고개를 끄덕였다.

은근슬쩍 권유를 거부한 나를, 페르시오나 퀘이거는 날카로운 시선으로 쳐다본다.

"흐음. 그렇다면 『무투대회』에서 꼬드겨야겠군. 『셀레스티얼 나이츠』는 후즈야즈의 추천 멤버로 등록돼 있으니까. 라우라비아의 추천 멤버인 너와 맞닥뜨릴 가능성은 충분해."

그리고 『무투대회』를 언급한다.

포기하는 기색이라고는 털끝만치도 보이지 않는 페르시오나 퀘이거에게 스노우가 대꾸한다.

"미리 말씀드리지만, 『무투대회』에는 저도 출전합니다. 카나미와 싸울 기회가 그리 쉽게 찾아올 거라고 생각하신다면 오산이에요."

"그렇군……. 그 유명한 '최강'의 여동생과 검을 맞대야한다면, 우리 『셀레스티얼 나이츠』도 단단히 마음먹고 싸워야겠지. 워커 가문의 '용의 화신', 스노우 워커 공."

두 사람이 눈싸움을 벌인다. 어느 정도 시간이 흐른 뒤에 페르시오나 퀘이거가 먼저 한숨을 내쉬고 웃었다.

"홋, 좋은 인사였다. ……괜히 붙잡아서 미안하게 됐군. 다음에 또 만나지, 아이카와 카나미 공, 스노우 워커 공."

그 말을 끝으로 페르소나 퀘이거는 등을 돌렸다. 왁자지껄하게 떠들어대는 『셀레스티얼 나이츠』 동료들도 함께였다. 그리고 대형 홀 출구 앞에는 우리만이 남겨졌다.

스노우의 행동이 어쩐지 심상치 않게 느껴져서, 나는 그녀의 이름을 부른다.

"스노우……?"

스노우는 어깨를 움찔 떨더니, 시선을 돌린 채 변명하듯이 말했다.

"저, 저 사람들한테는 미안하지만. ······카나미는 **나의** 카나미니까."

"응······?"

"──아, 아니, 『에픽 시커』의 길드마스터라는 뜻으로 한 말이야. 카나미는 **우리들의** 카나미라는 거야. 그렇게 쏙 빼가버리면, 길드 멤버들이 슬퍼할 테니까!"

허겁지겁 말을 보탠다. 그 태도만 봐도 그것이 사탕발림이라는 걸 느낄 수 있었다.

──아마, 스노우는 나와의 결혼을 조금도 포기하지 않았을 것이다.

그 점을 이해하고, 나는 머뭇거리면서도 천천히 고개를 끄덕인다.

"걱정할 것 없어. 저쪽에서 어떤 조건을 내걸더라도, 내가 후즈야즈로 가는 일은 없을 테니까. 기껏 길드 멤버들과 친해진 마당이니까······."

"그렇지? 에헤헤, 다행이다······."

내 대답을 듣고 스노우의 얼굴이 단번에 환해졌다.

그 모습을 본 나는 일단 안심하긴 했지만, 동시에 위화감도 부풀어 올랐다.

스노우가 웃는다는 것이 파트너로서 기쁜 일이기는 했다. 하지만 한편으로는, 그녀의 새로운 일면을 발견한 것이 당황스럽게 느껴지는 것도 사실이었다.

"어쨌거나, 돌아가자······. 나도 이제 좀 피곤해······."

"응, 같이 돌아가자."

우리는 도망치듯이 대형 홀을 나선다.

이렇게 해서 나의 사교계 데뷔는 끝을 맺었다.

돌아가는 길에서 ——평소보다 스노우와의 거리가 가까워진 것 같은 느낌이 들었다. 평소보다 스노우가 여성스럽게 느껴졌다. 그러나 그 이면에 있는 것이 그녀의 '결혼하고 싶다'라는 바람이라는 걸 생각하면, 내 발걸음은 저도 모르게 한 발짝 물러설 수밖에 없었다.

◆ ◆ ◆ ◆ ◆

무도회의 밤을 지나, 이제 『무투대회』가 이틀 앞으로 다가왔다.

간밤의 무도회를 통해서, 나는 많은 것들을 알게 되었다. 우선, 내가 '영웅'에 대해 품고 있었던 이미지가 뒤엎어졌다. '최강'이라는 칭호를 가진 '영웅'의 얼굴은, 더없이 피곤해 보였다. 오랜 세월에 걸친 고생이 묻어나는 다크서클을 눈 밑에 드리운 채, '죽고 싶다'라는 말까지 뇌까리고 있었다.

그리고 스노우가 상상 이상으로 절박한 상태에 내몰려 있다는 것도 알게 됐다. 그녀가 고통스러워하고 있는 이유의 일부를 알게 되니, 귀족이라는 존재에 대한 나의 혐오감도 한층 더 짙어졌다. 솔직히 말해서 그 무도회에는 두 번 다시 가고 싶지 않았다. 화려한 세계이긴 했지만, 코가 비뚤

어지도록 지독한 냄새도 풍기는 곳이었다.

그 대형 홀에 있던 모든 이들이 일반 시민에게는 없는 '명예'를 갖고 있었다. 그러고 보면 로웬은 '명예'와 '영광'을 얻고 싶다고 입버릇처럼 이야기하곤 했었다. 그 대형 홀에 있던 세계를 선망하는 로웬의 '미련'에 대해 많은 문제를 느낄 수밖에 없었다.

정말 많은 것들을 알고, 많은 문제를 발견했다.

그리고 나는 아직도 '팔찌'에 손을 대지 못하고 있었다. 팰린크론이 마련해 준 '팔찌'가 중요한 물건이라는 점은 의심의 여지가 없었다. 빼내면 기억이 돌아올 가능성도 있다. 하지만 그걸 빼는 순간에 '불행'이 도사리고 있을 가능성도 있다는 걸 생각하면 몸이 저절로 굳어졌다. 나 혼자만의 문제라면 몰라도…… 마리아와 스노우가 '불행'해질 수도 있다는 걸 알고 있는 상황에서 섣불리 움직일 수는 없었다.

스노우나 로웬에 대한 것뿐만이 아니라, 자신의 기억에 대해서도 생각하면서, 나는 『에픽 시커』 내부를 걸었다. 『무투대회』까지 남은 이틀 동안 내가 해야 할 일이 무엇이 있을지를 생각하면서 일단 집무실로 향했다.

지금은 이른 아침이다. 아마 집무실에는 아무도 없을 것이다. 집무실에서 스노우, 로웬, 리퍼 등이 오기를 기다리면서, 그동안 차후의 방침을 정해 나가려 하다가──

"카나미, 좋은 아침! 오늘도 힘내보자!"

스노우의 활기찬 목소리가 나를 맞이했다.

"조, 좋은 아침……. 어쩐 의욕이 넘치는 것 같은데, 무슨 일이라도 있어……?"

와 있는 시간도 놀라웠지만, 그 활기찬 분위기가 나를 당황하게 만든다.

"그런가? 평소랑 똑같은데?"

스노우는 진심으로 그렇게 생각하고 있는 것 같지만, 내가 보기에는 어색하게만 느껴질 따름이다. 게으름의 대명사라 해도 과언이 아닌 스노우가 약속 시간보다 1시간이나 빨리 와서 대기하고 있다니…….

여전히 활기 넘치는 분위기로, 스노우는 이야기를 계속했다.

"어때, 오늘은 미궁 탐색을 할까? 아니면 라우라비아에서 들어온 의뢰?"

"아니, 아직 생각하는 중이라……."

"나는 국가의 의뢰 쪽을 하고 싶은데. 자, 이것저것 많이 가져왔어. 아주 각양각색으로 준비해 왔다니까."

웃으면서 책상 위에 이런저런 서류들을 펼쳐 나갔다. 보아하니 라우라비아에서 길드에 발주한 의뢰 자료집인 모양이다. 나는 가볍게 자료들을 훑어보고 그 의뢰들의 높은 난이도에 눈이 휘둥그레졌다. 하나같이 최고 수준의 탐색가들이 목숨을 걸고 도전해야 할 법한 것들이라, 어느 하나도 심심풀이로 할 수 있는 일은 아니었다.

"스노우, 『무투대회』까지 얼마 남지도 않았으니까, 좀 더 쉬운 걸 하는 편이⋯⋯."

"앗, 이거 괜찮겠다. 서부 개척지에 사는 몬스터 토벌 임무야. 서쪽 산맥에는 용이 나온다는 모양이야. 제법 보람이 있을 것 같아."

스노우는 내 의견을 무시하고 그녀답지 않은 대사와 함께 자료를 건넸다.

"용 토벌⋯⋯? 될 수 있으면, 너무 거창한 일은 피하고 싶은데."

"하지만 큰일을 해결하지 않으면 '명예'를 얻을 수 없으니까⋯⋯."

"며, '명예'⋯⋯? 나는 딱히 '명예'에는 별 관심이⋯⋯."

지금까지 스노우가 '명예'에 연연한 적은 한 번도 없었다. 아무리 생각해도 너무 이상하다.

"로웬 아레이스의 목적은 '명예'와 '영광'. 그렇다면 '용 토벌'라는 '명예'를 갖게 되면 아주 기뻐할 거야. 더불어서 『에픽 시커』를 위한 일이기도 하고."

스노우의 얼굴에는 미소가 깃들어 있었다. 정말로 모두를 위해 좋은 일이 될 거라는 확신 하에 하는 제안인 모양이다. 확실히 미련을 해소하고자 하는 로웬의 뜻에 부합하는 이야기이긴 하니 같이 가자고 권유하면, 분명 도와줄 것이다.

하지만 지금은 다른 일――기억에 대한 문제나 『무투대회』에 집중하고 싶다는 게 사실이었다.

"정 그렇다면 로웬이랑 같이 생각하는 게 좋겠어. 좀 불러

올게."

거절할 이유를 생각해보고 싶었기에, 나는 시간 벌기를 도모했다.

"그게 좋겠다. 로웬 아레이스를 부르자. 여기서 기다릴 테니까, 부탁할게, 카나미."

스노우는 여전히 미소 띤 얼굴로 고개를 끄덕였다.

나는 곧바로 〈디멘션〉을 전개한 후 로웬을 찾기 위해 집무실에서 나왔다. 다만 문이 닫히기 직전에 스노우의 목소리가 내 귀에 들어왔다. 아주 조그만 목소리였지만 나는 똑똑히 들을 수 있었다.

"좋아. '용 토벌'을 하면 카나미도 분명……. 분명──."

스노우의 목소리는 들떠 있었다. 일에 대해 의욕을 보이는 건 좋지만, 어쩐지 위태로운 느낌을 지울 수가 없었다. 시야가 좁아져서 바로 눈앞에 있는 것밖에 보이지 않는 것 같은 인상이 들었다.

그리고 그 '바로 눈앞에 있는 것'이란── 아마 나의 명성일 것이다.

그것이 『에픽 시커』를 위한 일인지, 나를 위한 일인지, 아니면 자기 자신을 위한 일인지…….

나쁜 일은 아닐 거라고 생각하지만……, 그렇다고 좋은 일일 것 같지도 않았다…….

나는 불안감을 품은 채, 로웬을 찾아다녔다. 그리고 얼마 지나지 않아서 〈디멘션〉이 그를 포착했다. 시내 외곽의 고아원에서 꼭두새벽부터 아이들과 놀아주고 있었다. 라우라비아의 치안유지활동을 도와주다가 친해졌다는 이야기를 들은 적이 있었다. 로웬은 임무를 수행할 때 이외에는 정의의 사도 노릇을 하고 다닌다는 모양이라, 시민들——특히 아이들 사이에서 인기가 높다.

라우라비아 시내를 걸어서 마주치는 사람들과 인사를 주고받으며 고아원으로 향한다.

그 고아원 정원에는 나무 막대기로 아이들에게 검술을 가리키는 로웬이 있었다.

"——오, 너는 학습 속도가 제법 빠른데. 좋아, 그대로 검을 힘껏 휘두르는 거야!"

"네, 스승님—!"

아레이스의 검술이 대향연을 펼치고 있었다. 아이들의 눈으로 봐도 로웬의 검술이 대단하다는 것쯤은 알 수 있으리라. 아이들은 해맑은 표정으로 그 검술을 따라하고 있었다.

"좋아. 그게 아레이스류 검술 중 '떨치기'의 기초다. 몸에 밸 수 있도록 반복 연습해두어라."

로웬은 밝은 얼굴로 신기의 편린을 아이들에게 가르치고 있었다.

"스승님——. 빨리 다음 검술도 가르쳐주세요!"

"될 수 있으면 폼 나는 걸로!"

"오의 같은 건 없어요?!"

아이들의 그런 목소리에 로웬은 "하는 수 없군"이라고 웃으면서 나무 막대기를 움켜쥔다.

"그럼, 조금 이르긴 하지만 오의를 가르쳐주지. 놀랍게도 이걸 습득하면 '세계의 이치'를 이해할 수 있게 된다는 말씀! 습득하기만 하면 상대방의 움직임을 모조리 간파할 수 있는 아주 유익한 오의지! 까놓고 말해서 이것만 있으면 질 일은 없어! 이름 하여 아레이스류 검술 오의『감응』이다!"

……아니, 잠깐만.

"가, 감응……?"

"이름이 이상해——."

"어떻게 하는 거예요, 스승님?"

익숙한 기술 이름을 듣고, 아이들은 호기심에 초롱초롱한 눈으로 로웬을 쳐다본다.

"아주 간단해. 마음을 무(無)로 만들고, 모든 속박을 버리고, 삼라만상의 근원에 정신을 집중하고, 세상의 행복과 불행을 모두 받아들이고, 스스로를 죽이고, 감정을 소실시키고——."

나는 곧바로 로웬을 등 뒤에서 덮쳐든다.

"바보 로웬! 척 듣기만 해도 위험해 보이잖아!!"

"——이런! 뭐 하는 짓이야, 카나미!"

내 혼신의 드롭킥을 로웬은 아슬아슬하게 회피한다.

스킬『감응』의 힘은 역시 대단하다. 대단하긴 하지만, 그런 걸 그렇게 쉽게 어린애들에게 가르쳐줘서 될 기술이 아니다. 웃어넘길 수 없을 정도의 '대가'를 치러야 할 것 같았다.

"아니, 그건 내가 할 소리야. 무슨 짓을 하는 거야, 로웬?"

"무슨 짓이긴, 검술을 가르치고 있는 거잖아. 카나미는 하루 만에 거의 다 마스터해버렸으니까, 다른 제자를 찾고 있는 거야."

"애들에게 가르쳐주려거든 기초만 가르쳐줘. 스킬『감응』은 어린애들이 익히기에는 너무 수준이 높잖아……."

"하지만, 나는 스킬『감응』을 애들 나이 정도에 습득했었는데?"

"그래도 안 돼."

보아하니 로웬은 스스로를 죽이고 감정을 죽이는 스킬을 어린 시절에 습득한 모양이다.

로웬도 참, 쓸데없이 슬픈 과거를 갖고 있다니까…….

"흐음, 하는 수 없지. 수제자인 카나미가 그렇게 이야기한다면, 그렇게 하는 수밖에."

"원래는 스스로 깨달아줬으면 좋겠는데 말이지."

"그런데, 카나미, 무슨 용건이라도 있어? 이런 곳까지 온 걸 보면, 뭔가 있는 거 맞지?"

"아, 맞아, 그랬었지. 깜박 잊고 있었네. 스노우가 큰 의뢰를 수행하고 싶어 하기에 로웬의 의견을 좀 들어볼까 싶어서 온 거야."

"으음, 큰 의뢰라……. 그거 재미있겠군."

"자료는 집무실에 있으니까, 좀 와줘."

로웬은 곧바로 아이들 쪽으로 돌아서서 지시를 내린다.

"미안하다, 얘들아! 볼일이 좀 생겨서, 오늘은 여기까지만 해야 할 것 같다! 오늘 가르쳐준 '떨치기'의 기초를, 다음 수업 때까지 확실히 마스터해두도록!"

"왜에――?!"

아이들은 불만스러운 기색이었다.

이렇게 되면 내가 아이들의 즐거움을 빼앗아버린 격이 된다. 살짝 가시방석에 앉은 기분이었다.

"나는 라우라비아의 평화를 지키느라 바빠서 말이지. 그럼 잘들 있으라고!"

로웬은 우격다짐으로 작별을 고하고, 아이들에게서 등을 돌렸다.

"평화를 지키기 위해서라면 하는 수 없지."

"다음에 또 와, 스승님!"

"감사합니다, 스승님."

로웬이라는 어른을 진심으로 신뢰하고 있는 것이리라. 일하러 가는 거라고 이야기하니, 아이들도 더 이상은 붙잡지 않았다.

"좋아, 카나미, 가자."

"그래, 가지."

나보다 더 '영웅'다운 노릇을 하고 있는 로웬에 대한 경의를 품은 채, 앞장서서 걸으려 한다. 하지만 로웬이 그런 나를 제지했다.

"앗, 미안. 집무실에 가기 전에 공방에 좀 들러주면 안 될까? 알리버즈에게 제작을 부탁했던 내 검이 어제 완성된 걸로 알고 있거든."

"호오……. 검을? 응, 알았어."

로웬의 부탁을 받아들여서 우리는 먼저 알리버즈 씨의 공방으로 향했다.

『에픽 시커』옆에 있는 그을린 건물로 걸어가서 그 안으로 들어간다.

내가 검을 주문한 이후로 알리버즈 씨의 공방은 대성황이었다. 내가 정기적으로 수리를 맡기고 있는 영향도 있지만, 내 검의 완성도를 보고 주문하는 이용자가 늘어난 것도 있다는 모양이었다.

그 열기 가득한 공방 안에서 소리쳤다.

"알리버즈 씨, 안녕하세요——."

"……오, 마스터와 로웬이잖아. 이런 지저분한 곳까지 와주다니, 황송하구먼."

공방 안쪽에서 알리버즈 씨가 굵은 땀방울을 흘리며 환영해 주었다.

로웬은 곧바로 용건을 꺼냈다.

"알리버즈, 내 검은 다 완성됐나?"

"로웬이군. 그래, 완성됐고말고. 금방 가져다주지."

그리고 애용하는 작업대 위에 무기들을 늘어놓기 시작했다. 그중에는 내가 수리를 부탁했던 물건도 포함되어 있었기에, 겸사겸사 회수해두었다.

"으음, 이게 마스터 거고……. 로웬 건 이거였던가……?"

로웬의 검을 곁눈질로 살펴본다. 딱히 특수한 검은 아니다. 탐색가들이 보편적으로 사용하는 미스릴(마법철)로 만들어진 검이다. 다른 점이 있다면, 칼집에 쓸데없는 장식이 새겨져 있다는 점 정도다.

"고마워, 알리버즈. 항상 카나미의 검을 빌려 쓰다 보니까, 검사로서 모양이 영 안 나던 참이었거든."

선물을 받은 어린아이처럼 로웬은 밝은 얼굴로 검을 받아 들었다.

"말만 했으면, 내 검 중에 하나를 줬을 텐데……."

"아니, 이런 건 자기가 번 돈을 써서, 자신이 산 물건이라는 점에 의미가 있는 거야. 뭐랄까…… '내 검'이라는 기분이 든다고나 할까."

내가 수리를 부탁했던 검을 쳐다보면서, 로웬의 생각을 묻는다. 그때 알리버즈 씨가 벽에 기대어져 있던 두 자루의 검을 가리킨다.

"아아, 그리고…… 미안, 마스터. 저쪽에 있는 검 두 자루만은 무슨 수를 써도 수리해볼 계산이 안 서더라고."

어떻게 수리해볼 방법이 없을까 싶어서 맡겨두었던 검이었다. 소재가 워낙 특수하다 보니, 끝내 감당이 안 됐던 모양이다. 그런데 그 검을 본 로웬의 눈과 입이 쩍 하고 벌어졌다.

"그, 그 검은――."

『아레이스 가문의 보검』과 『루프 브링어』를 보고 놀라고 있는 것 같았다.

그러고 보니 로웬의 성은 '아레이스'였었다. 뭔가 알고 있는 게 있을지도 모른다.

"하, 하하핫. 완전히 '저주'——아니, 질긴 인연 정도로 해 두지……."

쓴웃음을 지으면서도 감회에 가득 젖은 얼굴로 벽에 기대어 서 있던 두 자루의 검을 집어 들려 한다.

알리버즈 씨는 허둥대면서 검을 집으려는 로웬을 제지했다.

"자, 잠깐, 로웬! 거기 그 검은색 검은——."

"괜찮아. 이 정도는 『감응』으로 무효화할 수 있어."

대수로울 것도 없다는 듯이 로웬은 『루프 브링어』를 손에 들고, 그 부러진 칼날을 손끝으로 어루만졌다. 검에서는 독기가 배어나왔지만 조금도 개의치 않았다.

"완전히 넝마가 다 됐구나……. 너희들……."

쓴웃음을 머금은 얼굴로 정신오염을 받아들인다. 대강의 사정을 파악하고 나는 로웬에게 물었다.

"생전에 그 검을 본 적이 있는 거야……?"

"그래, 맞아. 두 자루 다 알고 있지. 추억이 떠올라서, 잠깐 넋이 나갔지 뭐야."

바라보던 검을 다시 벽에 기대어놓고, 옛날이야기라도 하듯 말을 잇는다.

"여기 이 보검은 생전에 사용한 적이 있어. 못 알아볼 리가 없지. 그리고 여기 이 검은 이름이『루프 브링어』였지, 아마? 이 검과는 몇 번인가 맞부딪쳐 본 적이 있었어. 다 그리운 기억들이지. 카나미, 이걸 대체 어디서 얻었지?"

"으, 으음, 아마 미궁이었던 것 같은데……."

나는 자신 없는 목소리로 대답했다.『루프 브링어』에 대한 기억은 생생하지만『아레이스 가문의 보검』은 감이 잡히지 않는다.

"그랬었군. 기묘한 운명인데. 이 검들이 다시 모이는 날이 올 줄이야……."

"그 검, 필요하다면 줘도 되긴 하는데……."

로웬의 말투에서 검들에 대한 애착을 감지하고 그에게 제안했다.

"그래도 괜찮겠어?"

"물론이지. 다만, 수리가 불가능해서, 고철보다도 못하다던데……."

"그건 가공하기에 달린 거야. 대장장이의 실력을 보여줄 타이밍이지. ──알리버즈, 할 이야기가 있어."

로웬은 해맑아진 얼굴로 알리버즈 씨를 가까이로 불렀다.

"오, 뭐지?"

"마스터에게는 비밀로 해야 할 이야기니까, 잠깐 귀 좀 가까이 대봐."

그리고 비밀 이야기를 시작한다. '비밀 이야기'라는 걸 굳이 언급한 걸 보면, 내가 〈디멘션〉을 쓰지 말아주기를 바란다는 뜻이리라. 친구의 신뢰에 보답하기 위해 마법을 해제했다.

그것을 감지한 로웬은 빙긋 웃고는 알리버즈 씨의 귀에 대고 뭔가를 속닥거린다.

"──으, 으음? 로웬, 정말 그렇게만 해도 되는 거냐?"

그 비밀 이야기를 들은 알리버즈 씨는 놀란 목소리로 되묻는다. 대장장이라는 입장에서는 상상도 할 수 없는 제안이었던 모양이다.

"그래, 『아레이스 가문의 보검』은 그렇게 해줘. 『루프 브링어』쪽은 칼집이 좀 특수해야 하겠지만, 힘 좀 써주고."

"아니, 칼집은 별문제 없을 거야. 로웬이 그걸로 충분하다면, 그렇게 해주긴 하겠지만……."

"좋아, 그럼 계약 성립이군. 나중에 돈을 내러 오지."

"방금 그 주문 정도라면 하루도 안 걸릴 테니까, 당장 내일이라도 오도록 해."

보아하니 이야기는 다 끝난 모양이다. 나에게도 들리는 목소리로 수주 날짜를 정한다.

"오래 기다렸어, 카나미. 그럼, 집무실로 돌아가자."

"도대체 무슨 제안을 한 건데……?"

"그건 비밀이야. 이건 일종의 깜짝선물 같은 걸로 할 생각이거든."

로웬은 즐거운 듯 웃는다.

"그래? 그럼, 기대하고 있을게."

나는 딱히 깊이 추궁하지 않고, 로웬의 말에 웃음으로 답한다.

그리고 우리는 스노우가 기다리는 집무실로 돌아갔다. 잠시 옆길로 새느라 시간이 좀 걸렸는데도, 스노우는 여전히 밝은 기색으로 우리를 기다리고 있었다.

스노우는 우리가 나타난 것을 발견하기가 무섭게 말한다.

"──어서와. 그런데 로웬 아레이스, '용 토벌'에 관심 있어?"

"그래, 하자."

"좋아, 결정. 그렇게 말할 줄 알고, 자료 준비는 이미 끝내놨어."

로웬은 조금의 망설임도 없이 대답했고, 스노우는 책상 위에 펼쳐져 있던 용 토벌 관련 자료를 보여줬다.

"흐음, 변경 마을을 습격하는 외톨이 용이란 말이지. 이건 한 시라도 빨리 구원하러 가야겠는데……."

"그렇게 말할 줄 알고 출발 준비는 이미 끝내놨어. 워커 가문의 마차가 밖에서 대기 중."

"좋아, 가지……. 용 토벌이라…… 나쁘지 않은 영웅담이야!"

스노우와 로웬은 곧바로 밖으로 나가려 했다.

"아, 아니아니! 잠깐! 빨라도 너무 빠르잖아! 둘이서 미리 짠 거야?!"

〈디 윈터(차원의 겨울)·프로스트(종상, 終霜)〉으로 출입구를 얼러서 두 사람의 출발을 저지했다.

"응……? 아니. 하지만 이 영광 바보라면 이렇게 될 거라고 생각했어."

"거절할 이유가 없어. '용 토벌'라면 최고의 '명예'니까. 분하긴 하지만, 스노우 군의 제안에는 한 치의 빈틈도 없어."

두 사람은 사이가 좋은 건지 나쁜 건지 알 수 없는 박자로 말을 주고받으며, 내 의문에 대답했다.

그나저나, 로웬……. 방금 스노우가 한 설명이 한 치의 빈틈도 없다고 할 정도였어……?

"너희 둘은 그걸로 충분할지도 모르지만 나는 아냐. 될 수 있으면 더 평화로운 퀘스트를 맡고 싶다고."

"하지만 카나미. '용 토벌'이란 말이야, '용 토벌'."

"응, 그 단어가 끌린다는 건 이해했으니까, 좀 진정해 봐……."

"하지만──."

로웬은 끈질기게 물고 늘어진다. 할 수 없이, 나는 염려해 왔던 점에 대해 물어보기로 한다. 조금 전에 아이들을 가르치는 그의 뒷모습을 보면서 느꼈던 염려였다.

"로웬. 요즘 몸이 상당히 약해졌잖아? 용을 상대로 제대로 싸울 수 있겠어?"

"우우……. 약해진 건 사실이야. 하지만 '용 토벌'이라면 이야기가 다르니까……."

로웬은 지상에서의 생활을 하느라 약해져 있다. 30층에서 처음 만났을 때와는 비교도 되지 않을 만큼 마력이 옅어져 있다. 신체능력에도 영향이 나타날 정도다.

하지만 그럼에도 로웬은 '용 토벌'에 나서고 싶은 모양이다. 상상 이상으로 스노우의 미끼를 단단히 문 것 같다. 그가 이렇게까지 즐거워하니, 그걸 말리는 것도 영 내키지 않는다. 로웬을 없애는 것도, 지금의 내 목적 가운데 하나니까.

"정말 괜찮겠어? 패배하거나 하지는 않겠어?"

"그래, 괜찮아. 하게 해줘. 아레이스의 검사는 용 따위에게 지지 않아."

로웬은 진지한 얼굴로 고개를 끄덕인다. 그런 표정으로 말하니, 나로서는 아무런 대꾸도 할 수 없었다.

"그런데, 스노우…… . 왜 갑자기 이런 일을 하려고 하는 거지……?"

"으─음…… . 지금, 라우라비아에서 '용 토벌' 칭호를 갖고 있는 건 글렌 오빠밖에 없으니까. 카나미한테도 필요할 것 같아서. 이 용을 죽이면 한층 더 유명인사가 될 거야."

"아니, 그러니까, 나는 유명해지고 싶은 마음 같은 건…… ."

한 길드의 길드마스터로서 그런 생각이 바람직하지 않다는 건 알고 있지만, 지금은 그게 중요한 게 아니라는 생각이 드는 건 어쩔 수 없었다. 나는 고심 끝에 마지막 동거인의 이름을 언급한다.

"마, 맞아. 그러고 보니까, 리퍼는 뭘 하고 있지? 그 녀석만 쏙 빼놓고 결정했다가는, 나중에 일이 성가셔질 것 같으니까, 좀 불러오는 게 좋겠다."

"으─음…… 리퍼? 하긴 리퍼 의견도 물어보기는 해야겠지……."

리퍼가 반대해주기만 하면, 평화로운 임무 쪽으로 요령껏 유도할 수도 있을 것 같았다.

솔직히 말해서 지금은 명성보다는 생각할 시간이 필요했다. 스노우가 고개를 끄덕인 걸 보고, 곧바로 〈디멘션〉을 라우라비아 시내에 전개했다. 리퍼가 있을 법한 가게에 의식을 집중해서, 과자를 먹고 다니고 있지 않은지 확인했다. 다음은 또래 아이들이 많이 모이는 장소다. 골목대장 노릇을 하고 있는 모습을 자주 보아 왔기에 공터나 강가에도 〈디멘션〉을 전개했다.

하지만 보이지 않았다. 할 수 없이 〈디멘션 · 멀티플(다중전개, 多重全開)〉을 펼쳐서──

──어느 가옥의 지붕 위에 쪼그려 앉아 있는 리퍼를 발견한다.

떨고 있었다. **고통스러운 얼굴로** 자기 목을 움켜쥔 채 떨고 있는 리퍼가 있었다.

"──리, 리퍼?"

그녀의 이름을 입에 담는 순간 리퍼는 내 마력을 감지한다.

몇 킬로미터나 떨어진 곳에서 감지하고──많은 장애물을 사이에 둔 상황에서도 나와 리퍼는 시선이 마주쳤고, 그녀는 빙긋 웃었다. 그리고 그 이마에 맺힌 심상치 않은 양의 땀을 훔치고 특유의 순간이동을 몇 번인가 반복해서 집무실까지 찾아왔다.

"실례합니다!"

검은 안개와 함께 리퍼는 아무 일도 없다는 듯이 활기차게 나타났다.

그 얼굴에는 조금 전까지 보이던 고통스러운 표정은 찾아볼 수 없었다. 평소에 보던 순진무구한 미소만이 있을 뿐이었다.

리퍼가 나타난 것을 보고 먼저 로웬이 말을 걸었다.

"오오, 왔구나, 리퍼. 지금부터 용을 처치하러 갈 건데, 같이 가겠어? 『무투대회』를 앞두고 좋은 워밍업이 될 거야. 어쩌면 『무투대회』에 용이 나올 수도 있으니까."

"용? 오──, 그거 괜찮은데! 그림책에 자주 나오는 녀석 말이지?"

"그래, 그 용이야. 아마, 나와 카나미가 있으면 위험할 일도 없을 테고. 어때?"

"갈래! 재미있을 것 같으니까!"

리퍼는 대답하는 동시에 스노우의 등에 올라탔다.

스노우는 웃으며 리퍼의 참가를 승낙한다. 그러나 나는──

"리, 리퍼? 정말 괜찮은 거야?"

이중의 의미로 확인한다.

"응, 괜찮아!"

그런 내 물음에 리퍼는 웃음과 〈연결고리〉를 통한 마력의 역류로 대답했다.

역류한 마력이 목의 문양을 통해 나에게 전해졌다. 그것은 따스한 마력이었고 "걱정 마"라고 다독이는 것 같은 다정한 감정도 담겨 있었다.

"그, 그만두는 게 좋지 않겠어⋯⋯? 적어도, 나는 썩 안 내키는데⋯⋯."

조금 전까지만 해도, 리퍼는 홀로 그렇게 괴로워하지 않았던가⋯⋯.

이유는 알 수 없다. 알 수 없지만, 그래도 그냥 방치해둘 수는 없었다.

"카나미는 정말로 안 내키나 보군⋯⋯. 그렇다면 나와 리퍼와 스노우 군, 이렇게 셋이서만 가도 상관없는데⋯⋯."

로웬은 내 진지한 태도를 보고, 파티에서 나를 제외하려 한다.

그 제안에 스노우가 허둥지둥 반론한다.

"──그, 그건 안 돼! 이건 카나미를 위한 퀘스트인걸. 이걸 수행하려면 신용이 필요해. 『에픽 시커』에서 활약한 카나미가 없으면 수주할 수도 없어."

"스노우 군이 있으면 어떻게든 되지 않겠어?"

"안 될 건 없긴 하겠지만, 그래도……."

두 사람의 대화는 계속 이어졌고…… 리퍼는 그런 모습을 따스한 눈길로 지켜보고 있었다.

그리고 그 눈길을 나에게로도 향했다. 그 눈빛에서 조금 전의 일은 잊어 달라는 뜻이 전해져 왔다. 어쩌면 로웬에게 걱정을 끼치고 싶지 않아서 이러는 것인지도 모른다.

나는 한참을 망설인 끝에 그 뜻을 받아들이기로 했다.

다만 그 뜻을 받아들이기로 했기에, 더더욱 리퍼를 그냥 내버려둘 수는 없었다.

"역시, 나도 가도록 할게. 모두 다 가는데 나만 안 가는 것도 좀 아쉬우니까."

리퍼 곁을 떠나지 않고, 기회를 봐서 아까 그 고통스러운 표정의 이유를 물어봐야겠다.

할 수 없이 용 토벌 퀘스트를 수주한다.

"다행이다. 고마워, 카나미!"

가장 기뻐한 건 스노우였다. 얼굴 가득 웃음을 지으며 내 손을 붙잡는다.

"음, 카나미가 와준다면 물론 고맙지. 이제 아무 문제도 없는 셈이군."

"용이라니──, 무지하게 크려나──? 먹을 수도 있으려나──?"

나는 활달한 리퍼를 주의 깊게 관찰했다. 하지만 〈디멘션〉으로 살펴봐도 이상을 느낄 수 없었다. 역시 직접 물어볼 수

45

밖에 없을 것 같다.

내가 리퍼에게 집중하고 있으려니, 스노우는 움켜쥔 손에 한층 더 힘을 주었다.

"카나미, 그럼 당장이라도 출발하자——아, 이 방에 〈커넥션〉을 만들어두는 걸 잊지 마. 돌아갈 때는 차원마법에 의지할 테니까."

"아, 응. 알았어……."

부탁받은 대로 〈커넥션〉을 집무실 안쪽에 설치하고, 그대로 스노우에게 손을 이끌려서 집무실을 나섰다. 로웬과 리퍼도 그런 우리 뒤를 따라왔다.

『에픽 시커』 밖에는 호화로운 마차 몇 대가 서 있었다. 무도회에 갈 때 탔던 마차도 있는 걸로 보아, 워커 가문의 마차임을 알 수 있었다.

스노우는 자기 가문이 일에 개입하는 걸 싫어했었다. 아니, 귀찮아했었다. 그랬건만, 이제 와서 적극적으로 집안의 힘을 이용하려 하고 있었다.

스노우의 얼굴은 의욕에 넘치는 미소를 짓고 있었지만, 그 이면에는 타산이 넘쳐흐르고 있었다.

내 손을 잡아끄는 스노우의 손을 마주 잡지 않은 채, 나는 세 사람과 함께 용 토벌에 나선다.

스노우의 심경 변화. 로웬의 쇠약화. 리퍼의 고통에 찬 표정. 나 자신의 기억.

수많은 불안을 품은 채로…….

◆ ◆ ◆ ◆ ◆

　수속이며 세세한 준비는 스노우가 모두 다 마쳐둔 상태였
다. 아니, 정확히 말하자면 워커 가문 사람들이 분담해서 맡
아준 모양이었다. 눈 깜짝할 사이에 모든 게 결정되고, 우
리는 아침이 지나기 전에 라우라비아를 떠나서 서부 마을로
향하게 되었다.

　생각해보면 연합국 밖으로 나가는 건 이번이 처음이었다.
마차의 차창을 통해, 바깥 풍경을 멍하니 바라본다. 연두색
평원이 깔려 있고, 저 멀리에 하얀 산이 보인다. 연합국 밖
은 개척지라는 이야기를 들은 적이 있었는데, 그 말마따나
정말로 아무것도 없다. 간이 도로 같은 건 있긴 하지만, 사
람의 손길이 닿지 않은 자연이 대부분이다.

　마차에 실려 달리면서, 같이 풍경을 바라보고 있는 리퍼
에게 말을 걸었다. 다른 일행들에게 들리지 않는 타이밍을
재서 작은 목소리로.

　"이봐, 리퍼. 아까 그건 대체 뭐였어……?"

　"응? 아까 그거라니?"

　"괴로워하는 것 같던데……."

　"으──응, 그거 말이구나. 그건 말이지, 저기……."

　리퍼도 목소리를 줄이더니 정말 들릴락 말락 한 목소리로
질문에 대답했다.

　"뭐라고 해야 하나……. 로웬에 대한 '살인충동'? 그 '살인

충동'을 억지로 억누르면……, 그렇게 되거든…….”

“사, ‘살인충동’? 그걸 억누르면 그렇게 괴로워지는 거야……?”

“몸이 비비 꼬여서 끊어져버릴 만큼 괴로워……. 자기의 존재 의의를 부정해서 그런 걸까?”

리퍼는 마법이다. 그것도 오로지 로웬 아레이스라는 존재를 죽이기 위한 목적으로 만들어졌을 가능성이 높다. 그 마법의 술식에 저항한다는 것은 『그림 림 리퍼(그리워하는 사진)』이라는 존재 자체를 부정하는 것에 해당하리라. 그 고통은 상상도 하기 힘든 것이리라.

하지만 리퍼는 웃으며 굳세게 행동했다.

“괜찮아……, 지지 않을 테니까……. ──나는 ‘로웬 살해’같은 **주어진 사명** 따위에 지지 않아. 그 누구도 내 운명을 농락할 수는 없어. 나는 가짜 감정에 끝까지 맞설 거야. 나는 나니까……!!”

작은 목소리지만 굳센 단어로 선언했다. 자신의 존재의의에 대해 정면으로 반항하고, 자기 자신의 길을 선택하려 하고 있었다. 그 모습은 그녀가 만 한 살도 되지 않은 어린아이라고는 믿을 수가 없을 정도였다.

“저, 정말 대단하다니까…… 리퍼는…….”

나도 모르게 칭찬의 말이 흘러나왔다. 방금 리퍼가 한 선서는 어째선지 내 마음속 깊이 울려 퍼졌다.

“으──응…… 아니, 딱히 대단할 건 없어. 이건 오빠한

테 들은 말을 그대로 따라한 거니까."

"응……? 내가 그런 말을……?"

나는 예상치 못한 그 이야기에 당황하지 않을 수 없었다.

리퍼는 방금 그 말이 내게 들은 말을 따라한 거라고 했지만, 나는 리퍼에게 그런 말을 한 기억이 없었던 것이다.

"정확하게 그런 식으로 말한 건 아니었지만, '연결고리'를 통해서 흘러들어 왔는걸.『남의 운명을 갖고 놀지 마』『거짓을 용납하지 마』『자신의 염원을 오인하지 마』라는 희미한 목소리가……. 그 목소리는 누구보다도 절박하고, 비통하고, 진지해서…… 그래서 나는 그 목소리를 믿고 있어."

"흘러들어 온다……? 이거 마력만 이어주는 것 아니었어……?"

반사적으로 목의 문양에 손을 가져갔다. 이 '연결고리'를 통해서 마력뿐만이 아니라 감정까지 흘러들어 가는 것이라면 방금 리퍼가 한 말의 의미도 조금은 이해가 갔다.

"그러니까, 내가 한 말은 오빠가 한 말이기도 한 거야……."

그 말을 끝으로 리퍼는 다시 바깥 풍경 쪽으로 시선을 돌렸다. 방금 전의 초연한 표정은 사라지고, 나이에 걸맞은 천진난만한 표정으로 돌아왔다.

──리퍼의 말은 곧 나의 말.

방금 전에 리퍼가 한 말은 그녀 혼자만의 말이 아니다. 과거의 내가 한 말이 섞여 있을지도 모른다고 생각하니, 여러모로 마음속에 절절히 와닿는 게 있었다.

까놓고 말해서 지금의 내게는 방금 전의 리퍼처럼 확고한 신념 같은 건 없다. 거짓말이나 무질서를 싫어하는 건 사실이다. 하지만 그렇게 대단한 의지까지 갖고 있는 건 아니다. 그렇다면 나는 어떤 경위를 거쳐서 그 정도의 신념을 갖게 됐고, 어떤 이유가 있어서 그런 말을 내뱉게 된 것일까.

『남의 운명을 갖고 놀지 마』『거짓을 용납하지 마』『자신의 염원을 오인하지 마』━━

서쪽 마을에 도착할 때까지, 그 말을 머릿속으로 거듭 되뇌고, 거듭 생각했다.

그렇다 보니 어느덧 시간이 흘러 마차는 서쪽 마을에 다다랐다.

◆◆◆◆◆

한나절쯤 걸려서 도착한 마을은 상상했던 것보다 훨씬 더 탄탄한 구조로 만들어져 있었다. 석조 건물보다는 목조 가옥이 많고, 방목이나 농경을 하는 모습을 보면 변경 시골 같은 면모도 느껴지긴 했지만, 넓이만 따지자면 라우라비아의 시가지와 비슷한 정도였다.

우리는 마을에 사는 주민들에게 인사하면서 중심부에 있는 커다란 저택으로 향했다.

의뢰인인 촌장과 대면하기 위해서였는데, 여기서도 워커 가문의 시종들이 대활약해주었다. 교섭에서 계약까지 모든 작업을 도맡아서 해주는 바람에, 먼 곳에서 퀘스트를 수행하고 있다는 실감이 들 틈도 없이 이야기가 매듭지어졌다. 일단 파티 리더로서 입회하기는 했지만, 굳이 내가 끼어들 만큼의 문제는 전혀 없었으므로, 나는 정말로 끝까지 서 있기만 했다.

곧바로 토벌을 위해 출발하기로 정해졌고, 나는 촌장의 저택을 나선다.

저택 근처에서는 로웬이 또 아이들을 상대로 놀아주고 있었다. 마을 사람들과 교섭하는 동안 심심했던 것이리라. 아이들에게 검술을 보여주고 "오오──"라는 감탄 어린 탄성을 듣고 있었다. 로웬은 기분 좋게 잇따라 검술을 펼쳐나갔다.

나는 그런 로웬을 내버려두고, 촌장에게서 받은 지도를 지면에 펼쳤다.

근처에서 놀고 있던 리퍼를 데려와서, 함께 위치를 확인해보기로 했다.

"──마법 〈디멘션 · 멀티플〉!"

"나도 마법 〈디멘션〉!"

차원마법을 다루는 자가 파티에 있으면 척후는 필요가 없다. 그리고 길을 잃을 우려도 없다.

마력을 마을 전체──근처의 산 전체──그리고 목적지인 폐성까지 침투시켜서, 그 지형정보를 습득해간다. 내 옆에 있는 리퍼는 "끄으응"하고 신음한다. 보아하니 리퍼의 마력으로는 나만큼 광범위한 탐색을 불가능한 모양이었다. 기껏해야 산기슭 정도까지가 고작이리라.

그 모습을 지켜보면서 〈디멘션・멀티플〉을 한층 더 넓게 펼쳐서 폐성의 구조를 파악하고, 폐성 안에 눌러 살고 있는 용을 찾았다. 초목이 시든 널따란 정원이 특징적인 성으로 지난번에 갔었던 라우라비아의 성보다 세 배는 더 크다. 이 성의 주인은 신록을 좋아했었는지도 모르겠다.

그런 생각을 하면서 한층 더 깊숙한 곳까지 마력을 날려 보냈다.

녀석이 위풍당당하게 옥좌에 앉아 있었던 덕분에 용은 금방 찾을 수 있었다.

인간용 옥좌에 깊숙이 눌러 앉아서, 상석에 웅크리고 있었다. 주위에는 마을에서 약탈해 온 것으로 보이는 작물들이 대량으로 나뒹굴고 있었고 그 이외에는 아무것도 없었다.

황량한 광경이다. 옛날이야기 속에서는 화려한 용이 금은 보화를 지키고 있는 경우가 많았는데, 이 녀석은 반짝이는 물건은 하나도 갖고 있지 않았다.

황토색 비늘에 지저분한 몸. 근거지는 지금 당장이라도 무너져버릴 것만 같은 폐성에, 금은보화는 전무. 주위에 널브러진 뿌리채소들이 그 소박함에 박차를 가하고 있었다.

[몬스터]드랩 드래곤 : 랭크 26

보아하니 미궁 밖의 몬스터에 대해서도 '주시'는 통하는 모양이다.

랭크 26이라는 정보를 보고 안심했다. 수치로만 봐도 30층까지 들어간 상태인 내게는 상대가 되지 않는다.

"드랩 드래곤(수수한 용)…… 발견……."

"어, 어? 오빠. 어딘데, 어딘데?"

내 발견 정보를 들은 리퍼가 주위를 두리번두리번 살펴보며 묻는다.

할 수 없이 내가 가진 마력으로 그녀의 〈디멘션〉을 보조해주었다. 평범한 마법사들이라면 불가능한 재주지만 우리라면 가능했다. 나와 리퍼는 '연결고리'로 이어져있는 데다, 마력의 개성과 질도 서로 닮아 있다. 〈디멘션〉을 공유하는 것쯤은 충분히 할 수 있다.

"리퍼, 그쪽이 아냐. 북북서 방향으로 펼쳐서…… 그래, 그쪽이야."

"오, 이쪽이구나. 오오──, 뭔가 굉장한 성이 있어! 커다란 도마뱀 발견!"

리퍼의 〈디멘션〉을 유도해서 용을 확인할 수 있도록 해주었다.

나와 리퍼가 용을 확인한 것을 보고, 스노우는 의기양양하게 출발을 선언한다.

"응, 좋아. 저쪽이란 말이지? 그럼 가자. ──로웬 아레이스!"

스노우의 부름에 로웬은 아이들과의 교류를 중단한다. 곧바로 작별을 고하고 끝으로 "힘내, 스승님!"이라는 배웅을 받았다. 아마도 로웬은 이곳 아이들에게도 자신을 '스승님'으로 부르게 한 모양이다.

이렇게 해서 우리는 산속으로 들어갔다.

원래는 용 토벌이라면 대규모의 준비가 필요한 법이지만, 우리는 더없이 가벼운 차림이었다. 원정에 필요한 도구는 모두 '소지품' 속에 들어있기에 성큼성큼 진행할 수 있었던 것이다.

"이 페이스로 가면, 정말 하루 만에 끝날 수 있을 것 같은데…… 드래곤 토벌……."

"응, 그런 퀘스트를 찾아서 고른 거니까."

"그나저나 생각해보면 이렇게 마을 가까이 있는 용이 오늘까지 토벌당하지 않고 살아있다는 게 오히려 더 신기한데."

"신기할 것도 없어. 드랩 드래곤이 토벌당하지 않고 있었던 건, 오히려 당연한 일인걸."

"당연한 일이라니 무슨 소리지……?"

"수지타산이 안 맞는 용이니까. 강한 주제에 현상금이 터무니없이 낮거든. 그래서 지금까지 계속 남아있었던 거야. 욕심 많은 다른 전형적인 용들과는 달리, 워낙 욕심이 없으니까. 딱 필요한 만큼의 농작물을 빼앗는 것 말고는 아무런 악행도 안 해. 그 빼앗는 작물도 정말로 최소한. 그런 탓에 처치해도 참새 눈물만큼의 보수밖에 못 받아. 그러면서도 용 자체의 위력은 다른 용들과 차이가 없으니까, 아무도 처치하려고 들지 않는 거지."

아마도 남아있는 데에는 그럴 만한 이유가 있는 모양이다.

국가 입장에서는 처치하기를 원하고 있지만, 그 피해가 워낙 미세해서 우선순위가 낮아진 모양이다. 그건 다시 말해서——

"——영리한 용이네."

"아냐. 비열한 거야."

용에 대한 나의 칭찬은 스노우의 짜증 섞인 목소리에 의해 부정당했다.

"다른 용들이 죽어버리는 걸 보고, 긍지를 버린 채 틀어박혀 있는 거야. 비겁한 놈."

"저기, 예전에는 다른 용도 있었던 거야……?"

"응. 개척지에는 세 마리가 더 있었어. 뭐, 글렌 오빠가 모조리 죽이기는 했지만……."

마지막에 글렌 씨의 이름을 언급할 때, 스노우의 시선은 약간 안절부절못하고 방황했다.

지금 나는 임전태세에 들어가 있는 상태라서 〈디멘션〉을 강하게 전개하고 있었다. 그 탓에, 스노우가 거짓말을 했다는 걸 본의 아니게 알게 되었다.

"그 세 마리는 위험도가 높았나 보네."

"전형적인 욕심 많은 용들이었어. 마을을 불사르고, 도시를 습격하고, 사람들을 잡아먹고, 재물을 강탈하고. 곧바로 사람들에게 찍혀서 거액의 현상금이 붙었지. 수많은 현상금 사냥꾼들과 기사들의 공격을 퇴치했지만 그래도 최후에는 끔찍하게 죽었어."

"인간 대 용이라……. 무슨 옛날이야기 같은걸. 아무리 강한 용이라도 결국은 지는 거구나."

"……그러게 말이야."

스노우는 약간 슬픈 얼굴로 고개를 끄덕이고 말이 없어졌다. 자신의 몸에도 용의 피가 흐르고 있기에 죽은 용들을 동정하고 있는 걸까.

"그건 그렇고, 그 드랩 드래곤과는 어떻게 싸울 거야? 제법 강해 보이는데……."

"정면승부로 갈 거야. 아마, 그러면 일방적으로 끝날 거야."

"아니, 그럴지도 모르지만……. 그래도 뭐랄까, 작전 같은 걸……."

"이 파티는 전원이 다 전위니까……. 그렇게 하는 게 최선이야."

스노우도 정면승부를 하고 싶어서 하는 건 아닌 모양이다.

나는 파티 구성의 불균형성을 깨닫고 골치가 아파졌다.

"그랬군……. 될 수 있으면 마법에 특화된 사람이 있었으면 좋았을 텐데——."

"그건 필요 없어. 우리는 우리만 있으면 돼."

하지만 그런 내 고민을 스노우가 단호하게 부정해버렸다.

"어, 왜……?"

"저기, 그, 그건──."

스노우는 어쩔 줄 몰라 하며 다음 말을 고민했다. 홧김에 훼방꾼은 필요 없다고 잘라 말하긴 했지만, 이유까지는 준비해 두지 않았던 모양이다. 그 반응에 나 역시 난감해졌다.

"스노우……."

"그, 그게 아냐. 미안, 그러려고 한 소리는 아니었는데. ……호, 혹시 화났어? 화난 거 아니지?"

거기에 내가 조금 심각한 표정을 지은 것만으로도 스노우는 태도가 급변했다. 그 비굴한 모습은 글렌 씨와 쏙 빼닮아 있어서, 피는 이어져 있지 않지만 그들이 남매지간임을 실감할 수 있었다.

"아니, 그렇게까지 화난 건 아냐. 화난 거 아니니까, 좀 진정해."

"다행이다……. 방금 필요 없다고 한 건 『에픽 시커』에는 뛰어난 마법사들이 여럿 있으니까 더 이상의 마법사는 필요 없다는 이야기였어. 마, 맞아! 다음에는 테일리를 부르는 게 좋겠어."

"그거 괜찮겠는데. 테일리 씨가 있으면 싸움의 폭이 넓어질 테니까……."

"응, 그렇게 하자!"

나는 절박하게 변명하는 스노우의 말에 동의해주었다.

그 대답을 듣고, 그녀는 기쁜 듯 웃으며 고개를 끄덕였다.

나와 의견이 일치한 것이 기쁜 모양이다. ……아까부터 쓴웃음이 멈추지 않는다. 이따금씩 엿보이는 이 애교 섞인 태도가, 스노우 나름의 나에 대한 대시라는 건 이해가 간다. 하지만, 그 태도는 내가 가장 껄끄럽게 여기는 것이었다.

그 점을 스노우에게 똑똑히 이야기해두는 게 좋을지 어떨지 고민한다.

하지만 너무 냉정하게 말했다가는, 또 무도회 날 밤과 같은 일이 또 벌어질지도 모른다.

스노우의 문제는, 문제를 근본적으로 뿌리 뽑지 않으면 해결되지 않을 것이다. 귀족과의 약혼, 워커 가문의 책무, 스노우 자신의 나약함── 아니, 그 이전의 차원에 존재할 근본적인 문제를…….

"하아…….."

문제가 점점 더 쌓여가는 상황에 저도 모르게 한숨이 나왔다.

"카나미……, 왜 그래? 괜찮아?"

스노우가 걱정스런 얼굴로 다가왔다. 처음 만났을 때와는 전혀 딴판인 그 모습은 가녀리고 여성스러웠다. 하지만 그 모습에 위화감을 느끼지 않을 수가 없었다.

간단히 말하자면, 귀여운 스노우는 스노우답지 않다.

지금의 스노우는 무리를 하고 있다. 그 미소가 너무 비굴해서 차마 눈 뜨고 볼 수가 없다.

그것이 지금 내가 그녀를 받아들일 수 없게 만드는 가장 큰 이유일지도 모른다.

"난 괜찮아. 그보다, 드랩 드래곤과 싸우기 위한 작전을 정하자. 정면승부에도 이런저런 종류가 있으니까."

"응, 알았어. 그럼——."

스노우와 세세한 작전을 조정해 가면서, 나는 『병렬사고』로 다른 생각을 병행했다.

어떻게 하면 스노우를 원래 모습으로 되돌릴 수 있을까.

약혼 문제만 정리되면 그녀의 여유도 돌아올 것이다.

하지만 이 세계의 귀족 사회에 대해 문외한인 나로서는 어려운 문제였다. 그나마 떠오르는 방법이라고는 내가 약혼자인 척을 해서 시간을 버는 것 정도가 고작이다. 그게 정말 유효한 방법일지 어떨지 하는 판단도 서지 않는다. 그대로 얼렁뚱땅 스노우와 결혼하는 신세가 될 가능성도 있다.

약혼한 척을 하는 건 최종 수단이다. 나는 스노우와 이야기하면서 다른 방법을 더 생각해봤지만…… 결국 좋은 방안은 떠오르지 않은 채, 드랩 드래곤이 기다리는 폐성에 도착하고 말았다.

험난한 산길이었지만, 우리는 조금도 지치지 않았다.

우리 네 사람의 체력은 보통 수준이 아닌 데다, 산길보다 더 험난한 미궁에 적응이 돼 있기 때문일 것이다. 리퍼는 지치기는커녕, 오히려 흥분해서 주위를 마구 날아다니고 있었다.

분위기 있는 폐성을 앞에 두니, 흥분을 주체할 수가 없는 모양이다. 나는 리퍼의 뒷덜미를 붙잡아서 제지하고, 성의 부지 안으로 들어갔다. 조금 걸어가니, 곧 아까 〈디멘션〉으로 확인했던 넓은 정원에 다다를 수 있었다.

화려한 꽃은 한 송이도 없었다. 이쪽 끝부터 저쪽 끝까지 온통 녹색뿐이었다. 다만 빛바랜 짙은 녹색부터 밝은 연두색까지 다양한 녹색들이 뒤섞인 정원에는 독특한 아름다움이 있었다.

황량하기는 하지만 신기한 통일감이 있었다.

그 우거진 수풀의 세계를 지나서, 성 입구에 도착한다. 그 거대한 문은 파괴되어 있어서, 거구의 용도 드나들 수 있게 되어 있었다.

공격마법에 특화된 마법사가 있었더라면 이 위치에서 〈디멘션〉을 사용해서 공격할 수도 있었겠지만, 이번에는 그냥 들어가는 수밖에 없었다. 최종적으로 진형을 확인하고, '소지품' 속에서 꺼낸 각자의 무기를 장비했다. 참고로 이번에는 알리버즈 씨의 조언을 받아들여서, 스노우에게는 큰 도끼와 통나무 두 개를 들려 준 상태다.

준비를 마친 우리는 경계태세를 취한 채 성 안으로 침입했다. 부서진 문을 지나서, 곰팡이와 이끼가 가득 낀 현관을 넘어, 큰 계단을 올라, 옥좌의 방으로 들어갔다.

──그리고 드랩 드래곤과 해후했다.

우리가 옥좌의 방으로 들어가는 동시에 드랩 드래곤이 날개를 펼쳤다. 우리가 성 안으로 침입한 시점부터 몸을 일으키고 있었던 모양이다. 그 점으로 미루어보아, 예민한 감각을 갖고 있음을 알 수 있었다.

가장 먼저 나는 그 거대한 체구에 압도당했다. 나는 지금까지 다양한 몬스터들과 싸워왔지만, 이렇게 큰 몬스터는 처음이었다. 외모는 서양의 옛날이야기 속에 나오는 용의 모습 그대로 날개가 돋은 거대한 도마뱀이다. 신장은 15미터 정도였지만 그 날개를 펼치니 숫자 이상의 존재감이 느껴졌다. 단단해 보이는 황토색 비늘이 몸을 덮고 있고, 몸이곳저곳에는 오래된 흉터가 있었다. 지금껏 수많은 사선을 넘어 왔다는 것을, 그 외모만 보고도 알 수 있었다.

압도당해서 발걸음을 멈춘 우리를 향해 드랩 드래곤이 고개를 돌렸다.

거대한 용이다. 머리만 해도 우리 네 사람을 모조리 집어삼킬 수 있을 만큼 크다.

파충류를 닮은 드랩 드래곤의 눈과 나의 눈이 마주친다. 그리고 그 용의 시선은 나에게서 옮겨가서, 어째선지 내 옆에 있는 리퍼를 향했다.

나와 리퍼. 용은 이 두 개의 존재에 대해 강한 흥미를 나타내고 있었다.

드랩 드래곤은 목 깊은 곳에서 그르릉거리는 소리를 낸다. 팀파니를 연타하는 것 같은 소리를 울리면서, 나와 리퍼만을 응시한다. 그 모습에 의문을 느끼고, 작은 목소리를 흘린다.

"어······?"

적의가 느껴지지 않는다. 적의는 고사하고, 용의 두 눈에서는 분명한 지성이 느껴졌다.

이 용은 나와 리퍼에 대해서——.

"——카나미!!"

멍하니 서 있는 나에게 스노우의 질책이 날아든다.

가장 앞에 있던 로웬은 이미 허리춤의 검을 뽑아들고 있었다. 나는 허둥지둥『크레센트 펙트라즐리의 직검』을 고쳐쥔다. 사전에 짜두었던 계획에 따르면, 나와 로웬이 먼저 상대를 꿰뚫기로 되어 있었다. 스노우와 리퍼는 그 뒤에서 기습을 노리는 형태였다.

로웬의 전의에 드랩 드래곤의 표정이 달라졌다. 이지적인 두 눈에 사나운 빛을 깃들이고, 거대한 입을 벌렸다. 그리고 만 개의 심벌즈를 때리는 것 같은 포효를 내질렀다.

그 포효에 떠밀려서 나는 좌측 전방으로 내달렸다. 로웬은 우측 전방이다.

적은 우리가 내달리는 것을 보고, 그 날개를 커다랗게 퍼덕여서 바람을 일으켰다.

단순한 바람이 아니다. 최상위 몬스터인 드래곤이 일으킨 바람——『용의 바람』이다. 막대한 마력이 담긴 돌풍이 내 온몸을 후려쳤다.

흉악한 돌풍이다—— 그러나 나에게 있어서는 바람에 마력이 깃들어있는 것은 오히려 이용할 수 있는 요소일 뿐이다.

"──마법 〈디 윈터〉!"

나는 돌풍에 담겨 있는 마력을 **비껴냈다**. 드랩 드래곤의 마력운용은 난잡하게 보이지만, 실제로는 치밀하다. 단순히 날개를 퍼덕이기만 해도, 치밀한 마법술식이 구축, 발동되고 있었다.

용의 신비는 역시 대단하긴 하지만 마법이 치밀하면 치밀할수록, 그것이 **비껴났을** 때의 영향도 커진다. 나를 덮친『용의 바람』은 '그냥 바람'이 되었고, 나는 내 몸의 근력만으로 그 돌풍을 버텨내는 데 성공했다. 다만, 반대편의 로웬은 미처 대처하지 못해서 멀리 나가떨어지고 말았다. 역시 로웬은 마법 공격에 대해서는 속수무책인 모양이다.

하지만 마법이라는 약점이 있다 해도 로웬은 '최강의 검사'다. 나가떨어지면서도 옥좌의 방에 있는 돌기둥이며 벽을 박차면서 초인적인 운동능력을 활용, 후방으로 완전히 나동그라지는 것을 막아냈다.

바람을 이겨낸 나와 로웬을 향해서 드랩 드래곤은 발톱을 휘둘렀다. 살인적인 힘이 실린 그 발톱을 우리는 회피해냈다. 그리고 그 즉시 드랩 드래곤이 돌기둥들을 고꾸라뜨리면서 꼬리를 휘둘렀다. ──그 표적은 로웬.

로웬은 고속으로 접근해 오는 꼬리 위에 순간적으로 손을 짚고, 울타리를 넘는 것처럼 뛰어넘었다.

이렇게 첫 번째 턴이 종료되고, 우리는 진형을 완성했다.

드랩 드래곤 쪽에서 보면 전방에 스노우. 우측면에 나. 좌측면에 로웬.

그리고, 후방에――.

"――등 뒤, 걸려들었어!!"

리퍼의 큰 낫이 용의 등을 찢어발겼지만 상처는 얕았다.

드랩 드래곤의 거구에 비해 무기인 낫이 너무 작았던 것이다. 그래도 대미지는 대미지. 용은 분노에 으르렁거리면서 뒤쪽을 돌아본다.

"히힛, **돌아봤단 말이지**! 그럼, 너는 『그림 림 리퍼』의 먹잇감이 된 거야! ――마법 〈디멘션 · 나이트메어(흑포말, 黑泡沫)〉! 마법 〈폼 · 딥스(심연, 深淵)〉!"

어느 틈엔가 리퍼도 성장해 있었던 모양이다. 처음 보는 차원마법을 사용해서, 거대한 낫에 검은 마력을 휘감았다. 해석하고 싶은 욕구에 사로잡혔지만, 지금은 보스와의 전투 중이니 일단 참기로 했다.

드랩 드래곤은 곧바로 발톱과 꼬리를 휘둘러서 리퍼에게 반격했지만, 순간이동을 되풀이하는 그녀를 붙잡지는 못했다. 만에 하나 직격한다고 해도 대미지는 0이다. 하지만 드랩 드래곤이 그 특성을 알 리는 없었기에 무의미한 공격을 되풀이할 뿐이다.

"――마법말뚝 〈임펄스 브레이크〉."

드랩 드래곤이 완전히 반대편으로 돌아선 것을 확인하고, 이번에는 스노우가 혼신의 마법 공격을 적의 등을 향해 내

쏘았다.

　마법 공격이라고는 해도, 진동마법을 담은 통나무를 내던지는 게 전부인 기술이다. 드랩 드래곤의 치밀한 마법에 비하면 상당히 원시적이라 할 수 있었다. 하지만 원시적인 기술이기에 가질 수 있는 힘이 있다. 스노우의 압도적인 힘에 의해 발사된 통나무는 용의 거구를 뒤흔들 만큼의 위력을 갖고 있었다.

　드랩 드래곤의 자세가 무너진 것을 보고, 나와 로웬이 뒤를 이어서 검을 휘둘렀다.

　"──『마력빙결화』."

　"──『마력물질화』."

　거구의 적에 맞추어서 검의 칼날을 내뻗는다. 그리고 그 장검으로 드랩 드래곤의 팔과 다리를 벤다. 섬세한 움직임이 불가능한 용은 사방에서 날아드는 연계공격에 전혀 대처하지 못하고 있었다.

　뒤이어서 승부를 마무리 짓겠다는 듯 리퍼가 시커먼 마력을 휘감은 거대한 낫을 휘둘렀다. 그 순간만큼은 나는 〈디멘션〉으로 리퍼를 추적하는 것을 멈췄다.

　드랩 드래곤의 등이 쪼개졌다. 꼬리 좌측까지 이어진 그 상처는 조금만 더 갔으면 날개가 떨어져나가지 않았을까 싶을 만큼 깊었다.

　"크아, 크아아아아아아아아아아아아──!!!!"

　절규와 함께 고꾸라져 가는 드랩 드래곤. 그리고 웅크린 채로 깊은 호흡만 되풀이하는 상태가 된다. 치명상을 입혔다고 판단한 우리는 공격의 손길을 늦춘다.

물론 임전태세를 푼 건 아니었다. 단지 원래 상대가 공격하는 타이밍에 배후에 있던 자가 빈틈을 찔러 공격하는 전법을 쓰고 있었기에, 상대가 공격 능력을 잃은 상태에서는 손을 쓸 타이밍을 잡기 힘들어진 것뿐이었다.

모두가 움직임을 멈추자 정적이 옥좌의 방을 채워 나갔다.

드랩 드래곤은 연심 가쁜 숨을 몰아쉬면서, 고개를 약간 움직여서——그 두 눈을 내 쪽으로 향했다.

나만을 빤히 응시하며, 목 안 깊은 곳으로부터 조그맣게 뭔가를 호소하고 있었다.

그 용은 나에게 무언가를 전하려 하고 있다. 그런 느낌이 들었다.

하지만 나는 전혀 알아들을 수 없었다. 제아무리 뛰어난 기량과 관찰능력을 갖고 있다 해도, 여기서 용의 말을 알아듣는 건 불가능했다.

그래도 나는 용의 말을 어떻게든 알아들으려고, 검끝을 내린 채 용에게 한 발짝 다가섰다.

만약에 이 용을 죽이지 않고도 퀘스트를 달성할 수 있는 길이 있다면——.

"아냐, 카나미. 이런 잡종 용에게 손을 내밀 필요는 없어."

조금 멀찌감치 서 있던 스노우의 싸늘한 목소리가 옥좌의 방에 울려 퍼졌다.

그 목소리는 드랩 드래곤에 대한 선고처럼 들렸다. 그 거대한 도끼를 치켜들고는 당장이라도 숨통을 끊으려 하고 있었다.

"아, 잠깐. 용의 목은 내가 벨 거야! '용 토벌자'는 내가——!"

로웬은 자신이 용의 숨통을 끊으려고, 검을 든 채 앞으로 나선다.

그리고 리퍼는——그녀만은 달랐다. 나와 마찬가지로 무기를 내리고, 고요한 표정으로 드랩 드래곤을 바라보고 있었다.

……이 격차는 뭐지?

그 점을 알아보기 위해서, 나는 조금 더 용과 커뮤니케이션을 취하고 싶었다.

하지만 이미 한 발 늦었다. 스노우와 로웬의 공격이 드랩 드래곤에게 적중했다.

머리에 대형 도끼가 꽂혀서, 두개골이 쪼개진다. 목에 검이 박혀서, 대량의 피가 뿜어져 나온다.

그 공격에 의해서, 드랩 드래곤은 절명——**하지 않았다.**

"어……?"

스노우가 놀라서 목소리를 토해냈다. 드랩 드래곤은 그 무시무시한 생명력으로 도끼가 머리에 박힌 채로 머리를 휘둘러서 스노우를 내팽개쳤다.

"끄으윽!"

그야말로 머리가 떨어져 나가기 직전인 상황인데도, 날개를 휘둘러서 로웬까지 내동댕이쳤다.

"뭐야?!"

스노우와 로웬은 드랩 드래곤의 공격을 정통으로 얻어맞고, 인정사정없이 벽과 바닥에 내팽개쳐졌다. 워낙 예상 밖의 공격이었던지라, 두 사람 모두 제때 대처하지 못한 모양이다.

다행히도 스노우는 드래고뉴트(용인, 龍人)다. 특유의 튼튼한 몸 덕분에 큰 부상은 당하지 않았다.

하지만 로웬은 달랐다. 그는 30층의 보스몬스터이긴 하지만, 몸 자체는 보통 인간과 별반 다를 게 없어서 웅크린 채 피를 토하고 있었다.

드랩 드래곤은 대미지를 입은 두 사람을 비교해 보고는, 로웬을 다음 공격의 표적으로 선택했다.

나는 곧바로 내달렸다. 〈디 윈터〉에 마력을 주입해서 용의 움직임을 조금이라도 늦추려 했다. 드랩 드래곤보다 먼저 로웬 곁으로 가려고 했지만——끝끝내, 제때 도착하지 못했다. 절망적으로 위치가 최악이었다. 이대로 가면 로웬이——.

"——오빠, 로웬! 나를 보지 마!!"

그때, 리퍼의 외침이 귀에 들려왔다.

나는 그녀가 뭘 하려는 것인지를 이해하고, 차원마법을 해제했다. 옥좌의 방에 충만해 있던 내 마력이 사라지고, 리퍼의 마력만이 가득해졌다.

그리고 시선까지 로웬에게서 뗀다. 지금부터 일어날 일을 인식해서는 안 된다.

인식만 하지 않으면, 리퍼의 독무대가 된다.

"부탁한다, 리퍼!!"

"알았어, 오빠!!"

리퍼의 대답과 함께 굉음이 울려 퍼진다.

드랩 드래곤이 웅크려 있던 로웬에게 몸통박치기를 날리는 걸 알 수 있었다.

잠깐 동안의 공백 후에 나는 다시 〈디멘션〉을 전개한다.

옥좌의 방 한쪽에 리퍼와 로웬이 쓰러져 있는 것을 발견했다.

리퍼는 특유의 순간이동으로 로웬에게 접근해서, 실체화한 잠깐의 시간을 이용해서 로웬을 가까스로 구해내는 데 성공한 것 같았다.

"리퍼, 뒷일은 내게 맡겨! ——마법 〈디 윈터〉!!"

나는 로웬에게 시선을 돌리고 있는 동안에도, 계속 드랩 드래곤을 향해 달려가고 있었다. 상대방도 나의 접근을 알아채고, 반격하기 위해 몸을 이쪽으로 틀었다.

다른 세 사람의 지원은 기대할 수 없다. 1대1로 맞붙어서 이겨내는 수밖에 없다.

『마력빙결화』를 이용해서 연장시킨 검을 수평으로 들고 돌진했다.

드랩 드래곤은 몸을 부르르 떨면서, 몸속 깊은 곳으로부터 마력을 쥐어짜냈다. 그리고 목숨까지도 깎아내는 듯 숨을 들이쉬었다가, 그 입에서 활활 타는 화염을 토해냈다.

"——마법 〈프리즈〉!"

냉기의 장벽을 쳐 가면서 화염 속으로 돌격했다.

이 정도 불꽃이라면 문제없다. 나는 화염 내성을 가진 『레드 탈리스만』을 몸에 장비하고 있다. 무엇보다 나는 이 정도 불꽃보다 훨씬 더 무시무시한 불꽃을 알고 있다.

살갗을 태우는 불꽃 속을 헤치고 나아가니, 이번에는 드랩 드래곤의 거대한 발톱이 도사리고 있었다.

그 공격을 검으로 받아낸다. 물론 단순하게 받아내기만 했다가는 나가떨어지기만 할 뿐이다. 아마 그 위력을 견딜 수 있는 것은 무지막지한 힘을 가진 스노우뿐일 것이다.

『마력빙결화』를 사용해서 검의 형태를 바꿨다. 방패처럼 표면적을 넓게 만들어서, 그 얼음 위를 미끄러져 지나가게 만들었다. 로웬의 『마력물질화』로는 불가능한 『마력빙결화』만이 해낼 수 있는 기술이었다.

얼음이 쪼개지고, 하얀 불꽃이 튀었다.

그리고 나는 드랩 드래곤 곁으로 접근하는 데 성공해서 다시 검을 내뻗었다.

그 검이 향한 표적은 목이다. 로웬의 일격에 의해 조금만 더 베면 완전히 절단할 수 있어 보였던 것이다. 노릴 만한 곳은 그곳밖에 없었다.

드랩 드래곤의 발톱을 걷어차고, 그 팔 위로 올라갔다. 이제 높이는 번 셈이다. 이제 이 칼끝을 당장이라도 떨어져 나갈 것만 같은 목으로 뻗기만 하면——!

그런 내 노림수를 알아채고, 드랩 드래곤은 날개를 퍼덕거렸다. 마력이 담긴 강풍과 함께 용은 나지막이 비상했다. 옥좌의 방 안을 비행하면서 나를 떨어뜨릴 작정이었으리라.

하지만 그것은 내가 예상하던 반격들 중에서도 가장 손쉽게 대응할 수 있는 반격이었다. 방금 드랩 드래곤은 바람을 다루기 위해 마력을 사용했었다. 예상대로 비행하는 데에도 마법을 사용하고 있다. 그 거구에 작용할 정도면 상당한 고위 마법인 게 분명했다.

그 비행마법을 〈디 윈터〉로 **비껴내서** 무너뜨리자, 드랩 드래곤의 자세도 무너졌다.

이 정도 빈틈이면 충분하고도 남았다. 나는 도약과 동시에 『마력빙결화』를 이용해서 검을 최대한으로 늘리고, 이번에는 주저 없이 드랩 드래곤의 목을 베어버렸다.

로웬이 만든 상처를 겨냥한 덕분에, 검은 용의 살점을 손쉽게 찢어발길 수 있었다.

공중에서 드래곤의 머리와 몸통이 분리됐다.

피의 비가 내리고, 왕이 없는 옥좌의 방이 선혈에 물들어갔다.

뒤이어서 드랩 드래곤의 거구가 땅바닥에 떨어지고, 굉음이 울려 퍼졌다.

나는 착지와 동시에 꼼꼼하게 적의 생사를 확인했다.

완전히 숨이 끊어져 있었다. 생기도 마력도 느껴지지 않는다. 하지만 드랩 드래곤은 빛이 되어 사라지지는 않았다. 빛이 되어 사라지는 건 미궁에서만 일어나는 현상이니 당연한 일이다. 미궁에는 그런 마법술식이 걸려 있다는 모양이다.

그렇기에 몬스터의 시체를 이렇게 찬찬히 관찰하는 건 이번이 처음이었다.

또렷한 죽음의 기척. 거기에는 생명이 끊어진 증거가 있었다. 적이 사라진 것을 확인하고 동료들의 안부 쪽으로 의식을 전환한다. 스노우가 가장 걱정되었기에 먼저 그쪽으로 걸어갔다.

"카나미, 괜찮아?!"

"그래, 괜찮아. 안 다쳤으니까 걱정 마."

"역시 카나미……. 드래곤을 상대로 싸우면서도 안 다치다니."

스노우는 황홀한 눈으로 나를 쳐다봤다. 마치 '영웅'을 보는 것 같은 눈이었다. 그런 시선을 받는 건 영 꺼림칙하게 느껴졌지만, 지금은 그것보다 더 궁금한 점이 있었다.

"……있잖아, 스노우. 혹시, 스노우는 저 용과 의사소통을 할 수 있었던 거야?"

내 착각이 아니었다면, 아까 용이 스노우의 말을 듣고 화를 내는 것처럼 보였다.

"……응? 아, 아니. 그런 건 할 줄 몰라."

"그렇구나……."

그 말이 거짓말인지 사실인지를 확인하기 위해서 〈디멘션〉을 강화하려다가, 생각을 고쳐먹는다. 동료를 상대로 할 짓이 아니기도 했고, 그걸 확인했다 한들 뭔가 달라지는 게 있는 것도 아니다. ──저 용은, 이미 죽은 것이다.

스노우와의 대화를 마치고, 리퍼와 로웬의 상태를 확인한다.

리퍼는 옥좌의 방 한쪽에서 로웬이 무사한 사실에 기뻐하고 있는 중이었다.

"다행이야……, 로웬……."

하지만──그녀의 오른쪽 정강이가 사라져 있었다. 로웬은 그 모습을 보고는 새파랗게 질린 얼굴로 부르르 전율했다.

"리, 리퍼……? 왜 그렇게까지 해 가면서, 나를……."

"**왜냐고?** ……로웬이 가르쳐줬잖아. 스스로 결정하라고. 그래서 나는 결정했어. 이제부터는 무슨 일이 있어도 로웬을 도와주겠다고."

"나를, 도와준다……?"

"'로웬을 죽이는 것'이라는 사명은 무시해버릴 거야, 무시! 내 사명은 '로웬을 도와주는 것'이라고, 내가 스스로 결정했어! 그래서 말 그대로 **목숨을 바쳐가면서** 도와준 거야. 로웬은 내 소중한 놀이 친구니까!"

"리퍼……."

리퍼는 웃고 있었다.

나는 그녀와 연결되어 있기에 그 상태를 어렴풋이나마 이해할 수 있었다.

리퍼는 마법이기는 하지만 인간 소녀를 베이스로 만들어졌다. 인간을 충실하게 재현해낸 존재이기에 통각도 우리와 동일하다. 다시 말해, 그녀는 다리가 떨어져나간 고통을 견디면서 로웬을 위해 웃고 있는 것이다. 더는 지켜보고 있을 수가 없어서 나는 소리치면서 두 사람에게 다가갔다.

"리퍼, 괜찮아?! 마법으로 다리를 원래대로 되돌릴 수 있어?!"

"괜찮아. 조금만 더 있으면 원래대로 돌아올 거야. 오빠가 마력을 듬뿍 주는 덕분에 참 편하다니까."

"그렇구나……. 내 마력은 마음껏 가져다 써도 괜찮으니까……."

생명에 지장이 없다는 걸 알고 마음이 놓이긴 했지만, '연결고리'를 통해서 내게 전해지는 고통은 심상치 않은 수준이었다. 그 옆에서 로웬이 비틀거리면서 리퍼에게 손을 내밀었다.

하지만 그 손은 리퍼의 몸에 닿지 못했다.

"크읙, 한심하군……. 이 몸이 약해져 있는 상태라고는 해도, 이렇게 한심할 줄이야……!"

헛손질한 손을 땅바닥에 짚고 로웬은 고통스러운 목소리로 뇌까린다.

확실히 방금 전의 추태는 로웬답지 않았다. 대인 전투에 특화된 가디언이라고는 해도, 저 정도 용의 기습에 대처하지 못한다는 건 아무래도 좀 이상하다.

나와 대련을 했을 때는 미래 예지에 가까운 예측 능력을 발휘했었다.

최근 며칠간의 거듭된 미련 해소 때문에 로웬은 생각했던 것보다도 훨씬 더 약해져버린 건지도 모른다. 오늘 아침의 안이한 판단을 후회하면서 나는 내 마력과 '소지품' 속의 아이템을 이용해서 리퍼와 로웬을 회복시켰다. 그러는 과정에서 알아챘다. 끊임없이 뭔가를 중얼거리는 로웬의 이상한 태도를——.

"자칫 잘못하면 죽을 뻔했어……! 죽으면 '몬스터화'돼서, 사람들을, 사람들을……!!"

로웬은 땅바닥에 짚은 주먹에 잔뜩 힘을 준다.

석조 바닥에 금이 가고, 그 몸에서 심상치 않은 마력이 뿜어져 나오기 시작한다.

무시무시한 중압이다. 적이 아니라는 걸 알고 있는데도, 식은땀이 흐를 정도다.

쇠약해져 있던 로웬의 몸이, 점점 원래대로 돌아오기 시작한 것이다.

그 말인즉슨, 로웬은 '미련'이 생길 만큼 울분에 휩싸여 있다는 것——.

"로, 로웬. 그렇게 마음 아파할 것 없어. 살다 보면 이런 일도 있는 법이잖아."

"아니, 치명적인 실책이야! 내 '몬스터화'는 나 혼자만의 문제가 아냐! '몬스터화'한 직후에는 이성이 사라져버려! 몬스터 그 자체라고 해도 과언이 아냐. 이런 곳에서 '몬스터화' 했더라면, 훨씬 더 무시무시한 일이 벌어졌을 거야!"

로웬은 끊임없이 자신의 실책을 질책했다. 몇 번인가 땅바닥을 후려치고 나서, 양손으로 얼굴을 부여잡았다.

그런 로웬의 모습을 리퍼는 다정하게 받아들였다.

"나 참, 로웬은 걱정이 지나쳐서 탈이라니까……. 만약에 로웬이 '몬스터화'된다고 해도, 우리라면 충분히 막을 수 있어. 친구 사이니까, 그 정도 신뢰는 가져달라고."

"리퍼……."

그 말을 듣고 로웬은 입을 다물고 침묵에 잠겼다.

리퍼를 위해서라도 더 이상 약한 소리를 할 수는 없다고 마음먹은 모양이다.

그리고 옥좌의 방에는 정적이 찾아왔고, 우리는 모두 함께 성 밖으로 나갔다.

우리는 용 토벌 퀘스트를 완수했다. 강적을 물리쳤고 모두 다 무사했다.

하지만 동료 중 두 명에게서 ——로웬과 스노우에게서 뭐라 형언할 수 없는 불안감이 느껴졌다.

로웬은 가디언의 힘이 강해졌고, 스노우는 아침보다 더 어색한 미소를 짓고 있었다.

우리는 그런 불안을 품은 채 마을로 돌아갈 수밖에 없었다.

◆ ◆ ◆ ◆ ◆

  우리는 토벌 사실을 증명하기 위해 드랩 드래곤의 머리를 잘라, 스노우와 내가 둘이서 짊어지고 하산했다. 크기가 너무 커서 그런지, 내 '소지품'에 들어가지 않았던 것이다.

  솔직히 드랩 드래곤과의 전투보다 하산 과정이 더 피곤했다. 그리고 하산한 우리가 마을 중심부에 드랩 드래곤의 머리를 놓으니, 하나 둘씩 마을 사람들이 모여들었다. 입을 쩍 벌리면서 놀라고, 저마다 환호에 찬 탄성을 터뜨린다. 개중에는 춤까지 추는 사람도 있는 걸 보면, 이 용이 지금껏 얼마나 사람들을 괴롭혀 왔는지를 알 수 있었다.

  마을사람들은 우리를 둘러싼 채 끊임없이 감사의 말을 되풀이했다.

  남녀노소를 불문하고, 여러 마을사람들이 눈물을 그렁그렁 매단 채 찬사를 늘어놓았다. 그 찬사의 목소리는 수없이 겹쳐져서, 마을 가득히 울려 퍼졌다. 그 중심에 선 우리는 그 열기에 압도당했다.

  "이, 이게 '영웅'에 대한 취급이구나……."

  "응, 카나미는 『에픽 시커』의 '영웅'. 좋았어——."

  그리고 스노우는 기다렸다는 듯이 선전을 시작한다.

  "여러분의 마을을 어지럽히던 드랩 드래곤은 우리 『에픽 시커』의 길드마스터, 아이카와 카나미가 토벌해주었다! 그가 바로 '용 토벌자'이자 '영웅'인 것이다! 우리의 '영웅'에게 찬사의 갈채를!!"

스노우는 드래고뉴트 특유의 폐활량을 활용해서 모두에게 들리도록 외쳤다.

그 목소리를 들은 마을사람들은 한층 더 달아올라서, 저마다 내 이름을 찬양하기 시작했다.

"저분이 바로 『에픽 시커』의 길드마스터란 말이지!"

"카나미! 아이카와 카나미!!"

"저렇게 젊은 나이에 '용 토벌자'라니! 그야말로 '영웅'이야!!"

그 열기가 너무나도 뜨거워서 현기증이 일 지경이었다.

무도회에서 귀족들이며 상인들을 상대하던 때 느껴졌던 것과 비슷한 느낌이었다. 그자들처럼 뒤에서 야비한 계산을 하고 있는 것 같지는 않지만, 과도한 기대와 칭찬 앞에서니 긴장하지 않을 수 없었다. 그리고 지금 그것을 유발한 것이 그렇게 무도회를 싫어하던 스노우라는 걸 생각하면, 한층 더 현기증이 심해졌다.

나는 어색하게 웃으면서 마을 사람들을 향해 손을 흔들었다. 아무래도 나는 이런 일에는 뼛속까지 안 맞는 모양이다. 도망치듯이 용 토벌에 대한 보고를 하러 마을의 책임자를 찾아갔다.

그 길에 나는 작은 목소리로 스노우를 비난했다.

"──스노우! 그런 선전은 필요 없어. '용 토벌자'라는 칭호도 로웬이 가져갔으면 됐을 걸 가지고……."

그 목소리에 곧바로 스노우와 로웬이 대답한다.

"그건 안 돼, 카나미. 방금 그건 꼭 필요한 일이었어. 마을사람들도 기뻐했잖아?"

"그 용의 목을 친 건 카나미였어. 나는 실책을 범하고 리퍼에게 폐만 끼쳤을 뿐이야. 애석하지만 '용 토벌자'의 칭호는 카나미 거야."

두 사람 모두 어떻게든 나를 '용 토벌자'로 만들고 싶은 모양이다. 나는 한숨을 지으며 걸어갈 수밖에 없었다. 그 뒤에서 스노우와 로웬이 이야기를 계속했다.

"카나미, 좀 더 '영웅'답게 굴어. 아마, 그러는 게 모두를 위해서 좋은 일일 테니까……!"

"두말할 여지없이, 이번 '영광'은 카나미 거야……. 하지만 다음번엔 내가 '영광'을 손에 넣겠어."

호들갑 떠는 두 사람을 이해할 수 없어서, 나는 아무 말도 하지 않고 촌장의 저택으로 들어갔다.

촌장의 저택 안에는 워커 가문 사람들이 즐비하게 늘어서 있었다. 우리가 나타난 것을 보고 작업의 성과를 짐작했는지, 곧바로 퀘스트에 대한 정산을 시작했다.

정말이지 수완 좋은 사람들이다. 덕분에 나는 이번에도 그냥 서 있기만 하는 신세가 됐다.

그리고 토벌 확인 작업과 보수 수령을 마친 후, 촌장이 연회를 열 예정이라는 이야기를 꺼냈다. 시간이 있거든 참석해달라는 부탁을 받았다. 게임 속에서는 흔히 있는 전개라고 생각했지만, 나는 참가에 의미가 없다고 판단하고 사양하려 했지만 나를 제외한 세 사람은 참석을 강렬하게 희망했기에 도무지 거절할 수 없었다.

곧바로 마을 전체가 분주하게 연회 준비를 시작했다. 스노우는 연설할 내용을 생각해야겠다면서 마차 안에 틀어박히고, 로웰과 리퍼는 아이들이 있는 곳으로 놀러갔다.

홀로 남겨진 나는 혼자서 근처 평원을 걸었다. 단순히 마을 사람들의 질문 공세를 피하고자 하는 이유도 있었지만, 무엇보다 어제의 '무도회'와 오늘의 '용 토벌'에 대해 혼자서 생각해보고 싶었던 것이다.

──그리고 시간은 흘러 밤이 찾아왔고, 연회가 시작됐다.

야음에 잠긴 개척지 동쪽 끝의 마을을 화롯불이 비추기 시작했다. 마을의 높다란 곳에 드랩 드래곤의 목이 내걸리고, 그 주위에서 다양한 악기를 든 사람들이 활달하게 음악을 연주하기 시작한다. 사람들은 그 음악에 맞춰서 노래하고 춤을 춘다.

대량의 음식들이 테이블에 놓여 있었다. 보아하니, 뷔페 형식으로 그 음식들을 자유롭게 먹으면 되는 모양이다. 사람들 모두 술이며 고기를 먹으며 활기차게 웃고 있었다.

짧은 시간 만에 준비된 연회였지만, 생각했던 것보다 훨씬 더 본격적이었다. 원래부터 이런 연회를 정기적으로 여는 관습이 있는 마을인지도 모르겠다.

그 연회장의 한쪽에서 나는 수많은 사람들에게 둘러싸인

채 억지웃음을 짓고 있었다.

마을 사람 가운데 한 명이 초롱초롱한 눈으로 내게 말한다.

"──카나미 님! 어떤 방법으로 용을 처치하셨는지 말씀해주시면 안 될까요?!"

그 말에 맞춰서 다른 사람들도 일제히 내 무용담을 들으려 몰려들었다.

낯간지럽기 짝이 없는 기분이었다. 어떻게 보면 무도회 때보다 더 속 쓰린 기분이었다.

저 멀리서 무슨 음유시인이라도 된 양 용 토벌의 과정을 과장해서 연설하는 스노우가 얄미워서 견딜 수가 없었다. 그 이야기가 사실인 양 받아들인 사람들이, 물 흐르듯 이쪽으로 몰려드는 것이다. 나를 골탕 먹이려고 별수를 다 쓰는가 싶은 생각만 들었다.

"아뇨, 저는 다른 동료들이 드랩 드래곤을 반쯤 죽여놓은 뒤에 숨통을 끊은 것뿐이라…….."

솔직하게 대답했지만 스노우의 호들갑스러운 이야기를 들은 사람들은 그런 내 말을 믿어주지 않았다.

"카나미 님도 참, 겸손하시기도 하셔라. 하늘을 나는 용과 1대1로 맞서 싸워서 목을 베셨다고 들었습니다만."

진심으로 성가시다. 나는 억지웃음을 지으면서 할 수 없이 거듭 설명을 되풀이한다.

하지만 넷이서 함께 거둔 승리라는 걸 주장하면 주장할수록, 겸허하고 성실한 '영웅'이라는 이미지만 생겨날 뿐이었다. 스노우가 그런 식으로 유도했다는 건 의심의 여지가 없었다. 차라리 이제부터라도 방약무인한 캐릭터를 연기해서, 모든 것을 물거품으로 만들어 버리고 싶을 지경이다.

그러나 길드마스터로서 그런 짓을 할 수는 없었다. 그런 짓을 했다가는 눈앞에 있는 여자의 기대를 저버리게 되고, 주위에는 아이들도 있다. 아이들은 나를 '영웅'이라 생각하며, 초롱로롱 반짝이는 눈으로 쳐다보고 있는 것이다.

나는 〈디멘션〉을 이용해서 나 자신의 표정을 객관적으로 살펴본다.

……피곤에 찌든 얼굴을 하고 있었다.

무도회 때와 같은 얼굴. 그 날의 글렌 씨를 연상케 하는 얼굴.

어쩌면, 글렌 씨도 지금의 나와 같은 생각을 하고 있었는지도 모른다.

그런 감정을 들키지 않도록, 나는 이야기를 계속한다. 그러다 보니, 약간 떨어진 곳에 있는 로웬을 발견할 수 있었다. 나와 마찬가지로 많은 마을사람들에게 둘러싸여 있었다.

다만, 나와는 비교도 할 수 없을 만큼 안색이 환했다.

그랬기에 미안하다고 생각하면서도, 나는 로웬에 대한 이야기를 꺼냈다.

"──저기 있는 로웬은 제 검술 스승님이에요. 제가 몬스터와 싸울 수 있는 것도 저 로웬의 가르침을 받은 덕분이죠. 검에 대한 이야기라면 로웬에게 물어보는 게 더 재미있을걸요."

오늘 지은 미소 가운데 최고의 미소를 지으며 로웬의 존재를 알리자, 사람들의 관심은 로웬 쪽으로 향했다. 뒤이어서 나는 거짓말을 한다.

"죄송해요. 잠깐 좀 실례할게요. 촌장님에게 인사를 좀 해야 해서요."

주위 사람들이 부자연스러움을 알아채기 전에, 서둘러 포위망 밖으로 빠져나온다.

하지만 아무리 더 걸어가도 사람들의 눈은 끊임없이 내게로 향하고 있다. 이러가다가는 또 포위당하는 신세가 될 게뻔했다.

"──마법 〈디멘션·글래디에이트〉."

그래서 나는 마법을 사용해서 이 자리의 시선들로부터 벗어났다. 사람들의 시선 이동을 포착해서 항상 그 반대쪽으로 걸어갔다. 그리고 주위의 모든 시선들로부터 벗어난 순간, 나는 소리 없이 도약했다.

그 누구에게도 들키지 않고, 저택의 지붕 위로 이동하는 데 성공했다. 그리고 〈디멘션〉 사용을 중단하려 하다가──그직전에 같은 지붕 위에 있는 리퍼를 발견했다.

신경이 쓰이기에 지붕 위를 달려서 다가갔다.

"……왜 그래, 리퍼? 또 아파?"

멍하니 밤하늘을 올려다보고 있었다. 그 태도가 워낙 얌

전해서, 몸이 안 좋은 게 아닌지 걱정될 정도였다.

"……아니, 그런 거 아냐. 생각할 게 좀 있어서."

갑작스럽게 나타난 나를 보고도 리퍼는 놀라지 않고 대답했다. 그녀도 〈디멘션〉으로 나를 포착하고 있었던 건지도 모른다.

"모처럼 축제도 벌어졌는데, 밑에 놀러가지 않아도 돼?"

평소의 리퍼였다면 시끄러울 정도로 왁자지껄하게 놀았을 것이다. 조용히 하늘을 올려다보고 있는 건 그녀답지 않게 느껴졌다.

"괜찮아, 보고만 있어도 재미있는걸. 그런데 무슨 일이야, 오빠?"

리퍼는 미소를 지으며 용건을 물었다. 하지만 그냥 좀 걱정돼서 말을 건 것뿐이었고, 딱히 용건이 있는 건 아니었다. 나는 화제가 될 만한 것을 찾기 위해 머릿속의 생각들을 뒤져본다.

어제부터 계속 생각해왔던 것이 있다. 마음에 걸렸던 것들이 있다.

우선 나 자신에 대한 것. 그리고 스노우, 로웰, 리퍼, 다른 동료들에 대한 것——.

그런 고민 끝에 튀어나온 말은——.

"있잖아, 리퍼는 '영웅'에 대해서 어떻게 생각해? 좋은 거라고 생각해? 모든 사람들을 행복하게 만들어줄 수 있는…… 그런 훌륭하기만 한 존재라고 생각해?"

그건 애매모호하고 지나치게 완곡했지만, 내가 생각하기에도 현재 상황의 핵심을 찌르는 질문이었다.

"으음…… '영웅'? 뜬금없는 질문이네──. 으─응…… 글쎄──. 나는 그렇게 좋은 거라고는 생각 안 하는데──."

리퍼의 그런 대답을 듣고 내 얼굴이 환해졌다.

"역시 그렇지……? 영웅이라는 건 절대로 좋은 게 아냐. 다행이야, 리퍼가 그렇게 말해줘서. 스노우랑 로웬의 생각을 영 따라갈 수가 없어서 좀 불안하던 참이었거든……."

스노우와 로웬은 '영웅'이라는 존재를 맹신하고 있는 것 같은 느낌이었다.

'영웅'을 필사적으로 얻으려 하는 두 사람의 태도에 나는 조금도 공감할 수 없었던 것이다.

"그러게 말이야. 스노우 언니랑 로웬은 좀 이상하긴 해."

"그렇지?"

공감할 수 있는 상대를 발견하니 마음이 편해지는 느낌이었다. 끊임없이 명성만을 추구하는 그 둘과 어울리고 있자면 약간 피곤해진다. 하지만 리퍼는 그런 것에 대한 맹신 같은 건 갖고 있지 않았다.

가치관이 나와 닮아 있는 것이다.

그렇게 생각하고, 다시 더 말을 이어가려고 했을 때──

리퍼의 냉정한 한마디가 막아선다.

"그렇지만 내가 보기에는, 오빠도 똑같은 것 같은데?"

"응……? 나도 똑같다고……?"

리퍼는 나 역시 스노우나 로웬과 같은 편이라고 말했다.

리퍼라면 나를 이해해 줄거라고 생각했던 내 열기가 식어 간다.

"로웬은 '아레이스 가문에 의해 주어진 사명'에 사로잡혀 있고, 스노우 언니는 '워커 가문에 의해 주어진 사명'에 사로잡혀 있어. 그리고 오빠도 '누군가에 의해 주어진 사명'에 사로잡혀 있어. 그런데 오빠는 '영웅'이 필수조건이 아니라서, 조금 소외감을 느끼고 있는 거 아냐? ……내가 보기에는 다들 하고 있는 행동은 똑같은 것 같아."

솔직히 좀처럼 이해할 수 없었다. 리퍼가 한 그 말의 의미를 반추해본 끝에 그것이 본질을 꿰뚫어 보고 한 사려 깊은 말이었음을 이해하고, 리퍼가 가진 혜안에 놀랐다.

요즘 들어 리퍼는 한 발짝 떨어져서 혼자 생각에 잠기는 일이 많았다. 하지만 뒤에서 우리를 지켜보면서 그런 생각을 하고 있을 줄은 생각도 못 했었다.

"'누군가에 의해서 주어진 사명'이라니 무슨 말이지……?"

리퍼는 의미심장하게 '주어진 사명'이라는 말을 되풀이해서 사용했다. 그 깊은 의미를 알고 싶어서 목소리를 자아낸다.

어쩌면 리퍼는 현재의 내 고민을 모조리 해결해줄지도 모른다.

"**나는** '누군가에 의해서 주어진 운명'에 저항할 거야, 오빠."

리퍼의 눈은 누구도 바라보지 않았다. 오로지 하늘만을 응시하며 자기 자신에 대해 이야기한다.

어쩐지 괴로워 보이는 얼굴로 자기 자신에 대한 이야기만을 이어간다.

"절대로 '자신의 염원을 오인하지 않을' 테니까——."

그 표정에는 조금의 여유도 없었다. 그 모습만 보아도 리퍼가 자기 자신에 대한 문제만으로 도 벅찬 상태임을 알 수 있었다. 방금 뇌까린 말은 자기 자신의 해답을 찾는 과정에서 나온 부산물인지도 모른다.

지금까지 줄곧……, 리퍼는 자기 자신의 문제와 마주하고 있었던 것이다……. 나와는 다르게…….

리퍼에게 의존하려 했던 나 자신이 한심하게 느껴졌다. 리퍼는 혼자서 고민하고, 혼자서 싸우고 있었건만, 나는 내 고민의 해답을 남에게서 구하려 하고 있었던 것이다.

지금 리퍼는 마법이라는 자신의 정체성 때문에 괴로워하고 있다. 그럼에도 자신이 가진 삶의 의지를 자기 스스로 결정해서, 그것을 지키기 위해 애쓰고 있었다.

"있잖아, 리퍼. 그 '살인충동'이라는 게 그렇게 괴롭다면 내가——."

"괜찮아, 오빠. 이건 내 문제니까, 내가 어떻게든 해결하면 돼."

내 말이 채 끝나기도 전에 리퍼는 그렇게 거절했다.

그 표정은 복잡하게 뒤얽힌 수많은 감정들을 품고 있었다.

도움을 받고 싶지만 그것을 원해서는 안 된다. 해답은 얻고 싶지만 그 해답을 나에게 물어서는 안 된다. 구원을 바라지만 구원을 받아서는 안 된다. ——그런 수많은 상반된 것들이 담겨 있는 표정이었다.

리퍼 입장에서 보면 나는 '자신의 염원을 오인하고 있는' 것처럼 보이고 있어서, 남 걱정보다 자기 일부터 먼저 해결하라는 식으로 생각하고 있을지도 모른다. 단순히 줄곧 '오인하고 있는 나'를 신뢰하지 못하는 것이리라.

"……알았어."

이를 악물면서 고개를 끄덕인다. 그대로 시선을 약간 돌려서 '팔찌'로 시선을 옮긴다.

지금까지 항상 도망쳐 오기만 했었던 문제다. 모든 것의 원인이 이것임을 확신하고 있으면서도 일부러 생각하지 않으려 피해 왔다. 시간은 충분히 있으니까, 천천히 확인해가면 될 거라고 생각해 왔었다. 현상유지가 제일이라는 핑계로 뒷전으로 미뤄 왔었다.

눈앞에 있는 어린 소녀는 고통스러워하면서도 자기 자신의 문제와 정면으로 마주하고 있건만, 나는 마주할 생각조차 하지 않았다.

리퍼의 말을 떠올린다.

『남의 운명을 갖고 놀지 마』『거짓을 용납하지 마』『자신의 염원을 오인하지 마』.

그것은 마치 나 자신의 말처럼 내 마음속에 스며들어 갔다.

현재의 내가 하는 어떤 말보다도 나다운 말이라는 생각이 들었다. 그 감각은 어떤 추측을 뒷받침했다. 머릿속 한 구석으로 생각하고 있던 추리가 현실성을 띠기 시작했기에, 그 원인과 근본에 대해서도 생각하지 않을 수 없었다.

어느샌가 나는 리퍼 옆에 앉아서 깊이 생각에 잠겨 있었다.

저절로 시선이 밑으로 내려가서, 마을에서 펼쳐지는 연회 쪽으로 눈길이 향한다. 『병렬사고』의 틈사이로, 연회에 참가하고 있는 로웬을 포착한다. 그 상황을 보고, 나는 목소리를 흘린다.

"앗. 저기……. 처음 여기 도착했을 때, 로웬이 검술을 가르쳐줬던 아이들이……."

로웬은 수많은 사람들에게 둘러싸여 있었다.

그 사람들보다 한참 더 먼 곳에서, 아이들이 머뭇거리며 로웬 쪽을 보고 있었다.

"응, 그러게."

리퍼는 건성으로 대답했다. 그녀도 나와 마찬가지로 자기 자신에 대해 숙고하고 있는 것이리라. 그럼에도 나는 계속 말을 이어갔다. 마치 확인이라도 받듯이——.

"너무 많은 사람들이 로웬을 둘러싸고 있어서, 가까이 못 가고 있어……."

"그러게."

어른들이 둘러싸고 있는 바람에 아이들은 로웬과 이야기 하고 싶어도 이야기할 수 없는 상황에 빠져 있었다.

"로웬 쪽에서는 아이들이 안 보이는 건가……?"

"서 있는 자리가 문제인지도 모르겠네……."

그 광경이 모든 것의 해답처럼 느껴졌다.

그리고 깨닫는다. 아니, 깨달은 게 아니다. 리퍼가 나에게 가르쳐주었다──. 아니, 그것도 틀렸는지도 모른다. 이 추측이 옳다면 가르쳐준 것은 나 자신.

옆에 있는 리퍼의 표정을 훔쳐봤다.

……괴로워 보였다.

하지만 그것은 곧 내 표정이기도 했다. 리퍼가 내 진정한 감정을 나에게 전해주고 있다. 그랬기에 나는 리퍼가 했던 것처럼 말한다.

"리퍼, 결심했어……. 나도 '내 소원을 오인하지 않도록' 노력해볼게……."

그 말을 들은 리퍼는 천천히 고개를 끄덕였다. 약간 기뻐 하는 기색으로.

──이제야 결심이 섰어…….

나는 내 문제를 직시할 것이다. 더 이상 멀리 돌아가지 않을 것이다. 그래서는 안 된다. 왜냐하면 내 문제의 해결법 도, 취해야할 행동도, 나 자신의 생각도 이미 처음부터 알고 있었으니까.

분명 처음부터 알고 있었던 것이다. 그 날 아침 『에픽 시 커』에서 눈을 뜬 순간부터 줄곧 온몸의 모든 세포들이 절규 하고 있었다. 그런데도 나는 그것을 무시해왔었다. 모르는 척만 해왔었다.

——그곳이 더없이 편안했기에. 더없이 '행복'했기에.

'마리아라는 여동생'이 거기에 있다는 상황이 나를 옭아매고 있었다.

불만의 여지라고는 없는 그 시간이 의심 자체를 포기하게 만들었다.

——그것이 **가장 편했으니까**. 앞날에 '영광'까지 기다리고 있었으니까.

하지만 그것은 속임수다.

스노우를 보고, 로웬을 보고 그것이 소중한 것이 아니라는 것을 깨달았다.

리퍼를 보고 정말로 소중한 것이 무엇인지를 깨달았다.

오늘까지 겪어 왔던 모든 것들이 내 자유를 **빼앗는 족쇄**였다. 그 족쇄를 채운 것은 팰린크론 레거시. 아마도 그 녀석은 내 생명의 은인이 아닐 게 분명하다. 생명의 은인은 고사하고——'적'이다.

——알고 있었다. 하지만 그 족쇄를 부수는 것이 두려웠다.

'거짓으로는 누구도 구할 수 없다'라는 걸 알고 있으면서도, 그 '진실'에 손을 뻗지 못했다.

레일 씨의 이야기에 따르면 내 과거의 기억은 '불행'하다고 한다. 마리아가 몸의 일부를 잃은 것에 필적할 정도의 '불행'이 나에게도 존재한다고 한다.

아니, '존재한다고 한다'가 아니다. 그 이야기를 처음 들었을 때부터 그 '불행'의 정체는 알고 있었다.

기억을 빼앗긴 것 정도의 수준이 아니리라. 여동생의 이름을 잘못 알고 있는 것 정도의 수준이 아니리라.

——아아, 이제, 모두의 '행복'한 시간이 끝난다.

나에게 있어서는 '자신의 목숨'보다도 '동생의 행복'이 더 높은 우선순위를 가진다. 그 점을 포함해서 생각해보면 '불행'의 해답은 하나밖에 없었다. 단 한 가지.

——**나의 여동생은 이세계에 없다는 것**.

그것이 해답.

그것 이외에는 없을 것이다……. 마리아라는 이름의 소녀는 내 여동생이 아니다…….

"우욱……."

줄곧 시선을 외면해왔던 해답과 마주하니 목구멍 깊은 곳에서 구역질이 치밀어 올랐다.

위장이 뒤집히고, 심장이 목구멍 밖으로 튀어나올 것만 같았다.

만약에 이 해답이 사실이라면 나는 지금 여기서 이러고 있을 때가 아니었다. 길드마스터 노릇 따위를 하고 있을 때가 아니었다. 지금 당장이라도 여동생을 구하러 가야만 한다.

돌아가야만 한다. **목숨을 바쳐서라도**. 여동생만은 행복하게 해줘야 한다.

지금, '진실'을 되찾아야만 한다는 결의가 또렷해졌다.

하지만 그 대신 격렬한 오한이 치밀었다. 하늘과 땅이 뒤집혀 버린 것 같은 현기증이 일었다.

목숨보다도 소중한 것이 내 손이 닿지 않는 곳에 있다는 사실이, 너무나도 괴로워서 견딜 수가 없었다.

그래도 그 고통으로부터 도망칠 수는 없다.

옆에 앉아 있는 리퍼도 나와 같은 신세다. 그녀 역시 목숨보다도 소중한 것을 타인에 의해 규정 당했고, 자기 자신이 결정한 소중한 것을 붙잡기 위해 고통 속에서 손을 내뻗고 있다.

나보다 더 어린 리퍼도 도망치지 않고 있는데, 내가 도망칠 수는 없다.

"오빠……?"

그때, 옆에 있던 리퍼가 내 변화를 알아채고 나를 쳐다보았다.

아직도 괴로운 건 여전하다……. 그래도 그녀가 그랬듯이, 걱정할 필요 없다고 웃어 보였다.

다만 나는 이미 리퍼를 생각할 만한 마음의 여유가 없었다. 다른 일에 얽매여 있을 여유 따위는 없었다. 아마 그것은 리퍼도 마찬가지일 것이다. 당연한 일이다. 자기 자신에게 전력을 다하다 보면, 남의 뜻을 받아들일 여유가 있을 리가 없으니까.

조금 전까지의 내 얕은 소견을 비웃으면서, 열기에 두뇌가 녹아버리는 게 아닐까 싶을 만큼 필사적으로 숙고하기 시작한다.

모두를 위해서 가장 좋은 방법은 최대한 빨리 해결하는 것이다. 빨리 끝내기만 하면 나는 리퍼를 구해줄 수 있게 될 것이다.

스노우와 로웬도 진정한 의미로 구해줄 수 있게 되리라.

나는 리퍼와 함께 연회의 광경과 밤하늘을 바라본다.

주빈이 사라진 것을 알아챘는지 아래쪽 연회의 분위기가 어수선해졌지만, 우리는 그 모든 것을 방치하고 지붕 위에서 계속 생각했다. 리퍼와 함께 둘이서, 줄곧——.

2. 『첫 번째 달 연합국 종합기사단종 무도회』

연회의 밤이 끝나고, 이튿날 아침——우리는 〈커넥션〉을 이용해서 연합국으로 돌아갔다.

드디어 『무투대회』 전날이다. '용 토벌'의 이런저런 사후 처리가 남아 있었지만, 나는 중요한 용건이 있다는 핑계로 혼자 『에픽 시커』를 빠져나왔다. 아무도 없는 교외의 공터로 이동해서 어제 결심했던 것을 실행하기로 했다.

"부술 수 있을까……?"

'소지품' 속에서 『크레센트 펙트라즐리의 직검』을 꺼내서, '팔찌'에 칼날을 갖다 댔다. 이 검은 그 단단하던 크리스털 골렘마저 찢어발겼던 물건이다. '팔찌'가 어떤 재료로 만들어졌건 간에 부수는 건 충분히 가능할 것이다.

'팔찌'에 갖다 댄 검에 힘을 주어서 단숨에 베어내려 했다.

——하지만 검이 '팔찌'에 흠집을 내는 일은 생기지 않았다.

『크레센트 펙트라즐리의 직검』의 날카로움이 '팔찌'의 강도에 밀렸기 때문은 아니었다.

단순히 검을 다루는 내가 '팔찌'를 베기 직전에 힘을 뺐기 때문이었다.

의지와 상관없이 몸이 자기 마음대로 힘을 빼버렸다. 혀를 차면서 다시 한 번 손에 힘을 불어넣었다.

"——윽!!"

그러나 '팔찌'에는 흠집 하나 나지 않았다.

몇 번을 되풀이해봐도 마찬가지였다. 저주라도 받은 것처럼 '팔찌'는 멀쩡하게 그 자리에 계속 존재했다.

그뿐만이 아니라 억지로 부수려고 하다 보니 몸 상태가 악화되는 기분까지 들었다.

저항하려 하는 힘을 앗아가기라도 하려는 듯 구역질과 현기증이 덮쳐 왔다.

마치 '저주'라도 되는 것처럼…….

"큭, 역시나…….."

예상은 하고 있었지만, 그래도 충격이 컸다.

바로 얼마 전까지만 해도 '팔찌'는 마음만 먹으면 언제든 부술 수 있을 거라고 낙관해왔었다. 그러나 현실은 완전 딴판이었다. 단호한 결의를 가진 상태에서도 흠집 하나 내지 못한 것이다.

"……하는 수 없지. 다음으로 넘어가는 수밖에."

마음을 다잡고 다음 행동으로 넘어간다.

간밤에 열심히 심사숙고한 덕분에 이런 경우에 대한 각오는 이미 하고 있었다. 빠른 걸음으로 『에픽 시커』에 돌아가서, 아무도 모르게 〈커넥션〉을 통해 미궁 안으로 들어갔다.

11층으로 이동해서 몬스터를 찾았다.

어느 정도의 공격력만 있다면 어느 녀석이든 좋다. 초조함에 휩싸여서 마구 쏘다녔다.

그리고 고릴라처럼 생긴 다루기 쉬워 보이는 몬스터를 발견해서 맨주먹으로 다가갔다. 사냥감을 발견한 몬스터는 포효와 함께 나에게로 덮쳐든다.

"——마법 〈디멘션·글래디에이트〉."

공간 전체를 파악하고, 굳건한 의지를 지닌 채 그 자리에 멈춰 서서, 몬스터의 우람한 주먹을 '팔찌'로 막아내려 했고——다음 순간, 몬스터는 두 쪽으로 찢어발겨졌다.

빛이 되어 사라져 가는 몬스터의 모습을 지켜보며, 식은 땀을 흘린다.

나도 모르는 사이에, 내 손에는 검이 들려 있었다.

알고 있다. 〈디멘션〉을 통해 파악했다. 그 과정도 기억하고 있다.

내가 '팔찌'로 방어하기 직전——정체불명의 감정에 사로잡혀서, '소지품' 속에서 검을 뽑는 동시에 적을 베었다. 단순히 그렇게 된 것뿐이었다.

"몬스터를 이용해서 부수는 것도 안 되는 건가……?"

눈앞에 직면한 사실에 전율하면서, 방금 느꼈던 정체불명의 감정을 분석했다. 그 순간 나는 공포를 느끼고 있었다. 더없이 소중한 것을 잃는다는 공포였다.

공포가 내 몸을 움직여서 '팔찌'를 부수려 하는 적을 무의식중에 처치했다.

거기까지는 이해했다. 이해했지만, 그 감정이 생겨난 이유를 도무지 알 수 없었다.

이건 마치 내가 이 '팔찌'를 내 여동생에 못지않게 소중히 여기고 있는 것 같지 않은가.

이런 성가신 '팔찌'가 여동생에 버금가는 존재일 리가 없다. 그 점만은 장담할 수 있다.

다시 말해 이것은 나 자신의 의지와는 무관하게 자신의 감정을 농락당하고 있다는 사실을 뒷받침하는 근거였다. 분석을 마치는 동시에 칙칙한 감정이 솟구쳐 올랐다.

그것은 나 자신이 다른 누군가의 노리개가 되어 버렸다는 사실에 대한 분노다.

리퍼가 한 말 가운데 하나를 떠올렸다.

──『남의 운명을 갖고 놀지 마라』.

이제야 진정한 의미에서 그 말을 이해했다. 지금까지 절규하고 있던 모든 세포들을 이제야 이해할 수 있었다.

분노한 나머지 손바닥에서 피가 배어나올 정도로 주먹을 꽉 움켜쥐었다. 그리고 그 주먹으로 '팔찌'를 후려치려 했으나──빗나갔다. 주먹은 팔꿈치 언저리에 적중하고, 고통이 온몸에 퍼져 나갔다.

"빌어먹을……! 한 번 더 해보는 거야. 이번에는 좀 더……!"

나는 결의를 새로 다진다.

이번에는 무슨 일이 있어도 움직이지 않으리라. 그렇게 마음먹고 새로운 몬스터를 찾았다.

그리고 같은 몬스터를 몇 마리 더 찾아내서, 그들에게 포위당하도록 몸을 드러냈다.

"와라!"

고릴라처럼 생긴 몬스터들의 우람한 주먹이 사방에서 덮쳐들었다.

몬스터들의 모든 주먹을 맨몸으로 받아내겠다고 마음속으로 다짐하고, 공격 하나하나에 '팔찌'를 맞추려고 시도해보았다.

그 자리에서 꼼짝도 하지 않는 나의 몸에 몬스터들의 주먹이 직격했다. 직격하고, 직격하고, 직격하고——그러나 '팔찌'에는 절대로 직격하지 않았다.

그 부분만은 몸이 제멋대로 피해버렸다.

"끄으, 으으윽!!"

몸에는 고통이 몰아치건만 그 와중에도 몸은 내 의사와 관계없이 '팔찌'만은 지켜내려 했다.

머리를 얻어맞아서 시야가 흔들린다. 흉부가 찢어발겨져서 정신이 아득해진다. 팔다리가 타박상을 입어 뜻대로 움직이지 않는다. 그럼에도 '팔찌'만은 멀쩡했다.

이대로 가다가는 죽을지도 모른다는 생각이 들어서, 나는 할 수 없이 포위하고 있던 몬스터들을 베어서 처치했다.

흩어져 사라지는 빛 속에서 흐르는 피를 닦았다. '소지품' 속에서 회복 아이템을 꺼내 최소한의 지혈을 시행했다.

"이것도 실패군……. 그럼, 다음 방법을 취하는 수밖에……."

상처투성이가 된 몸을 질질 끌고, 10층의 〈커넥션〉을 통해서 『에픽 시커』로 돌아갔다. 곧바로 집무실에서 〈디멘션·멀티플〉을 펼쳐서, 내 무의식의 방어를 깰 수 있을 법한 실력자를 찾았다.

우선 로웬을 발견했다. 그는 도시를 산책하는 중이었다.

길거리를 걷는 그와 만나서 아침에 갔던 공터로 다짜고짜 그를 데려갔다.

로웬은 약간 놀라기는 했지만, 순순히 따라와주었다. 거기서 나는 단도직입적으로 부탁한다.

"──로웬. 이 '팔찌'를 부숴주면 안 될까?"

로웬은 그 말을 듣고, 뒤이어 상처투성이인 내 몸을 보자 모든 것을 이해한 모양이었다.

모든 것을 이해한 로웬의 얼굴이 일그러졌다.

"'팔찌'를……? 왜지? 왜 하필 지금 이 타이밍에……?"

"……이제나마 거짓을 용납해서는 안 된다는 걸 깨닫게 됐거든. 리퍼가 가르쳐줬어."

"리, 리퍼가?"

로웬으로서는 생각도 못 했던 일이었는지 그는 놀라는 기색이 역력했다.

"그러니까 전부 다 기억해낼 생각이야……. 실은 훨씬 더 빨리 기억해냈어야 했지만……."

친구로서 거짓 없는 내 솔직한 생각을 로웬에게 전했다.

하지만 그 말을 들은 로웬의 표정은 어두웠다. 더없이 어두웠다.

"미안하지만…… 그럴 순 없어. 그것만은 못 해."

로웬은 시선을 돌리며 내 부탁을 거절했다.

"못 한다고……?"

"카나미의 몸과 마음이 불일치한다는 것을 느꼈을 때, 나는 레일 셍크스에게 가서 사정을 물어봤어. 아마, 내 쪽이 카나미 자신보다 더 자세하게 알고 있을 거야……."

그 말에 이번에는 내가 놀랐다. 하지만 로웬도 친구로서 거짓 없이 솔직하게 이야기해주고 있음을 느낄 수 있었다. 내가 말을 꾸미지 않은 것처럼 로웬도 말을 꾸미지 않았다.

"그 이야기를 들은 끝에 나는 판단했어. 카나미의 '팔찌'는 빼지 않는 편이 낫다고. 내 생각도 레일 셍크스와 같아. 카나미는 기억을 되찾지 않는 편이 좋다고 생각하고 있어. 그러는 편이 훨씬 '행복'하니까. ──**모두가 '행복'해질 수 있어.**"

로웬의 대답을 듣고, 나는 얼굴을 찌푸렸다.

"로웬! '행복'하다고 해서 모든 게 용납될 수 있는 건 아니라고 생각해. 거짓으로 범벅된 '행복'은 잘못된 거야. 기억은 없지만 과거의 내가 화내고 있다는 건 알 수 있어. 그러니까 나는 반드시 기억을 되찾을 거야. 지금 당장 되찾아야만 해……!"

"그, 그건 안 돼……! 그 '팔찌'를 빼면 카나미는 내 부탁을 들어주지 않을 가능성이 높아. 분명 나는 안중에도 없어질 거야. 그러니까 팔찌를 빼는 것에는 협조할 수 없어. 하고 싶지 않아……!"

나약한 목소리였다. 자기 자신의 사정 때문에 고개를 젓는 자기 자신을 부끄러워하는 것처럼 보였다.

"그건 걱정 안 해도 돼! 나는 로웬의 미련을 해소하는 일에 협조할 거야! 기억이 돌아오더라도, 반드시!"

"그건 아직 기억을 되찾기 전의 카나미니까 할 수 있는 소리야⋯⋯. 기억이 돌아오면 어떻게 될지 알 수 없어. 그러니까 나는 지금 이대로의 카나미를 선택할 거야⋯⋯."

"내 마음과 몸의 밸런스가 엉망진창이라고 이야기한 건 로웬이었잖아! 로웬은 정말로, 내가 그렇게 균형이 무너진 상태로 지내도 된다고 생각하는 거야?!"

"그, 그건⋯⋯."

로웬은 어물거린다. 그 모습으로 보아, 지금 이 상태로 계속 지내는 게 좋다는 말이 진심이 아니라는 걸 알 수 있었다. 하지만 그럼에도 양보할 수 없는 무언가가 있다는 것 역시 알 수 있었다.

나는 한층 더 다그치려고 몸을 들이댔다. 하지만 로웬은 그런 내 행동을 차단했다.

"——미안하다, 카나미. 『무투대회』가 끝날 때까지 기다려줘."

로웬은 자신의 말이 이치에 맞지 않는다는 걸 자각하고 있었다. 그럼에도 불구하고 자기 자신의 소원을 포기하지 않으려 하고 있었다. 사죄와 함께 간결한 말로 이야기를 매듭지었다.

"여러 가지 의미에서『무투대회』는 더없이 좋은 기회야. 거기에 나가면 나는 확인할 수 있어. 카나미를 넘어서는 '영웅'에 다다를 수 있다는 예감이 들어. ──그리고 그 '팔찌'를 빼지 않은 상태라면 카나미는 모든 것을 알아내기 위해서 최선을 다해서 나와 싸워줄 거라는 확증이 있어. 레일 셍크스와 그런 거래를 했잖아? 그러니까 나는 '팔찌'를 부수고 싶지 않아. 부술 수는 없어……."

로웬은 자신의 소원과 계획을 모조리 털어놓았다.

"로웬……. 그렇게까지 해서 '영웅'이 되고 싶어……?"

"그래, 그게 내 꿈이니까. 아주 어린 시절부터 오직 그것만을 꿈꾸며 살아왔어. 아아, 천 년 전부터 계속……. 지금까지 계속……."

로웬은 무언가에 쫓기듯이 말을 자아냈다. 자아내고 또 자아낸 끝에 소리쳤다.

"그걸 포기한다는 건, 나 자신의 인생을 배신하는 일이란 말이야! 아레이스 가문의 비원을 이뤄내지 못하면, 이 세상에 태어난 의미가 없어져!"

절규하는 로웬은 괴로워 보였다.

나나 리퍼처럼 허세에 찬 웃음을 짓지도 못한 채 얼굴을 찌푸리고 있었다.

그 차이는 어렴풋이 짐작이 갔다.

나와 리퍼는 '자신이 스스로의 염원을 오인하고 있다'라는 것을 받아들인 상태다. 하지만 로웬은 '자신이 스스로의 염원을 오인하고 있다'라는 것을 받아들이지 못하고 있다.

"그렇게 괴로워 보이는데 미련이 사라질 리가 없잖아…….
아마, '영웅'이 되더라도 로웬은 구원받을 수 없을 거야…….
로웬을 구할 수 있는 건 그런 게 아닌 다른 거야. 그 정도는
지금의 나도 알 수 있어……."

"그래, 그럴지도 모르지……. 하지만 **이미 기억해내고 말
았어**. 오직 영웅이 되는 것만이 아레이스 가문에 태어난 적
자의 숙명이고, 나는 '영웅'이 되기 위해 태어났다는 걸……."

로웬은 가만히 고개를 가로저었다. 그 말을 끝으로 내게
서 한 발짝 물러선다.

"『무투대회』는 이미 내일로 다가왔어……. 『에픽 시커』에
안내장이 왔어. 출전자는 오늘 중으로 이동식 거대극장 『브
아르홀라』에 가야 한다고 하더군. 나는 먼저 『브아르홀라』
로 갈게. 대회에서 만나자, 카나미. ……그러면 모든 것이
해결될 거야."

나는 생각했다.

지금 이 자리에서 모든 것을 판가름 낸다는 선택지를 떠
올렸다. 나 하나만 생각하자면 여기서 30층의 가디언인 로
웬 아레이스를 처치하고, 레일 씨에게 가서 기억 회복을 요
구하는 방법을 택할 수도 있었다.

하지만 그 '주어진 길'로 가는 건 싫었다. 그 길을 선택하
면──**패배**라는 생각이 들었다. 그래서 나는 로웬의 소원
대로 『무투대회』에서 모든 것을 판가름 짓는 길을 선택하고,

그를 보내주기로 했다.

"알았어……."

그것을 끝으로 로웬은 등을 돌려 떠나간다.

그 뒷모습은 지난번처럼 나약해 보이지는 않았다. 바람 앞의 등불처럼 나약했었던 로웬은 어느 샌가 짙은 마력을 몸에 휘감고 있었다.

『무투대회』를 목전에 두고 또렷하게 미련을 되찾은 것이다.

로웬 본인은 그 미련의 정체가 '영웅'일 거라고 믿고 있지만, 아마 그건 아닐 것이다.

'영웅'도 '영광'도 '명예'도 로웬을 구원해줄 수 없다.

전부터 어렴풋이 느끼고 있던 점이었지만, 어제의 용 토벌을 계기로 확신할 수 있었다.

그렇다 해도 로웬은 원할 것이다.

아레이스 가문을 위해서인지, 생전의 지인을 위해서인지, 모종의 약속 같은 게 있었던 건지, 그 점은 알 수 없다. 알 수 없지만…… 로웬은 지나칠 정도로 다정한 남자인 만큼, 자기 자신이 아닌 다른 누군가를 위해서 『무투대회』로 가는 길을 선택하리라.

──누군가가 제지하지 않으면 로웬은 계속 잘못된 길을 나아갈 것이다.

그리고 그런 그를 제지할 수 있는 건 오직 나뿐일 거라는 예감이 들었다. 그것이 30층에 도달한 자의 의무인 것 같은 느낌이 들었다.

하지만 아직은 무리다. 리퍼 때도 느꼈지만, 나 자신의 문제를 해결하기 전에는 아무것도 할 수 없다. 자기 자신의 소중한 것도 기억해내지 못하는 내가 다른 사람을 올바른 길로 인도할 수 있을 리가 없는 것이다.

나는 로웬을 위해서라도 나 자신의 '팔찌' 파괴를 서두르기로 했다. 〈디멘션〉을 확장시켜서 지금까지 뒷전으로 미뤄 두고만 있었던 그녀를 찾는다.

불안하지만 어쩔 수 없다. 내 '팔찌'를 부술 수 있을 법한 지인은 그녀밖에 없는 것이다.

나는 『에픽 시커』에 있는 스노우를 향해서 발걸음을 내딛었다.

◆ ◆ ◆ ◆ ◆

내가 스노우의 방에 찾아가니, 그녀는 반가운 얼굴로 나를 맞이해주었다. 서투른 손놀림으로 차를 끓여다 주고 내 안색을 살폈다.

시종일관 스노우는 미소를 잃지 않았다. 하지만 무도회 날 밤에 그녀가 한 말 때문에 그 미소를 받아들일 수가 없었다. 지금 그녀는 "편해지고 싶다"라는 이유로 아양을 떨고 있었다. 일단 그것을 이해하고 나니, 내 마음은 식어가기만 할 뿐이었다.

스노우는 화제가 될 만한 걸 찾다가 예전에 짠 머플러들을 보여주었다. 그 외에도 뜨개질 도구며 재봉 도구를 꺼내서 취미를 공유하려는 듯 적극적으로 말을 걸었다.

하고 싶은 말은 산더미처럼 많다. 하지만 지금은 제일 중요한 것을 확인해야만 한다.

나는 마음을 다잡고, 이야기를 꺼냈다.

로웬 때와 마찬가지로, 솔직하게 '팔찌' 파괴에 대한 협조를 부탁했다.

그 말을 들은 스노우의 표정이 로웬 때와 마찬가지로 일그러졌다.

"──뭐?"

"내 의지는 한계까지 억누를게. 스노우가 있는 힘을 다해서 '팔찌'를 부숴줬으면 해."

'팔찌'라는 말을 듣는 순간, 스노우의 표정이 무너졌다.

방 안은 순식간에 정적에 잠겼고, 우리는 서로를 마주 보았고── 스노우는 시선을 외면하며 뇌까렸다.

"……시, 싫어."

떨리는 목소리로 거부했다.

처음 만났을 때는 '팔찌'를 부수라고 추천해줬을 정도였으니, 웃으면서 협조해줄지도 모른다는 희망을 품고 있었다. 하지만 그런 희망은 무너졌고 스노우는 연신 고개를 가로저을 뿐이었다.

"안 돼……! 절대로 안 돼……!!"

시선을 땅바닥으로 향한 채, 어린애처럼 고개를 젓는다.

지금껏 줄곧 스노우에 대해 품고 있었던 불안감이 적중했다. 기우이기를 바랐었건만.

"안 돼……! '팔찌'를 부수다니 이제 와서 그럴 수는 없어……! 그 '팔찌'를 부수면 분명히 카나미는 『에픽 시커』를 떠날 테니까! 라우라비아를 떠날 테니까! 카나미가 없는 생활은 생각도 하기 싫어! 그건, 그것만은 죽어도 싫어……!!"

"스, 스노우……."

그런 스노우의 본심 앞에서 나는 압도당했다.

필사적이었다. 그렇게 게으르던 스노우가 이렇게까지 필사적으로 매달리고 있었다.

그것만으로도 나는 말문이 막혀버렸다.

"이, 있잖아, 카나미……. 그냥 지금 이대로 살면 안 돼? 부족한 건 아무것도 없잖아? 지위도 명예도 돈도 안전도, 모든 걸 다 손에 넣을 수 있잖아? 이렇게 풍족한데, 뭘 더 바란다는 거야? 제발 부탁이니까, 그러지 마……. 제발 그러지 마……."

일그러진 미소를 지으면서, 다시 한 번 생각해보라고 애원했다.

"스노우, 지금 이대로는 안 돼. '진실'이 부족하니까. ……어쩌면 그 '진실'은 내 목숨보다도 더 중요한 걸지도 몰라. 그러니까 나는 '팔찌'를 부술 거야."

미리 준비해두었던 말로 대답했다.

내가 주저 없이 대답하자, 스노우는 "에헤헤……"하고 억지웃음을 지으며 계속 설득했다.

"나, 좋은 아내가 될 테니까……! 꼭 좋은 아내가 될 테니까! 그러니까, 그냥 이대로 있어줘, 카나미! 나는 지금의 카나미가 좋은걸! 앞으로도 계속, **같이 속으면서 살자**! 부탁이야, 카나미! 모두가 행복해질 수 있는 세계가 바로 여기 있잖아?!"

"……그래, '행복'해질 수는 있을 거야. 그렇게 되도록 만들어졌다는 모양이니까. 하지만 그건 안 돼. 스노우도 방금 '속으면서 살자'라고 이야기했잖아. 속고 있다는 걸 알면서도 그걸 고분고분 받아들이고만 있을 수는 없어. 나는 절대로 '나 자신의 염원을 오인'할 수는 없어……!!"

나를 올바른 길로 되돌려준 리퍼의 말을 빌려서 스노우에게 호소했다.

"그래도 나는 속으면서 살고 싶은걸……. 앞으로도 쭉, 영원히 속으면서 살고 싶어. 그러니까 카나미도 나랑 같이 속아줘……. 제발……."

"미안, 그럴 수는 없어."

냉정하게 고개를 가로젓는다. 내 결의가 굳건하다는 걸 깨달은 스노우는 표정을 바꾼다.

"……그, 그럼 말이야! 조금만 더 기다려줘! 『무투대회』에서 우승해서, '진짜 영웅'이 돼서 나를 구해줘! 최소한 그 정도라도——."

"그것도 틀렸어, 스노우. 아무리 외치고 불러봤자, 스노우가 원하는 '영웅'이 구하러 와주지는 않아. ……오지 않아."

'영웅'이라는 말을 듣고, 간밤에 내가 도달한 해답을 스노우에게 전해준다.

"으, 응? 아, 안 온다구……?"

"나는 '영웅' 같은 건 되지 않을 거야. 그 길이 그릇된 길이라는 걸 깨달았으니까……. 그러니까 스노우가 원하는 '영웅'은 절대로 나타나지 않아……."

어쩌면 이 말은 기억을 되찾은 후에 하는 게 나았을지도 모른다. 하지만 지금 이야기하지 않고는 견딜 수가 없었다. 될 수 있으면 『무투대회』가 시작되기 전에 스노우가 자신의 진짜 소원을 깨달아주었으면 싶었다.

"우, 우우……. 우, 우으우우……."

기어이 스노우의 눈가에 눈물이 맺힌다.

마음이 욱신 아파왔다. 하지만 나는 냉정함을 유지했다.

"나는 진짜 염원을 찾아냈어. 아직 기억은 조금도 되찾지 못했지만, 그게 틀림없는 내 염원이라는 점만은 분명히 알 수 있어. 나는 기억을…… '진실'을 되찾을 거야. 그리고, 더 이상은 누구의 마음도 농락당하지 못하게 할 거야. ……그러니까, 스노우도 잘못된 길을 가지 말아줬으면 해. 워커 가문의 염원이 아니라, 스노우 자신의 염원을 이루는 거야."

이번에도 리퍼에게서 들은 말을 그대로 따라한 것뿐이었

지만, 그 뜻을 분명하게 스노우에게 전했다.

스노우는 무릎을 꿇었다. 털썩 주저앉더니 양손으로 얼굴을 싸쥐었다.

"아, 아아아아, 카나미……. **나의** 카나미가…….'"

"아니. 나는 스노우의 것이 아냐…….'"

그 점만은 분명하게 부정했다. 그러자 스노우는 고개를 푹 숙인 채, 메마른 웃음을 흘리기 시작했다.

"──하, 하핫, 하하하하하. ──역시, 안 되는구나. 나는 안 되는 거였구나."

"스노우는 '영웅인 나'를 좋아하는 건지도 모르지만, 나는 '영웅인 나 자신' 같은 건 영 마음에 안 들어……. 아마 나와 스노우는 처음부터 서로 어우러질 수 없는 사이였을 거야…….'"

착각하지 말아줬으면 좋겠다는 생각에 단호하게 부정했다.

그 말을 들은 스노우는 토라진 듯 대꾸한다.

"……카나미는 내가 싫구나. ……나는 그냥 엘미라드랑 결혼하라는 거구나."

"그런 말은 한 적 없어……! 스노우의 결혼은 스노우가 스스로 결정해야 할 일이야. 내가 결정할 일이 아냐……!"

다른 이의 강요에 못 이겨 하는 것이어서도, 억지로 하는 것이어서도 안 된다.

그리고 '편하니까'라는 이유로 결혼하는 것도 잘못된 것이다.

"그, 그렇지만! 카나미가 다 정해준댔어! 펠린크론은 그렇게 이야기했었는걸! 나를 이끌어줄 사람은 카나미뿐이라고 그랬어! 분명히 그렇게 말했었……는데…….."

"다른 사람의 말만 듣고 결정하면 안 돼. 자기 스스로 생각하고, 자기 스스로 결정한 것만 믿어야 돼."

리퍼처럼 스노우도 자기 스스로의 소원을 찾아내 주기를 바라는 마음에 나는 '스스로 결정해라'라고 말했다.

"나, 나는 그런 거 못 해……. 너무 어려운걸……."

하지만 내 바람은 이루어지지 않았다.

그 말을 들은 스노우는 로웬이 그랬던 것처럼 절망으로 가득 찬 표정을 보였다.

그러더니 힘없는 목소리로 중얼거린다.

"펠린크론……. 카나미는 나를 버렸어……. 그리고 여전히 아무도 나를 구해주지 않아. 아무도, 아무도 나를 구해주지 않아! 으아앙, 우우우……."

"다른 사람 찾지 마! 자신의 염원을 스스로 찾아내서, 자기 자신을 구하는 거야! 스노우한테는 그럴 수 있는 힘이 있어! 스노우 네가 너 자신을 위해서 최선을 다해 살아가면 돼!"

리퍼나 나처럼, 스노우도 자기 자신의 힘으로 앞으로 나아가 주기를 바랐다.

"……나는, 못 해."

하지만 스노우는 제대로 생각도 하지 않은 채 체념하고

부정한다.

포기하지 말라고 말하는 나에게 스노우는 담담하게 대꾸한다.

"……싫어. 조금 열심히 살아봤더니, 오히려 이 꼴인걸. 최선을 다해 산다는 건 어림도 없는 이야기야. 진심으로 카나미를 원했더니, 버려져서 이렇게 슬픈걸. 죽고 싶을 만큼 슬픈걸. 역시 진심을 다한 게 잘못이었어. 진심을 다하지 않았더라면 좋았을걸……. 진심을 다하면 진심으로 괴롭잖아……!!"

공허한 표정으로 투덜투덜 뇌까린다.

그리고 어떻게든 내 생각을 바꿔보려는 듯, 내 이름을 부르며 다가왔다.

"카나미……. 너무 힘들어, 카나미……. 제발, 어떻게 좀 해줘……."

스노우는 손을 뻗어서 내게 매달리려 했다.

약한 소리만 늘어놓는 그 모습을 보고 나는 경악했다.

"이제 더 이상 아무것도 하고 싶지 않아. 아무것도 결정하고 싶지 않아. 아무것도 생각하고 싶지 않아……. 부탁이야, 카나미……."

지금까지 스노우를 오해해왔었다.

내 상상을 아득히 뛰어넘을 만큼 그녀의 정신은 나약하다. 무언가 매달릴 게 없으면 스노우 워커라는 소녀는 혼자서는 제대로 걷지도 못하는 것이다.

그렇다고 해서 지금 내가 손을 내밀어준다고 해도, 스노우는 전혀 달라질 수 없을 것이다.

같은 행동을 되풀이하게 된다. 점점 더 마음이 약해진다.

그렇기에 나는 스노우에게서 거리를 두기로 했다. 절대로 손이 닿을 수 없는 곳까지 후퇴해서, 심호흡을 통해 마음을 진정시켰다. 그리고 마지막 말을 고했다.

"……나는 나 자신의 길을 정했어. 그러니까 스노우도 자기 자신의 길을 정해주면 좋겠어."

나는 등을 돌렸다. 그리고 뒤도 돌아보지 않은 채 문을 열고 방을 나섰다.

"아……, 카나미――……."

등 뒤에서 내 이름을 부르는 목소리가 들린다.

스노우의 떨리는 목소리가 들린다. 하지만 여기서 뒤를 돌아보아서는 안 된다. 스노우가 이렇게 나약해진 건, 내가 너무 오냐오냐해줬기 때문이다. 나라는 존재 때문에 스노우는 실제로는 존재하지 않는 희망에 기대해서, 이런 당연한 결과에 막대한 심리적 타격을 받았다.

더 이상 스노우의 응석을 받아준다면, 그녀는 이제 두 번 다시 자기 스스로는 아무것도 결정할 수 없게 될 것이다. 언젠가 내가 그녀에게 손을 내밀어준다고 해도, 그건 적어도 그녀 자신의 힘으로 결단을 내린 뒤가 될 것이다.

나는 애끓는 마음으로 스노우를 내버려두고 방을 나왔다.

묵묵히 『에픽 시커』 안을 걸으면서 생각한다. 이제 동료들

중에서 내 '팔찌'를 부숴줄 수 있을 법한 사람은 아무도 안 남은 셈이다. 『에픽 시커』에서 가장 강한 실력자인 보르자크 씨라 해도 내 몸에 생채기 하나도 낼 수 없을 것이다.

다른 실력자를 찾아보는 수밖에 없었다.

다만, 운이 좋게도 지금이라면 그런 실력자를 찾는 건 어렵지 않았다. 마침 오늘은 세계 각지에서 실력 있는 자들이 한곳에 몰려드는 날이기 때문이다.

연합국의 『무투대회』──거대 이동형 극장 『브아르홀라』에 가는 수밖에 없다.

하지만 나는 거기에 가기 전에 인사를 해 두어야 할 사람이 있기에 주저 없이 『에픽 시커』 본거지의 최상층으로 가서 방문을 열었다.

"──**마리아**, 좋은 아침."

애써 미소를 지으며, 이제 정말 내 여동생이 맞는지 아닌지도 알 수 없게 된 소녀에게 말을 걸었다.

"아, 오빠……."

마리아는 침대 위에 앉은 채 이쪽으로 고개를 돌렸다.

그 모습은 보기만 해도 사랑스럽게 느껴졌다. 하지만 이 흑발 소녀가 내 여동생이 아닐 가능성이 높았다. 아니, 아마 여동생이 아닐 것이다. 그 정황증거는 이제 충분히 갖춰진 상태다.

따라서 지금 느껴지는 이 애정은 이 '팔찌'에 의한 것이라 판단했다. 기억을 조작할 수 있을 정도면 그 정도 감정 조작은 식은 죽 먹기일 것이다.

나는 솟구쳐 오르는 감정을 억누르고 그녀에게 한동안의 작별을 고했다.

"이야기는 들어서 알고 있겠지만, 오늘부터『무투대회』라는 이벤트가 있어. 나는 라우라비아의 대표로서 거기에 참가하러 갈 거야."

"……알고 있어요. 그럼, 저는 여기서 기다리고 있을게요. 저는 앞도 못 보니까, 가봤자 관전도 못 하고 걸림돌만 될 테니까요."

"하긴……."

앞을 못 보는 이 소녀의 정체가 궁금해졌다. 팰린크론에게 협조하고 있는 연기력 좋은 소녀인가 하는 생각도 잠시 했었지만, 그녀가 팔에 차고 있는 '팔찌'가 그 가설을 부정했다. 아마 이 소녀도 나와 같은 상태일 것이다.

소녀의 '팔찌'를 파괴해야 할지 어떨지를 고민한다. 파괴해 버리면 소녀는 자신의 진정한 모습을 기억해낼 것이다. 기억을 되찾은 그녀를 통해서 새로운 정보를 손에 넣을 수 있을 가능성도 높긴 하지만, 나는 좀처럼 그 방법을 선택할 수 없었다.

눈앞에 있는 소녀가 나와 같은 결의를 갖고 있는 건 아니다.

내 판단 때문에 이 소녀가 무시무시하게 '불행'한 기억을 떠올릴지도 모른다고 생각하니, 망설이지 않을 수 없었다.

이것도 리퍼를 비롯한 동료들의 문제와 마찬가지다. 우선 내 기억을 되찾는 게 먼저다.

웃는 얼굴로 마리아에게 말했다.

"그럼, 며칠 동안 다녀올게. 마리아."

"어, 벌써 가시는 거예요……?"

"응, 급한 용건이 좀 생겨서. 미안."

"……그러시다면 어쩔 수 없죠. 다녀오세요, 오빠."

마리아는 내가 떠나는 걸 아쉬워하는 것 같았지만, 그런 그녀의 감정도 진짜인지 어떤지 알 수 없는 상태였다. 즐거운 대화를 나누는 건 애초부터 불가능했기에, 대화도 하는 둥 마는 둥 하고 방을 나섰다.

한껏 찌푸린 얼굴로 다시 『에픽 시커』 안을 걸었다.

그리고 길드 멤버에게서 길드마스터에게 배달된 『무투대회』 관련 자료를 받아 읽었다. 거기에는 『무투대회』에 대한 안내와 숙박지가 적혀 있었다.

숙박지는 어느 고급 숙박선의 경치 좋은 최상층에 위치한 1등실이었다.

그 자료를 통해 이동식 거대 극장 『브아르홀라』의 전모를 확인하고, 그 괴상한 구조에 놀랐다.

거대한 배 한 척이 있는 것인 줄로만 알았는데 그건 착각이었다. 『무투대회』 시기가 되면 연합국에 있는 큼직한 선박들이 모여든다고 한다. 호위를 위한 전투선은 물론이고, 서커스나 공연 등을 하는 배며, 레스토랑이 들어있는 배도 있다고 적혀 있었다.

숙박 전용 선박만 해도 10척이 넘고, 거기에 세계 각지의 귀족들을 태운 배까지 오게 되니, 그 배들의 총 수는 어마어마한 수준이 된다.

이제 『무투대회』 하루 전인 만큼, 모든 배가 쇠사슬로 연결돼 있어서, 선단 내를 자유롭게 도보로 이동할 수 있게 될 것이다. 거대 극장선 『브아르홀라』를 중심으로 구성된 선단은 두말할 나위 없이 세계 최대 규모의 선단일 것이다. 그리고 사람들은 오늘부터 그 선단 전체를 『브아르홀라』라고 부른다.

그 『브아르홀라』 안을 걸을 수 있다는 사실에 대해 약간 흥분을 느꼈다. 그러나 그 열의는 채 1초도 되지 않아서 식어버렸다. 만약에 그런 내 생각을 공유할 수 있는 사람이 내 곁에 한 명이라도 있었더라면 그 흥분은 사라지지 않았겠지만, 지금은——내 곁에는 아무도 없다.

혼자서 라우라비아 북쪽을 향해 걸어갔다.

외로움은 숨길 수 없었다. 조금 전까지만 해도 스노우, 로웬, 리퍼, 이들 세 명과 함께 축제라도 즐기는 기분으로 『무투대회』에 참가할 수 있을 거라고만 생각했었다.

하지만 현실은 반대…… 뿔뿔이 흩어지게 됐다.

외로움이라는 감정과 함께 스스로가 한심하게 느껴졌다. 그리고 퍼뜩 생각했다.

"'지크프리트 비지터'라는 녀석이었다면……, 이것보단

더 잘 할 수 있었을까……?"

뒤늦게나마, 나는 과거의 나 자신이 궁금해졌다. 전설 속 '영웅'인 지크프리트라는 이름을 자기 자신에게 붙이고, 의연하게 미궁에 도전했던 그였다면, 지금의 나보다는 훨씬 더 잘해 나갈 수 있었을는지도 모른다.

"……아니, 아냐. 내가, '아이카와 카나미'가 해내야 해!"

고개를 휘젓는다.

'지크프리트 비지터'는 모든 이를 구해줄 수 있는 근사한 녀석이었는지도 모른다. 그러나 지금 여기에 있는 건 나다. 여기에 있지도 않은 환상 속 존재에 의지해서는 안 된다.

존재하지도 않는 것에 기대어봤자, 앞으로 나아가지 못하는 스노우처럼 될 뿐이다.

스노우에게 길을 제시해 주기 위해서라도, 몸에 다시 기운을 불어넣고 『브아르홀라』로 가자.

분명 거기에는 있을 것이다. 지금, 나와 이해관계가 완전히 일치하는 두 사람이.

기억을 되찾기 전에는 동료로서 신뢰할 수 없지만, 기억을 되찾는다는 한 가지 목적에 대해서는 신뢰할 수 있는 소녀들——라스티아라 후즈야즈와 디아블로 시스.

나는 걸음을 빨리 한다. 1초라도 더 빨리, '진실'을 되찾기 위해서——.

◆ ◆ ◆ ◆ ◆

　북서쪽 나라인 엘트라류와 남서쪽 나라인 라우라비아 사이를 나누는 강의 이름은 『홀라』.

　바다로 착각할 만큼 드넓은 넓이와 아름답고 투명한 수질을 가진 홀라 강은 이 연합국에서 그야말로 국보와도 같이 취급받는 강이었다. 그 홀라 강에 가까워져 가면서, 사람들과 마주치는 빈도가 폭발적으로 늘어났다. 그 대부분이 『무투대회』에 가는 것이리라는 점은 의심의 여지가 없었다. 약간 온도가 올라간 것 같은 기분까지 들었다.

　'지난번 축제' 때와 비교해도 손색이 없는 인파다.

　──지난번 축제……?

　무심코 떠올린 말이었지만, 그런 축제에 대한 기억은 없다. 하지만 이미 그것의 정체는 알고 있다. 아마, 지워진 과거의 내가 갖고 있던 기억이리라. 이미 익숙해진 감각인 위화감을 동반한 그 두통을 뿌리치고 나아간다.

　그리고 나는 라우라비아의 북쪽 끝에 있는 작은 만을 통해서 나룻배에 올라탔다.

　수십 명의 손님을 태운 나룻배는 천천히 홀라 강의 중심부를 향해 나아갔다. 그 강에는 무슨 전쟁이라도 치르러 가는 건가 싶을 만큼 수많은 배들이 늘어서 있었다.

　그중의 거대한 한 척의 배 옆에 나룻배를 대니, 위에서 로프가 내려와서 나룻배의 선체를 끌어올린다. 보아하니, 사람들은 이런 식으로 『브아르홀라』에 올라타는 모양이다.

약간 문턱이 높은 축제라는 생각이 들었다. 지난번 축제 때는 무료로 구경하고 돌아다닐 수 있었는데, 이번에는 『브아르홀라』에 들어가는 데만도 뱃삯이 든다.

사람들 사이에 섞여서 『브아르홀라』에 올라탄 나는 주위를 둘러봤다.

마치 육지 위에 있는 것 같았다. 수없이 많은 배들이 빈틈없이 빼곡하게 늘어서 있는 데다, 흔들림도 적었다. 그 때문인지 물 위에 있다는 실감이 전혀 들지 않았다. 굳이 표현하자면 『브아르홀라』라는 섬에 상륙한 것 같은 기분이었다.

『브아르홀라』에는 말끔하게 차려입은 사람들이 많아 보였다. 역시 일종의 입장료라 할 수 있는 뱃삯 때문에 문턱이 높아진 게 틀림없다.

나는 곧바로 축제 기분을 지워버리고 〈디멘션〉을 전개했다. 다짜고짜 강해 보이는 인물을 샅샅이 찾아내서 '주시'했다. 그러다 보면 표적인 라스티아라 일행도 찾아낼 수 있을 것이다.

한 손에 자료를 든 채 걸으며, 배와 사람들을 파악해 갔다. 그 자료에 의하면 『브아르홀라』는 4개의 구획으로 나뉘어 있다고 한다. 지도에 따르면 지금 나는 동서남북으로 나뉘어 있는 선단의 '북부' 에어리어에 있는 모양이다.

『무투대회』 출전자들도 4개의 그룹으로 나뉘어 있어서, 각 에어리어에서 승리한 팀만이 중앙에 있는 가장 큰 극장선에서 싸울 수 있다는 모양이다.

중앙 쪽으로 흘깃 시선을 보내 본다.

거기에는 거대한 호화 여객선이 요새와도 같이 도사리고 있었다.

재질도 크기도 다른 배들과는 차원이 다른 중앙의 배는 그 분위기부터가 달랐다. 정확히 말하자면 마력의 밀도가 달랐다.

선내의 마석 사용량도 많은 것도 한 원인이리라. 하지만 그 이상으로 그 배에 타고 있는 사람들의 질이 높은 것이다.

"──마법 〈디멘션 · 멀티플〉."

중앙을 중심으로 조사를 계속한다.

그러나 라스티아라 일행은 아직 찾을 수 없었다. 그리고 나와 대등하게 싸울 수 있을 법한 사람도 찾을 수 없었다. 나보다 강한 사람은커녕 『에픽 시커』의 보르자크 씨보다 강한 사람도 얼마 없을 정도다. 타국에서 모여든 강자들은 미궁 탐색에서 생환한 연합국 사람들에 비해 숙련도가 낮았다. 사실 따지고 보면 정말로 실력에 자신이 있었더라면 『무투대회』 이전부터 연합국에 와 있어야 정상인 것이다.

한숨을 지으면서 『무투대회』의 자료를 통해 강자들을 조사해 나간다.

가장 가능성이 있어 보이는 것은 '최강'의 이름을 보유하고 있는 남자, 글렌 워커.

지금은 중앙 선내에 있는 귀족들이 모여 있는 홀에서 인사를 하며 돌아다니고 있었다. 다만 그는 여동생인 스노우를 나와 이어주려고 하는 경향이 있다. 그리고 팰린크론과도 친해 보인다. 그렇기에 '팔찌' 파괴에 협조해줄 가능성은 낮았다.

다음으로 가능성이 있는 것은 '검성(劍聖)'의 칭호를 가진 남자, 펜릴 아레이스.

그 역시 글렌 씨와 마찬가지로 홀에 있었다. 외모만 보면 초로의 영감님 같은 느낌이지만, 그 몸이 전혀 노쇠해지지 않았다는 건 의심의 여지가 없었다. 굳이 〈디멘션〉을 통해 살펴보지 않더라도 옷을 입은 상태에서도 그 우람한 근육을 한 눈에 알아볼 수 있었다. 그리고 그 날카로운 안광은 여러 귀족들을 두렵게 만들고 있었다. 글렌 씨에 버금가는 실력자일 게 분명했다.

다만, 솔직히 말해서 이 사람도 썩 희망적이지는 않았다. 항상 귀족들에 둘러싸여 있고, 호위도 많이 거느리고 있었다. 지위가 높은 사람이라면 돈을 주면서 가볍게 부탁해볼 수도 없었다. 어떻게 다른 사람이 없는 곳에서 만나서, 어떻게 이야기를 꺼내야 할지도 막막했다.

역시 라스티아라 후즈야즈와 디아블로 시스에게 기대는 게 현실적이리라.

하지만 좀처럼 찾을 수가 없었다. 〈디멘션〉을 펼쳐서 홀라 강 전역을 살펴보고 있지만, 아무리 찾아도 그 모습은 보이지가 않았다.

그리고 이윽고 날이 저물고 만 뒤에도, 그녀들은 『브아르홀라』에 나타나지 않았다.

할 수 없이 나는 〈디멘션〉을 전개한 채로 배정된 방으로 이동했다.

자료에 의하면 라스티아라 일행의 팀은 내일 아침에 서쪽 에어리어에서 시합을 치른다. 그때를 노려서 말을 걸어보는 수밖에 없다.

예상보다 난항을 거듭한 사람 찾기에 낙담하면서, 나는 내게 배정된 호화로운 방으로 들어갔다. 아마, 원래는 국빈 수준의 귀빈이 묵는 방일 것이다. 마석을 이용해서 만든 고급 가구들이 가득하고, 그 가구들 하나하나가 아마 일반 시민의 1년 수입만큼의 가치를 갖고 있을 것이다. 그런 방의 중앙에서 나는 검을 뽑아서 칼날을 '팔찌'에 가져다 댔다.

라스티아라가 나타낼 때까지 하염없이 시간만 소비하고 있을 수는 없었다.

이것저것 시험해보면서 조건을 확인해볼 생각이었다. 예를 들어 몸을 스스로 결박해놓고, 오른손만 자유롭게 움직이게 해놓는 경우다. 그 상태에서 오른손에만 집중하면 어떻게 될 것인가. 그밖에 졸음 때문에 의식이 몽롱해져 있을 경우도 시험해보고 싶었다.

곧바로 '소지품'을 뒤져서 속박에 필요한 밧줄을 꺼내, 양발을 묶기 시작했다.

〈디멘션〉을 이용해서 라스티아라가 오지 않는지를 살펴

가면서 온갖 방법을 시험해 나갔다.

　하지만 결국──라스티아라는 나타나지 않았고, '팔찌'를 파괴하지도 못한 채, 하루가 지나가고 말았다.

　머리에 둔탁한 통증을 느끼고, 진흙덩이 같은 졸음을 떨쳐냈다.

　눈을 떠 보니 눈앞에는 낯선 천장이 있었다.

　천천히 몸을 일으키려다 두 다리가 움직이지 않는 것을 깨달았다. 간밤에 한계에 가깝게 실험을 하다가 저도 모르게 의식을 잃었던 모양이다.

　드디어『무투대회』당일이다. 왼팔은 로프로 침대에 결박당해 있었기에, 유일하게 마음대로 움직일 수 있는 오른손을 움직여서 단단히 묶여 있던 로프를 서둘러 풀어나갔다.

　"남들이 보면 오해하겠네……."

　한창 로프를 풀고 있을 때, 방문을 노크하는 소리가 울려퍼졌다.

　"실례합니다. 아이카와 카나미 님, 들어가도 되겠습니까?"

　〈디멘션〉으로 확인해 보니,『무투대회』를 관리하는 담당자로 보이는 사람이 방문 너머에 서 있었다. 서둘러서 결박을 풀고 허둥지둥 옷매무새를 가다듬은 뒤 문을 연다.

"기, 기다리고 있었어요. 아이카와 카나미에요."

점잖은 흰색 정장 차림의 여인이 깊숙이 고개를 숙이고 있었다.

담당 여직원은 곧바로 사무적인 말투로 설명을 시작했다.

"『첫 번째 달 연합국 종합기사단종 무도회』출전자이신 아이카와 카나미 님께 들어온 전달사항입니다."

"아, 네. 말씀해주세요."

"라우라비아 국의 대표인 아이카와 카나미 님께서는 첫 번째 시합이 면제되어 있습니다. 말하자면 시드권 같은 거죠. 그러니까 오전 중이 아니라, 오후에 북부 에어리어 투기장선으로 와주시면 됩니다. 연락사항은 이상입니다. 아이카와 카나미 님의 건투를 빌겠습니다. 그럼 이만."

여인은 그렇게 간결하게 용건만 말하고 떠나갔다. 그 뒷모습을 지켜보며 〈디멘션〉을 펼쳐서 정보를 수집하고 현재 시간과 상황을 파악했다.

하늘은 이제 완전히 밝아져 있었다. 파랗게 개인 상쾌한 아침하늘이다.

배들은 하나같이 수많은 『무투대회』관람객들로 북적이고 있었다.

보아하니 조금만 더 있으면 1회전이 시작되는 모양이다.

현재 내가 있는 북부 에어리어와 반대쪽에 있는 남부 에어리어 투기장선에서는 로웬이 시합을 기다리고 있었다.

리퍼는 선단 안에서는 찾아볼 수 없었다. 어쩌면 『무투대회』에는 아예 참가하지 않을 작정인지도 모르겠다.

스노우는 『에픽 시커』의 테일리 씨와 같이 있었다. 서부 에어리어의 투기장선 대기실에서 테일리 씨의 위로를 받고 있었다. 근처에는 가시방석에 앉은 것 같은 표정의 보르자크 씨도 있었다.

얼마 전에 들은 이야기인데, 이 세 사람도 길드 『에픽 시커』의 대표로서 『무투대회』에 참가하게 되어 있었다고 한다. 어제 그런 일이 있었던 만큼 스노우가 걱정되긴 했지만, 테일리 씨와 보르자크 씨에게 맡겨두면 당분간은 괜찮을 것 같다.

곧바로 원래 표적이었던 소녀들도 찾아본다. 자료에 의하면 라스티아라와 디아블로의 첫 시합은 서부 에어리어에서 열린다고 한다. 하지만 아무리 〈디멘션〉으로 찾아봐도 모습을 찾을 수가 없었다.

당일이 되었는데도 라스티아라 일행이 나타나지 않았다는 사실에 나는 조바심을 느꼈다. 선단 전체를 샅샅이 찾아보았는데도 그림자조차 찾을 수 없었다. 그래도 1회전이 열리는 오전 동안은 딱히 갈 곳도 없었기에 나는 일단 서부 에어리어로 이동해서 기다려보기로 했다.

라스티아라 일행의 시합이 열리게 될 투기장선 안으로 들어가서 주위를 관찰한다.

투기장선은 다른 배와는 구조가 한참 달랐다.

척 보기에도 튼튼하게 만들어져 있고, 그 위엄 넘치는 모습으로 보아, 원래는 전함이었다는 걸 알 수 있었다. 그 거대전함 갑판을 개조하고, 원형 투기장을 그 위에 얹은 것 같은 형태다.

투기장의 구조는 내가 갖고 있던 이미지에서 딱히 벗어나지 않았다. 전체적으로는 원통 같은 형태를 갖고 있고, 내부에 계단식 객석이 늘어서 있었다. 중앙에는 모래가 깔린 운동장 크기의 무대가 있어서, 어느 객석에서나 무대를 잘 볼 수 있었다. 다만 내가 갖고 있던 이미지와 다른 점이 하나 있다면 그건 아마 장식일 것이다.

투기장은 수많은 보석들로 장식되어 있었고, 아래쪽을 보니 많은 '라인(마석선, 魔石線)'이 깔려 있음을 알 수 있었다. 이것은 내 세계의 투기장에서는 찾아볼 수 없는 특징이다.

객석에는 관중들이 빼곡하게 들어차 있었다. 시작 시간이 다 되어서 들어온 나는 서서 관람할 수밖에 없을 것 같았다.

구석의 벽에 등을 기대고 시합 개시를 기다렸다. 자료에 의하면 라스티아라의 시합은 첫 경기다. 몇 분만 더 지나면 라스티아라 일행은 부전패로 탈락할 것이다.

관객들이 술렁거리는 가운데, 기어이 시간은 시합 개시 시각을 지나고 말았다. 시간이 됐는데도 시합은 시작되지 않자, 관객들의 술렁거림이 한층 더 심해졌다.

정말로 라스티아라는 『브아르홀라』에 없는 모양이다. 모종의 수단으로 〈디멘션〉의 탐색으로부터 벗어난 것일지도 모른다는 생각에 여기까지 온 건데, 헛수고였던 모양이다.

당장이라도『브아르홀라』밖으로 찾으러 가야겠다고 생각
했을 때, 투기장의 사회자로 보이는 목소리가 울려 퍼졌다.

"——관객 여러분, 죄송합니다. 예정되어 있었던『첫 번
째 달 연합국 종합기사단종 무도회』서부 에어리어 제1시합
에 대해 안내말씀 드립니다. 아직 라스티아라 후즈야즈 팀
이 도착하지 않은 관계로, 15분 동안의 유예 시간을 둔 후
에 라스티아라 후즈야즈 팀을 부전패로 처리하고 제2시합
을 개최할 예정입니다."

지각 중인 라우라비아에 대한 처리 내용을 알리는 안내방
송이 투기장 전체에 울려 퍼졌다.

중앙 무대에 있는 사회자가 스탠드마이크와 비슷한 것을
쥐고 있었다. 그 마이크의 재질은 철이 아니라 보석. 거기
에 새겨진 치밀한 세공으로 미루어보아, 그것이 마법술식
이 탑재된 아이템이라는 걸 알 수 있었다. 그리고 그 마법
도구는 투기장에 둘러쳐진 '라인'과 이어져 있었다.

스노우의 진동마법을 연상케 하는 구석이 있다. 고가의
마법도구와 '라인'이라는 환경이 갖춰져 있으면 스노우와
비슷한 걸 할 수 있는 모양이다. 사회자가 말할 때마다, 발
밑의 '라인'이 진동하고 있었다.

참 편리한 물건도 다 있구나 하고 감탄하면서, 사회자의
안내방송에 귀를 기울였다.

보아하니 라스티아라는 당장 실격당하는 건 아닌 모양이
었다. 유예시간을 조금 준다는 것 같았다. 기왕 여기까지 왔

으니 끝까지 기다려 보기로 했다.

그 활달한 소녀라면 어쩌면 의도적으로 아슬아슬한 타이밍에 등장할 가능성도 있었다. 그런 생각을 하면서 나는 기다리는 시간을 이용해서 다른 에어리어의 시합을 관전하기로 했다. 나의 〈디멘션〉만 있으면 동서남북 모든 에어리어에서 열리는 시합들을 모두 다 관전할 수도 있다.

우선 남쪽으로 의식을 집중시켰다.

참가자들 가운데 가장 강자에 해당할 로웬의 시합을 관전했다.

〈디멘션〉으로 살펴보니, 남부 에어리어의 투기장선도 이곳과 다를 게 없는 구조였다.

그리고 이곳과 마찬가지로 객석은 만원관중이었다. 서부 에어리어에서는 진행상에 문제가 생긴 상태지만, 남부 에어리어는 막임 없이 진행되고 있는 모양이다.

"──그럼, 『첫 번째 달 연합국 종합기사단종 무도회』남부 에어리어 제1시합, 시작합니다!"

마침, 남부 에어리어의 제1시합이 시작되려는 참이었다.

여유만만하게 서 있는 로웬 앞에 세 명의 남녀가 무기를 움켜쥐고 있었다.

나는 손에 든 자료를 훑어보면서, 세 남녀에 대한 상세 정보를 파악했다. 보아하니 제법 이름 높은 탐색가들인 듯, 투기장 관객들의 성원도 상당했다. 아니, 상당한 수준이 아니라, 어쩌면 관객들 전원이 탐색가들을 응원하고 있는 건지도 모를 지경이었다.

연합국 입장에서 본 로웬은 무명에 가까운 참가자이니, 어쩔 수 없는 일이리라.

그리고 로웬이 그 점에 대해 의식하는 기색은 찾아볼 수 없었다. 즐거운 표정으로 대전 상대의 행동을 기다리고 있었다. 그에 반해 세 명의 탐색가들은 착실하게 공격 준비를 진행하고 있었다.

탐색가 파티의 구성은 그 진형과 외견만 보아도 간단히 파악할 수 있었다. 마법사로 보이는 남자가 후방에서 영창을 해나가고, 검과 방패를 든 두 남녀가 벽처럼 마법사를 보호한다.

기본에 충실한 전술이다. 긴 영창을 통한 대형 마법을 주축으로 한 요격 진형이리라.

시간을 끌면 대형 마법이 날아온다. 하지만 막무가내로 마법사를 공격해봤자, 전위를 맡은 두 사람에게 빈틈을 찔리게 된다. 기본적이면서 정석적, 그렇기에 빈틈이 적다.

"——하지만 상대는 로웬이야."

훌륭한 전술이지만 아무 의미도 없으리라.

그런 생각이 들 만큼 현재의 로웬은 기력이 충만한 상태였다.

변함없이 마력은 적었다. 하지만 그 존재감과 중압감은 전례가 없을 만큼 농밀했다. 어쩌면 처음 만났을 때보다 더 컨디션이 좋은 것처럼 보일 지경이었다.

하지만 로웬은 어렴풋한 미소만 지을 뿐, 조금도 앞으로 나서려 하지 않았다.

그 모습을 본 관객들은 로웬을 조롱하듯 야유를 날려 댔다.

그럴 만도 하다. 일반인이 보기에도 로웬의 전투 방식은 어리석어 보이는 것이다.

후방에서 마법사가 마법을 영창하고 있는 이상, 시간을 끌면 끌수록 불리해지는 건 당연지사. 로웬이 우물거리고 있는 동안에 마법사의 대형 마법이 완성되고 말 게 뻔하다.

"──『미쳐 날뛰는 지혜여』『시간을 이어라』! 〈페티얼리티 우즈〉!"

그리고 지금 그 후위에 있던 마법사의 마법이 완성되 었다.

완성과 동시에 마법사의 지팡이에서 빛 입자가 흩날렸다. 〈디멘션〉으로 마력을 해석하고 있었던 덕분에 나는 그 빛 입자의 정체를 알 수 있었다. 그것은 마법의 종자였다. 무시무 시하리만치 농밀하게 다듬어진 나무 속성 마력의 결정.

마법의 종자가 모래로 된 투기장 바닥에 흩뿌려지더니 순식간에 싹을 틔우고, 하늘을 뒤덮을 정도의 거목으로 성장했다. 그리고 그 무수한 거목들은 생명을 가진 인형처럼 꿈틀꿈틀 움직이더니 로웬에게 덮쳐들었다.

사방팔방에서 날아드는 인간마저 집어삼키는 거대한 수목들의 공격── 일반인들이 보기에는, 그 압도적인 질량에 로웬이 압살당한 것처럼 보였으리라.

하지만 나는 그가 날렵한 몸놀림만으로 모든 공격을 피해 내는 걸 볼 수 있었다.

로웬은 재미있다는 듯 웃음을 머금은 얼굴로 나무들의 움직임을 회피해 나간다. 덮쳐드는 가지의 끝부분에 코끝이 아슬아슬하게 스치도록 회피하고, 굵직한 나무줄기가 채찍처럼 후려치자 펄쩍 뛰어서 회피한다. 회피해 낸 나무줄기를 발판 삼아서, 사방팔방으로 날아드는 모든 공격들을 모조리 피한다. 거목은 그런 로웬의 빈틈을 노리고 지면으로부터 뿌리를 내뻗어서 공격해 왔지만, 마치 미래가 보이기라도 하는 것처럼 회피한다. ──끊임없이 회피한다.

관객들은 그 기이한 상황을 나보다 몇 초 뒤늦게 이해하고, 동시에 열광한다. 로웬은 체술(體術)만 가지고도 모든 관객들을 매료시키려 하고 있었다.

투기장의 열기를 확인한 로웬은 근처에 떨어져 있던 작은 나뭇가지를 집어 들었다. 거목들끼리 스치면서 흩어진 조각들 중 하나다.

그 나뭇가지를 오른손에 꽉 움켜쥐고 로웬은 발걸음을 멈췄다.

당연히 멈춰 선 로웬을 향해 거목들이 쇄도한다. 그것을 본 관객들이 함성을 내지른다. 그중에는 비명도 섞여 있었다. 지금 거기서 멈춰 서면 거목들의 공격에 의해 압살당할 게 틀림없다는 것을 관객들도 이해했기 때문이었다.

탐색가 세 사람도 승부가 났다는 확신을 갖고 웃는다.

그리고 이제 곧 처참한 광경이 눈앞에 펼쳐지리라는 생각에 모든 관중들이 눈을 가리려 한 순간.

──타탓 하는 경쾌한 소리와 함께 무수한 거목들이 옆으로 비껴나간다.

거목들은 하나같이 가로로 두 쪽이 나서, 잇달아 쓰러져 간다.

"──어?"

사회자가 넋 나간 목소리를 흘렸다. 그 목소리는 투기장에 있는 모든 이들의 마음을 대변해주는 것이었다.

방금 벌어진 일을 아무도 제대로 이해하지 못하고 있는 것이다.

하지만 정답은 아주 간단한 것. 로웬은 주워 든 나뭇가지에 『마력물질화』를 이용해 칼날을 만들고 그것으로 **전부를** 가볍게 후려친 것뿐이다.

다만, 그 일련의 동작이 빨라도 너무 빨랐다. 그리고 현실미가 없어도 너무 없었다. 그런 탓에 아무도 제대로 이해하지 못했다. 상황을 제대로 이해하고 있는 건 로웬 본인, 그리고 그 모습을 멀리서 지켜보고 있는 제자인 나뿐일 것이다.

투기장을 지배하고 있던 모든 수목들이 고꾸라져가는 가운데, 로웬은 여유만만하게 걷는다.

그것은 환상적이면서 끔찍하리만치 무시무시한 광경이

었다.

대전 상대는 제정신을 차리고, 접근해 오는 로웬을 향해 전위의 두 사람이 덮쳐들었다.

검을 든 전위의 두 명이 로웬과 맞부딪쳤다. 하지만 '사상 최강의 검사'인 로웬에게 접근전으로 덤벼봤자 그 결과는 불 보듯 뻔하다. 부딪치자마자 전위 두 사람은 손바닥에서 피를 흘리며 검을 땅바닥에 떨어뜨렸다.

그 두 사람을 내버려두고, 로웬은 후위에 있는 마법사 옆까지 걸어서 다가갔다.

마법사가 혼신의 힘을 다해 발동한 나무 마법을 흩어버린 나뭇가지를 마법사의 눈앞에 들이대자, 마법사는 식은땀 흐르는 얼굴로 웃었다. 그 압도적인 힘의 차이를 눈앞에서 목격한 이상, 웃으면서 지팡이를 땅바닥에 내버리는 수밖에 없었다.

"――하, 하하핫. 항복이다."

"그래, 그 항복을 받아들이지."

그 말을 들은 로웬도 나뭇가지를 땅바닥에 내던지고, 웃으면서 관객들을 향해 손을 들어 보였다.

순간, 투기장 전체가 환호성에 휩싸인다. 눈길을 휘어잡는 대마법과 그것을 정면으로 돌파한 무명의 검사. 누구나 만족할 수 있는 시합 내용이었다.

그 우렁찬 함성에 밀리지 않겠다는 듯, 사회자도 목청을 쥐어짠다.

"로, 로웬 선수가 승리 조건을 충족했습니다! 로웬 선수의 승리입니다! 우승후보라고 언급되던 강호 팀을 무명의 검사가 물리치고, 2회전 진출——!!"

그 방송을 듣자 함성은 한층 더 커졌다.

그야말로 '영광'이라 부르기에 부족함이 없는 우레와도 같은 갈채다. 아직 '영광'의 정상은 아니지만, 로웬은 적어도 그 산기슭에는 발을 들여놓은 셈이었다. 그 점은 틀림없었다.

하지만 그 빛을 쬔 로웬의 엄청난 존재감은 조금도 옅어지지 않았다.

아직도 짙은 존재감을 내뿜고 있었다.

지금 로웬의 얼굴이 미소를 짓고 있는 건 사실이다. 투기장 중심에서 미소를 흩뿌리고 있었다——. 그러나 어쩐지 쓸쓸해 보였다. 진심에서 우러나온 미소가 아닌 것 같다는 느낌이 들었다. 관객들에게 손을 흔들며 갈채에 답하는 로웬은 약간 숨 막혀 하는 것처럼 보였다.

그 승리를 확인한 순간, 나는 〈디멘션〉 내에서 고속으로 이동하는 생물을 감지했다.

"——?!"

시합에 집중하고 있었던 탓에 접근 감지가 늦어지고 말았다.

거대한 늑대가 한 소녀를 태우고, 강을 오가는 배를 발판 삼아서 이쪽을 향해 급속도로 접근해 오고 있었다. 곡예와도 같은 방법으로 강을 건넌 늑대는 선단으로 올라타더니,

한층 더 속도를 올려서 배 위에 있는 건조물의 지붕 위를 달렸다.

그리고 마지막으로 크게 도약하더니 서부 에어리어 투기장 벽까지 뛰어넘었다.

나는 〈디멘션〉이 아닌 육안으로 늑대의 모습을 포착했다. 근처에 있던 관객이 맹수의 출현을 알아채고 비명을 질렀다. 정규 루트를 무시한 채 투기장 안에 나타난 늑대는 그 비명을 무시한 채 질풍처럼 객석을 내달려 전투의 장으로 뛰어들기 위해 도약했다.

늑대가 도약해서 활공하는 동안──그 등에 올라타고 있던 한 소녀도 도약한다.

소녀는 푸른 하늘의 하얀 태양을 배경으로 뛰어 올랐다. 서부 에어리어 투기장에서 기다리고 있던 관객들은 그 모습을 목격한다.

모든 관객들의 시선 속에서 소녀는 투기장 중심에 말끔하게 착지했다.

그리고 그 착지로 인해서 일어난 모래먼지를 몸에 걸치고 있는 외투를 나부껴서 떨쳐내고, 물 흐르는 듯한 동작으로 그 외투를 내던지더니── 소녀는 모습을 드러낸다.

외투 속에서 모습을 드러낸 것은 금발을 날개처럼 나부끼는 소녀. 보는 이들 모두가 경외의 감정을 숨길 수 없을 만큼 아름답고, 그 자리에 서 있는 것만으로도 주위를 현실에서 환상으로 바꾸어버릴 만큼 이질적인 존재.

이 연합국에서 가장 고귀하고 숭고한 소녀── 라스티아라 후즈야즈였다.

라스티아라는 허리춤에 찬 검을 유려한 동작으로 뽑아서 공기를 찢어발겼다.

그것은 마치 극의 한 장면 같은 등장이었으며 그 호쾌한 등장 장면에 관객들은 흥분으로 들끓기 시작했다. 눈사태와도 같이 환호성이 서부 에어리어 투기장을 가득 채워나갔다.

상황을 파악한 사회자는 허둥대며 말했다.

"──제, 제때 도착했습니다! 의심의 여지가 없습니다! 레반교 신의 현신이자, 후즈야즈의 셀레스티얼 프린세스(천상의 공주)! 라스티아라 후즈야즈 님이 입장하셨습니다!"

선언과 동시에 관객들의 함성도 최고조에 달한다.

라스티아라는 웃으며 손을 흔들어서 환호에 답했다.

곧바로 운영 담당자가 시합 준비를 진행한다. 그 흥분된 분위기를 유지한 채 『무투대회』를 진행하고 싶은 것이리라. 대전 상대가 서둘러 문에서 나타나고, 라스티아라와 맞서는 형국을 이룬다.

대전 상대는 30세에서 40세 가량으로 보이는 남자 3명. 위엄 있는 얼굴에 군복을 연상케 하는 옷을 입고 있었다. 자유로운 모험가나 탐색가가 아니라, 모종의 공적 기관에 속해 있는 인물로 보였다.

오래된 흉터가 많은 걸로 보아, 그들이 역전의 용사임을 한 눈에 알 수 있었다. 다만, 그렇다 해도 라스티아라를 상대하기는 버거우리라. 그녀는 그만큼 이질적이고 우대받는 존재다.

양 팀의 준비가 갖춰진 것을 확인한 사회자가 진행을 개시한다.

"──그럼 시합 방식을 결정하도록 하겠습니다."

나는 손에 든 자료를 훑어보면서, 시합 전의 결정사항 결정 방법을 확인했다. 자료에 따르면 『무투대회』의 시합 방식은 시합마다 다르다고 한다. 기본적으로는 양 팀이 대화를 통해 결정하게 되어 있고, 그 대화를 통해 결투의 규칙과 내기의 내용을 결정한다고 적혀 있다.

다만, 대화가 지나치게 길어질 것 같으면 사회자의 재량에 따라 스탠더드 룰이 적용된다는 주의사항도 적혀 있다.

대전 상대 중 하나가 앞으로 나서서, 라스티아라를 향해 깊숙이 고개를 숙였다.

"처음 뵙겠습니다. 라스티아라 님. 저는 발트 본국에서 군적에 몸담고 있는, 팔레 가문의 셰이드라고 합니다."

가까이에 있던 사회자가 마법도구를 이용해서 그 목소리를 포착, 투기장 전체에 들리도록 해준다.

라스티아라는 여전히 웃음 띤 얼굴로 소탈하게 응대했다.

"잘 부탁해, 셰이드 씨. 하지만 여기서는 신분 같은 건 상관없으니까 마음 편하게 해."

"황공하옵니다."

"하긴, 편하게 하라고 한다고 해서 그렇게 쉽게 마음이 편해지진 않겠지. 그래서 승부는 어떤 방식으로 가릴 거야?"

"『첫 번째 달 연합국 종합기사단종 무도회』의 스탠더드 룰인 '꽃 떨어뜨리기' 혹은 '무기 떨어뜨리기'로 했으면 합니다."

처음 듣는 단어다. 허둥지둥 자료를 뒤져서 규칙에 대한 상세정보를 확인한다.

"꽃으로 장식하는 편이 더 보기에 화려하니까, '꽃 떨어뜨리기'로 할까? 사회자, 꽃 좀 준비해줘."

'꽃 떨어뜨리기'. 가슴에 꽃을 달고, 누가 상대의 꽃을 먼저 떨어뜨리는지를 겨루는 싸움이라고 자료에 나와 있었다.

라스티아라는 사회자에게서 짙은 색깔의 장미 같은 장식을 받아서 가슴에 달았다.

대전 상대도 똑같이 했다.

"──그리고 우리가 승리했을 경우, 후즈야즈 님께서는 대성당으로 돌아가 주시기 바랍니다."

"응, 알았어. 그렇게 할게."

싸움 준비를 마치고, 대전 상대는 결투의 보상을 제안한다.

라스티아라가 그 제안을 선선히 수락해버리자, 오히려 남자 쪽이 더 당황한 기색이었다.

"그러셔도 되는 겁니까……?"

"상관없어. 그럴 각오로 참가한 거니까."

"패배하시면 즉시 송환당할 걸 각오하고 출전하셨다니…… 훌륭한 각오입니다. 그럼, 라스티아라 님께서 승리하실 경우는……."

"내가 이기면 우리의 새로운 출발을 축복해줘."

남자의 간단명료한 요구와는 달리, 라스티아라의 요구는 애매하기 그지없었다.

"협력도 응원도 필요 없어. 그냥 기도해주기만 하면 돼."

기도라는 요구. 대가로서는 0에 가까운 요구다. 하지만 라스티아라는 그것을 원했다.

"……알겠습니다."

"대전 방식도 너희 쪽에서 알아서 정해. 내 걱정은 말고 3대1로 덤벼도 상관없어."

"아뇨, 우리 팀의 대표인 저와의 1대1 대결로 모든 걸 끝내겠습니다. 쓸데없는 싸움을 할 필요는 없겠지요."

"알았어. 그럼 그렇게 하자."

그 말을 끝으로 두 사람은 거리를 벌린다.

생각했던 것보다 훨씬 더 매끄럽게 규칙이 정해졌다. 이제 남은 건 싸우는 일뿐이다.

사회자는 대화가 끝난 것을 확인하고, 그 상세사항을 알기 쉽게 관중들에게 통지한다.

"지금까지 감히 끼어들지 못하고 있었습니다만…… 보아하니 이제 대전 방식이 정해진 것 같습니다! 라스티아라 후즈야즈 님의 대성당 귀환을 조건으로 단순명쾌한 대표자 간에 결투를 벌이게 되었습니다! 여기서 팔레 경이 승리하면 그것으로 성탄제 소동은 해결되는 것입니다!"

사회자의 말에 맞추어서 장내의 환호성은 격류와도 같이 울려 퍼졌다.

투기장의 열기는 로웬의 시합과 비교가 되지 않을 정도였다.

라스티아라는 이 세계의 유명인사다. 내 세계였다면 정상급 아이돌이 올림픽에 출전한 것과 같은 경우일지도 모른다.

"──그럼 『첫 번째 달 연합국 종합기사단종 무도회』 서부 에어리어 제1시합, 개시하겠습니다!"

사회자의 선언과 동시에 라스티아라와 군인이 내달리고 검이 뒤엉키더니 시합 개시 신호가 울려 퍼졌다. 사회자는 허둥지둥 투기장 밖으로 대피했다.

투기장 중앙에서 검과 검을 맞댄 두 사람은 튕겨져 나가듯이 한 발짝 물러섰다.

군인의 표정은 경악으로 물들었지만, 곧 근엄한 표정으로 돌아와서 영창을 시작했다. 그 움직임을 본 라스티아라는 미소를 머금고 걸어서 거리를 좁혀 갈 뿐이었다.

……여기까지만 보고도 나는 시합이 끝날 때까지의 흐름을 예상할 수 있었다.

애초에 저 라스티아라와 검을 맞부딪치고, 양쪽 모두 나가떨어진다는 것부터가 있을 수 없는 일이었다. 그녀의 압도적인 힘 앞에서는 일방적인 결과가 나와야만 정상이었다.

틀림없이 라스티아라는 관객들을 위해 대등한 경기를 연출하고 있는 것이다.

"──『적을 찢어발겨라』! 〈알트 시어〉!"

군인은 바람 마법을 내쏜다. 라스티아라는 그 마법의 위력을 찬찬히 살펴본 끝에 팽이처럼 회전해서 바람을 베어냈다. 마음만 먹으면 피할 수도 있었을 테지만, 바람이 산산이 흩어지는 게 더 보기에 화려할 거라고 판단한 것인지 굳이 검으로 막아내 보였다.

군인은 그 마법의 바람을 내쏘는 동시에 돌진하고 있었다. 마력 쪽은 눈속임이고, 진짜 노림수는 접근전이었으리라. 라스티아라는 그 공격을 여유만만하게 요격한다.

군인이 휘두른 호쾌한 검격을 라스티아라가 화려한 칼놀림으로 쳐낸다.

그 강함과 유연함의 경연에 관객들은 달아올랐다.

하지만 내가 보기에는 엉터리도 이런 엉터리가 없었다. 라스티아라의 검술은 그야말로 엉망진창이다. 사실 따지고 보면 '유연함'과도 거리가 멀다──유연하게 보이지만 실상은 장난 같은 칼놀림이다.

로웬에게서 검술의 기초를 배웠기에 알 수 있었다. 따지고 보면 오히려 군인의 검술이 더 이치에 맞고 유연한 검술이다.

라스티아라의 검술은 그와는 정반대로, 이치고 뭐고 없

이 그저 폼 나게 보이는 데만 열중해서 검을 휘두르고 있는 것뿐.

그럼에도 싸움다운 싸움이 벌어지고 있는 건, 라스티아라의 동체시력과 반사신경이 괴물과도 같은 수준이기 때문이다. 무엇보다 검의 속도 차이가 어마어마하다. 라스티아라의 움직임에 아무리 군더더기가 많아도, 자기 몸의 속도만으로도 상대방과의 차이를 메워 버린다. 나는 군인을 마음속 깊이 동정했다.

얼마 안 있어 라스티아라가 중얼거렸다.

"좋은 검놀림, 위력도 더할 나위 없이 좋아."

노골적으로 폼을 잡고 있다.

마치 연극이라도 하듯이 과장되게, 태연하고 낭랑한 목소리로 말하더니 화려하게 돌격했다.

"하지만 아직 무대에 서기에는 이른 것 같아."

그리고 라스티아라의 인정사정없는 일격에 의해 군인의 검이 내팽개쳐진다.

동시에 꽃도 떨어져 나가서 투기장 하늘에 은색 검과 빨간 꽃잎이 흩날렸다.

라스티아라의 머리칼도 하늘하늘 나부낀다. 무대에 뛰어들 때 일어났던 모래먼지는 마치 그림의 테두리처럼 보였다. 그 환상적이도록 아름다운 결말을 보고, 관객들은 오늘 최고의 환호성을 내질렀다.

폭발적인 환호성 속을 헤치며 사회자는 시합 종료 신호를 보냈다.

"지금! 라스티아라 후즈야즈 님이 승리 조건을 충족시켰습니다! 승리입니다! 멋진 승리로 2회전에 진출!!"

라스티아라는 승리선언에 맞추어서 검을 칼집에 집어넣고 손을 내밀었다.

군인은 쓴웃음을 지으면서 손을 내밀어 답했다.

"셰이드 씨, 고마워."

"훌륭했습니다, 라스티아라 님. 설마, 이렇게까지 손도 못 써보고 질 줄은……"

"아니야, 훌륭한 대결이었는데?"

라스티아라는 웃으며 군인의 건투를 칭찬한다. 확실히 겉으로 보기에는 대등해 보이는 검술 대결이 한참동안 지속된 이상 관객들이 보기에는 '훌륭한 대결'로 보였을 것이다.

하지만 그것이 라스티아라의 연출이라는 걸, 대전 상대인 군인은 알고 있었다. 그렇기에 그는 웃으며 대답할 수밖에 없었다.

이렇게 해서 라스티아라의 제1시합이 끝을 맺었다.

다음 시합이 곧 시작되기에, 라스티아라는 대기실로 이어지는 문으로 걸어간다. 그러면서도 마지막 순간까지 팬서비스를 잊지 않고 미소를 흩뿌렸다.

출구의 문과 관객석의 거리가 가까운 것을 본 나는, 관객들 사이를 누비고 제일 앞쪽으로 나아간다. 그리고 수많은 사람들의 목소리가 오가는 와중에서 라스티아라를 소리쳐

부른다.

"——어이, 라스티아라!!"

나는 목소리를 쥐어짜서 라스티아라의 이름을 불렀다.

라스티아라는 내 목소리에 반응해서 두리번두리번 주위를 둘러보며 나를 찾았다.

"……으응? 어라, 카나미? 응원하러 온 거야?"

마치 옛 친구라도 발견한 것처럼 대답한다.

그 대응에 내 마음도 따뜻해진다. 하지만 주위의 소리 때문에 그녀의 목소리를 제대로 알아들을 수가 없었다. 〈디멘션〉이 있는 덕분에 그럭저럭 들리는 게 고작인 상태다.

"라스티아라! 지금 당장 이야기할 시간 있어?!"

일단은 간결하게 용건만 전달하기로 한다.

"어? 으, 으─음, 첫날은 두 경기를 뛰어야 하니까, 그 뒤라면 괜찮기는 해."

여기까지 이야기했을 때, 관객들이 라스티아라와 이야기하고 있는 자가 있다는 걸 깨닫는다. 그 유명한 라스티아라 후즈야즈와 친근하게 이야기하는 녀석이 누구인지, 수많은 시선들이 나를 향해 몰려든다.

"좋아, 두 번째 시합 뒤에 보자!"

"응. 아, 하지만 카나미, 너도 꼭 이기고 올라와야 돼─! 약속이야─!"

"그래, 알았어!!"

이목을 모으는 건 피하고 싶었기에 서둘러 대화를 끝마치고 그 자리에서 도망쳤다.

여러모로 불안이 가득하지만, 그럭저럭 목적은 달성했다. 이제 시간이 흐르기를 기다리기만 하면 된다. 관객들의 호기심 어린 시선을 피해서, 나는 서둘러 서부 에어리어 투기장을 빠져나왔다.

◆ ◆ ◆ ◆ ◆

라스티아라의 시합을 관전한 후, 나는 선상 레스토랑 중하나를 향해 발걸음을 옮겼다.

오후의 2회전이 시작될 까지는 시간이 좀 있었기에, 그 동안에 식사를 해결하기로 한 것이다.

근사한 선상 레스토랑이었다. 다만 수많은 배들이 연결되어 있기 때문인지, 선상 레스토랑인데도 딱히 선상 레스토랑에서 먹는 기분은 들지 않았다. 아득히 먼 지평선까지 시선을 집중해야, 겨우 강의 파란색이 보일 정도다.

그 어중간한 광경을 보면서 배를 채우고 배정된 방으로 돌아왔다. 이 방에서 기다리고 있으면 다시 담당자가 와서 안내해줄 것이다.

라스티아라와 약속한 대로『무투대회』2회전에서는 이길 생각이다.

지난번에 라스티아라가 말하길 그녀는 시합 중에 '팔찌'를 벗길 예정이라고 분명히 이야기했었다. 뿐만 아니라『에픽 시커』 길드마스터로서의 책무도 있고 로웬의 '미련'에 관한 문제도 얽혀 있다. 그러니 기권이라는 선택지는 없다.

태양이 완연히 중천에 떠올라, 정오가 되었을 때쯤, 방문을 노크하는 소리가 들려왔다. 나는 담당 직원의 안내를 받아서 북부 에러리어 투기장에 도착, 전용 대기실로 들어간다.

대기실은 당연하다는 듯 1인실이었다. 숙박 시설이 1인실인 점도 그렇고, 『무투대회』에서는 출전자들을 위해 꽤 많은 돈을 쓰고 있다.

그 점으로 미루어보아, 이 본선에서 상당한 돈이 오가고 있음을 짐작할 수 있었다.

……조금만 더 있으면 내 첫 시합이 시작된다.

1인실에 있던 의자에 앉아서, 〈디멘션〉을 전개한다.

시합이 시작되기 전에, 대전 상대를 파악해두고 싶어서였다. 감각을 확장시켜서, 대전 상대로 보이는 이름을 찾는다. 그리고 습관처럼, 상세한 정보를 취득하기 위해 '주시'한다.

[스테이터스]

이름 : 아니에스 크루너 HP 143/147 MP 156/156 클래스 : 마법사

레벨 15

근력 3.31 체력 3.15 기량 1.89 속도 1.26 지능 6.23 마력

리더는 아니에스라는 이름의 소녀였다. 그 아이를 중심으로 한 마법사들이 나의 첫 대전 상대인 모양이다.

그 교복과 대화 내용으로 미루어보아, 북서쪽에 있는 나라인 엘트라류의 학원생임을 알 수 있었다.

그녀들은 마지막 순간까지, 진지하게 전투 작전을 확인하고 있었다.

"──알았지? 상대는 그 유명한 『에픽 시커』의 길드마스터야. 방심하지 말고, 처음부터 온 힘을 다해서 공격하는 거야!"

"응, 알았어. 빙결마법이 주특기라는 모양이니까, 화염마법을 중심으로."

"나는 제일 뒤에서 화염마법을 연사할게. 개시하는 순간부터 전력을 다할 테니까, 지원을 부탁할게."

시합 전의 최종 미팅이 다 들여다보였다. 이건 좀 너무하다 싶다.

포메이션 확인까지 하려는 시점에서 더 이상은 듣고 있을 수 없어서 〈디멘션〉 사용을 중단했다. 자칫 잘못하면 시합도 하기 전에 모든 걸 다 알게 될 뻔했다. 그건 불공정해도 너무 불공정하다.

할 수 없이 나는 마지막 시간을 정신집중에 투자하며 보내기로 한다.

조바심을 가라앉힌다. 조금이라도 '진실'을 알고 싶다는 충동을, 동료들을 도와주고 싶다는 욕구를, 이성적으로 억누른다.

한 시간쯤 지났을 때, 담당 직원이 투기장으로 들어가도록 재촉한다.

나는 고개를 끄덕이고 '소지품' 속에서 『크레센트 펙트라즐리의 직검』을 꺼내서 투기장으로 이어지는 길을 천천히 걸어갔다.

10여 미터를 이어지는 어두컴컴한 통로를 지나고 입장문을 빠져나가── 내가 투기장으로 들어간 순간, 눈을 찌르는 것 같은 빛과 함께 하늘에서 환호성이 쏟아져 내렸다.

배 속 깊이 울려 퍼지는 것 같은 굉음의 도가니.

저절로 다리가 경직된다. 조금 전에 로웬의 시합과 라스티아라의 시합 때 들었던 환호성과는 종류가 달은 환호성이었다. 목소리의 방향성이 너무나도 달랐던 것이다.

수천 명이나 되는 관객들의 환호성이 또렷한 무게감을 머금은 채, 출전자인 나에게 집중적으로 쏟아졌다. 관객석 뒤에서 들었던 환호성과 차원이 다른 건 당연한 일이다.

멈춰 있던 다리를 가까스로 움직이고, 전 관객들의 목소리와 시선을 받으면서 모래가 깔린 지면을 나아갔다.

과도한 압박감 때문에 목이 바싹바싹 말랐다. 가슴의 고동이 빨라지고 긴장감에 온몸이 굳어져갔다.

그것을 들키지 않으려고 무표정한 얼굴을 유지한 채, 대전 상대 세 사람이 있는 중앙으로 걸어갔다. 상황으로 보아 내가 상대보다 늦게 입장하게 되어 있었던 모양이다.

"──그리고, 이 사람이 바로 라우라비아의 대표! 요즘 가장 잘 나가는 길드 『에픽 시커』의 길드마스터! 아이카와 카나미 선수! 게다가 놀랍게도 이번에는 단독 출전입니다! 이 본선에 혼자 출전한 것은 오직 이 선수뿐! 그건 절대적인 자신감의 표현일지, 아니면 뭔가 다른 꿍꿍이가 있는 것일지──!!"

사회자의 목소리가 울려 퍼진다. 그 소개 내용이 예상보다 민망해서 고개를 숙인 채 참는다.

원래는 나도 셋이서 출전하고 싶었다. 내가 혼자 출전하게 된 건 팰린크론의 꿍꿍이다.

스노우와 로웰 이외에는 부탁할 만한 사람이 없었던 것이다──.

시합 전의 멘트를 가까스로 참아내고 나니, 대전 상대가 이쪽으로 다가온다.

"그럼 양 팀이 시합 방식을 정해주십시오."

사회자는 우리에게 시합 전의 담화를 지시한다. 학원생 세 사람도 나와 마찬가지로 긴장한 기색이었다. 나이는 내 또래 정도로 보였다. 10대 여자아이에게 있어서 이 대회장의 열기는 견디기 힘든 것이리라.

그럼에도 리더로 보이는 여자아이가 결심한 듯 앞으로 나선다.

나도 각오를 다진다. 현재 예정은 내기를 걸지 않는 스탠더드 룰로 밀어붙일 생각이다. 상대방이 제시하는 룰은 절대로 받아들이지 않을 작정이었다.

"──저, 저기, 팬이에요! 악수해주세요!"

절대로 받아들이지 않을 생각이었지만……그런 내 각오는 허술했다.

눈앞에 있는 여자아이는 발그레한 얼굴로 깊숙이 고개를 숙이며, 나를 향해 오른손을 내밀었다.

"어, 어……? 아, 네."

반한 기색이 역력한 그 저자세에 위축돼서, 나는 반사적으로 악수를 나눈다.

그리고 여자아이에게 손을 붙잡힌 채 그녀의 페이스에 말려들어 주구장창 이야기를 듣는 신세가 된다.

"라우라비아에서 하신 활약에 대한 소문은 들었어요! 저희들 또래인데도 길드의 수장으로 활동하시다니, 정말 존경스러워요! 싸우시는 모습도 뵌 적이 있어요! 저기, 엄청나게 멋졌어요!!"

"하아, 고마워……."

미처 생각지도 못했던 전개에 당황한다.

내 팬이라 자처하는 사람을 만나는 건 이번이 두 번째다. 설마 대전 상대가 그 두 번째일 줄은 생각도 못 했었다.

"저희들은 졸업 후에 연합국의 길드에서 일하고 싶어서 각국의 길드에 대해서도 조사하고 있었는데…… 역시, 최고는 『에픽 시커』였어요! 그중에서도 아이카와 씨는 격이 달라요!"

"고, 고마워……."

"염치없는 일인 줄은 알지만 부탁드릴게요! 만약에 저희들이 이기면 학원에 한 번 와주시면 안 될까요?!"

"어, 학원에? 학원에는 왜……?"

"네! 아이카와 님께서는 숙련된 마술사이면서 동시에 탐색가라고 들었어요! 임시교사──아니, 될 수 있으면 저희들의 가정교사로 와주시면 좋겠어요! 그리고 길드와 미궁에 대해서 저희들에게 가르쳐주시면 안 될까요?!"

생각지도 못한 요구를 받은 나는 혼란에 빠져서, 그녀의 말을 되풀이할 수밖에 없었다.

"가정교사……? 나 같은 사람이……?"

"네, 부탁드릴게요. 저희처럼 이번 대회에 출전한 프랑류르 선배님에게서 미궁에서의 싸움 실력도 어마어마하다는 이야기를 들었어요. 평소에 동경해오던 아이카와 씨가 와주신다면 더없이 기쁘겠어요."

프랑류르…… 무도회 때 만난 소녀기사의 이름이 그것이었던 기억이 난다. 그녀는 나를 '지크'라고 부르고 있었다. 어쩌면 내가 기억해내지 못하고 있는 과거 속에서 그녀와 함께 미궁 탐색을 한 적이 있었던 건지도 모른다. 그리고 같은 학원생이자 출전자들인 이 소녀들과 정보 교환을 한 것이리라.

……예상치 못한 일이다.

보유한 돈을 거는 건 각오하고 있었지만, 설마 교사가 돼 달라는 요청을 받을 줄을 생각도 못 했었다. 하지만, 귀여운 요구라고 생각하기는 한다. 축구선수를 꿈꾸는 소년이 프로 축구선수에게 코치를 부탁하는 것 같은 느낌이다. 요구 자체는 허용범위 안이라고 판단한다.

사실 지식을 가르쳐줄 지식은 없지만, 만에 하나 패배한다 해도 치명적인 건 아녔다.

"으, 으─음……."

나는 그 요구를 받아들일지 받아들이지 않을지를 고민했다.

그런 내 모습을 보고 여자아이는 초조함에 휩싸여서 말을 보탰다.

"──마, 만약에 저희들이 지면 무슨 일이든 할게요!"

얼굴이 굳어진다. 이대로 내버려뒀다가는 더더욱 터무니없는 소리를 내뱉는 게 아닐까 싶을 정도의 기세가 느껴졌다. 『무투대회』접수처 여자에게서 이런저런 살벌한 예를 들었던 나는 상황이 악화하기 전에 제안을 승낙하기로 했다.

냉큼 이기고 아무것도 필요 없다고 말다는 말로 끝내버리는 게 제일일 것이다.

"음, 으─음……. 너희들이 이기면 말이지? 너희들이 이기면 그 조건 받아들일게."

"감사합니다!"

양쪽의 요구가 결정된 걸 보고 대회장의 함성이 한층 더 커진 것 같은 느낌이다.

여자아이가 '무슨 일이든 다 한다'라고 말한 것을 듣고 그 베팅의 크기에 흥분한 건지도 모른다. 하지만 애석하게도 나는 이기더라도 아무것도 요구하지 않을 생각이다. 요구할 게 있다면 『에픽 시커』에 협조해달라는 것 정도가 고작이다.

나는 한껏 달아오른 관객들을 무시한 채, 승부를 가리는 방법을 결정했다.

"대신, 규칙은 '꽃 떨어뜨리기'로 하자. 부상당하는 일은 피하고 싶으니까. 부상을 입히기도 싫고. 그리고 대결은 3대1이라도 상관없어. 그게 기본 규칙이라는 모양이니까."

"네, 저희들도 '꽃 떨어뜨리기'로 할 생각이었어요! 인원수도 말씀하신 대로 셋이서 다 나설게요! 아이카와 씨의 가슴에 달린 꽃은 저희가 가져가겠습니다!"

여자아이는 웃으며 규칙을 승낙하더니 나에게서 거리를 벌렸다. 들뜬 기색으로 사회자에게서 꽃을 받아들었다. 상당히 긴장하고 기색이었다.

그 모습에 어리둥절해하면서, 나도 마찬가지로 가슴에 꽃을 달았다.

그리고 사회자가 우렁찬 목소리로 상황을 설명한다.

"——이럴 수가, 아이카와 선수!! 무시무시한 조건을 가볍게 받아들였습니다! 말투는 부드럽지만 이건 서로의 신병을 걸었다는 뜻이라는 걸 아이카와 선수는 과연 알고 있을까요?! 아니면 이건 아이카와 선수의 압도적인 자신감을 대변하는 걸까요?!"

그것은 내 착각을 바로잡기에 충분한 설명이었다.

"어? 신병?"

"역시 모르고 있었습니다! 떠돌던 소문대로 실력은 있지만 상당히 엉뚱한 성격입니다!"

나도 모르는 사이에 일이 점점 커져 가고 있었다.

가정교사라는 평화로운 단어에 속고 있었지만 눈앞에 있는 이 발그레한 얼굴의 여자아이는 자신의 몸을 걸고 내 몸을 손에 넣으려 하고 있는 것이라는 사실을 그제야 알아차린다.

나는 그런 조건을 별생각 없이 받아들인 것이다.

접수처 아가씨에게 분명히 주의를 받았는데도, 이런 실책을 저지르고 말았다. 이런 내기라면 관객들이 흥분하는 것도 당연하리라. 투기장의 공기는 한층 더 달아오른 채, 시합이 시작되기만을 손꼽아 기다리고 있다.

"잠깐만 기다려주──."

"그럼, 『첫 번째 달 연합국 종합기사단종 무도회』 북부 에어리어 제2시합, 시작하겠습니다!"

그리고 내가 미처 제지할 틈도 없이 시합이 시작되고 만다.

동시에 투기장 안에 메아리치는 마법의 영창——

"——『기둥이여, 늘어서라!』〈플레임 필러〉!"

"——〈플레임〉!〈플레임〉!〈플레임〉!"

"——『화염의 희생을 거듭하라』『시간을 불살라라』『결의를 연주하라』——."

여자아이들은 시합 개시와 동시에 마법을 전개했다. 전위, 중위, 후위의 순으로 진형을 짜고 있음에도 불구하고 전원이 마법을 선택한 것이다. 거기에 후위에 있는 여자아이는 유난히 영창이 긴 것 같았다.

더 이상 투덜거릴 시간이 없다.

나도 그녀들과 같이 마법을 전개하면서 가장 가까이에 있는 여자아이에게 접근했다.

참고로 검은 칼집에 집어넣은 상태다. 여자아이에게 흉터라도 생기면 큰일이다.

"——마법 〈디 윈터〉."

소녀들의 모든 마법에 대해 간섭을 시작했다. 다행히 지금의 나는 화염마법에 대해 충분히 이해하고 있으므로 **비껴내는** 정도를 넘어서, 마법을 흩어버리는 것도 식은 죽 먹기일 것이다.

우선 전위의 소녀가 발동한 〈플레임 필러〉를 흩어놓고, 후위에 있는 소녀의 장기 영창을 방해하고, 중위에 있는 소녀의 연속 초급마법 〈플레임〉을 해체하려 했으나—— 그 모든 간섭 시도가 실패했다.

"안 통하잖아……?"

중위에 있는 소녀가 영창하고 있던 〈플레임〉에 도무지 간섭할 수가 없었던 것이다.

그 원인은 금방 이해할 수 있었다. 중위에 있는 소녀는 여러 개의 반지를 끼고 있었다. 그리고 값비싸 보이는 빨간 반지 몇 개가 깨져나가는 걸 확인할 수 있었다. 나는 깨져나가는 반지를 '주시'했다.

[마석『산염(散炎)』의 반지] 『산염』의 힘이 깃들어 있는 반지──

특정한 마법이 심어진 마법도구임을 알 수 있었다.

내 〈디 윈터〉로는 마법도구 안에서 미리 완성되어 있던 마법에 간섭할 수 없었던 것이다.

곧바로 전술을 재검토해서 전위에 있는 소녀의 가슴에 달린 꽃을 따려는 작전을 포기했다. 이대로 계속 공격해봤자 내 공격이 닿으려는 순간에 〈플레임〉이 방해해서 성공할 수 없다.

할 수 없이 현재 내게 날아들고 있는 〈플레임〉에 대응했다.

상황을 분석해가는 동안 나는 내게 주어진 선택지가 얼마 없음을 깨달았다.

나 자신은 불꽃 공격에 당해도 아무 문제도 없었다. 만약에 정통으로 얻어맞는다고 해도, HP는 얼마 깎여 나가지 않을 것이다. 레벨이 상승하면서 내 몸의 내구력은 인간의 범

주를 넘어서고 있었다.

하지만 **가슴에 매단 꽃**은 내 몸처럼 튼튼하지 못하다. 작은 불똥이라도 튀면 금세 타버린다. 그 점이 문제였다. 그 사실 때문에 나는 과도한 방어를 선택할 수밖에 없었다.

"큭, ——마법 〈프리즈〉!"

마법의 냉기를 전개하면서 신체능력을 살린 과도하다 싶을 정도의 액션으로 모든 〈플레임〉들을 회피해간다. 이 규칙이라면 스치는 것조차 용납되지 않기 때문이다.

이렇게 시합의 첫 번째 격돌이 끝나고, 중위에 있는 리더 격 여자아이가 지시를 내린다.

"이게 소문으로 듣던 『카운터 매직(마법상쇄)』! 얘들아, 예정대로 마법도구를 중심으로 싸우는 거야!!"

발동하려 했던 마법들이 실패했는데도 동요하는 기색은 전혀 없다. 보아하니 내 〈디 윈터〉의 효과를 어느 정도 알고 있었던 모양이다. 역시 내 팬이다.

소녀들은 미리 장비하고 있던 액세서리들을 깨트려서 마법을 전개해나간다.

하나같이 '꽃 떨어뜨리기'라는 규칙에 특화된 광범위 화염마법이다.

갖가지 화염마법들을 다중으로 퍼붓는 공격을 〈디 윈터〉로 감쇠시키고, 때로는 〈디 오버 윈터〉로 소멸시켜가면서 방어했다.

척 보기에도 값비싸 보이는 마법도구들이 잇따라 파손되

어 갔다. 여자아이들은 그 점에 대해서는 조금도 개의치 않고 있었다. 아마, 유복한 집안 출신인 것이리라. 학원에는 그런 귀족들이 많다는 이야기를 들은 바 있다.

불꽃을 막아내면서 그녀들의 숙련도가 상당하다는 것을 느꼈다. 일련의 움직임에 조금의 막힘도 없다. 엘트라류 학원이라는 곳의 교육과정에 '꽃 떨어뜨리기'에 관한 훈련이 포함되어 있음을 추측할 수 있었다.

그녀들은 규칙 내에서 최선의 수단을 구사하고 있다. 나와는 전혀 딴판이다.

그녀들의 수완에 감탄하면서 곧바로 검을 뽑았다. 뒤이어 '소지품' 속에서 천과 물을 꺼냈다.

더불어 스스로의 오만함을 반성했다. 솔직히 말해서——

패배할 가능성은 0이라고 생각했었다. 그렇기에 시합 전의 규칙 결정도 건성으로 임했다.

상대방에게 부상을 입히기 싫다면서 무기도 들지 않았다. 그 탓에 첫 번째 격돌에서 전위를 처치하지 못했다.

어떤 상대든 일방적으로 이길 수 있을 거라고 확신하고 있었다. 그것이 정보 수집 태만으로 이어졌다.

"——마법 〈디 오버 윈터〉, 『마법빙결화』!"

내 최강의 마법명을 뇌까리는 동시에 천을 적셔서 가슴의 꽃을 감싸고, 그 주위에 얼음 막을 만들었다.

이러면 몇 초 동안은 버틸 수 있으리라.

"더 이상 방심하지 않겠어——!"

나는 몰아치는 화염마법 속을 전력질주로 내달린다.

옷과 표피가 그을리는 가운데 거리를 좁혀 나간다.

순식간에 접근하는 나를 보더니 먼저 전위에 서 있는 여자아이의 표정에 경악이 깃든다. 하지만 그 표정이 다 드러나기도 전에 승부는 이미 판가름 난 상태였다.

그녀의 가슴에 달린 꽃이 내 검에 의해 흩어지고, 나는 이미 그녀의 등 뒤까지 빠져나가 있었던 것이다.

그 모습을 본 중위와 후위 두 사람이 방어 태세를 취하려 했다. 그러나 그 방어 태세가 완성되기도 전에 중위에 있는 여자아이와의 승부도 끝나 버렸다. 『마력빙결화』를 이용해서 내뻗은 칼끝이 그녀의 가슴에 달린 꽃을 흩어놓은 것이다.

그리고 마지막 한 사람만이 나와의 대결할 시간을 갖게 된다.

마지막 소녀는 지팡이를 정면으로 움켜쥐고 마법도구를 깨트려 가며 급조한 화염마법을 내쏘았다.

"프, 〈플레임〉!!"

"——마법 〈아이스 플랑베르주(빙결검, 氷結劍)〉——연결, 마법 〈디 오버 윈터〉."

순간적으로 얼음 칼날에 〈디 오버 윈터〉를 입힌다. 그리고 소녀가 내쏜 〈플레임〉을 검으로 어루만졌다.

빙결속성이 가진 진동을 억제하는 마력이 〈플레임〉에 침투해서 화염을 소실시킨다.

화염이 사라진 것을 확인하고 주저 없이 거리를 좁혀 나
간다.

후위의 소녀는 접근하는 나를 요격하려 했으나, 지팡이는
허공을 가르고 동시에 가슴에 달린 꽃이 공중에 흩날렸다.
적 전원의 꽃이 떨어진 것을 확인하고, 내 가슴에 덮어 두
었던 천을 떼어낸다.

내 가슴의 꽃은 그을림 하나 없이 멀쩡하다. 나는 대전 상
대인 여자아이들의 꽃이 떨어진 것을 가리키며, 내 모습을
미처 포착하지 못하고 있던 사회자를 향해 소리친다.

"저기, 사회자님, 제가 이긴 것 맞죠?"

사회자는 무슨 일이 일어난 건지 이해하지 못하고 있는
기색이었다.

하지만 실제로 여자아이들의 가슴에 달렸던 꽃이 모두 떨
어지고, 내 꽃만이 남아 있는 것을 확인하고 허둥지둥 중계
를 재개한다.

"——수, 순식간이었습니다! 그야말로 찰나의 공방! 학원
생 팀이 우위에 선 싸움으로 보였는데, 다음 순간에는 전원
의 꽃이 가슴에서 떨어졌습니다! 이것이 바로 『에픽 시커』의
마스터, 아이카와 카나미의 실력이란 말입니까?!"

사회자의 호들갑스러운 부추김에 투기장은 흥분의 도가
니에 휩싸인다.

"아이카와 카나미 선수, 승리조건을 충족시켰습니다! 멋
지게 3회전 진출!!"

무사히 시합을 마치고, 나는 안도의 한숨을 내쉰다.

──이렇게 해서, 나는 3회전에 진출했다.

시합 종료 후, 나와 대전했던 여자아이들이 왠지 부끄러워하면서 내가 승리했을 경우의 요구에 대해서 물어보았지만, 나는 아무런 요구도 없다고 고개를 가로저었다. 그러자 그 모습을 본 관객들로부터 야유가 빗발처럼 쏟아졌다.

나를 허당이라 비난하는 목소리들이 울려 퍼지는 가운데, 나는 성큼성큼 걸어서 투기장을 떠났다.

◆ ◆ ◆ ◆ ◆

시합을 마친 나는 약속대로 라스티아라를 만나러 간다.

〈디멘션〉으로 찾아보니, 나라에서 마련해준 숙박시설에는 모습을 찾을 수 없었고, 어느 고급 숙박선 한 층을 전세내서 머물고 있는 걸 발견할 수 있었다. 그녀들에게는 현상금이 걸려 있기에 최대한 소재를 들키지 않으려고 한 층 전체를 빌린 건지도 모른다.

고급 숙박선의 최상층에 있는 한 방의 문을 노크했다.

"어서와, 카나미. 일단 안으로 들어와."

"알았어."

경계를 풀지 않은 채 안으로 들어갔다. 방 안의 인테리어는 내 방과 별반 다르지 않았고 하나같이 고급품들뿐이다. 다른 점이 있다면 안쪽 방으로 이어져 있는 걸로 보이는 문에 등을 기댄 아름다운 여인이 있다는 점 정도다.

[스테이터스]

이름 : 세라 레이디언트 HP 259/263 MP 108/108 클래스 :
기사
레벨 22
근력 6.59 체력 8.22 기량 9.52 속도 11.00 지능 5.72 마력
7.98 소질 1.57
선천 스킬 : 직감 1.77
후천 스킬 : 검술 2.13 신성마법 0.90

그 이름으로 미루어보아, 그녀가 라스티아라와 함께 참가
한 늑대 수인임을 알 수 있었다.

스노우와 닮은 파란 머리칼이 특징이었다. 몸에 착용하고
있는 옷과 장비품의 센스도 스노우와 비슷하게 민속적인 것
이 많았다. 다만 스노우에 비하면 이미지가 좀 더 과격한 감
이 있어서, 전체적으로 약간 요란하고 머리색도 좀 더 깊이
감이 있는 짙은 파랑이었다.

세라 레이디언트는 날카로운 눈매로 나를 쏘아보고 있다.

라스티아라나 디아블로 시스와는 다르게 그녀에게서는
적의가 느껴진다.

내가 세라 레이디언트를 경계하고 있는 걸 알아차리고,
라스티아라는 살짝 웃는다.

"그렇게 경계할 것 없어. 여기는 안전하니까."

"정말……?"

"세라도 동료니까 걱정 마. '지크'와 사이가 좀 험악한 건 사실이지만."

"그, 그렇구나……."

라스티아라가 둘 사이에 끼어들자, 세라 레이디언트는 콧김을 뿜으며 고개를 획 돌렸다. 동시에 그녀의 적의도 흩어져 사라진다.

이 자리에서 교전할 의사는 없는 모양이다. 다만 이 자리를 떠날 생각도 없는 것 같았다.

그녀의 존재가 약간 신경 쓰였지만, 곧바로 본론을 꺼냈다.

"그나저나 용건 말인데……. 라스티아라, 지금 당장 내 '팔찌'를 파괴해줘."

"……'팔찌'를 파괴한다?"

라스티아라는 어리둥절한 표정이었다.

그럴 만도 하다. 바로 며칠 전만 해도 완고하게 '팔찌'를 지키려고 했었는데, 오늘은 그야말로 정반대의 요구를 하고 있는 것이다. 의심받는 것도 당연하다.

"그래, 이런저런 사정이 있어서, 기억을 되찾는 게 옳다고 판단했어. 너는 내 '팔찌'를 파괴할 의사를 갖고 있고, 그걸 실행에 옮길 실력도 있어. 그러니까 협력 좀 해줘. 부탁할게."

"이런저런 사정이라……."

라스티아라는 턱을 손에 괴고, 진지한 표정으로 생각에 잠긴다.

설명이 너무 단순했던 건지도 모르겠다. 나의 이 갑작스런 심경 변화에 대해 설명해주지 않으면, 라스티아라가 내 이야기를 신뢰해주지 않을 가능성이 있다.

"정말 이런저런 사정이 있었어. 그리고 그런 이런저런 일들이 쌓이고 쌓인 끝에 나는 내가 뭔가 소중한 걸 잃어버렸다는 걸 깨달았어. 이제부터 그걸 설명해줄 테니까, 좀 들어줘──."

여기서 라스티아라의 신뢰를 얻지 못하면 의지할 상대가 한없이 줄어든다. 나는 숨김없이 모든 걸 털어놓기로 마음먹었다.

우선 줄곧 위화감과 초조함에 사로잡혀 왔다는 것. 라스티아라 일행 이외에도 나를 '지크'라고 부르는 사람들과 만났다는 것. 주위 사람들에게서 들은 정보와 내 기억 사이에 어긋나는 내용이 있었다는 것. 마지막으로 내 심층 심리를 읽을 수 있는 리퍼로부터 주의를 듣고, 내가 해야 할 일에 대한 확신을 얻었다는 것──.

"──지난번에는 함부로 대해서 미안해. 하지만 지금의 나는 '팔찌' 파괴를 거부하지 않아."

"흐−음, 으−음, 그렇게 된 거구나. 석연치 않은 부분도 있긴 하지만 카나미의 생각이 그렇다면 우리도 협조를 아끼지 않을게. 원래부터 우리는 카나미의 기억을 되돌리기 위해 활동해왔으니까…….”

“다행이다……. 그럼——.”

“아, 그런데, 미안하지만 조건이 있어.”

당장이라도 ‘팔찌’ 파괴를 부탁하려 했지만, 라스티아라는 겸연쩍은 표정으로 내 부탁을 차단했다.

“……우리 디아의 기분을 좀 풀어주면 안 될까? 몸 상태는 충분히 좋아졌는데, 정신적인 면에서 문제가 좀 있어서 말이야. 잘못 건드렸다간 큰일 날 것 같은 상태거든.”

디아라는 소녀를 내 기억 속에서 떠올린다.

처음 만났을 때 통곡을 하다시피 울던 아이로, 게다가 레일 씨 집을 황무지로 만들어버리기까지 한 위험인물이다.

“저기, 요전에 나를 보고 엄청나게 울던 여자애 맞지……? 나를 만나면 오히려 역효과만 생기는 거 아냐?”

“아니, 악화될 일은 없을 거야. ‘지크’는 디아가 가장 신뢰하는 인물이니까. 서로가 서로의 첫 번째 파트너였고, 사이도 아주 좋았다고 들었어. 그러니까 카나미가 다정하게 대해주기만 하면 단번에 기분이 풀어질 거야. ……아마도.”

“어, 그런 사이였다고……? 나랑 그 애가……?”

상상도 못 했었던 사실을 알게 됐다.

이런 폭탄 같은 소녀를 첫 번째 파트너로 선택했다니, 과거의 나는 제정신이 아니었나 보다.

“응, 그런 사이였어. 둘 사이가 워낙 정다워서, 나도 고생

깨나 했다니까······."

라스티아라는 뭔가를 떠올리면서, 피곤한 듯 한숨을 짓는다. 거짓말을 하는 것처럼 보이지는 않았다. 그리고 그녀는 또 다시 투덜거린다.

"하루가 다르게 눈에서 빛을 잃어가는 디아의 몰골은 차마 눈 뜨고 볼 수가 없을 정도였어. 폭주한 그 애를 억누른 나는 진짜 영웅이라고 불려도 될 정도였다니까? 연합국은 나한테 감사장을 천 장은 보내야 돼. 내가 안 말렸더라면 연합국의 영토 자체가 물리적으로 지워져 버렸을걸?"

"그 애가 그렇게 위험한 애였어······?"

"하지만 그 애가 '팔찌' 파괴에 협조해준다면 그야말로 천군만마일 거야. 그래 봬도 신성마법의 스페셜리스트니까."

"······그렇구나. 알았어, 이야기해볼게."

라스티아라의 요구를 받아들인다.

라스티아라의 이야기가 사실이라면, 내 '팔찌' 파괴에 유익한 인물이라는 건 확실할 것이다.

"다행이야. 그럼, 디아는 옆방에서 풀 죽어 있으니까, 잘 다녀와——."

그리고 라스티아라는 세라 레이디언트가 서 있는 방향을 가리켰다. 아마 디아블로 시스는 그녀의 등 뒤에 있는 문 안에 있는 모양이다.

그런데 내가 문으로 다가가니, 세라 레이디언트가 끼어들었다.

"아가씨, 정말 괜찮은 건가요? 지금의 디아는 위험해요. 자칫 잘못하면, 만나자마자 이 남자가 죽어버릴지도 몰라요. ……뭐, 이 남자가 죽든 말든, 전 별 상관없지만요."

살벌하기 짝이 없는 소리를 내뱉는다. 가벼운 마음으로 가던 내 발걸음이 멎는다.

"카나미라면 괜찮을 거야. 아니, 카나미 말고 다른 사람은 해낼 수 없는 일이야. 내 생각에는 카나미가 이 타이밍에 나타났다는 것 자체가 운명인 것 같아."

"……현실은 아가씨께서 좋아하시는 옛날이야기와는 다를 텐데요? 타이밍이 좋다고 해서 성공하리라는 보장이 있는 건 아니에요."

"그건 나도 알아. 그래도 나는 괜찮을 거라고 확신해. ……그러니까 세라, 길을 터줘."

라스티아라가 애원하자 세라 레이디언트는 할 수 없다는 듯 길을 터 준다. 옆방으로 가는 문이 눈에 들어왔다. 하지만 목적지인 문을 눈앞에 두고도, 내 발은 아직 앞으로 나아가지 못하고 있었다. 죽음을 예감케 할 만큼 무시무시한 마력이 문에서 쏟아져 나오고 있었기 때문이었다.

"지크프리트 비지터. 만약에 죽는다고 해도 디아 님을 제정신으로 돌려놓고 나서 죽어."

세라 레이디언트의 말이 나를 한층 더 불안하게 만든다.

그 신랄한 태도를 보다보니 나는 과거의 나와 그녀의 관계가 궁금해졌다.

"과거의 내가 너한테 무슨 짓이라도 한 거야?"

"그래, 했어. 굴욕을 맛봤지."

"그건, 저기, 미안하게 됐네요……."

계속 여기 서 있기만 하면 이 수인 여인과의 관계도 끝끝내 알아낼 수 없을 것이다. 나는 마음을 다잡고, 문으로 다가갔다. 그리고 그 문손잡이를 손에 쥐고, 마지막으로 확인을 받았다.

"저기, 디아라는 애는 제정신이 아닌 거야……?"

"보통 사람이 보기에는 제정신이 아닌 것처럼 보일지도 모르지. 뭐, 나는 디아의 기분을 이해하는 덕분에 의사소통이 가능하지만. ……어쩌면 카나미는 대화도 안 통할지도 모르겠는걸?"

"어, 어라……? 그럼, 기분을 풀어줄 방법이 없는 거 아냐……?"

"그렇다고 해도 카나미라면 괜찮을 거야. 나는 그렇게 믿어."

라스티아라는 나에 대한 쓸데없는 신뢰를 갖고 있어서 아무런 불안도 없이 나를 보내려 하고 있었다. 그와는 딴판으로 나는 불안감에 휩싸인 채로 문손잡이를 틀어 열고 들어갔다.

──어둡고 비좁은 방이었다.

모든 출입구가 봉쇄되어 있고 창문을 통해 들어오는 햇빛은 커튼으로 차단되어 있었다.

그 어두운 방 한쪽 구석에 있는 침대 위에서, 한 소녀가 벽을 보며 쪼그려 앉아 있었다.

연신 울먹이면서 콧물을 훌쩍거리고 있었다. 보아하니 한참동안 울고 난 뒤인 것 같았다. 그 울음의 원인이 나——과 거의 나인 지크라는 건 이미 알고 있다. 본의는 아니었지만 그렇게 만든 책임을 지고 일단은 눈앞에 있는 이 소녀를 구하는 데 집중해야겠다.

"괜찮아……?"

하지만 무서운 건 무서운 법이다. 소녀를 '주시'했을 때 나타나는 정보는 그야말로 살벌하기가 짝이 없었다. '상태'는 착란에 가깝고, 마력은 도시 하나쯤은 가볍게 날려버릴 수 있는 수치. 경우에 따라서는 이 선단 전체가 날아가 버릴 가능성도 무시할 수 없으리라.

디아는 내가 불러도 내 쪽으로는 고개도 돌리지 않은 채, 콧소리가 섞인 목소리로 뇌까릴 뿐이었다.

"——그래, 나도 알아. 다 알아, 라스티아라. 괜찮아. 괜찮을 거라는 거, 다 알아. 알고 있어, 알고있어알고있어알고있어——."

음, 누가 봐도 위험한 상태군…….

나는 신중하게 표현을 선택하기로 했다.

"디아 양, 좀 진정해봐……. 진정하고, 내 이야기를 들어줬으면 좋겠어……."

그 내 말을 들은 디아는 중얼거림을 멈추었다.

"디아 **양**……? 넌, 누구지……?"

그리고 이쪽을 돌아보고 내 존재를 확인하더니, 얼어붙었다.

"——지, 지크……?"

넋 나간 얼굴로 내 얼굴을 쳐다보고 있다. 나는 그 틈을 타서 디아에게 다가가려 한다.

하지만 그건 경솔한 행동이었다. 내가 접근하는 것을 본 그녀는 빨갛게 충혈된 눈을 부릅뜬다.

"아, 아아, 아아아아아악……! 화, 환각인가? 아아, 젠장, 또 환각이야! 하핫, 역시 난 글러먹었다니까……. 툭 하면 자기가 원하는 환각을 만들어서 거기로 도망치려고 들다니. 그러면 안 돼. 안 된다고. 이렇게 나약해서는 지크에게 힘이 되어줄 수 없어. 그 녀석에게서 지크를 되찾을 수 없어. 나도 알아, 라스티아라. 내가 해야 할 일이 뭔지는 이미 잘 알고 있다고!! 지금보다 더 강해져야 한다는 거잖아……? 지크의 동료가 되기에 충분할 만큼 훨씬 더 강해져야 해! 그 누구보다도 더——!"

광기 어린 독백과 함께, 흉흉한 마력이 꿈틀거린다.

강력한 마법 구축의 파동을 감지하고 나는 재빨리 몸을 틀었다.

"——〈플레임 애로우〉!"

디아의 입에서 마법이 형성되고 비좁은 방이 새하얗게 물들었다. 그리고 내 몸이 있던 자리에 섬광이 번뜩였다.

비유가 아닌 말 그대로 포악할 만큼의 열량을 지닌 레이 저가 스쳐 지난 것을 확인한다.

나는 옷의 끝자락이 그을린 것을 보고 식은땀을 흘렸다.

등 뒤의 벽에 구멍이 난 것을 〈디멘션〉으로 감지했다. 어 마어마한 관통력이다.

이곳은 최고층에 있는 방이었기에 그 광선은 다행히도 공 중으로 빠져나가 사라졌다. 라스티아라가 한 층을 통째로 빌린 건 디아의 마법 때문에 무고한 사람에게 피해가 발생 하는 것을 피하기 위해서였다는 걸 이제야 이해했다.

"어, 어……? 어라, 피한 거야……?"

내가 레이저를 회피해낸 것을 보고 디아는 어리둥절한 표 정을 보였다.

"디아 양, 좀 진정해……. 난 정말 그냥 이야기를 좀 하러 온 것뿐이야……."

끈기를 갖고 다정하게, 천천히 말을 걸었다.

하지만 내가 다가가면 다가갈수록 디아의 표정은 점점 더 일그러져간다.

"도, 도대체 왜지……? 우, 아아, 아아아아아! 환각 주제 에 그 얼굴로, 그 목소리로, 나한테 말 걸지 마! 말걸지마말 걸지마말걸지마아아아아——!!"

그리고 다시 조금 전과 같이 살벌한 마력이 방 안에 충만 해져 갔다.

그 파동은 방금보다 더 강하고 거대해서 이대로 됐다가는 이 배가 침몰하고 말 것이다.

어떻게 하면 눈앞에 있는 이 소녀를 저지할 수 있을지 나는 생각을 급속도로 회전시킨다.

"지크는 나를 디아 양이라고 부르지 않아! 너는 가짜야!"

디아가 아까 했던 발언을 떠올렸다.

그리고 지금 그녀가 화를 내는 이유가 내가 가짜이기 때문일 것이라 판단했다.

"그래, 나는 가짜야! 디아 양에게 있어서 나는 가짜야! 하지만 그렇다고 해서 공격해야 할 이유는 없어! 나는 네 편이니까!!"

나는 도리어 내가 가짜라는 것을 인정했다. 그 대신 내가 디아 편이라는 인상을 심어 주려고 시도했다.

"내, 내 편이라니……?"

"그래, 네 편이야. 네가 너의 '지크'를 되찾을 수 있도록 협조해주는 아군이야. 방금 라스티아라와 약속하고 왔어. 그러니까 믿어줘."

"나를 현혹시키지 마……! 그런 얼굴로 지크 같은 소리를 하지 마……!"

"네 말대로 나는 '지크'같은 얼굴을 갖고 있지만 '지크'가 아냐. 하지만 나는 네 적은 아냐. 적의를 갖고 네 앞에 서 있는 게 아냐."

최대한 디아의 입장에 서서 대화를 이끌어간다. 그리고 그녀에게 부족한 것이 무엇인지를 추측한다. 지금의 나라면 그녀의 기분을 이해하지 못할 리가 없다. 분명 그녀 역시 나와 마찬가지로 소중한 사람과 멀리 떨어진 상태일 테니까. 이야기하면서 다가가 손을 내밀었다.

"……걱정 마. 네 소중한 사람은, 분명 곧 돌아올 거야. 내가 도와줄 테니까."

"우, 우우우……. 우우, 도, 돌아올 리 없어……. 지크는 우리 곁으로 안 돌아와……. 이렇게 열심히 애쓰고 있는데도, 아무리 기를 쓰고 노력해 봐도 돌아와주지 않는다고……."

풀이 푹 죽은 디아의 팔을 붙잡는다.

"내가 '지크'를 되찾아주겠다고 약속할게……. 그러니까 좀 진정하고……."

"이, 이거 놔! 꺼져! 나를 건드리지 마!!"

디아는 내 손을 뿌리치려 한다. 하지만, 그 힘은 나약하다. 스테이터스 면에서 근력이 약하다는 이유도 있지만, 몸 상태 때문에 몸에 힘이 들어가지 않는 탓도 있을 것이다.

나는 그녀의 팔을 붙잡은 채, 다른 한쪽 손으로 디아의 머리를 쓰다듬는다.

"괜찮아. 진정해……."

지금 그녀에게 필요한 건 안심감이라고 생각했다.

그녀와 마찬가지로 소중한 사람을 잃은 내가 지금 가장 갈망하고 있는 게 바로 그것이기 때문이다.

그리고 '지크'와 쏙 빼닮은 내 손길에 디아는 긴장이 누그러진 듯 눈물을 흘리기 시작한다.

"우, 으으아아아아아아앙……."

곧이어 내 가슴에 얼굴을 기댄 채 응석을 늘어놓는다.

"우우. 지크……. '나', 정말 열심히 노력하고 있는데, 라스티아라가 계속 못 살게 굴어……. 나쁜 놈들을 해치우려고 하는데, 이것도 안 된다, 저것도 안 된다면서 트집만 잡아……. 이제 어떻게 해야 하는 건지, 하나도 모르겠어……. 모르겠다고……."

울음을 그치지 않는다.

그 눈물에 아무런 대답도 해줄 수 없는 나, '아이카와 카나미'는 그저 디아의 응석을 받아주는 것밖에 할 수 없었다.

"──이, 이제 괜찮아. 지크……가 아니라 카나미……."

이렇게 약 한 시간쯤 디아의 이야기를 들어준 끝에 나는 간신히 풀려날 수 있었다.

그런 보람이 있었는지 디아는 조금이나마 안정을 되찾아주었다.

라스티아라의 요구사항을 완수하면서 내가 지크의 기억을 잃은 카나미라는 타인이라는 것을 어렴풋이나마 인식시켰다. 디아를 데리고 옆방으로 돌아와서 라스티아라와 함께 본론에 대한 이야기를 재개한 참이다.

"아주 좋아! 그럼, '팔찌' 파괴에 대해 하던 이야기를 계속

해볼까."

"그, 그래, 그건 상관없지만……. 디아를 그냥 저대로 내 버려둬도 되는 거야……?"

디아는 방 한쪽 구석에 있는 침대 위에서 담요를 둘둘 만 채 이쪽을 쳐다보고 있었다. 보아하니 아까 자신이 부린 추태가 부끄러워서 견딜 수가 없는 모양이다.

이성을 되찾은 건 다행이지만, 이렇게까지 거리가 멀면 곤란하다.

내가 눈길을 그쪽으로 향하자 냉큼 담요로 얼굴을 가린다.

조그만 동물 같은 태도다. 고양이나 다람쥐 같은, 작은 동물.

"차분하게 이야기를 들어주기만 한다면, 뭐든지 상관없어. 아니, 아주 여성스러워진 것 같아서 내 입장에서는 아주 반가운걸. 아──주 좋아."

"아, 그래……."

라스티아라는 야릇한 눈으로 디아를 쳐다봤다. 무슨 침이라도 흘릴 것 같은 기세다.

내 따가운 시선을 느끼고, 라스티아라는 진지한 표정을 지으며 헛기침을 했다.

"에헴. ……'팔찌'는 나와 디아에게 맡겨줘. 카나미를 넝마신세가 되도록 두들겨 팬 다음, 천천히 빼낼 예정이니까."

"빼낸다고? 그런 어중간한 짓 할 것 없이 그냥 부숴버려
도 상관없어. 인정사정 봐줄 거 없다고."

"으——음……. 인정사정 봐주느라 그런 게 아니라, 단순
히 부수는 게 무서워서 그래. 어떤 장치가 숨겨져 있을지 모
르잖아. 다른 사람도 아니고 팰린크론이 준비해 둔 팔찌니
까……."

"예전에 이야기했던, 자살하는 술식 같은 거 말이야? 하
지만 그런 걸 일일이 신경 쓰다가는 아무것도 못 한다고."

"그건 걱정 마. 연합국 모든 마법지식의 결정체인 나와 세
계 최강의 신성마법 술사 디아—— 우리 둘이 힘을 합치면
시간은 조금 걸리겠지만 어떤 술식이라도 해체할 수 있어.
안전한 방법이 존재하는 만큼 좀 시간이 걸리더라도 그 안
전한 길을 선택하고 싶어. ……만에 하나라도 실패한다면
디아가 위험해질 테니까!"

라스티아라는 최악의 경우를 염두에 두고 작전을 짜고 있
었다. 예를 들어 이 '팔찌'가 폭발물일 가능성도 고려하고 있
는 것이리라. 그렇기에 파괴가 아니라 빼내는 것에 집착하
고 있다.

"알았어. 빼내는 방향으로 가지. 그럼, 지금 당장 부탁해
도 되겠지?"

라스티아라의 방침에 동의하고, 나는 곧바로 '팔찌' 제거
를 부탁한다.

하지만 그녀는 썩 내키지 않는 표정으로, 대을 망설인다.

"아, 아아──……. 으─음, 지금 당장은 힘들겠는데."

"응?"

"그야, 지금 여기서 하면 분명히 훼방꾼이 끼어들 테니까."

"훼방꾼? 누가? 여기에는 아무도 없잖아?"

"스노우가 있어. 아마, 지금 이 순간에도 스노우는 우리 이야기를 듣고 있을 거야."

"어……? 스, 스노우……?"

생각지도 못한 인물의 이름을 듣고 놀란다.

"스노우가 가진 능력을 이용하면 『브아르홀라』 전체를 도청하는 것도 얼마든지 가능해. 아마, 지금도 카나미의 소리를 계속 추적하고 있을 거야."

"내 소리를 추적한다고……? 스노우의 마법으로 그런 것까지 할 수 있는 거야……?"

"무속성의 진동마법을 보유한 스노우라면 소리에 대해서는 뭐든지 다 가능해. 이 선단이 하나같이 고급 선박들이라는 게 더 문제야. 매개체로 쓸 수 있는 마석이 많은 탓에 스노우의 특수한 마력을 얼마든지 침투시킬 수 있으니까. 아마 어디에 있든지 다 들릴걸."

"하, 하긴, 듣고 보니 그럴 수도 있을 것 같긴 하네……."

스노우가 내게 알려준 것은 마석에서 마석으로 진동을 전달하는 마법뿐이었다. 하지만 스노우는 워낙 게으른 성격이니 자신이 가진 마법을 전부 다 사용하고 있지 않았을 가능성이 높다.

"여기서 '팔찌'를 빼내려고 하면 당장 스노우가 와서 훼방을 놓으려고 들 거야. 지금의 스노우는 카나미한테 상당히 의존하고 있으니까, 훼방 놓는 걸 넘어서 우리를 아예 없애 버리려고 들 가능성도 있을 거야. 아니, 정말이라니까."

라스티아라는 어느 틈엔가 스노우의 상황을 파악하고 있었다. 그리고 그 사정을 나보다도 더 심각하게 받아들이고 있었다. 지금의 스노우라면 살인을 저지를 가능성까지 있다고 생각할 정도였다.

"하지만 스노우 한 명쯤은 우리가 제압해버리면……."

"혼자가 아니니까 곤란하다는 거야. 내가 『에픽 시커』 길드 마스터를 습격하면 당연히 『에픽 시커』 길드 멤버 전원과 상대하게 돼. 스노우는 그런 명령을 할 수 있는 권한을 갖고 있으니까. 대의명분이 주어지면 스노우는 주저하지 않을 거야. 그뿐만이 아냐. 카나미가 라우라비아의 보호 하에 있다는 것도 치명적이야. 솔직히 말하자면 어떤 훼방이 들어오더라도 이상할 게 없을 정도야. 스노우는 나와 카나미의 싸움을 감지하고 전원에게 알릴 수 있는 능력이 있으니까."

스노우의 능력이 얼마나 성가신 것인지를 재확인했다.

마치 내 〈디멘션〉을 상대로 싸우는 것 같은 감각이었다.

내 '팔찌'를 파괴하려면 우선 나를 전투불능 상태로 만들어야 한다. 하지만 제삼자가 보면 그건 마치 내가 습격당하는 것처럼 보일 것이다. 길드 멤버들뿐만 아니라 국가의 경비병들이며 선의의 제삼자들까지 나를 지키려고 들지도 모른다.

자칫 잘못하면 로웬과도 싸워야 하는 상황이 벌어질지도 모른다. 로웬도 '팔찌' 파괴에 반대하는 입장이다. 스노우가 부탁만 하면 그 누구보다도 먼저 달려올 것이다.

질과 양을 겸비한 그 적들을 상대하면서 라스티아라와 디아가 '팔찌' 처리에 집중할 수 있을 리가 없다. '팔찌'의 '저주' 때문에 본의 아니게 내가 저항할 가능성까지 존재했다.

"그럼, 『브아르홀라』를 벗어나서 스노우의 능력이 닿지 않는 곳까지 도망치는 건?"

"그렇게 하면 스노우는 아예 수단 방법을 안 가리게 될 거야. 주저 없이 워커 가문의 힘을 동원해서 다른 4대 귀족들에게도 협력을 요청하겠지. 경우에 따라서는 라우라비아 국과 후즈야즈 국이 움직이게 될지도 몰라. 우리에게는 국가가 움직일 이유가 될 만한 요소가 얼마든지 있으니까."

"그렇게까지……. 스노우가 정말 그렇게까지 할까……?"

"내가 아는 스노우라면 그렇게 하고도 남아. 그러니까 '무투대회'를 이용하자는 거야. 예전에도 이야기했었지만, '무투대회' 시합 중에는 훼방꾼이 안 들어오니까. '무투대회'가 이대로 진행되면 내 팀은 4회전에서 스노우와 만나게 되고, 준결승에서 카나미와 맞붙게 돼 있어. 잘만 되면 준결승에서 모든 게 해결될 수 있을 거야."

라스티아라는 '무투대회' 관련 자료를 펼치고 대진표를 가리켰다.

그 말마따나 계속 순조롭게 진출하면 준결승에서 맞붙게 된다.

"……아마, 저쪽도 똑같은 생각을 하고 있을 거야. 안 그래, 스노우?"

그리고 라스티아라는 아무도 없는 허공을 향해서 확신에 찬 말투로 물었다.

"스, 스노우……. 듣고 있는 거야……?"

나도 마찬가지로 허공에 대고 물었다.

그러자 약간의 정적이 흐른 후, 방에 있던, 마석으로 만들어진 인테리어 소품 하나가 진동했다.

『──응, 카나미. **계속 듣고 있었어**』

그 인테리어 소품이 성대와도 같이 진동해서, 인간의 언어와 같은 소리를 낸다. 틀림없는 스노우의 목소리였다.

"스노우……."

마음 같아서는 믿고 싶지 않았다.

나는 떨떠름한 얼굴로 지금껏 줄곧 파트너였던 소녀의 이름을 불렀다.

스노우는 나를 무시한 채 라스티아라에게 말한다.

『……레반교 신의 현신. 저는 당신을 뛰어넘을 거예요』

그리고 선전포고했다. 그 목소리는 눈처럼 차가웠다.

"상대해줄게, 스노우."

『저는 카나미와 결혼하고 싶어요……. 가짜 세계라 해도,

185

다른 사람이 만든 세계라 해도 상관없어요. 이번에는 정말로 '행복'해지고 싶으니까……. 제가 원하는 건 그것뿐이에요…….』

"나도 알아……. 스노우는 카나미를 원한다는 거지……?"

『내기를 받아주세요. 만약에 제가 시합에서 이기면 우리의 결혼을 축복해 주겠다고.』

"역시 그런 쪽 이야기로 끌고 간단 말이지……. 알았어, 우리가 지면 얌전히 굴게. 진다면 말이지. 하지만 우리가 승리하면 그쪽도 우리의 새 출발을 축복해줘야 돼."

라스티아라는 곤혹스러운 표정으로 그러면서도 가벼운 말투로 요구를 받아들였다. 당연히 이불 속에 있던 디아가 뭔가 할 말이 있는 듯 자리를 박차고 일어섰다. 하지만 그 전에 내가 소리쳤다.

"그만 해, 스노우! 나에게는 나의 의지가 있어! 네가 라스티아라 팀을 이긴다고 해서, 내가 정말로 너랑 결혼할 거라고 생각하는 거야?! 말도 안 되는 소리잖아!!"

『……예전에는 나도 내 의지가 있지 않느냐고 생각했었어. 하지만 현실은 달랐어. 단 한 사람의 의지 따위는 손쉽게 짓밟히게 돼. 짓밟히게 돼 있다고, 카나미.』

스노우는 울분에 찬 목소리로 연신 뇌까렸다.

『아무리 발버둥 쳐봤자, 결국 카나미는 나랑 결혼하게 될 거야. 선택지 따위는 국가가 단번에 빼앗아 버릴 거야. 카나미의 입장이 그걸 거부하지 못하게 만들 거야. 그것도 다

팰린크론이 짜놓은 그림이 분명해. 분명 '무투대회'가 끝나면 도망칠 곳이 사라질 거야. 최종적으로는 원하든 원치 않든 카나미는 나와 함께 '행복'해질 거야. ──틀림없이.』

그 막무가내 논리에 나는 아무런 대꾸도 할 수 없었다. 완전히 막장 논리라는 생각밖에 안 들었다. 하지만 스노우는 라스티아라를 물리치면 나와 '행복'해질 수 있다고 믿어 의심치 않고 있었다.

『──준결승에서 만나자, 카나미. 도망치지 마. **항상 듣고 있으니까**』

대화는 거기서 끝났다.

더 이상 내 말은 스노우에게 전해지지 않는다. 목소리는 전해지더라도 그녀의 마음에는 전해지지 못한다. 그런 느낌이 들었다. 어제의 설득이 아무런 효과도 거두지 못했다는 걸 깨닫고 나는 아연실색했다.

"저 녀석……!"

다시 한 번 스노우를 설득하러 가야겠다고 생각했다. 방금 나눈 대화에서는 그런 생각이 들기에 충분할 만큼의 광기가 느껴졌다. 하지만 바로 생각을 고쳐먹었다.

지금 만났다가는 일이 평화적으로 끝나지 못할 가능성이 높았다. 라스티아라는 스노우가 그만한 각오를 갖고 있다고 판단한 것 같았다.

그렇다면 라스티아라 일행의 계획대로 '무투대회'에 승리하고 스노우에게 계약 준수를 요구하는 게 최선일지도 모른다. 지금은 서로의 마음과 마음을 맞부딪칠 수 있는 자리가 마련되어 있는 것이다.

"미안……, 라스티아라, 디아 양. 부디 스노우를 이겨줘……. 이겨서 그 바보를 막아줘……."

나는 가까운 이의 치부를 내보이는 것 같아 참담한 기분에 진지한 표정으로 뇌까렸다.

하지만 부끄러움을 참고 애원했는데도 아무런 대답도 돌아오지 않는다.

자세히 살펴보니 라스티아라는 당장이라도 웃음을 터뜨릴 것 같은 얼굴로 침묵하고 있었다. 디아는 토라진 듯이 뺨이 뾰로통해져 있었다. 세라 레이디언트는 기가 막힌다는 듯한 표정이었다.

"어라……? 다들, 왜 그래?"

진지한 표정을 짓고 있는 건 나뿐이었다. 먼저 디아가 머뭇머뭇 내게 물었다.

"있잖아, 카나미……. 우리가 지면 방금 그 스노우라는 녀석이랑 결혼할 작정이야?"

"으, 으음, 아직은 모르겠지만 그럴 가능성이 높아지지 않을까?"

"아, 아아——. 그래, 그렇구나——……."

왈칵——한동안 잠잠했던 디아의 마력이 뿜어져 나온다.

그녀는 담요를 뒤집어쓰고 "그렇구나——"라는 말을 되풀이해서 뇌까린다.

"이것 참──, 카나미는 여전히 재미있다니까. 그 모습을 보니 내가 다 반갑지 뭐야. 푸훗."

그리고 라스티아라는 웃었고,

"죽어버려."

세라 레이디언트는 나의 영면을 요구했다.

"응⋯⋯? 어라⋯⋯?"

모두의 반응이 예상과 너무 달랐기에 나는 어찌해야 할지 알 수가 없었다.

더 진지하게 임해야 할 상황이라고 생각했는데, 어째 분위기가 좀 이상하다.

그리고 나만 이해하지 못하고 있는 이 묘한 분위기는, 그 뒤로도 한참을 더 이어졌다.

◆ ◆ ◆ ◆ ◆

스노우와의 대화가 끝난 뒤에도 우리는 준결승 때 '팔찌'를 빼기 위한 계획을 거듭 구상했다.

이야기를 나누다 보니 세라 레이디언트와도 이제 어느 정도 친해진 것 같은 느낌이 들었다. 간신히 세라라고 불러도 된다는 허가를 받아내는 데 성공했다.

내 기억을 되찾기 위한 준결승까지의 계획이 순조롭게 짜여 나갔다. 다만, 한 가지 불안요소가 있다면 그 계획들이 모조리 스노우의 귀로 들어가고 있다는 점이다.

그 후 이야기를 마무리 지으면서 라스티아라는 불안을 한층 더 부채질하는 발언을 내뱉었다.

"──그럼, 카나미. 가서 디아랑 놀고 와."

"엉?"

"다른 말로는 데이트라고도 하지."

"아니, 아니아니, 잠깐, 지금 그런 짓이나 하고 있을 때가 아니잖아?"

"'팔찌'를 파괴하는 데 필요한 일이야. 자, 빨리 준비나 해. 우리와 맞붙을 때까지 카나미를 기진맥진하게 만들어 놓기로 결정했잖아? 그러니까 데이트."

아까 '팔찌' 때문에 내 의지와 상관없이 반격하는 상황에 대한 대처 방안으로 반격할 수 없을 정도로 나를 지치게 만들면 되지 않겠느냐는 방안이 나왔었다. 그것을 실행하고자 하는 모양이었다.

라스티아라는 '팔찌'의 영향력을 과소평가하지 않았다. 만약에 내가 정신을 잃더라도 '팔찌'가 위험해지면 장착자가 반사적으로 움직이게 될 거라 생각하고 있었다.

그 점을 생각하면 논리적으로는 옳다. 노림수가 뭔지도 알았다.

그렇다고 해도 한 번 지면 되돌릴 수 없는 대회라는 현장에서 강적과의 대결에 대비해 컨디션을 관리하기는커녕, 오히려 컨디션을 악화시킨다는 행위에 대해 거부감이 느껴졌다.

"하지만 그러다가 내가 3회전이나 4회전에서 져버릴 수도 있잖아. 그러면 어쩌려고 그래?"

"으──음, 대진표로 봐서 괜찮을 것 같은데."

라스티아라는 대진표를 살펴보면서 느긋하게 말한다.

"주의해야 할 건 스노우와 가디언 로웬. 이 둘뿐이야. 스노우는 우리와 맞붙을 테고, 로웬은 출장 에어리어가 완전히 반대편. 카나미가 순조롭게 진출하면······『셀레스티얼 나이츠』팀과 길드『슈프림』팀과 맞붙게 되겠지. 어차피 둘 다 별거 없는 팀들이니까, 카나미 약화작전은 별문제 없어."

나도 라스티아라와 같이 표를 본다.

양 팀 모두 안면이 있는 사람들이었다. 리더는 페르시오나 퀘이거와 엘미라드 싯다르크. 후즈야즈의 최고위 기사 팀과, 라우라비아 최고위 길드 팀이다.

"별거 아니라니······. 두 팀 모두 국가의 최고 레벨이잖아······?"

"확실히 인간들 중에서는 최고 클래스이긴 하겠지만, 인간이기를 포기한 자들이 아니라면 끄떡없다니까 그러네."

라스티아라는 진심으로 양 팀 모두 상대가 되지 않는다고 생각하는 모양이었다.

"저기, 그 말은 뒤집어 생각하면······ 우리는 인간이기를 포기했다는 거야?"

"그야 그렇지 뭐. 서 있는 무대부터가 다르니까. 결국 이 대회는 초인적 존재인 4개 팀 간의 싸움일 뿐이야. 우리, 카나미, 스노우, 가디언 로웰, 이렇게 네 팀이지. 장담하는데 우승자는 이 네 팀 중에서만 나오게 돼 있어. 정말이지, 올해 참가한 사람들은 참 비참하게 됐다니까."

"로웰은 이해하겠지만, 스노우도……? 스노우보다는 '최강'으로 이름을 떨치고 있는 오빠 쪽이 더 위험한 거 아냐?"

글렌 씨가 가진 무슨 효과인지 종잡을 수 없는 스킬들은 위협적이었다. 그리고 '최강'의 자리에까지 올라선 경험도 무시할 수 없을 것이다. 비록 반대편 에어리어에 있기는 하지만 충분한 주의를 기울여야 할 상대라는 게 내 의견이었다.

"뭐, 글렌도 그 네 팀 바로 뒤 정도로 강하기는 하지만……. 으──음, 어라? 혹시 카나미는 스노우의 진짜 위력을 본 적이 없는 거야?"

하지만 글렌 씨에 대한 라스티아라의 평가는 낮았다.

뒤이어서 스노우가 가진 힘에 대해 내가 잘못 알고 있다는 점을 지적했다.

"진짜 위력……? 아니, 본 적 없는데……."

오늘까지 길드 생활을 해오면서, 나는 항상 스노우의 일을 대신해왔다. 그 어리석은 행위 때문이었는지, 그녀가 진심을 다해 싸우는 모습은 본 적이 없었다.

"그럼 이번 '무투대회'를 통해서 알 수 있을 거야. 오직 스노우만이 우리의 영역에 도달할 수 있는 존재라는 걸 말이야."

라스티아라는 그녀답지 않게 진지한 표정이었다.

스테이터스만 따지자면, 스노우보다 라스티아라 쪽이 더 높다. 그렇지만 스노우는 라스티아라에게서 여유를 앗아갈 수 있을 만큼의 무언가를 갖고 있다는 모양이다.

　　"그러니까 스노우와 싸울 때까지 디아의 컨디션을 최고조로 만들어두고 싶다는 이야기야. 자, 냉큼 가서 기분전환 좀 하고 오라고."

　　라스티아라는 금방 표정을 누그러뜨리고, 우리의 등을 떠밀려 한다.

　　어느 틈엔가 디아는 옆방으로 이동해서 외출 준비를 시작한 상태였다. 놀러 가는 이유에 대해서는 모르고 있지만, 놀러 가는 것 자체에 대해서는 찬성이었던 모양이다.

　　"어, 그러니까 왜 기분전환을……?"

　　"디아의 기분도 풀어주고 카나미의 피로도 쌓을 수 있으니 그야말로 일석이조잖아? 스노우와 싸울 때 디아의 정신상태가 최고의 컨디션을 유지하는 건 아주 중요한 일이니까. 마법이 정신상태의 영향을 받는다는 것쯤은 알고 있을 거 아냐?"

　　라스티아라는 얼굴을 쓰윽 들이대더니 자그마한 목소리로 내게 속삭였다.

　　"마음을 진정시키는 방법이라면 다른 방법도 얼마든지 있을 것 같은데……?"

　　"아니, 디아에게 있어서는 이게 최고의 방법이야. '카나미'는 모르겠지만."

라스티아라는 '카나미'를 강조했다. 내가 '지크'가 아닌 이상, 아무런 대꾸도 할 수 없었다.

디아나 '지크'와 오랫동안 함께해온 그녀의 말을 믿어 보기로 한다.

"──그리고 운 좋게 스노우가 낚이면 시합 전에 실격시킬 수도 있을 테고."

라스티아라는 사악해 보이는 웃음을 짓는다. 어쩌면 그게 진짜 노림수일지도 모른다.

"그렇게까지 이야기한다면 그렇게 할게. 현재 상황을 가장 잘 알고 있는 건 확실히 너인 것 같으니까."

"좋아, 결정. 그럼, 나는 디아의 옷을 코디해주고 올게."

그렇게 말하고 라스티아라는 희희낙락하며 옆방으로 이동했다.

그리고 나는 세라 씨와 단둘이 남게 된다.

세라 씨는 땅이 꺼질 듯이 한숨을 짓더니 나에게 다가왔다.

"어쩔 수 없지. 그럼, 내가 네 옷을 코디해주지. 디아 님을 에스코트해 드리는 사람이라면 그러기에 부족함 없는 복장을 갖춰야 하니까……."

"아, 네. 부탁드립니다."

"하아……. 왜 내가 남자 옷이나 코디해주고 있어야 하는 거야……."

그 후 세라 씨의 근사한 코디 실력에 의해 나는 마치 후즈야즈의 기사 같은 복장으로 갈아입게 되었다. 무기는 들고 있지 않았지만, 청렴하면서도 고급스러워 보이는 복장으로 통일된 모습은 누가 봐도 상류계급 인간으로 보일 것이었다.

이렇게 해서 나와 디아는 둘이 같이 놀러 나가게 되었다.

◆ ◆ ◆ ◆ ◆

놀러 나온 나와 디아는 『브아르홀라』에 있는 한 극장선을 찾아갔다.

『브아르홀라』에는 투기장만 있는 게 아니라 각국에서 모여든 사람들을 대접하기 위한 갖가지 오락시설도 갖추어져 있었다. 극장은 그런 오락시설 가운데 하나였다.

놀러 나오기 전에 라스티아라는 절대로 혼자서 행동하지 말라고 나에게 신신당부했다. 스노우 일이 있는 이상, 최소한 2인 1조로 행동해야 한다는 것이었다. 그래서 나는 한 시도 디아에게서 눈을 떼지 않도록 주의하면서 돌아다니고 있었다.

어쩐지 디아는 나를 잘 따랐기에, 그 점은 별 어려움이 없었다.

다만, 디아가 줄곧 내 손을 붙잡은 채 놓아주려 하지 않는 건 좀 난감했다. 그녀의 오른팔이 의수(義手)라는 것은 사전에 라스티아라에게 들어서 알고 있었다. 하지만 그 반대쪽 손인 왼손이 줄곧 내 오른손을 붙잡은 채 놓아주지 않는 것이다.

둘이서 손을 맞잡고 극장선으로 향하는 모습은 라스티아라가 이야기했다시피 데이트 그 자체로 보이리라.

은근슬쩍 손을 놓으려고 하면 디아는 애처롭기 그지없는 표정을 하기에 계속 손을 잡고 있어야만 했다. 이런 순진하면서도 위험한 여자아이를 이렇게까지 길들인 과거의 나란 녀석은 도대체 무슨 생각으로 행동했던 걸까. 자연스레 궁금해졌다.

디아의 복장은 라스티아라의 취향에 맞추어 원피스처럼 보이는 파티드레스로 갈아입은 상태다. 방을 나오기 직전까지도 디아는 그 하늘하늘한 옷을 입는 걸 거부했었지만, 결국은 라스티아라의 완고한 고집을 이겨내지 못했다.

흰색으로 통일된 코디 센스는 그야말로 훌륭했다. 디아의 흰 피부와 금색 머리칼과 아주 잘 어울려서 많은 사람들의 시선을 한 몸에 받고 있었다. 의수의 이음매는 라스티아라의 코디가 감쪽같이 가려주었기에 옷을 걷어 올리기라도 하지 않는 이상은 그녀가 외팔이라는 걸 아무도 알아채지 못할 터였다.

그런 미소녀와 줄곧 손을 잡은 채로 돌아다니다 보니, 나역시 원하건 원치 않건 주목을 받을 수밖에 없었다. 머리색이 다르니 가족이라는 변명도 안 통할 것이다.

그 후 우리는 극장선에서 공연된 연극 한 편을 관람했다. 극장을 나서면서 디아는 얼굴 가득 환한 웃음을 머금고 말했다. 물론, 여전히 손은 놓지 않은 상태였다.

"──캬아, 정말 화끈했지, 카나미?"

"화끈해……? 아아, 연극 말이구나. 확실히 정석적이고 열혈스러운 이야기이긴 했지. 전사의 인생을 이해할 수 있는 재미있는 극이었다고나 할까."

"마음에 들었다니 다행인데. 이 연극은 내가 아는 극들 중에서 제일 추천하는 작품이었거든."

"오오, 디아 양은 영웅담을 좋아하는구나."

깜찍한 외모에 걸맞지 않는 취향이라고 생각했다. 하지만 둘이서 놀러 가기로 방침이 정해지자기가 무섭게 디아는 영웅담 연극 관람을 선택했다. 이곳에는 여자아이들이 좋아할 법한 연애극들도 여럿 있었건만, 조금의 망설임도 없었다.

"디아 **양**──이라."

내가 디아를 지칭하는 호칭을 듣자, 그녀의 미소에 약간 그늘이 드리워졌다.

"너무 어린아이 부르듯이 불렀나?"

"될 수 있으면 더 편하게 불러주면…… 아니, 됐어. **지금은** 지금 이대로라도 상관없어."

"……알았어. 그렇게 할게."

과거의 나는 조금 더 친근하게 디아의 이름을 불렀던 건지도 모른다.

디아 나름대로 구별을 하려 애쓰고 있는 것 같으니, 그걸 방해하는 건 좋지 않겠다는 생각에 앞으로도 지금까지 부르던 것과 같은 태도로 부르기로 한다.

"그럼, 디아 양, 다음엔 어디에 갈까?"

"으——음, 다음은⋯⋯."

디아는 "끄으응" 하고 얼굴을 찌푸리며 다음 행선지를 고민한다.

그 모습은 어린애처럼 귀여웠다. 외모도 워낙 아름다웠기에 아까부터 길 가는 사람들의 시선을 한 눈에 모으고 있었다. 거기에 손을 잡고 함께 걷고 있는 나는 '무투대회' 출전자이기까지 하다. 선망이며 질투, 갖가지 호기심으로 가득한 눈길들이 쏟아지는 바람에 그야말로 가시방석에 앉은 것 같은 기분이었다.

그런 나와는 딴판으로 디아는 주위 사람들을 전혀 의식하지 않는 기색이었다. 타고난 외모가 워낙 빼어나다 보니 이런 시선에도 익숙한 건지도 모른다.

솔직히 주목을 받는 건 껄끄러웠기에 디아가 조금 더 얌전하게 굴어주기를 바랐다. 하지만 신이 나서 『브아르홀라』 관련 자료를 쳐다보는 그녀의 모습을 보고 있자니, 어쩐지 그런 말을 할 수가 없었다. 까놓고 말하자면 사소한 일로도 발광할 것 같아서 무섭다는 이유도 있었다.

"——앗, 그 이야기도 연극으로 나왔구나! 카나미, 다음엔 여기로 가자! 이것도 진짜 재미있다니까!!"

"잠깐, 디아 양. 그 전에 저녁 안 먹을래? 이 극장선은 식당선과도 이어져 있다던데."

연속으로 극을 보느라 시간감각이 이상해져 있었지만, 〈디멘션〉으로 배 밖을 확인해보니, 어느덧 바깥은 깜깜해져 있었다. 휴식을 겸해서 식사를 제안했다.

"하긴. 이쯤 해서 저녁을 먹는 것도 괜찮겠지. 그런데 카나미는 식사를 해도 괜찮은 거야? 최대한 스스로를 약하게 만들기로 라스티아라랑 정한 거 아니었어?"

"아, 그러고 보니까 그랬었지……. 그럼 나는 물만 먹을까……."

"어째 좀 미안한데……. 역시 다른 곳에 가는 게 좋으려나……?"

"아니, 신경 쓸 것 없어. 나는 '팔찌'를 빼달라고 너희들에게 부탁을 하는 입장이니까. 이 정도는 참아야지."

"그건 아냐, 카나미! 우리는 부탁 때문에 하는 게 아냐. 우리가 카나미를 돕고 싶어서 하는 거야!"

디아에게 있어서, 그건 절대로 양보할 수 없는 점이었던 모양이다.

처음 만났을 때부터, 그녀는 줄곧 '지크'를 구하려 애쓰고 있다. 다른 누구의 부탁을 받아서가 아니라, 자기 자신의 의지만으로. 그 거짓 없는 호의를 느끼고, 조금이나마 가슴 속이 따뜻해진다.

"고마워, 디아 양……. 나와 너희들은 정말로 동료였었구나……."

"그래, 나와 '지크'는 동료였어. 둘 다 미궁 1층에서 호된 고생을 하고, 둘이서 힘을 모으기 시작한 거지. 나에게 있어서 '지크'는 첫 번째 동료였고 최고의 동료이기도 했어…….”

“둘이서……. 있잖아, 그 시절에는 나한테 가족이 있었어……?”

“가족? 아니, 카나미는 멀리 있는 나라에서 혼자 연합국에 왔다고 들었는데?”

“그랬군…….”

디아의 이야기에 따르면 내 첫 번째 동료는 디아였다는 모양이지만 그때 내 곁에 여동생은 없었던 모양이다.

내가 혼자서 이세계에 끌려 들어왔음을 알 수 있었다.

“카나미, 왜 그래?”

“아니, 역시 '지크'는 외톨이였구나, 하는 생각이 들어서…….”

“'지크'는 혼자가 아냐. 우리가 있으니까. 무슨 일이 있더라도, 나만은 꼭 곁에 있을 테니까!”

“……그랬구나. 나는 복에 겨운 녀석이었나 보네. 이렇게 귀여운 애와 함께 다녔다니.”

“귀, 귀엽다고? 아, 아니, 그건 틀렸어, 카나미! 나는, 저기──!”

귀엽다는 내 칭찬에 디아는 얼굴이 새빨개져서 고개를 가로젓는다.

그런 그녀의 태도에 내 얼굴까지 덩달아서 화끈 달아오르는 게 느껴졌다.

긴장이 느슨해졌는지 나도 모르게 여자를 꼬시는 것 같은 대사를 내뱉었다. 어떻게 얼버무릴지 고민하기 시작했을 무렵 나는 〈디멘션〉을 통해서 귀에 익은 목소리를 포착했다.

"──라그네 씨, 못난 꼴 보이지 마세요! 숙녀면 숙녀답게 절도를 지키세요!"

굳이 따지자면 귀에 익은 목소리라기보다는 귀에 익은 말투라고 하는 게 옳을지도 모른다.

"네에? 군것질 하면 안 됨까? 군것질을 안 하면 여기서 즐길 거리가 없어지는데……."

그에 대꾸하는 목소리 역시 특징적인 말투였다. 그런 특징적인 두 사람이 실랑이를 벌이면서 이쪽으로 다가온다.

"배가 고프시다면, 제가 맛있는 음식점을 소개해드릴게요. 그러니까 그때까지만이라도 좀 참으세요."

"아니, 이런 곳에서는 일단 눈에 들어온 녀석을 그 자리에서 먹는 게 맛있다니깐요? 그리고 애초에 딱딱한 분위기에서 먹는 고급 음식점 음식은 질색이라고요……."

"그건 라그네 씨가 상류계급 분위기에 적응이 안 돼서 그런 거예요. 마침 잘 됐네요. 지금부터 제가 라그네 씨에게 상류 계급의 매너를 철두철미하게 가르쳐드릴게요."

"어, 음? 그건 좀, 별로 하고 싶은 마음이 없는데……."

"자아, 어서 가요! 조금만 더 가면 나온다고요!"

"──큭, 끄으응, 내 말은 귓등으로도 안 듣잖아──. 세라 선배도 성가시지만, 프랑도 그에 못지않게 성가심다."

금발 트윈테일의 양갓집 규수가 짧은 머리의 여자를 질질 끌다시피 하며 다가왔다.

　나는 그 두 사람의 이름을 알고 있다. 프랑류르 헤르빌샤인과 라그네 카이크오라다. 그녀들 역시 나를 '지크'라고 부르는 그룹 중에 하나였다.

　잘만 교섭하면 '팔찌'나 기억에 대한 진전을 얻을 수 있을지도 모른다.

　……다만, 저 금발 트윈테일 소녀를 보니 어째선지 나도 모르게 몸이 굳어졌다. 무의식적으로 거리를 두고 싶은 충동에 휩싸이는 걸 보면 과거에 나와 그녀 사이에 뭔가가 있었던 건지도 모르겠다.

　말을 걸어야 할지 말지 망설이고 있을 때, 라그네 카이크오라가 이쪽으로 눈길을 돌렸다.

　"──응?"

　이렇게 많은 인파 속에서 그녀는 정확하게 우리를 찾아냈다.

　나는 놀랐다. 〈디멘션〉을 사용해서야 간신히 찾아낼 수 있을 정도의 거리였던 것이다.

　라그네 카이크오라의 마력이 딱히 작용하고 있지 않다는 건 〈디멘션〉으로 파악하고 있었다. 마치 로웬처럼 예리한 감이었다. 스테이터스를 보니 그녀도 스킬 『마력물질화』를 갖고 있었다. 그리고 어쩐지 로웬과 분위기가 닮은 것 같기도 한 것이 어쩌면 그녀는 로웬의 후예에 해당할지도 모르겠다.

라그네 카이오크라는 얼굴이 환해지더니, 이번에는 조금 전까지와는 정반대로 프랑류르 헤르빌샤인의 손을 잡아끌고 이쪽으로 다가오더니 친근한 얼굴로 인사했다.

"여——, 안녕하심까. 납치범 오빠."

"또 만났네. 그런데 납치범 오빠는 좀 듣기가 거북하지 않을까 싶은데. ……저기 라그네라고 했나?"

일단, 디아를 부를 때와 마찬가지로 가볍게 불러 본다.

"농담임다. 성탄제 때 그 일이 없던 일이 된 것 같아서, 어쩐지 좀 씁쓸해지니깐요. 듣자 하니, 윗사람들은 체면과 실익을 우선시한 것 같더라니깐요. 덕분에 나도 이렇게 오빠랑 맘 편하게 이야기를 할 수 있는 거고요. 어떻습까? 모처럼 이렇게 만난 김에 같이 저녁식사라도 하지 않겠슴까?"

"같이 저녁식사라. 저기……."

썩 나쁜 제안은 아니라고 생각했지만, 약간 말문이 막힌다. 그녀를 비롯한 『셀레스티얼 나이츠』가 나의 다음 대전 상대라는 게, 지금 새삼스레 머릿속에 떠오른 것이다.

"아앗! 지크 님, 저에요! 프랑류르 헤르빌샤인이에요!"

그때 두 번째 소녀의 목소리가 끼어든다.

"저, 저기, 오랜만이라고 하면 될까……? 프랑류르 씨?"

그녀가 나를 '지크'라고라고 부르는 점에 대해서는 이제 굳이 정정하려 들지 않았다. 더불어 그녀는 양갓집 규수일 가능성이 높아 보였기에 '씨'를 붙이는 것도 잊지 않았다.

"아아, 아아……! 역시, 지크 님은 저를 기억하고 계셨군요! 감격이에요!"

프랑류르는 눈가에 눈물까지 매단 채 기뻐한다. 그 모습을 보니, 기억이 안 난다는 말은 입이 찢어져도 할 수 없어서, 살짝 식은땀이 흐른다.

"지크 님. 지금 저녁식사를 하려던 참인데, 혹시 괜찮으시면, 함께하시지 않으시겠어요? 『브아르홀라』 최고의 요리를 대접할게요!"

"아, 아니, 사양할게……. 지금은 일행이 있어서……."

"자, 자, 사양 마시고, 같이 가요!"

내일 시합을 생각하고 완곡하게 거절하려 했지만, 프랑류르는 내 이야기 따위는 귓등으로도 듣지 않았다.

보다 못한 디아가 용건을 날조해서 끼어들어 주었다.

"──잠깐. 누구 마음대로 정하는 거야? 카나미는 지금 나와 같이 연극을 보러 가는 길이야."

당연히 두 사람과 디아 사이에 눈싸움이 벌어졌다.

"다, 당신은……?"

"나는 그냥 디아다. 별명 따위는 없어."

"그렇군요. 어라? 당신, 전에 어디서 본 적이 있는 것 같기도 하고, 아닌 것 같기도 하고……."

"나는 너 같은 유쾌한 녀석 따위는 본 적 없어."

"으음, 버릇없는 꼬마네요……."

"꼬, 꼬마라니! 아마, 나이는 너랑 별 차이 없을 거야!"

"그리고 당신, 말투가 돼먹지 못했네요. 꼭 남자아이 같잖아요?"

"나는 원래 이런 말투가 어울려! 그리고 너도 나한테 말투에 대해서 감 놔라 배 놔라 할 처지는 아닐 텐데!"

내가 보기에는 여기 있는 사람들 중에서 정상적인 말투를 쓰는 건 나밖에 없다. 하지만, 여기에 있는 사람들 모두가 다 똑같이 그렇게 생각하고 있는 것 같아서 무섭다.

"아뇨, 전혀 안 어울려요! 아무리 얼굴이 아름다워도 말투가 그 모양이어서야……. 혹시 원하신다면 제가 올바른 말 씀씀이를 가르쳐드릴 수도 있는데, 어떠세요?"

"날 보고 그 묘한 말투를 쓰라고……?"

"더없이 우아한 말투이지 않아요?"

"──카나미, 가자. 다음 연극을 보러 가자. 이 녀석과 이야기하고 있으면 골치가 아파져."

디아는 내 손을 잡아끌고 그 자리를 떠나려 한다.

나는 가볍게 고개를 숙여서 작별을 고했다.

"지금은 둘이서 연극을 보러 가기로 약속을 해서 말이야. 그러니까 식사는 다음 기회에 함께하기로……."

"그러시다면 그 연극 감상도 함께하겠어요! 사실 생각해 보면, 그다지 배가 고프지도 않던 참이었는걸요."

하지만 프랑류르 헤르빌샤인에게 반대편 손을 붙잡히고 말았다.

"아, 그 손 놔! 쫓아오지 마!"

디아가 반사적으로 소리친다.

그 모습을 지켜보고 있던 라그네가 조용히 프랑류르를 타이르기 시작한다.

"프랑. 우리는 오늘 중앙에서 열리는 무도회에 초대받았잖습까? 빨리 저녁 먹고, 곧바로 그쪽으로 가지 않으면 늦는단 말임다. 연극 같은 걸 보고 있을 시간이 없다니깐요."

"거기에는 라이너가 있으니까 문제없다구요! 그보다, 지금은 지크 님이 중요해요!!"

"어, 어라? 진심으로 하는 말임까?"

"지금은 총장도 없으니까, 절호의 찬스라구요! 라그네 씨도 저와 같은 소녀니까, 협조해주세요!"

"음, 으──음, 그쪽에는 라이너가 있으니까 괜찮은, 검까……?"

"라이너는 요령이 좋으니까 걱정할 것 없어요. 자, 지크님. 저희도 시간이 났으니, 동행하도록 하겠어요."

용건을 라이너 군에게 떠맡기고 이대로 쫓아올 생각이 가득한 모양이다.

그 반짝이는 눈동자에서는 무슨 일이 있어도 떨어지지 않겠다는 기개가 느껴졌다.

"하, 하긴……, 목적에 어긋나지는 않는 건가……?"

이 떠들썩한 소녀와 같이 다니다 보면, 그것만으로도 피로가 쌓일 것 같다.

그런 의미에서는, 지금의 나에게 있어서는 제법 필요한

존재인지도 모른다.

내가 동행을 승낙하려고 디아의 손을 놓은 순간──

"──『지크』."

옆에 있는 나만이 알아볼 수 있을 정도였지만 디아의 분위기가 확 돌변했다.

디아는 조그만 목소리로 이름을 부르더니 내 옷소매를 붙잡았다. 자칫 잘못했으면 뒤로 자빠질 뻔했을 만큼 강한 힘이었다. 등골이 오싹해져서 그녀의 얼굴을 쳐다본다.

고개를 숙이고 있었지만 〈디멘션〉을 통해서 보면 알 수 있었다. 눈에서 초점이 사라지더니 아까 발광할 때의 상태로 돌아가려 하고 있었다. 그리고 아주 조그만 목소리로 뇌까렸다.

"'지크'는 내가 지켜야 해……. 이번에는 꼭, 내가……."

곧바로 디아의 손을 다시 붙잡고 그녀에게만 들리도록 작은 목소리로 말한다.

"조, 좀 진정해……!"

"──그래, 내가 지켜야 해. '지크'를 지켜줘야 해. 안 그러면 또 멀리 떠나 버릴 테니까……. 싫어, 또 '지크'가 저 멀리 떠나버린다니──."

"아, 아냐. 지금 나는 카나미야. 나는 카나미니까, 좀 진정해──!"

"카나미……?"

디아는 영문을 모르겠다는 표정으로 되물었다. 그리고 잠시 생각에 잠긴 후에, 슬픔이 가득 서린 얼굴로 심호흡을 되풀이하더니 조금씩 이성을 되찾았다.

"그, 그랬었지……. 지금은 '지크'가 아니었지. '지크'가 아니라, 카나미였지……."

디아는 천천히 내 손을 놓는다.

──그녀의 한쪽뿐인 손이 잡을 것을 상실했다.

그것이 더없이 쓸쓸해 보여서 지금이라도 내가 바로 '지크'라고 말하고 싶은 충동에 휩싸였다. 하지만 그럴 수는 없는 노릇이다. 그렇게 임시방편인 거짓말은 두 번 다시 하고 싶지 않다.

디아는 고개를 들더니 애써 웃었다.

"하하, 잠깐 혼란에 빠졌네. 미안, 카나미. 하지만 이제 괜찮아. 걱정할 것 없어."

그리고 별일 아니라는 듯이 프랑류르 일행의 동행을 허락한다.

"어이, 거기 금발녀. 어쩔 수 없지. 따라오고 싶으면 따라와도 좋다. 다만, 주제 모르고 우쭐대다간 큰 코 다칠 줄 알아."

"후후훗, 걱정 마시길. 제가 우쭐대다니, 그럴 일은 없어요. 자, 어느 극장으로 가실 거죠?! 혹시 원하신다면, 제가 좋은 곳을 소개해드리겠어요!"

성질 급한 그녀는 곧바로 돌아서더니, 앞장서서 걸어간다.

디아가 혀를 차면서 그 뒤를 따르고, 그 뒤에 라그네가 미소를 머금은 채 따라간다.

이렇게 해서, 우리는 넷이서 연극을 보게 되었다.

디아와 프랑류르가 으르렁거리며 선두에 서서 극장선의 인파를 헤치고 나아갔다. 두 사람의 대화를 잘 들어보니, 어떤 연극을 볼 것인지를 두고 말다툼을 벌이고 있다는 걸 알 수 있었다.

우선 디아가 "우리는 영웅담을 보러 온 거다. 영웅담을 보는 거다"라고 주장하자, 곧바로 프랑류르가 "시대착오적이네요, 디아! 지금 귀족들 사이에서는 남녀 간의 연애극이 유행하고 있으니까, 그걸 봐야 해요!"라고 맞받아쳤다.

그 말다툼 때문에 볼 연극을 정하는 데 엄청난 시간이 소모되었다.

결국 내가 둘의 의견을 모두 어느 정도 충족하는 연극을 찾아내서, 다 같이 그것을 보기로 했다.

그 연극 티켓을 사려 했을 때, 프랑류르가 어디선가 귀빈석 티켓을 확보해 왔다. 이름을 보고 어느 정도 예측은 했었지만, 역시 상당히 귀한 집안 규수인 모양이다.

우리는 특등석에서 연극 관람을 시작한다. 처음에는 디아와 프랑류르 둘 다 불만스런 기색이었지만, 금방 극에 몰입하기 시작했다. 실은 둘 다 연극이라면 뭐든 좋았던 것이리라.

살짝 안도한다. 손을 놓으면 디아가 다시 망가지는 게 아닐까 싶어서 불안했었는데, 이렇다 할 변화는 보이지 않는다. 프랑류르와 같이 초롱초롱한 눈으로 연극을 관람하고 있다.

다만, 그 바로 뒤에서 보고 있는 라그네는 썩 재미있어 하는 것 같지 않았다.

연극의 내용은 시골을 떠나온 한 청년이 기사로 대성하고 귀족 가문 딸과 사랑에 빠졌지만 마지막에는 전장에서 목숨을 잃는 이야기—— 그것을 마치 뉴스라도 보는 것처럼 멍하니 쳐다보고 있을 뿐이었다. 어쩌면 연극에는 별 관심이 없는 건지도 모르겠다.

온도차가 뚜렷한 시간이 천천히 흘러간다.

연극이 끝난 후, 디아와 프랑류르는 잔뜩 흥분한 채 일어서서 우렁찬 박수로 출연자들을 격려했다. 그리고 퇴장하면서는 둘이서 연극에 대한 토론까지 벌이기 시작했다.

"——하지만 디아, 거기서 주인공이 목숨을 내팽개치는 건 수긍 못 하겠어요. 사랑하는 사람이 기다리고 있으니까, 무슨 수를 써서라도 살아남았어야 옳았다구요."

"그건 틀렸어, 프랑류르. 그건 남자로서 절대로 물러설 수 없는 전장이었어. 그러니까 그 선택은 잘못된 게 아니란 말이다."

"무슨 말도 안 되는 소리를 하시는 거예요. 그러면 홀로 남겨진 여자가 너무 불행해지잖아요. 그건 그저, 남자의 독선일 뿐이라구요."

"뭘 모르는군. 그것도 다 일종의 로망이야. 그런 식으로 끝맺는 사랑도 아름답다고 생각하지 않아?"

"디아의 생각에는 도저히 공감을 못 하겠네요. 물론 아름다운 것도 중요하긴 하지만, 그게 전부는 아니라구요. 그리고 서로 사랑하는 두 사람이 해피엔딩으로 끝나지 못한다는 것 자체가 저는 도무지 납득이 안 돼요!"

"그런가? 인생이라는 건 원래 뜻대로 안 되는 게 더 많은 법이야. 나는 해피엔딩이 아닌 편이 더 리얼리티가 있어서 좋은데——."

같은 취미를 통해서 어느 샌가 친밀감을 느낀 모양이다.

처음 만났을 때와는 딴판으로 화기애애한 분위기다.

디아는 '지크'에 지나치게 의존하는 위태로운 아이라는 인상이었는데 조금씩 인상이 바뀌어간다. 나와 얽힌 일만 아니면 조금 기가 드세기는 해도 평범한 여자아이처럼 보인다.

내가 뒤에서 그 모습을 지켜보고 있으려니 지금까지 묵묵히 따라오던 라그네가 말을 걸었다.

"——오빠."

앞에 있는 두 사람에게는 들리지 않는 정도의, 절묘한 성량이다.

보아하니 나에게만 긴히 할 이야기가 있는 모양이다.

"오빠, 내일 시합에 대해 하고 싶은 이야기가 있슴다……."

"내일 시합?"

뜬금없이 『무투대회』이야기가 나오니 놀라지 않을 수 없었다.

"내일 시합, 절대로 방심하지 않았으면 해서 말임다. 최선을 다해서 싸워주셨으면 좋겠슴다."

"······밑도 끝도 없이 진지한 이야기네. 너희들은 다음 대전 상대가 나라는 걸 모르고 있을 줄 알았는데."

"그럴 리가 있겠슴까. 나는 오빠한테 2연패 중이잖슴까. 이 『무투대회』에서 맞붙게 될 대전 상대들 중에서는 오빠 말고는 안중에도 없슴다."

"그, 그래······."

아무래도 나는 눈앞에 있는 이 소녀에게 2연승 중인 모양이다.

그 덕분에 호적수로 인식되고 있는 것 같았다. 과거의 내가 저지른 그 소행에 골머리를 앓으면서 나는 고개를 끄덕였다.

"그런 의미에서 내일 시합이 원활하게 진행될 수 있도록 여기서 규칙을 정해두는 건 어떻슴까?"

"내일 시합의 규칙을, 지금? 안 될 거야 없긴 한데······."

"아마, 우리 팀의 리더인 총장은 인정사정없이 3대1로 붙으려고 할 검다. 그리고 원하는 규칙은 '무기 떨어뜨리기'일 검다."

"둘 다 난 상관없어. 표준적인 규칙이니까, 딱히 불만을 가질 여지도 없고."

"다행임다. 그리고 이게 제일 중요한 건데, 아무런 대가도 걸지 않아 줬으면 하고 부탁하려는 검다. 오빠는 마음이 약하니까 불길한 예감이 든단 말임다. 아마, 총장은 갖가지 수단을 다 동원해서, 오빠한테서 언질을 받아내려고 애를 쓸 검다. 그렇게 되기 전에 아무것도 걸지 않겠다고 딱 잘해 말해줬으면 좋겠슴다. 혹시 모르니까, 어떤 도발을 당하더라도 무시하는 식으로 넘어가 주십쇼……."

"그러고 보니까, 전에도 이야기했었지? 나를 후즈야즈의 기사로 만들겠다고."

"아마, 아이카와 카나미를 후즈야즈로 데려오라는 상부의 지시가 떨어졌을 검다. 오빠가 후즈야즈에 오면 엄청난 일이 벌어질 게 뻔함다. 그러니까 어떤 조건도 받아들이면 안 됨다."

라그네는 아무렇지도 않게 후즈야즈의 속사정을 내게 털어놓았다. 그 태도에 나는 고개를 갸웃거리며 대답한다.

"아, 알았어. 하지만, 너도 『셀레스티얼 나이츠』 중에 하나잖아? 상사인 퀘이거 씨에게 협력해야 되는 거 아냐?"

"나는 『셀레스티얼 나이츠』이기 이전에, 아가씨나 선배의 친구이기도 함다. 오빠가 후즈야즈에게 붙잡히면 그 둘이 곤란할 것 같으니까, 충고한 검다."

아마, '아가씨'라는 건 라스티아라를 말하는 것이리라.

눈앞에 있는 소녀들이 품고 있는 사정을 이제 조금씩 알 것 같다.

"……그렇구나. 그 둘이랑 친한 사이인가 보네."

"소꿉친구 같은 검다. 단, 지금은 입장이 변해서 적대하는 사이임다."

그녀에게 있어서 라스티아라와 세라 씨는, 상사인 퀘이거 씨에게 반항하는 한이 있더라도 돕고 싶은 친구라는 이야기다. 그 따뜻한 우정을 느끼고, 나는 힘주어 고개를 끄덕인다.

"알았어. 퀘이거 씨의 꿍꿍이에는 절대 안 넘어갈게. 라스티아라와 세라 씨를 곤란하게 만드는 일은 안 할게. 약속하지."

"고맙슴다."

그 대답을 들은 라그네는 안심한 듯 앞장서서 걷기 시작한다.

이 이야기를 할 타이밍을 줄곧 재고 있었던 모양이다. 무거운 짐을 덜어놓은 듯 발걸음이 가볍다. 그리고 라그네와 이야기를 마치고 나니, 선두에 선 두 사람의 대화가 엉뚱한 방향으로 흘러가고 있는 게 귀에 들어오기 시작한다.

"──어머나, 정말 그 작은 몸으로 검을 다룰 줄 아나요?"

"얕잡아보지 마. 이래봬도 옛날에는 아레이스 가문 밑에서 자랐어. 너한테도 지지는 않을걸?"

"그 유명한 아레이스 가문에서? 그거 재미있어 보이네요. 그럼, 다음에 언제 시간 날 때 투기장에라도 한 번 갈까요?"

"아주 넝마 꼴이 될걸, 금발."

"당신도 금발이면서……."

완전히 의기투합한 두 사람은 투기장으로 향하고 있었

215

다. 밤에는 시합이 없기 때문에 비어 있는 곳을 빌리려는 모양이다.

아무래도 극에 관한 이야기를 하다가 검술에 대한 이야기로 흘러가게 된 것 같다.

"아, 맞아요! 지크 님! 혹시 괜찮으시면 지크 님의 실력도 보여주셨으면 해요."

"응? 아아, 안될 건 없지만……."

뜬금없이 불똥이 튀는 바람에 반사적으로 고개를 끄덕인다.

"잘 됐어요! 지난번에 뵌 이후로 지크 님이 얼마나 더 강해지셨을지 궁금해서 견딜 수가 없던 참이었답니다!"

"저는 됐습다. 저는 패를 밝히면 극단적으로 약해지는 기사라서 말임다."

라그나는 은근슬쩍 사퇴한다.

나는 내 섣부른 발언을 반성하면서, 쓴웃음과 함께 투기장으로 향한다.

옆에 있는 라그네도 눈을 초롱초롱 빛내고 있는 마당이라이제 와서 거절할 수도 없었다.

아무도 없는 투기장에 도착해서 칼날을 무디게 한 검으로 모의전을 시작한다.

시합 전에 부상을 당하고 싶지는 않았으므로 정말로 가벼운 모의전이다. 담소를 나누고 관객인 라그네에게 농담을 건네면서 서로에게 서로의 기술을 자랑하는 정도다.

다만, 아무리 그런 장난 같은 시합이라고 해도 디아의 전적은 참혹했다. 무참한 전패인 데다가 끝까지 조금도 승산이 보이지 않았다.

스테이터스만 보자면 프랑류르와 별반 다르지 않지만, 실제로는 압도적인 차이가 분명히 존재했다. 디아의 검술에서는 분명 노력의 흔적이 보이긴 했지만, 검을 다루는 센스에 절망적인 차이가 있었다. 프랑류르조차도 어떻게 말해야 할지 몰라서 고민할 정도였다.

"디아……. 저기, 낙담할 것 없답니다……."

"시, 시끄러! 한 번 더! 카나미는 못 이기지만, 너만은 이기고 말 거야!"

──하지만 이 이세계에서 재능의 차이는 그야말로 절대적인 요소다.

결국 디아 대 프랑류르의 모의전은 열 번 이상 치러졌지만, 디아의 검이 프랑류르에게 닿는 일은 단 한 번도 없었다. 디아는 울분에 차서 창술 대결 등으로도 프랑류르에게 도전했지만 하나같이 전패였다.

어렴풋이 느끼고 있던 점이지만, 디아는 몸을 쓰는 면에 있어서 절망적인 정도로 서투르다.

"젠장, 도대체 왜 못 이기는 거야……?!"

디아는 욕지거리를 내뱉으며 기진맥진한지 온몸으로 엉덩방아를 찧는다.

보아하니, 드디어 이 기나긴 싸움도 끝을 맺은 모양이다.

프랑류르는 주저앉은 디아에게 손을 뻗으면서, 그녀답지 않게 진지한 얼굴로 말을 건넨다.

"후훗, 당신은 제가 헤르빌샤인 가문이라는 걸 알면서도, 끝까지 그 태도를 전혀 바꾸지 않네요."

"당연하지. 너 같은 철없는 여자에게 보여줄 예의 따위는 없어."

"제법 높이 평가할 만한 구석이 있네요. 그런 유치한 검술로는 먹고 살 수 없겠다는 생각이 들거든, 저를 찾아오세요. 제가 시녀로 삼아 드릴게요."

"그럴 일은 절대 없어. 네 시녀가 되느니, 차라리 죽는 게 나아."

서로 욕지거리를 주고받고 있었지만, 두 사람 모두 웃고 있었다.

그것은 나와 라스티아라의 관계와 비슷한 면이 있었다.

묘한 감각에 사로잡힌 채 두 사람을 지켜보고 있으려니, 옆에서 라그네가 황당하다는 듯 뇌까린다.

"……프랑은 결국 끝까지 시스 님이 레반 교의『사도』라는 걸 알아채지 못했슴다. 분명 멀리서 본 적은 있었을 텐데 말임다——."

"『사도』……?"

라그네 카이크오라는 디아를 '시스 님'이라고 불렀다. 스테이터스 화면에 나오는 이름이 디아블로 시스인 걸 보면, 분명 그 이름이 맞을 것이다.

하지만 그 다음에 등장한 단어인 『사도』라는 건 들어 본 적이 없었다.

"어라, 혹시 오빠는 아무것도 모른 채 시스 님이랑 같이 있는 검까?"

"아니, 아무것도 모르면서 같이 있는 건 아닐 것 같긴 한데……."

아마, 과거의 나는 알고 있었을 것이다.

그 어중간한 표현에 라그네는 금방 사정을 이해했다.

"흐——음. 오빠한테도 사정이 있다는 검까. 어쨌거나 아가씨와 세라 선배에게 안부 전해주십쇼. 지금도 나는 그 둘을 좋아한다고…… 그 점만은 꼭 전해줬으면 좋겠습다. 아, 일단 오빠도 좋아하지만 말임다."

"그렇게 억지로 덧붙일 것 없어. ……전언은 제대로 전해줄게."

라그네가 친근한 미소로 나에 대한 호의를 전해 왔다.

그 미소는 달빛을 받아서, 다른 소녀들에게는 없는 매력을 휘감고 있었다. 그녀는 절대로 미인이라 하기는 힘들었지만 친근한 귀여움 같은 일면이 있다.

약간 쑥스러워서 고개를 돌린다.

고개를 돌리니, 그곳에는 밤의 어둠이 펼쳐져 있었다. 투기장 가장자리가 보이지 않을 만큼 어두워져 있다. 이제 슬슬 심야에 접어들 무렵이었기에, 우리는 그만 해산하기로 한다.

"이제 슬슬 돌아갈까⋯⋯. 내일 시합도 있으니까."

"그렇게 해요. 그럼 지크 님, 디아! 다음에 또 보아요!"

프랑류르의 활기찬 목소리를 끝으로, 『셀레스티얼 나이츠』의 두 사람과 헤어진다. 우리도 라스티아라 일행이 기다리는 방으로 돌아간다.

돌아가는 동안, 옆에서 걷던 디아는 줄곧 프랑류르 이야기만 했다. 내용은 거의가 볼멘소리였지만, 거기에는 틀림없는 친애의 감정이 담겨있었다.

친구가 적어 보이는 아이라서 걱정했는데, 붙임성이 아주 없는 아이도 아닌 것 같다. 그녀의 장래에 대한 걱정을 덜어놓고, 나는 달빛이 비추는 극장선 갑판을 걸었다.

데이트와도 같은 무언가가 끝나고 라스티아라 일행과 합류했다.

디아는 노느라 지쳤는지 돌아오자마자 잠들어버렸다. 만족한 표정으로 잠든 그 얼굴을 지켜보고 나서 나와 라스티아라는 둘이서 밤바람을 쐬며 배의 갑판으로 나왔다.

고급 숙박선 갑판은 일반 선박의 갑판과는 완전히 딴 세상이었다.

그 경이로운 넓이를 활용해서 대량의 관엽 식물이 장식되어 있었고 중앙에는 거대한 분수까지 설치되어 있었다. 마치 커다란 공원 같은 풍경이다.

우리 둘은 그 분수 옆에 있는 벤치에 걸터앉아 있었다.

새까만 암흑에 잠긴 하늘을 올려다보면서, 『무투대회』도 어느덧 이틀째에 접어들었음을 확인한다.

"──자, 계획대로 카나미는 디아와 같이 날짜가 바뀔 때까지 같이 놀았는데⋯⋯, 어때? 계획대로 지쳤어?"

"그래, 지쳤어⋯⋯. 역시 사람은 안 하던 짓을 하면 안 되나 봐⋯⋯."

"그거 다행이네. ⋯⋯그런데 디아 상태가 이상해지거나 하진 않았어?"

"살짝 위험한 상황도 있었지만, 기본적으로는 괜찮았어."

"역시, 카나미가 옆에 있으면 괜찮았나 보네. 아니, 카나미 앞에서는 허세를 부리는 건가⋯⋯? 으──음."

라스티아라는 진지한 얼굴로 디아의 상태를 확인하려 든다.

"내 눈에는 그냥 평범하게만 보였는데⋯⋯?"

"그렇다면 다행이지만⋯⋯. 뭐, 그 점은 조금씩 확인해나가는 수밖에 없겠지⋯⋯."

중간에 프랑류르와 얽힌 덕분인지, 마지막에는 평범한 소녀와 별반 다르지 않았다. 하지만 라스티아라는 그래도 뭔가 걸리는 점이 있었던 모양이다.

"그런데 카나미의 체력이 한계에 다다르려면 앞으로 어느 정도나 더 있어야 되지?"

"아직 여유가 있는 것 같아. 피곤한 건 사실이지만 전투에 지장이 생길 정도는 아냐."

"끄응. 그 무한에 가까운 체력을 깎아내는 것만 해도 고역이겠는데. 할 수 없지. 일단 아침까지 적당히 운동이라도 해 볼래?"

그렇게 말하고 라스티아라는 벤치에서 일어서서 섀도복싱 같은 동작을 취해 보였다.

보아하니 대련이라도 해서 내 체력을 깎아낼 생각인 모양이다.

"안 될 건 없지만……. 그런데 그랬다가는 라스티아라가 지치는 거 아냐?"

"괜찮아, 괜찮아. 카나미는 자면 안 되지만, 나는 잘 거고, 게다가 단순한 신체 스펙만 따지자면 카나미보다 내가 더 높으니까."

"하긴, 네 체력은 정신 나간 수치이긴 해……."

라스티아라의 스테이터스를 '주시'해보고 납득했다. 수치만 따지자면 이 브아르홀라의 그 누구보다도 신체능력이 높았다. 탄탄하게 단련된 육체를 가진 보르자크 씨보다도 라스티아라가 두 배 이상 높은 신체능력을 가진 걸 보면, 이 이세계의 비정상적인 일면을 잘 알 수 있었다.

"후후──. 장거리 경주라면 누구에게도 지지 않을 자신이 있다니까?"

"그렇군……. 그럼 결승전 예행연습이라도 해 볼까……."

'소지품' 속에서 훈련용 검을 꺼내서 라스티아라에게 내던 진다.

"아, 좋은 물건을 갖고 있네."

"길드에서 훈련용으로 쓰던 걸 얻어 온 거야."

칼날을 무디게 만든 검이니, 어지간한 일이 벌어지지 않 는 한 안전할 것이다.

"그럼, 모의전으로 놀아 볼까. 일단 즉사하지만 않으면 내 가 고칠 수 있으니까, 마음껏 치고 들어와도 돼."

"호오. 너, 회복마법도 쓸 줄 알아?"

"아, 기억이 없으니까 모르나 보네……. 준결승 때까지 숨 겨 둘 걸 그랬네. 뭐, 이미 말해버렸으니 어쩔 수 없지. 자, 화끈하게 붙어볼까!"

"그래, 인정사정 안 봐줄 테니 그리 알아."

나는 로웬을 상대할 때에 못지않은 각오로 검을 움켜쥔다.

눈앞에 있는 이 소녀는 그만큼 비상식적으로 강했다. 그 런 확신을 가질 수 있을 만큼의 스테이터스와 스킬을 갖고 있다.

우리는 분수 옆에서, 검을 움켜쥐고 마주섰다.

그리고 두 사람이 심야의 정적에 휘감기 채로 서로를 향 해 내달리려 했을 때——

——배의 갑판 안으로 한 소년이 들어오는 것을 느꼈다.

라스티아라에 대한 탐색은 이미 마친 상태였기에 〈디멘

션〉은 필요 최소한의 수준으로만 전개하고 있었다. 그런데 그런 상태에서도 또렷하게 느껴지는 명확한 적의. 불길한 예감을 가득 휘감은 소년이 우리 앞에 모습을 드러낸다.

소년은 날이 선 은검 두 자루를 각각 양손에 들고 몸에는 넉넉한 크기의 외투를 두르고 있었다. 하지만 〈디멘션〉을 사용하고 있는 나는 알 수 있었다. 그 외투 안에는 수많은 흉기들이 감추어져 있고, 몸속 여기저기에 마법도구를 장착하고 있다는 것을.

그 모습을 보는 순간, 내 심장의 고동이 빨라지고 머리가 지끈거렸다.

아련한 감각이 느껴졌다. 그 아련함의 원인은 아마 내가 잃어버린 기억일 것이다.

재빨리 두통을 뿌리치고 그 살벌한 소년의 이름을 입에 담는다.

"라이너 헤르빌샤인……?"

지난번 무도회 때 나에게 적의를 드러냈던 소년, 라이너다.

"——서, 못해."

내가 이름을 불렀지만, 라이너는 뒤틀린 목소리로 대꾸한다.

그리고 그 말을 거듭 되풀이한다. 이번에는 우리에게까지 다 들릴 정도의 목소리로——.

"——용서 못해, 용서못해용서못해용서못해……! 아아, 절대로 용서 못해, 지크프리트 비지터, 라스티아라 후즈야즈……!!"

라이너는 적의를 가득 품은 채 우리를 쏘아봤다. 그런 태도에 라스티아라는 한 발짝 앞으로 나서서 말한다.

"너는……, 하인의 동생이었던가……?"

나도 앞으로 나서서 응전태세를 취하려 했지만, 라스티아라가 시선으로 그런 나를 제지했다.

기억을 잃은 나는 물러나 있으라는 뜻 같았다.

나는 말없이 고개를 끄덕이고 라스티아라에게 상황을 맡기기로 했다.

"그래, 나는 하인 형님의 동생, 라이너 헤르빌샤인이다……. 그러니까, 나는 당신들을 절대로 용서 못해! 다른 사람들이 다 용서하더라도 나만은 절대 용서하지 않을 거야!!"

살을 애는 듯한 마력의 바람이 라이너에게서 휘몰아친다.

스테이터스로 보아 그가 바람 마법을 쓰고 있다는 건 확실했다.

"그렇구나. 형의 원수라도 갚으러 온 거야……? 그런 거라면 일단은 팰린크론에게 가봐야 하는 게 아닌가 싶은데?"

"당연히 그 남자도 용서 안 할 거야. 하지만 형을 희생시켜 놓고, 평안한 얼굴로 살고 있는 당신들도 용서할 순 없어!"

"아니, 딱히 평안한 얼굴로 살고 있는 건 아닌데 말이지……. 이래봬도 나도 제법 고생하는 중이라니까."

"그 실실 웃는 얼굴이나 집어치우고 그딴 소리를 하시지, 신의 현신……!"

225

라이너는 검끝을 이쪽으로 겨누고, 라스티아라의 태도를 나무란다.

라스티아라는 하인이 겨눈 그 검을 보고, 미간을 찌푸린다.

"그건, 하인의 검……? 아니, 검뿐만이 아니잖아……."

"그래, 맞아! 나는 형님을 대신해서 너희들을 처단할 거다! 후즈야즈가 무슨 꿍꿍이를 갖고 있건 알 바 아냐! 죄는 대가를 치러야 해, 반드시!"

"우리가 습격을 받아도 쌀 만큼의 죄를 지은 건 아닌 것 같은데……."

"뻔뻔한 자식 같으니……. 형님께서는 완벽한 기사였어. 모두가 동경하고, 부러워하고, 찬양하는, 이상적인 기사였단 말이다. 그 완벽한 형님이 반역을 일으킨 건, 전부 다 당신들 탓이야! 당신들이 형님을 사주했기 때문이야!!"

"아니, 잠깐. 우리 이야기도 좀 들어줬으면 좋겠는데. 하인은 줄곧 나를 속여왔고, 그 점 때문에 항상 마음 아파했었어. 그래서 우리를 도우려고 한 거야. ……이 정도 설명이면 납득이 가지 않아?"

"납득이 갈 리가! 형님은 아무 죄도 없었어! 나라를 위해서 당신을 가르친 것뿐이야! 그런데, 대체 왜?! 그렇게 목숨을 걸면서까지 당신을 구해야만 했느냐 말이다!!"

"으──음, 아주 잘 알고 있네. 네가 한 말 중에 틀린 건 하나도 없으니까……."

"신의 현신! 당신이 사주한 것 말고 다른 이유는 있을 수

없어! 형님은 당신들에게 이용당하고 버림받은 거야! 그런 탓에 반역자라는 오명을 뒤집어썼어! 그 누구보다도 후즈야즈를 위해서 몸 바쳐 봉사해왔던 형님을 이제 모든 사람들이 욕하고 있어! 그런 부조리한 일은 절대 두고 못 봐!"

흥분하는 라이너에게 라스티아라는 차분하게 대답한다.

"떠벌리고 싶지는 않지만 하인 헤르빌샤인은 나라는 소녀를 좋아했어. 그리고 지크라는 소년도 좋아했을 거야. 그래서 하인은 그 소년과 소녀를 위해서 목숨을 건 거지. 기사로서가 아니라 한 사람의 인간으로서——."

고인의 동생에게 조용히 이야기의 전말을 알렸다.

"하인은 아마 그 오명을 자랑스럽게 여기고 있을 거야. 거기에는 네가 끼어들 여지 따위는 없어, 하인의 동생."

라이너의 분노가 부당한 거라고 똑똑히 단정 지었다. 그 말을 들은 그는 격앙되었다.

"가장 수긍이 안 가는 게 바로 그 이유란 말이다! 만약에 그 말이 사실이라고 해도 그건 결국 너희들이 사주했다는 거나 마찬가지잖아!"

"으, 으——음, 그런 건가? 그러고 보니 듣기에 따라서는 우리가 사주한 것처럼 느껴질 수도 있겠는데……."

라스티아라는 라이너의 난폭한 논리에 밀리고 있었다. 조금 전만 해도 그렇게 자신만만하게 단언했으면서 금방 자신을 잃어버린 것이다.

어쩌면 그 하인이라는 사람에 대해 마음의 빚 같은 걸 지고 있는 건지도 모르겠다.

그 터무니없는 논리를 라스티아라가 받아들이기 전에 내가 앞으로 나서려 했다.

그러나 라이너는 그런 내 의도마저 가로막았다.

"지크프리트 비지터! 너는 그것도 모자라서 내 누님까지 빼앗으려 하고 있어! 똑같은 짓을 또 되풀이할 생각이냐?! 그런 짓을 내가 가만히 둘 줄 알고?!"

"뭐, 뭐어……?"

나는 미처 말을 꺼내기도 전에, 예상치 못한 곳을 찔리고 말았다.

라이너 군의 누님── 아마 프랑류르 헤르빌샤인을 가리키는 것이리라. 나에 대한 그녀의 비정상적인 집착은 나 자신도 잘 알고 있기에 말문이 막히고 말았다.

"음, 그건 나도 몰랐는데……. 카나미, 정말 그런 거야?"

그 발언을 듣고 라스티아라는 호기심 어린 얼굴로 캐물었다.

"짐작 가는 게 있는 것 같기도 하고 없는 것 같기도 하고……."

"있다는 거구나……."

"미, 미안."

어쩐지 나에게 잘못이 있는 것 같아서 사과해두었다.

"일단 누님을 농락하는 지크프리트 비지터는 이 자리에서 없애겠다! 내일 시합이 시작되기 전에, 지금 여기서!!"

라이너는 이쪽으로 다가왔다. 그리고 그 손에 들고 있는 검은 흉기는 날이 무뎌진 우리의 검과는 달랐다.

옆에 있는 라스티아라는 난처한 얼굴로 주위를 둘러본다.

"으음, 이런 곳에서 목숨이 오가는 싸움을 하는 건 곤란한데……."

심야인 만큼 경비병은 없었지만 조금 더 소란이 커지면 사람들이 달려올 게 틀림없었다. 그렇게 되면 일이 곤란해진다.

"할 수 없지. 조금 얌전하게 만들어야겠는걸. 카나미, 맨손으로 할 수 있겠지?"

"그래. 아마 맨손으로도 괜찮을 것 같아."

라이너의 스테이터스는 이미 확인한 상태였다. 의심의 여지없이 『셀레스티얼 나이츠』 중 최약체이리라.

"일단 두들겨 패서, 결박하자. 머리의 열기가 좀 식으면 지금보다는 대화다운 대화를 할 수 있겠지. 뭔가 편협한 정보만 듣고 온 것 같으니까, 그 점만 고치면 사정을 납득할 수 있을 거야. 일단 납득하고 나면 협력자가 돼줄지도 모르고."

나와 라스티아라는 적의 힘을 헤아리는 능력을 갖고 있다. 그렇기에 맨손으로 싸워도 충분할 거라 판단했다.

날이 무뎌진 검 두 자루도 '소지품' 속에 집어넣고 라이너를 상대한다.

목표는 기절이다.

"얕보지 마시지……."

검을 뽑으려고도 하지 않는 우리를 보고, 라이너는 우리가 최선을 다해 싸우지 않는다고 해석한 모양이다. 딱히 최선을 다하지 않으려는 건 아니다. 단순히 『무투대회』 출전자로서 투기장 밖에 검을 뽑는 행위를 피하고 싶은 것뿐이다.

그리고 충분히 거리를 좁혔을 때, 라이너는 울분에 찬 목소리로 마법을 영창한다.

"──〈익스 와인드〉."

라이너의 발치에서 돌풍이 일어났다. 일단 〈디 윈터〉는 전개해두고 있었지만 라이너의 마법은 마법도구에 의해 발생한 것이었기에 방어가 불가능했다.

그 돌풍을 탄 라이너는 자신이 선언한 대로 먼저 나에게 덤벼들었다.

마치 대포에서 발사된 포탄과도 같이 경이로운 가속과 도약.

나는 날아오는 라이너의 손목을 붙잡으려고 자세를 가다듬었다. 옆에 있는 라스티아라도 옆에서 손을 뻗으려 하고 있다. 제아무리 빠르다 해도 우리 두 사람의 눈에는 뻔히 보이는 것이다.

"──〈익스 와인드〉!"

그러나 라이너도 그 정도는 이미 예측하고 있었다.

그는 공중에서 바람 마법을 한 번 더 영창하더니 갑작스럽게 방향을 전환했다. 각도를 튼 라이너는 라스티아라에게 쌍검을 휘둘렀다.

"어, 이쪽이야?!"

놀란 라스티아라는 뻗었던 손을 거둬들이고 재빨리 적의 검을 회피했다.

하지만 뒤이어 라이너가 온몸을 던져 날린 발차기까지는 미처 피하지 못했기에 팔을 십자로 교차시켜서 막아낼 수밖에 없었다.

라이너는 곧바로 라스티아라를 발판 삼아서 상공으로 도약, 도망친다. 그리고 공중에서 몇 자루의 나이프를 뽑아 들더니——

"——〈캐넌 와인드〉!"

마법을 영창해서, 아래쪽을 향해 내쏜다. 방금 전의 이동 공격보다 농후한 마력이다. 그가 끼고 있던 반지 하나가 깨져나가더니 그 손바닥에서 폭풍이 발생했다.

"큭, ——〈디 오버 윈터〉!"

폭풍에 의해 낙하속도를 증가시킨 나이프들에 맞서서 순간적으로 최고위 마법을 전개 달려서 접근했다.

적의 바람을 약화시키고 속도를 늦춘 다음 라스티아라를 향해 쏟아지는 나이프를 움켜쥐었다. 그러나 나이프는 막아내는 데 성공했지만 폭풍 마법 자체는 피하지 못해서 자세가 무너지고 말았다.

재빨리 자세를 가다듬고 곧 그의 몸이 떨어져 내릴 것에 대비해서 경계태세를 취했으나——.

"──〈익스 와인드〉!"

라이너는 바람 마법을 구사해서 우리로부터 거리를 벌렸다.

처음에 서 있던 위치로 돌아가더니 착지했다.

그 화려한 치고 빠지기를 경험하고 나와 라스티아라는 감탄 어린 목소리를 토해냈다.

"으──음, 성가신데──. 여전히 우리는 비행 타입에 약하다니까…….."

"굉장해. 바람 마법이라는 게, 이렇게 쓸 수도 있는 거였구나…….."

우리는 금방 라이너를 붙잡을 수 있을 거라고 생각했었는데, 바람 마법이 가진 예상 이상의 힘을 보니 생각을 고쳐 먹을 수밖에 없었다.

"아니, 보통은 저렇게 못 해. 애초에 바람 마법 〈익스 와인드〉는 이동용 마법이 아니니까."

라스티아라는 약간 걱정 어린 얼굴로 라이너 군에게 말을 걸었다.

"하인의 동생, 그런 식으로 마법을 운용하면 몸이 상할 텐데?"

"이 정도 아픔쯤은 별것도 아냐……. 나는 다른 사람 대신 부서지기 위해서 살고 있는 몸이야. 그러니까 다리 한두 개쯤 부서지는 것쯤은, 조금도…… 주저 안 해!!"

그런 걱정을 물리치고 라이너는 다시 한 번 덤벼들었다.

바람 마법에 의한 추진력을 활용한 그의 기동력은 성가셨다. 그리고 라스티아라의 말로 미루어보아, 자신의 몸을 상하게 하면서 싸우고 있었다. 당장이라도 저지해야 한다.

나는 〈디멘션〉으로 정보를 수집하면서 라이너의 맹공을 요격하는 작업에 들어갔다.

상공에서 날아든 바람 마법, 쌍검에 의한 검격, 나이프 투척…… 쉴 새 없이 이어지는 모든 공격들을 모조리 받아넘겼다. 옆에 있는 라스티아라도 마찬가지였다.

막아낼 수는 있어도 반격할 여유는 좀처럼 나지 않았다.

라이너는 우리의 손이 닿는 범위 안에서의 싸움을 철저하게 피하고 있었다. 우리가 접근하면 곧바로 공중으로 도망쳐 버린다.

이대로 버티기만 해도 그가 자멸하리라는 건 알고 있었다. 하지만 될 수 있으면 그런 결과는 피하고 싶었다. 라스티아라와의 대화로 미루어보아, 화해의 여지는 있는 것 같았다.

나는 어떻게든 함정을 팔 수 없을지 고민하다가 라스티아라에게 지시를 전했다.

"라스티아라, 잠깐 나 좀 도와줘! ——마법 〈폼〉!"

마법의 거품을 대량으로 생성했다. 당연히 라이너는 정체 불명의 마법인 거품이 몸에 닿는 것을 피하려고 경계하기 시작했다.

그 모습을 보고 라스티아라는 내 노림수를 알아챈 모양이었다. 내 마법의 거품과 맞추어 내달린다.

차원마법 〈폼〉. 솔직히 단독 사용으로는 아무런 의미도 없는 마법이다. 다시 말해 이 마법의 거품은 라이너의 움직임을 제한하기 위한 미끼. 그 점은 라스티아라도 알고 있었다.

그리고 나와 라스티아라는 마법 거품을 적절하게 구사해서 라이너를 특정 장소로 유도했다.

"걸려들었어! ——마법 〈디 윈터 · 프로스트〉!"

순간적이었지만 라이너는 분수가 있는 연못에 발을 디뎠다.

그 순간에 나는 연못의 물에 냉기를 침투시켜서 라이너의 발을 얼렸다.

연못 전체를 얼려 버릴 정도는 아니었지만 그의 움직임을 묶는 것 정도는 가능하다.

"기회다!"

그 순간 근처에서 대기하고 있던 라스티아라가 달려들었다.

라이너는 허겁지겁 마법을 써서 이탈하려 했지만 한 발 늦었다.

"〈익스 와인——으윽!"

마법은 라스티아라의 인정사정없는 보디 블로에 의해 중단됐다. 그리고 라스티아라는 곧바로 관절기로 이행한다. 라스타리아의 손에 라이너의 어깨 관절이 빠지고 신음이 흘러나왔다.

"으으윽!"

그대로 라스티아라가 등 뒤에서 꽉 끌어안는 바람에 결국 라이너는 옴짝달싹 못 하도록 포박당해버렸다.

"후우, 겨우 붙잡았네……. 정말 날쌘 녀석이라니까……."

라스티아라는 무지막지한 힘으로 라이너의 몸을 옥죈다.

이제 더 이상 저 상태에서 벗어날 수는 없을 것이다. 나도 안심하고 다가가려 했을 때——〈디멘션〉이 심상치 않은 속도로 이쪽을 향해 접근해 오는 사람을 포착, 등골이 오싹해진다.

"하인의 동생도 하인처럼 기습을 했더라면 승산이 있었을 텐데 말이야——. 하인에 비하면 아직 어설픈 구석이 있었다는 거지. 그럼 이대로——.

"라스티아라, 위험해!"

나는 완전히 마음을 놓고 있는 라스티아라에게 소리쳤다.

그리고 낯익은 검이 라스티아라의 가슴을 향해 날아든다.

"——어?!"

내 목소리에 검이 날아오는 것을 알아챈 라스티아라는, 라이너를 떠밀면서 펄쩍 뛰어 그 자리를 피했다.

쩌억 하고 빨간 검이 분수 테두리에 꽂혔다.

동시에 라이너는 분수 연못에 무릎을 꿇고 그 옆에 한 청년이 내려섰다.

그 모습은 알아보지 못할 리가 없을 만큼 눈에 익은 것이었다.

"──확실히 소년 하나만 가지고는 부족하겠지. 그렇다면 내가 힘을 빌려준다면 어떨까?"

30층의 가디언, 로웬 아레이스다.

로웬은 방금 자신이 투척했던 미스릴 소드를 집어 들고, 우리에게 그 칼끝을 겨누며 웃었다.

"로웬?"

예상치 못한 인물의 등장에 나도 모르게 소리쳤다.

로웬은 그런 나를 보고 손을 흔들더니 내동댕이쳐진 라이너를 안아 일으키고, 빠졌던 어깨의 관절을 끼워 맞춰준다.

"아얏──! ······다, 당신은 대체 뭐야?"

"네 편이다, 쌍검술사 소년. 걱정 마라. 우리는 이해관계가 일치하니까."

그리고 자신은 라이너 군의 편이라 선언했다. 그건 다시 말해 자신이 우리의 적임을 선언하는 것과 마찬가지다. 로웬은 이야기를 계속한다.

"2대1로 싸우는 건 너무 불리하잖아? 라스티아라 쪽은 내가 맡아 주지. 너는 천천히 카나미와 싸우면 돼."

"도, 도대체 무슨 소리를 하는 거지······?"

라이니는 갑작스런 제삼자의 개입에 놀라고 당황한 기색이 역력하다. 하지만 로웬은 그런 라이너의 의문에는 대답하지 않은 채 등을 돌려 라스티아라 쪽을 향했다.

──최악의 상황이 벌어졌다.

나와 라스티아라 사이에 라이너와 로웬이 끼어 있다. 완전히 단절되어 버렸다. 상황이 이 모양이어서는 정말로 로웬과 라스티아라가 충돌하게 될 것이다.

라스티아라 역시 이 상황이 마음에 들지 않았는지 로웬에게 묻는다.

"무슨 꿍꿍이지, 가디언……? 당신과는 대회에서나 싸우게 될 줄 알았는데……?"

"마음에도 없는 소리를 하는군. 이 대진표대로 가면 나는 카나미와도 라스티아라와도 싸울 수 없게 돼. 나는 결승까지 순탄하게 올라갈 수 있겠지만……, 너희 둘이 준결승에서 맞붙는 건 곤란해. 아주 곤란해."

"굳이 그렇게 걱정 안 해도, 어차피 이기는 쪽이 당신이랑 싸우게 될 텐데?"

"거짓말 마. 만약에 준결승에서 라스티아라가 이기면 라스티아라는 결승에 나타나지 않겠지. 나타날 이유가 없으니까. 그리고 너희 둘은 라스티아라가 이길 수 있도록 계획을 짜고 있어. ……이런 건 간과할 수 없어. 그래, 그 계획만은 절대로 간과할 수 없고말고."

아무래도 로웬은 토너먼트의 조 배정이 마음에 안 드는 모양이다.

확실히 로웬이 '최강'인 글렌 씨를 이기고 결승전에 오른다 해도 결승전에는 아무도 나타나지 않을 가능성이 높다. '팔찌' 문제만 해결하면 라스티아라 입장에서는『무투대회』에 더 이상 출전할 이유가 없는 것이다.

"하지만 여기서 라스티아라가 탈락하면 이야기가 달라지겠지. '팔찌'를 파괴할 방법이 없어진 카나미는 결승전에서 가디언 로웬을 물리치려고 애쓸 수밖에 없게 돼. 그것도 최선을 다해서."

아무리 그래도 설마 로웬이 이렇게 강경한 수단으로 나올 줄은 미처 생각도 못 했다.

"여기서 라스티아라를 물리치고 결승에서 카나미와 싸우는 것. 그게 내 입장에서 가장 반가운 형태야."

로웬은 성실한 남자이기에 규칙을 져버릴 사람이 아니다.

그런 그가 기습에 가까운 행동을 한데다가 시합 밖에서 싸우려 하고 있는 것이다.

"조금 이르지만, 상황이 좋아. 어째선지 이 소년이 있는 곳에서는 '라인'이 작동하지 않는단 말이지. ——모든 걸 결판내기에 딱 좋아."

로웬이 내 기억보다 자신의 소원을 우선시하고 있다는 건 알고 있었다.

하지만 이런 행동을 할 만큼 절박한 상황이었을 줄은 몰랐다.

아니, 내가 친구라 부르던 로웬이라면 그런 짓은 절대 하지 않을 거라고 믿었던 것뿐이었는지도 모르겠지만……

"로웬……."

나도 모르게 그 이름을 뇌까렸다.

"미안하다, 카나미. 이게 내가 선택한 길이야."

로웬은 뒤도 돌아보지 않고, 나에게 대답했다.

그리고 라이너는 등을 돌린 정체불명의 검사에게 어리둥 절한 얼굴로 말을 걸었다.

"썩 신뢰가 안 가지만……."

"나에게 신뢰 따위는 필요 없어. 굳이 신뢰하지 않아도 돼."

"썩 신뢰가 가지는 않지만, 이용할 수 있는 건 이용해야 지. 나는 지크, 당신은 라스티아라. 그렇게 하면 되겠나?"

"그래, 그렇게 해. 간다, 쌍검 소년."

두 사람은 얼굴을 마주 보지도 않은 채, 서로 협력하기로 결정했다.

나는 초조함에 휩싸여 더 이상 여유가 얼마 없음을 이해 했다.

"——마법 〈디멘션 · 글래디에이트〉! 마법 〈디 스노우〉!"

전력을 다해 마법을 구축하면서 내달린다.

동시에 다른 한 쪽의 전투도 시작된다. 라스티아라는 허리에 찬 검을 사용해서 로웬의 검을 막아내고 있었다.

잠깐의 여유도 없다. 상대가 마음먹고 싸우는 로웬이라면 언제 무슨 일이 일어날지 알 수 없다.

전력질주해서 라스티아라를 지원하러 가려 했지만——

"네 상대는 나다! 지크!"

라이너가 막아선다.

"미안하지만, 더는 봐주고 있을 여유가 없어! 라이너!"

'소지품' 속에서 『크레센트 펙트라즐리의 직검』을 꺼내서 맞받아쳤다.

라이너의 쌍검이 나에게 덮쳐든다. 거기에 맞서서 나는 내가 가진 마력을 모조리 해방시킨다.

"——마법 〈디 오버 윈터〉!!"

적의 마법을 방해하는 게 아니라, 적의 동작을 저해시키는 데 온 마력을 쏟아 붓는다.

전례 없는 마력 소비에 내가 움직인 자리에서 마법의 진눈개비가 발생하기 시작한다. 하얀 눈보라를 흩뿌리면서 나는 있는 힘껏 검을 휘둘렀다.

라이너는 쌍검으로 그 검을 막아내면서 마법의 눈보라가 지면에 떨어지는 것을 보고 표정이 심각해졌다.

눈보라가 떨어진 곳에서 고드름이 솟아오른다. 아까 썼던 마법의 거품과는 차원이 다른 마력이 담겨 있다는 걸 이해한 모양이다.

그리고 나는 마력을 더 강화해간다. 〈디 스노우〉를 생성해서 적의 움직임을 제한한다. 〈디 오버 윈터〉로 팔다리의 움직임을 둔화시킨다.

그 다양한 빙결마법에 의해 움직임이 둔해진 라이너를 물리치는 건 식은 죽 먹기였다.

최소한의 움직임으로 그의 쌍검을 피하고, 그 가운데 한 자루를 옆으로 베어냈다. 『크레센트 펙트라즐리의 직검』이라는 세계 최고봉의 마검을 측면으로 맞은 검은 얼음이 깨지는 것처럼 파괴됐다.

"큭, 형님의 검이——!"

라이너는 너무나도 손쉽게 검이 파괴되는 모습에 동요했다.

그 틈을 찔러서 또 한 자루의 검을 쥐고 있는 팔을 붙잡는다. 그리고 검의 칼자루로 배를 후려치고, 곧바로 업어치기로 그 몸을 내던져 버리려 했을 때——〈디멘션 글래디에이트〉가 라이너 이외의 마력을 감지했다.

멀리서 날아든 것은 마력으로 만들어진 칼날.

그것이 당장이라도 내 다리를 찌르려 하고 있었다.

"——윽?!"

업어치기를 단념하고 나는 라이너로부터 떨어져서 펄쩍 뛰어 그 칼날을 피한다.

그리고 마력으로 만들어진 그 검이 어디서 발생했는지를 확인한다.

한 손으로 라스티아라와 칼을 맞대고 있던 로웬이 이쪽의 위치를 확인하지도 않은 채 한 손에서 마력의 검을 날린 것이었다.

"로웬!!"

라이너를 무력화시키려는 시도가 무산됐다는 것에 대한 짜증보다도 다른 사람도 아닌 라스티아라를 상대하면서 이런 짓까지 할 여유가 있다는 사실에 대한 공포가 앞섰다. 역시 로웬은 단순한 근접전투에 있어서는 최강이다.

"——컥, 커억! 지크으으!!"

나에게서 풀려난 라이너는 남은 한쪽 검을 움켜쥐고 다시
나에게 덤벼들려 했다.

"소년, 이걸 써라!"

이쪽 상황을 모조리 파악하고 있던 로웬은 허리춤에 차고
있던 다른 검을 라이너에게 던진다.

나는 그 힘을 알고 있었다. 그걸 주운 건 나였다.

"어이, 로웬! 그건!"

[루프 브링어]

공격력 7. 정신오염 +2.00

부러진 마검 『루프 브링어』——. 그것이 로웬의 마법으로
말끔하게 접착되어 있다. 평소에 사용하던 『마력물질화』와
는 달리 땅 속성의 마력이 느껴졌다. 가디언 특유의 특수한
방법으로 수리한 모양이다.

"소년, 너라면 상성이 맞을 거다!"

로웬이 던진 검을 라이너는 공중에서 받아낸다.

"저런 성가신 걸 꺼내다니!"

나는 로웬을 향해 투덜거리면서 바람을 휘감고 달려드는
라이너를 요격했다.

"지크으으으——!!"

『루프 브링어』의 마력과 바람 마법이 뒤섞이더니 라이너

의 마력이 흉악한 수준으로 폭증해 간다. 다만 〈디멘션〉과 스테이터스를 통해 느껴지기에는 신기하게도 그는 검의 마력을 자신의 제어 하에 두고 있는 것 같았다. 내가 들었을 때처럼 정신이상 상태에 빠지지 않은 것이다. 기껏해야 약간 흥분이 더해진 정도다.

　──하지만 그건 그것대로 문제였다.

　흉흉한 바람과 함께 라이너가 검을 휘둘렀다. 『루프 브링어』를 『크레센트 펙트라즐리의 직검』으로 막아내고 또 한 자루의 검은 몸을 숙여서 회피했다.

　그의 공격은 아직 끝나지 않았다. 그 기세 그대로 오른발로 발차기를 날렸다.

　붙잡을 기회라는 생각에 여유가 있던 왼손으로 그 다리를 붙잡았다.

　발차기의 충격 때문에 팔이 아파 왔지만 그래도 매치기 공격으로 이행하기에는 충분했다.

　그렇게 생각한 순간──

　"──〈와인드〉!!"

　다리를 붙잡고 있던 왼손이 튕겨나갔다.

　그의 발치에서 폭풍이 발생해서 내 왼손의 약지와 새끼손가락을 반대 방향으로 꺾어버렸다. 그 격렬한 고통에 절로 얼굴이 찌푸려졌다. 그러나 지금은 전투 중이기에 곧바로 그 고통을 머릿속 한 구석으로 제쳐놓았다.

　"크윽……!"

그리고 라이너는 그 폭풍을 이용해서 나에게서 거리를 벌렸다.

완벽한 타이밍의 마법이었다. 나에게 붙잡히리라는 걸 확신하고 있었던 게 분명하다.

그나저나 전법이 무모해도 너무 무모하다.

"끄윽, 아악……!"

나뿐만이 아니라 라이너도 고통에 신음한다. 내 손가락뿐만이 아니라 그의 다리도 막대한 피해를 입었다.

돌풍에 살점이 찢어져서 어마어마한 양의 피가 흐르고 있었다.

그럼에도 라이너는 멈추지 않는다. 다시 한 번 바람 마법을 자아내서 나를 향해 돌진해 온다. 다리는 부상을 입었지만 바람 마법이 있는 이상 그의 기동력은 무뎌지지 않는다.

"완전 난장판이잖아……!!"

지금 당장이라도 라스티아라에게 달려가고 싶지만, 결사의 각오로 덤벼드는 눈앞의 소년은 어쩌면 로웬보다도 더 성가신 존재처럼 느껴지기도 했다.

타개책을 생각할 틈도 없이 또 다시 라이너의 공중 습격을 받는다.

이번에는『루프 브링어』를 아슬아슬하게 피하고, 라이너가 가진 또 한 자루의 검을『크레센트 펙트라즐리의 직검』으로 파괴한다. 하지만 그는 동요하는 기색이 없다.

부서진 검을 곧바로 내던지고, 자유로워진 손으로 나를

후려치려 든다.

그것을 왼쪽 팔꿈치로 막는다. 당연히——또 다시, 바람이 폭발한다.

"——〈와인드〉으으!"

무시무시한 충격이 왼팔에 몰아치더니 팔 전체가 욱신거렸다. 손가락이 꺾인 상태이기도 하니, 이제 왼팔은 더 이상 전력에 보탬이 되지 않을 것 같다.

방금 그 바람의 일격을 이용해서 다시 거리를 벌린 라이너를 쳐다본다. 아니, 정확히 말하면 자신의 바람 마법에 의해 넝마가 되다시피 한 그의 주먹을 본다.

"그렇게 마구잡이로 마법을 쓰면 안 돼!!"

"그게 뭐 어쨌다는 거냐! 너를 죽일 수만 있다면, 죽더라도 상관없단 말이다! 나느으은!!"

라이너는 이번에도 자살공격 같은 돌격을 되풀이하려 한다.

나는 그가 왜 그런 공격을 되풀이하는지 알 수 있었다.

나와 라이너의 실력 차이는 그야말로 하늘과 땅 차이라할 수 있다. 그 점은 그도 알고 있다.

하지만 지금 이 막무가내 돌격이라면 실력 차를 무시하고 나에게 대미지를 줄 수 있다. 라이너가 자기 자신의 대미지에 관한 문제를 뒷전으로 미뤄 두고 있는 이상, 그에게 있어서는 그 전법이 최선인 것이다.

라이너는 바람 마법으로 급습하고 우격다짐 맨손 공격에

이은 초근접 바람 마법—— 그 패턴을 반복한다.

오른손을 대가로 삼아, 왼손을 대가로 삼아, 오른다리를 대가로 삼아, 왼다리를 대가로 삼아—— 쉴 새 없이 나를 몰아붙였다.

피를 흩뿌리면서 자기 자신을 죽음으로 내모는 것처럼 싸우는 그 전법에 나는 구역질이 날 것만 같았다.

정체불명의 혐오감. 그리고 익숙한 두통.

내 인내심은 한계에 다다랐다.

"자신의 생사를 그렇게 가볍게 언급하지 마! 라이너어어어!!"

그리고 나도 그와 마찬가지로 자신의 몸을 돌보지 않는 공격을 선택했다. 『크레센트 펙트라즐리의 직검』을 버리고 자유로워진 손으로 그의 몸을 붙잡았다.

"——와, 〈와인드〉!"

당연히 라이너는 초근접 거리에서의 바람 마법을 선택했다. 그것 이외에 다른 선택지는 없다. 나에게 통하는 공격 수단은 그것밖에 없기 때문이다.

——바람이 폭발한다.

멀쩡하던 내 오른손마저 손가락 관절이 역방향으로 꺾여 버린다.

약지와 새끼손가락, 그리고 검지까지 꺾였다.

그러나 나는 남은 엄지와 중지에 힘을 꽉 주어서 라이너를 놓지 않는다.

"붙잡았어!"

곧이어 온몸을 라이너에게 부딪쳤다. 그 기세 그대로 밀어붙여서 그와 함께 근처 연못으로 뛰어들었다.

"──마법 〈디 윈터 · 프로스트〉!!"

곧바로 라이너가 빠진 얼음물을 통째로 얼려나간다. 자신의 몸이 얼음에 결박당해 가는 것을 느낀 그는 일어나서 물에서 벗어나기 위해 발버둥 친다. 하지만 나는 혼신의 박치기로 라이너의 머리를 들이받고 팔꿈치로 명치를 찍어서 저지했다.

"끄악, 하아!"

라이너의 뇌가 뒤흔들리고 허파에 들어있던 공기가 모조리 터져 나온다. 그의 힘이 빠져나가는 것을 확인하고, 나는 빙결마법을 완성시켰다. 허리 높이 정도의 깊이밖에 안되는 얕은 연못이었지만, 라이너의 손발을 결박하기에는 충분했다.

뇌진탕에 걸린 그를 내버려두고 곧바로 연못에서 나왔다.

예상 이상으로 시간을 소모하고 말았다. 목숨을 걸고 자살돌격을 감행하는 그가 이렇게 성가실 줄은 미처 몰랐었다. 엄지와 중지밖에 움직일 수 없게 되는 바람에, 가벼운 것밖에 들 수 없었기에, '소지품' 속에서 검이 아닌 단도를 꺼내면서 라스티아라를 구원하기 위해 달려간다.

"로웬!!"

이름을 외치면서 초인적인 속도로 치고받고 있는 두 사람에게 다가갔다.

목소리에 반응해서 로웬이 후퇴했다. 스킬『감응』을 통해서 이쪽의 상황을 파악한 것이리라. 눈은 이쪽으로 돌리지 않은 채 애석한 듯 뇌까렸다.

"시간이 다 됐군. 라스티아라 후즈야즈, 생각보다 만만치 않은걸. 아니, 상성이 안 좋다고 해야 할까⋯⋯."

"카나미! 빨리 이리 와! 헬프! 이 녀석과 싸우는 건 즐겁긴 하지만, 지금은 곤란해!"

여기저기 칼자국이 난 라스티아라가 나를 손짓해 부른다.

그녀 옆으로 이동해서 단검을 움켜쥔다. 그것을 본 로웬은, 검을 칼집에 집어넣는다.

"좋은 타이밍이라고 생각했는데, 좀 서둘렀나 보군⋯⋯."

로웬은 연못에 빠진 라이너를 쳐다본다. 그리고 이쪽에 대한 경계를 유지한 채, 슬금슬금 라이너 쪽으로 이동했다.

그 움직임으로 보아, 그가 더 이상의 전투는 바라지 않는다는 걸 알 수 있었다.

라스티아라는 그런 그를 쫓으려 하지 않았다. 나도 쫓을 생각은 없다.

쫓아갔다가는 이 자리에서 누군가가 죽고 말 것이다. 로웬에게는 그런 생각이 들게 할 만한 박력이 느껴졌다.

"만약에 리퍼가 있었다면⋯⋯. 아니, 스노우 군의 미움을 사지만 않았더라면⋯⋯."

로웬은 뇌까린다.

그 모습은 어제 시합에서 본 모습을 연상케 했다. 어딘지 연약하고 쓸쓸해 보였다.

하지만 로웬은 곧 그 표정을 지우고는 펄쩍 뛰어서 물러 섰다. 분수가 있는 연못에 착지해서 검으로 얼음만을 깨고 신음하는 라이너를 어깨에 들쳐 업은 다음 그 자리를 떠나려 했다.

"기다려, 로웬!"

그런 그를 불러 세웠다. 싸울 생각은 없지만 하고 싶은 말이 있었다.

그 모든 것을 요약해서 외쳤다.

"——이걸 봐!"

나는 양팔을 펼쳐서, 이 현장의 참상을 똑똑히 보여주려 한다.

초인적인 존재들 간의 칼부림 때문에 엉망으로 망가져버린 공원. 얼어붙은 연못과 분수. 꺾여버린 내 손가락들. 여기저기 칼자국이 난 라스티아라. 중상을 입어 움직이지 못하는 소년.

그 모든 것들을 가리키며 나는 연이어 소리쳤다.

"정말 이게 네가 원했던 거야?! 로웬이 바라던 '영광'이라는 건 정말 이 정도까지 해야 할 가치가 있는 거야?!"

로웬을 나무랐다. 그 양심에 호소했다.

다정한 로웬은 내 의도를 모조리 알아채고 이를 악문다.

일그러진 얼굴로, 미안한 듯—— 그러면서도 내 눈을 똑바로 응시하며 대답한다.

"카나미, 손에 넣지도 못한 것의 가치를 어떻게 알겠어? 나는 그 가치를 확인하기 위해 싸우는 거야. 그래, 맞아. 모든 걸 확인할 거야. 이 대회의 결승에서 '영웅'과 싸우면 분명 그 해답을 알 수 있겠지……."

내 말은 분명히 로웬에게 전해졌다. 하지만 그럼에도 같은 길은 걸을 수 없다는 걸 뼈저리게 깨달았다.

"미안하지만, 소년은 내가 데려갈게. 그냥 내버려두면 너희들이 경비병에게 잡혀갈 테니까."

로웬은 라이너를 안은 채로 그 자리를 떠났다.

우리는 그 모습을 마냥 지켜보고만 있을 수밖에 없었다. 〈디멘션〉을 통해서 로웬이 남부 에어리어까지 이동한 것을 확인하고 그제야 몸에서 힘을 뺀다.

옆에 있는 라스티아라도 안전을 확인하고 나에게 말을 걸었다.

"아, 큰일 날 뻔했잖아……! 뭐야, 저건? 가디언 로웬은 대회 우승을 노리고 있는 것 아니었어?"

"아니, 목적은 우승 맞아. 로웬은 '명예'나 '영광' 같은 걸 원하고 있으니까."

"그럼, 왜 훼방을 놓는 거지? 우리가 없는 편이 더 쉽게 우승할 수 있을 텐데."

라스티아라는 순수하게 그 점이 궁금한 모양이었다.

나는 로웬이 방해하는 이유를 오늘까지 들었던 여러 사람들의 발언이나 로웬의 행동을 통해 도출해내고 알기 쉽게 설명한다.

"어쩌면 로웬은 나를 '영웅'이라고 믿고 있는 건지도 몰라…….『무투대회』에서 '영웅인 나'를 넘어서는 것만이 자신의 '미련'을 떨쳐낼 수 있는 유일한 방법이라고 믿고 있는 거야……."

스노우는 사사건건 나를 '영웅'으로 취급했었다. 그리고 로웬은 단 한 번도 그것을 부정한 적이 없었다.

30층에 다다라서 자기를 소환한 나를 항상 뭔가 기대감이 담긴 눈길로 쳐다보곤 했었다. 자기를 소환한 아이카와 카나미가 '영웅'이라는 건 당연한 일이라는 듯이.

나는 영웅이 아니라고 아무리 우겨 봐도 그 두 사람에게 있어서 나는 틀림없는 '영웅'이리라.

그렇기에 이렇게 생각이 엇갈리게 되었다…….

"로웬은 지금, 한없이 시야가 좁아져 있어. 그 녀석의 진짜 소원은 훨씬 더 단순하고 소소한 바람인데……. 아마, 그 점은 로웬 스스로도 어렴풋이 깨닫고 있을 텐데……! 그런데도 로웬은 '영웅'이 돼야 한다는 사명감에 휘둘려서 오로지 나를 이기는 것에만 정신이 팔려 있는 거야……!"

방금 그 습격이 내 추측을 확신으로 바꾸어주었다.

틀림없다. 로웬은 지금 시야가 극단적으로 좁아진 상태다.

용 토벌 후의 연회 때처럼 소중한 것을 잃어버렸다.

"알았어. 로웬의 목적은 '무투대회 우승'과 '카나미를 이기

는 것', 이 두 가지라는 이야기지? ……생각만큼 복잡한 건
아니라서 마음이 놓이는걸."

감정에 휘둘린 내 이야기를 라스티아라는 냉정하게 요약
하더니 그 대응책을 생각해주었다.

"으──음,『무투대회』관리자에게 방금 그 습격에 대해
신고해서 로웬이 반칙패 처리되게 하는 방법도 생각했었는
데, 그건 안 하는 편이 좋겠는데……. 로웬의 목적을 완전
히 짓밟아버리면 오히려 무슨 짓을 할지 모르니까……."

그녀에게 있어서 로웬은 그저 적에 불과할 것이다. 나처럼
감정에 현혹되지 않고 담담하게 대응책을 궁리해 나갔다.

"──좋아, 가디언 로웬은 지금 이대로『무투대회』에 집
착하도록 놔두자. 그리고 하인의 동생은 탈락시키는 거야.
방금 그 싸움에 대해 관리자에게 이야기하면,『무투대회』기
간에는『브아르홀라』에서 쫓겨나게 될 테니까."

"그래. 될 수 있으면, 라이너 군과도 찬찬히 이야기해보
고 싶지만……. 웬만하면『무투대회』가 끝난 뒤에 하는 게
좋겠어……."

"배 안에 빼곡하게 '라인'이 쳐져 있는 이상, 아니라고 변
명할 수도 없겠……──어라?"

라스티아라는 그 자리에 주저앉아서 바닥에 깔려 있는 '라
인'에 손을 대고 뭔가를 찾고 있었다. 그런데 그 표정이 문득
굳어지고, 짐작이 빗나간 것에 대한 당혹스러움이 드러났
다.

"왜 그래?"

"어, 어라? 기록이 아무것도 안 남아 있잖아? 뭐야, 방금 전까지 '라인'이 작동하지 않은 건가……?"

"그러고 보니 로웬이 '소년이 있는 곳에서는 『라인』이 작동하지 않는다'라고 했었어."

"하인의 동생이 사전에 건드려 둔 건지도 모르겠는걸. 하아, 어쩐지 대놓고 습격한다 싶더라니……."

라스티아라는 한숨을 지으며 일어섰다.

그리고 "그만 돌아가자, 돌아가"라며 방으로 가자고 재촉했다. 로웬의 습격에 대비해서 디아와 세라를 포함한 네 사람이 함께 있는 게 좋겠다고 생각한 모양이다.

"그러는 게 좋겠어. 바깥은 위험하니까, 방으로 돌아가자……."

또 다른 적이 습격해 오지 않는다는 보장도 없었기에 서둘러 방으로 돌아갔다.

그 후, 우리들은 아침까지 경계를 계속하기로 하고 외출을 자제했다.

라스티아라는 내 손가락을 치료해준 다음, 당연하다는 듯이 경계 임무를 나에게 떠맡기고 푹신한 침대로 가서 잠들었다.

계획 면으로 따지면 그러는 게 옳았지만, 약간 부아가 치미는 것도 사실이었다.

쌔근쌔근 잠든 라스티아라, 디아, 세라를 부러움 섞인 눈으로 쳐다보면서, 나는 졸음과 싸우며 〈디멘션〉을 줄곧 전개한 채로 하루를 마쳤다.

『무투대회』둘째 날 아침.

몽롱한 의식 속에서 라스티아라 일행이 눈을 뜨는 것을 확인한다. 활기찬 인사와 함께 식사하는 그녀들 옆에서 나는 줄곧 기진맥진한 채 테이블에 엎드려 있을 뿐이었다.

라스티아라 일행은 충분히 수면을 취했으니 최상의 컨디션이리라.

물론, 나는 굶주림과 수면부족 때문에 최악의 컨디션이다.

이틀째 오전 중에는 넷이서 준결승 때까지의 행동 계획을 세세하게 확정지었다. 기본적으로는 시합을 최대한 빨리 끝내고 바로 합류해서 대기할 예정이다.

꼼꼼하게 이야기를 나눈 후에 나는 북부 에어리어로. 라스티아라 일행은 서부 에어리어의 투기장으로 향한다.

어제와 마찬가지로 대기실에 가 있다가, 담당자가 부르러 온 후에 투기장으로 이어지는 회랑을 걸어간다.

조금만 더 있으면 제3시합이 시작된다.

하지만 좀처럼 몸에 힘이 들어가지 않았다. 고작 하루의 철야였지만 상상했던 것보다 훨씬 더 힘들었다. 특히 라이너와 로웬을 상대로 한 싸움이 몸에 많은 피로를 남겼다.

손에 든 검이 평소보다 몇 배는 더 무겁게 느껴졌다.

몸에 걸치고 있는 옷은 마치 물을 머금고 있는 것만 같았다.

걷기만 해도 찐득찐득한 땀이 흐르고 견딜 수 없게 목이 탔다.

게다가 몸에 깃들어 있는 마력도 충분치 못했다. 아마, MP는 고갈 직전일 것이다.

이 시합에서 사용할 수 있는 마법은 한정되어 있다.

나는 약간의 불안감을 안은 채, 투기장 안으로 들어갔다.

"──그럼, 『첫 번째 달 연합국 종합기사단종 무도회』 북부 에어리어 제3시합! 양팀을 소개해드리겠습니다!"

그리고 지나칠 정도로 활기찬 사회자의 목소리가 들려온다.

눈부시게 빛나는 태양. 나를 환대하는 목소리. 주위에 울려 퍼지는 갈채.

그 모든 것들이 지금은 귀찮게만 느껴졌다.

"먼저 후즈야즈의 대표, 『셀레스티얼 나이츠』 팀! 올해에는 여성기사만으로 구성된 팀으로 참전해서 화제를 독점 중! 미목수려한 그녀들의 시합은 항상 폭풍 매진, 흥행 면에서는 완전 독주 상태입니다! 『무투대회』 운영진은 즐거운 비명을 지르고 있습니다! 자, 무대를 수놓는 싸우는 소녀들은 어디까지 올라갈 수 있을까요?!"

대전 상대에 대한 소개가 울려 퍼지고 있었다.

맞은편에서는 세 기사들이 주위에 손을 흔들고 있다.

쌍검을 허리춤에 찬 금발 트윈테일 소녀, 프랑류르 헤르빌샤인.

민속의상 스커트를 몇 겹으로 겹쳐 입은 여자아이, 라그네 카이크오라.

검은 전신갑옷을 몸에 걸치고 검은 풀페이스 투구를 손에 든 장신의 여인, 페르시오나 퀘이거. 이렇게 익숙한 3인방이다.

"이에 맞서는 것은 라우라비아 대표, 『에픽 시커』 길드마스터, 아이아와 카나미 팀! 하지만 명목상으로만 팀이고 실제 멤버는 오직 그 한 명뿐! 3대1 대결조차 불사하는 그는 과연 바보일지 영웅일지! 이번 대회의 다크호스로 주목받고 있습니다!"

뒤이어 나에 대한 소개가 울려 퍼진다. 나는 쓴웃음을 지으며 주위를 향해 힘없이 손을 흔들었다.

"──그리고 여기서 전해드릴 소식이 하나 있습니다! 놀랍게도! 아이카와 카나미 선수가 서쪽의 용을 토벌했다는 정보가 지금 막 제게 전해졌습니다! 이 남자는 도대체 대회를 앞두고 무슨 짓을 한 것인가?! 하는 행동마다 하나같이 4차원! '용 토벌자 영웅'이 된 그는, 과연 반대편 에어리어에 있는 또 한 명의 '용 토벌자 영웅' 글렌 워커와 맞붙을 수 있을 것인가?!"

흥분한 분위기 속에서 엉뚱한 개인정보가 유출되는 소리

가 들려왔다.

정말 어처구니가 없으니 사사건건 나를 4차원 캐릭터로 취급하는 것 좀 그만둬줬으면 좋겠다.

그러나 그런 내 맘과는 반대로 '용 토벌자 영웅'이라는 말을 들은 관객들의 환호성은 한층 더 우렁차졌다. 나는 얼굴을 찌푸리면서 투기장 중앙으로 향했다.

"──그럼, 양팀은 시합 방식을 정해주십시오!"

반대편에서 다가온 페르시오나 씨와 마주서서 말을 주고받았다.

"대진운이 아주 좋은데. 아이카와 공, 이렇게 일찌감치 맞붙게 되다니."

"오늘은 잘 부탁드릴게요, 페르시오나 씨."

"그럼, 시합 규칙에 대해 의논을……."

"그 점 말인데, 저는 스탠더드 룰 이외의 규칙은 받아들일 생각이 없어요. 3대1 '무기 떨어뜨리기' 방식으로 하죠."

미리 라그네와 상의해서 결정해두었던 규칙을 먼저 제시했다.

그 말을 들은 페르시오나 씨는 미간을 찌푸렸다.

"서로 안면이 없는 사이도 아니잖아? 그렇게 재미없는 규칙으로 할 것 없이 좀 더 꼼꼼한 규칙으로 싸우는 것도 괜찮을 것 같은데?"

"아뇨, 필요 없어요. 아무것도 걸지 않는 표준적인 시합을 하고 싶어요."

"하지만 이런 시합이 흔히 있는 것도 아니지 않나? 국가에 공헌하는 마스터로서 이 축제의 분위기를 좀 띄워 보고 싶다는 생각은 안 드나?"

제법 끈질기게 물고 늘어진다. 라그네의 말마따나, 나에게서 뭔가를 끌어내려 하는 꿍꿍이가 엿보였다.

"죄송해요. 저는 길드 대표 신분으로『무투대회』에 참전한 게 아니에요. 지극히 사적인 이유로 싸우고 있는 거라서……."

"흐음. 그럼 내가 이긴다고 해도——."

"아무것도 없는 셈이죠."

딱 잘라 말한다. 그 말을 들은 페르시오나 씨는 곤혹스러운 표정이었다.

내가 이렇게 완고하게 굴 줄은 미처 예상 못 했던 모양이다. 앞선 제2시합을 보고, 내가 분위기에 휩쓸리기 쉬운 상대라고 생각했던 건지도 모른다.

나와 페르시오나 씨 사이에 침묵이 흐른다.

그때 프랑르르가 아쉬움 가득한 표정으로 끼어든다.

"그렇게까지 말씀하시니, 강요할 수도 없겠네요……."

그러나 곧 밝은 얼굴로 돌아와서 척 하고 나를 삿대질하며 선언한다.

"——하지만 3대1로 싸웠는데도 얻는 게 아무것도 없다면 그건 너무 안타까운 일이겠죠! 그러니까 만약에 지크 님이 저희들을 이긴다면 화끈하게 후즈야즈의 기사로 서임해

드리겠어요! 후훗, 이건 엄청나게 자랑스러운 일이라고
요!!"

"그건, 이겨도 내가 손해라는 거잖아……? 미안하지만 사
양할게……."

"네엣?! 아, 안 된다고요?!"

"응, 안 돼."

애초에 왜 내가 그 제안을 받아들일 거라고 생각한 걸까.
역시 이 아이는 대하기가 영 껄끄럽다니까.

"그, 그렇지만 이기나 지나 아무것도 없다니 그건 너무 재
미없는걸요!"

껄끄럽긴하지만 프랑류르 **헤르빌샤인**에게는 꼭 부탁하
고 싶은 일이 있다. 나는 고뇌하는 척을 하다가 아침에 생
각해 낸 조건을 꺼냈다.

"하지만 하긴 아무것도 안 걸고 싸우는 건 좀 재미가 없기
는 하지……. 그럼──."

기껏 잡은 주도권을 눈앞의 소녀에게 빼앗기기 전에, 이
야기를 매듭짓기로 한다.

"내가 이기면……, 나중에 내 방으로 와줘. 너와 하고 싶
은 이야기가 있어."

"네? 제가 지크 님의 방에요……?"

라이너의 누나인 그녀에게 간밤에 라이너가 습격해 왔던
일을 이야기해두고 싶다. 그리고 될 수 있으면 두 번 다시
습격하는 일이 없도록 라이너에 대한 억제를 부탁하고 싶

다. 나에 대한 그녀의 호의를 이용하는 것 같아서 양심이 찔리긴 했지만, 그래도 라이너 사건을 신속하게 해결하기 위해서는 꼭 필요한 일이라 생각했다.

"아, 알았어요! 그 제안, 받아들이도록 하죠! 좋아요! 오히려 대환영이에요! 자아, 어서 시합을──!"

그 조건을 이해한 프랑류르는 별안간 흥분하기 시작한다.

"아, 응. 빨리 시작하자."

그녀의 급격한 흥분도 상승에 나는 나도 모르게 움츠려들었지만, 내기의 내용이 정해진 것에 안심한다. 상대가 엉뚱한 조건을 들이대기 전에 싸울 수 있을 것 같다.

"멋대로 진행하지 마, 프랑……."

뒤쪽에서 지켜보고 있던 페르시오나 씨가 한숨을 지으면서 부하의 머리를 가볍게 때린다. 그 일격에 정신을 차린 프랑류르는 머쓱한 얼굴로 라그네 뒤로 도망친다.

페르시오나 씨는 그런 프랑류르를 놓아주고 이쪽에 말을 건다.

"그나저나, 재미있는 제안을 하는군. 그렇다면 아이카와 공. 우리가 이기거든 내 방에 와서 이야기를 들어주겠나?"

"그 정도가 적당하겠죠."

"나쁘지 않은 이야기군. 한 시간쯤 너를 꼬실 수 있는 시간이 주어지는 거라고 이해해도 되는 건가?"

"네. 저도 한 시간 정도 프랑류르 씨를 빌리는 걸로 생각할 테니까요."

"좋아, 그렇게 하자. 1대1 대결에서는 패배했지만 『셀레스티얼 나이츠』의 진가는 다수가 함께할 때 발휘된다는 걸 똑똑히 가르쳐주지."

아마 나는 페르시오나 씨와도 싸운 적이 있었던 모양이다. 과거의 내가 도대체 무슨 짓을 하고 다녔던 건지 진심으로 궁금해졌다.

이렇게 해서 모든 규칙이 정해지고, 사회자가 그 사실을 모두에게 알렸다.

"──이, 이럴 수가, 카나미 선수! 그 유명한 명문 헤르빌샤인 가문의 따님을 방으로 끌어들이려 하고 있습니다. 지난 시합에서 4차원 허당의 칭호를 손에 넣은 카나미 선수였지만, 그때는 아무래도 다른 사정이 있었던 모양입니다! 마음에 둔 여인이 참가한 상황이었다고 생각하면 그런 행동도 충분히 이해가 가죠!!"

규칙 결정을 확인한 사회자는 그 규칙을 경기장 전체에 다시 전달했다.

"그나저나 카나미 선수! 페르시오나 선수의 대시도 받고 있는 것 같습니다! 이것 참, 카나미 선수는 인기 폭발이군요! 그럼 이긴 쪽이 진 쪽을 방으로 보쌈해 간다는 조건 하에 스탠더드 룰인 '무기 떨어뜨리기'로 시합을 시작하겠습니다!"

보, 보쌈하다니……

사회자의 표현 선택에서 악의가 느껴졌다. 직업상 분위기를 띄우는 게 임무라는 건 이해하지만 그래도 좀 자중해줬으면 좋겠다.

봐라, 그 완고해 보이는 페르시오나 씨가 얼굴이 빨개져서 화내고 있지 않은가…….

그 후, 우리는 '무기 떨어뜨리기'의 조건에 해당하는 무기를 사회자에게 전달했다. 각자가 애용하는 검을 쥐고 있는 상태였기에 모든 건 금방 정해졌다. 그리고 나는 꼼꼼하게 상대의 무기를 '주시'한다.

[장식용 보석검]
공격력1

놀랍게도 라그네의 검은 장식용 소품이었다.

하지만 페르시오나 씨와 프랑류르의 검은 두말할 나위 없는 명검이다. 내가 가진 최고의 검인 『크레센트 펙트라즐리의 직검』에도 필적할 정도다.

그리고 그 명검들보다도 더 심상치 않은 힘을 휘감고 있는 무기도 있었다. 그것은——

[흑갑(黑甲) 앨펜리트]
방어력 6 마력 방어 7
장착자의 속도에 －10%의 보정이 걸림

페르시오나 씨의 갑옷이다. 틀림없이 이 세계 최고 레벨의 갑옷이리라. 일반적인 검으로 싸우면 그녀에게 전혀 대미지를 줄 수 없을지도 모른다.

그밖에 세세한 무기와 방어구들까지 일일이 언급하자면 끝도 없었다. 세 사람 모두 옷 속에 대량의 마법도구를 장착하고 있었다. 아마도, 내 첫 전투의 정보를 바탕으로 대책을 강구해서 온 것이리라.

앞으로 상대하게 될 상대들은 모두 마법도구를 사용해서 싸울 거라고 생각해두는 게 좋을 것 같다.

그렇게 '주시'해가면서 전술을 재검토해가고 있다 보니 중간에 라그네와 눈이 마주쳤다.

"오, 오빠――, 기껏 내가 충고까지 해줬는데……."

라그네는 자신의 노력이 물거품이 된 것을 한탄하고 있었다.

내가 주도적으로 결정한 것이긴 하지만, 결국 내기가 이루어지게 된 것을 사과한다.

"으, 으음……. 정말 미안. 사정이 좀 달라져서 말이야. 뭐, 걱정 마. 충고해준 대로 최선을 다해서 싸울 테니까. 그러니까――."

어제와 달리 이번 시합에서는 절대로 방심하지 않는다.

져서는 안 될 이유가 있다. 아이카와 카나미가 가진 모든 것을 다 걸어서 승리할 작정이다.

"――나는 절대로 안 질 거야."

그렇기에 장담한다.

물론 절대로 지지 않는 싸움이라는 건 존재하지 않는다는 점은 나도 알고 있다. 그래도 나는 절대로 지지 않겠다고 다짐했다.

그런 내 결연한 의지를 느꼈는지 라그네는 마지못해 고개를 끄덕이고 물러갔다.

그것을 끝으로 시합 전의 대화가 끝나고 나와 『셀레스티얼 나이츠』 팀은 거리를 벌린 후,

"그럼, 『첫 번째 달 연합국 종합기사단종 무도회』 북부 에어리어 제3시합, 시작합니다!"

3회전이 시작된다.

"──마법 〈디 윈터〉!!"

시합 개시와 동시에 나는 마법을 구축하면서 한층 더 거리를 벌렸다.

개시와 동시에 순식간에 승부를 판가를 지을 자신도 충분히 있었다. 하지만 이 시합은 만전을 기해서 신중하게 싸울 계획이다.

라그네는 전에 나와 싸웠던 경험이 있다고 했다. 그렇다면 기습은 통하지 않을 가능성이 높았다. 일단 정보 수집을 선택하는 게 안전할 것이다.

멀찍이서 『셀레스티얼 나이츠』 팀의 모습을 살펴본다.

그녀들 역시, 나와 마찬가지로 보조마법을 걸고 있었다.

스테이터스를 다시 '주시'해서 그녀들의 '상태' 변화를 확인한다.

[스테이터스]

　　상태 : 신체강화 0.70

　전원에게 같은 강화마법이 걸린다. 그 마법은 페르시오나 퀘이거에 의한 〈그로우스〉. 내부에 침투하는 타입의 마법이라서 방해는 불가능했다.

　수치를 확인해서 그녀들의 신체능력 상승 정도를 꼼꼼하게 파악해나갔다.

　싸우기 전에 상대의 역량을 추측할 수 있는 건 큰 어드밴티지다. 내 세계의 게임에서도 보스의 HP나 공격력을 아는 상태와 모르는 상태에서의 난이도 차이는 확연하다.

　내 무기는 검과 마법뿐만이 아니다. '주시'에 의한 정보수집능력, '소지품'을 활용한 대처 능력. 팰린크론도 놀랄 정도의 사고 속도와 분석능력에, 로웬에게 초인적이라는 평가를 받은 관찰력과 이해력. 그것들 모두가 나의 무기인 것이다. 그런 무기를 사용하지 않을 이유가 없다.

　"──〈그로우스〉. 이제 다 걸었군. 그럼 미리 계획한 포메이션으로 공격한다."

　세 사람은 페르시오나 씨를 중심으로 진형을 짜기 시작한다.

　"알았어요."

　"알았습다."

　페르시오나 씨가 가장 앞으로 나서고, 그 대각선 뒤쪽에 나머지 두 명이 선다.

그리고 세 사람은 보조를 맞추어서 동시에 내달린다.

그 모든 움직임을 관찰하고, 분석하고, 기억해 나간다. 세 사람의 근육 이완과 수축, 중심 이동 안구의 움직임, 내뱉은 말, 세세한 표정 변화, 체온, 심장 박동── 그녀들에게서 나오는 신호들이라면 아무리 사소한 것이라 해도 모조리 수집, 기억해나간다.

로웬의 기술을 따라했을 때와 같은 요령이다. 단, 이번에는 따라하는 게 목적이 아니다. 공격하는 데에 집중한다.

나는 이쪽으로 달려드는 세 사람을 향해 검을 거두고 받아친다.

"──〈레이스 와인드〉!"

먼저, 프랑류르가 바람 마법을 내쏜다. 회오리와 유사한 진공마법이다.

일반적으로는 육안으로 볼 수 없는 마법이지만, 내 차원 마법이 있으면 정확하게 포착할 수 있다.

나는 여유롭게 바람 칼날을 회피한다. 뒤이어 그 마법의 뒤에 숨듯이 돌진해 온 라그네의 추가 공격── 스킬『마력 물질화』을 이용해 만든 마력의 검도 피해낸다.

로웬이 그 스킬을 쓰는 모습을 한 번 본 적이 있었던 덕분에 여유를 갖고 피할 수 있었다. 역시 상대의 스킬을 사전에 알고 있다는 건 강력한 능력이다.

그리고 마지막에 기다리고 있던 것은 페르시오나 씨의 검은 대검. 그녀는 근력에 특화된 스테이터스의 소유자다. 그 일격을 정통으로 얻어맞으면 나라도 무사할 수 없다.

나는 턱을 뒤로 빼고 몸을 젖혀서, 측면으로부터 날아든 검은 대검을 피했다.

"——후우."

나는 숨을 토하면서 후방으로 도망쳤다.

멋진 3연타였다. 철저한 훈련의 흔적이 느껴지는 그야말로 찰떡같은 호흡이다.

무엇보다 그 3연타가 끝난 후의 추가 공격이 빨랐다.

눈앞의 세 사람은 후퇴한 나에게 또 다시 3연타를 날렸다. 이번에는 라그네의 마력 검이 선봉이었다. 그녀가 나의 움직임을 제한시키고 거기에 페르시오나 씨의 묵직한 일격이 더해진다. 측면으로 휘두른 그 대검은 이번에는 내 다리를 노리고 있었다. 그러나 맞히고자 하는 의도는 찾아볼 수 없는 공격이다. 아마 그 공격을 이용해서 내가 공중으로 도약하도록 만들고 그 틈에 프랑류르가 마법으로 나를 직격할 예정이리라.

나는 크게 도약하지 않고 세 번째 공격인 마법을 말끔하게 회피했다.

〈디멘션〉을 통해 얻은 정보를 꼼꼼히 검토해서, 최선의 선택을 반복함으로써 연속으로 회피를 성공했다. 그리고 그녀들의 공격을 받다 보니, 수면부족 때문에 침침해져 있던 사고력이 점점 맑아져가는 것이 느껴졌다.

피로가 절정을 넘어서서, 이제 오히려 후련한 기분까지 들 정도다.

밤샘 후의 묘한 흥분 상태와 비슷하다. 싸움을 읽는 능력이 한없이 냉철해져간다.

적의 공격을 회피하는 동안, 관찰하는 동안에 나의 분석 능력이 싸움의 승률을 끌어올려 가는 걸 알 수 있었다. 시간을 들이면 들일수록 적의 움직임이 점점 더 정확하게 예측되어 가는 것 같은 느낌이 들었다.

회피를 거듭하며, 시간을 들여서 확률을 100퍼센트에 가깝게 만들어 가는 과정을 끈기 있게 진행했다.

세 사람의 연계공격은 정말로 근사했다. 훗날을 위해서라도 계속 지켜보고 싶은 충동에 휩싸일 정도였다.

하지만 그럴 수는 없는 노릇이다.

최선을 다하겠다고 선언한 상황이기도 했고, 시간을 들이면 안 된다는 라스티아라의 신신당부도 들은 상태였다.

──적 세 사람에 대한 분석을 마치고, 100퍼센트의 승률을 확인하고, 드디어 나의 반격 시간이 찾아온다.

"외통수로 밀어붙여 주지."

나는 승리선언을 뇌까리고, 방어 일변도에서 방향을 전환, 한 발짝 앞으로 나선다.

당연히 눈앞의 세 사람은 서로 눈도 마주치지 않은 채, 한 발짝 다가온 나를 향해 새로운 연계공격을 퍼붓는다. 거기에는 한 치의 망설임도 어긋남도 없었다.

『셀레스티얼 나이츠』팀 최대의 강점, 그것은 고도의 훈련에 의해 구축된 팀플레이일 것이다. 뒤집어 말하자면 그 점만 무너뜨리면 확실하게 이길 수 있다.

"——마법 〈디 윈터〉."

MP를 아낌없이 사용해서 마법의 거울을 전개시켰다.

〈디 윈터〉의 공간파악능력은 한계치까지 줄이고, 공간을 얼리는 일에만 특화시킨다. 그리고 그 냉기를 프랑류르에게만 집중시켜나간다.

움직임을 방해할 수 있을 정도의 냉기는 아닐 것이다. 하지만 위화감은 느껴질 터였다.

예를 들어 검을 뽑는 동작이라면 평소에 애용하던 검이 아닌 새 검을 만지고 있는 것 같은 착각에 휩싸일 만큼의 위화감. 그 위화감은 검술을 열심히 훈련한 사람일수록 더 크게 느껴지게 되어 있다.

결과적으로 세 사람의 연계가 미세하게 무너진다.

프랑류르의 움직임이 살짝 리듬을 놓친 것뿐이었지만, 지금까지의 연계가 워낙 완벽했었기에 그것이 유난히 눈에 띄었다.

"어이, 프랑!"

"죄, 죄송해요, 총장님, 어쩐지 좀 추워서——!"

당연히 주위에서 프랑류르를 지원하려 했다.

페르시오나 씨는 프랑류르의 상태를 파악하고 살짝 뒤쳐진 그녀의 움직임에 맞추어 위치를 바꾸었다. 라그네도 공격의 템포를 약간 늦춰서 동료들의 움직임에 맞췄다.

그것은 팀플레이로서 이상적인 대응책이었다.

하지만 애석하게도 내 마법과의 상성이 절망적으로 나쁘다.

두 사람이 프랑류르의 움직임에 맞추어서 속도를 늦춘 것을 확인하고, 그녀에게 걸어두었던, 〈디 윈터〉에 의한 간섭을 모조리 중단한다.

그러자 워낙 찰떡같은 호흡을 자랑하던 그들이었기에 이번에는 프랑류르가 돌출되고 만다.

나는 그 틈을 노린다.

당연히 다른 두 사람이 앞으로 나서서 구해주려 한다.

하지만 이번에는 라그네만이 뒤처지고 말았다.

그건 당연한 일이었다. 이번에는 그녀에게만 〈디 윈터〉의 냉기를 집중시켰기 때문이다.

"라그네!"

"이번에는 이쪽인 모양입다!"

라그네는 그렇게 소리치면서도 늦어진 속도를 차분하게 회복하려 했다.

그녀들의 깔끔한 포메이션이 무너져간다.

자연스럽게 나는 뒤이어 프랑류르와 페르시오나 씨의 리듬을 한참 늦추고 교묘하게 라그네만 돌출시켰다. 가장 먼저 처리해야 할 것은 끝없는 저력을 지닌 라그네였기 때문이다.

"——켁."

혼자서 내 곁으로 뛰어드는 신세가 된 라그네는 여자아이 답지 못한 소리를 토해냈다. 그 순간 혼신의 힘을 담은 일 격을 날려서 『마력물질화』를 통해 만든 검을 아래에서 위로 쳐 올렸다. 뒤이어서 로웬에게서 배운 무기 쳐내기 기술로 라그네의 장식용 검을 후려쳐서 떨어뜨리게 만들었다.

——라그네는 이것으로 탈락.

"칫——!"

"아아, 라그네 씨가!"

아군이 당하는 것을 본 나머지 두 사람이 좌우에서 검을 휘두르며 달려든다. 그것을 본 나는 땅바닥에 떨어진 라그 네의 검을 주워들고 쌍검으로 두 사람의 검을 막아냈다.

한쪽에는 있는 힘껏 마력을 불어넣고, 나머지 한쪽에는 있는 힘껏 근력을 불어넣는다.

〈디 윈터〉의 냉기를 페르시오나 씨에게 퍼부어서 움직임 을 둔화시키고, 프랑류르 쪽은 완력으로 밀어붙여서 멀리 날려버렸다.

중장비를 착용한 페르시오나를 내버려두고 나는 멀리 나 가떨어진 프랑류르를 향해 곧바로 내달린다. 페르시오나 씨를 놔두고 먼저 그녀를 끝장 낼 생각이었다.

나는 자세가 무너진 채로 멀리 나가떨어져 있던 프랑류르 에게 육박해서 맨손으로 검을 빼앗으려 했다. 그러나 그녀 의 손목을 붙든 순간, 마치 무언가에 끌려들어가는 듯이 내 몸의 균형이 무너졌다.

최소한의 〈디멘션〉으로 그 모든 움직임을 포착하고 있었다. 프랑류르는 자세를 낮추고 손의 힘을 빼고 주저앉음으로써 내 힘을 이용해서 내 몸의 균형을 무너뜨리려 시도한 것이었다. 프랑류르는 마법사 쪽에 치우친 기사라고만 생각했었는데, 역시 기사라는 이름에 부합하는 최소한의 육탄전 실력 정도는 갖고 있는 모양이다.

이 힘의 흐름에 따라서만 움직이면 다음 순간에는 업어치기에 당해서 내팽개쳐지고 말 것이다. 나는 재빨리 〈디멘션·글래디에이트〉를 이용해서 그 힘의 흐름을 분석한다. 그러고는 내팽개쳐지는 기세에 거스르는 대신 그 힘의 흐름을 타고 공중에서 1회전해서 지면에 착지한다.

"어? 이, 이럴 수가?!"

프랑류르는 내가 기묘한 움직임으로 업어치기를 회피한 것을 보고 놀란다.

그 빈틈을 찔러서 나는 왼손의 힘만 갖고 그녀를 상공으로 내던졌다. 이건 무술 따위와는 전혀 무관한, 오로지 스테이터스의 '힘'에만 의존한 폭력이다.

"어, 어어어어어──?!"

경악에 찬 목소리와 함께 프랑류르는 공중으로 나가떨어진다.

힘에만 의존한 우격다짐 업어치기였지만, 상당히 유효했던 모양이다. 내가 프랑류르의 손목을 힘껏 움켜쥐었기 때문에, 그녀는 그 고통을 이기지 못하고 검을 손에서 놓고 말았다.

이번에는 원래 단순히 적의 분산을 노린 작전이었었는데, 결과적으로는 프랑류르도 탈락시키는 데 성공했다.

프랑류르는 내던진 나 스스로도 놀랄 만큼 하늘 높이 나가떨어졌다. 그 모습을 확인하고 배후에서 달려드는 마지막 기사, 페르시오나 씨를 요격한다.

이제 완전한 1대1 상태다. 이쯤 되면 잔꾀를 부릴 필요도 없을 것이다.

정면으로 달려드는 페르시오나 씨 역시 그런 내 기개를 이해하고 있는 모양이다.

짐승과도 같은 포효와 함께 검을 휘두르며 덤벼들었다.

"──〈디멘션 · 글래디에이트〉!"

검은 대검과 나의 검이 충돌한다.

물론 뒤로 나가떨어지는 건 나쁘다.

지금의 내 힘으로는 11.00이나 되는 그녀의 '근력'에 대항하면 큰 빈틈이 생겨나기에 불가능하다.

자세가 무너진 나를 향해 두 번째 공격이 날아든다.

1대1이라면 어떻게 피하든 문제 될 것 없다. 몸을 한계까지 틀어서 두 번째 공격을 피한다.

그리고 그렇게 몸을 트는 기세를 이용해서 밑에서 위로 검을 휘두른다.

검은 갑옷의 복부에 적중해서 둔탁한 금속음이 울려 퍼졌다. 그녀의 몸이 충격 때문에 밀려나긴 했지만 갑옷 자체는 멀쩡하다. 역시, 이 갑옷을 파괴하는 건 쉽지 않을 것 같다.

나는 곧바로 갑옷 그 자체가 아닌, 갑옷 틈새를 겨냥하기로 방침을 변경한다. 공격해 오는 페르시오나 씨의 검을 종이 한 장 차이로 회피하면서 틈새에 검을 찌른다.

"큭──!"

페르시오나 씨는 신음한다. 하지만 그래도 나는 손을 멈추지 않는다.

손을 보호하는 글러브 같은 장비의 틈새, 건틀릿과 갑옷의 틈새, 어깨 관절 부위의 틈새──검을 들고 있는 오른손을 집요하게 공략한다.

그리고 마무리를 짓기 위해, 페르시오나 씨가 크게 검을 휘두르는 동작에 맞추어서 그 검을 후려쳤다. 칼질을 당한 오른손으로는 대검을 지탱할 수 없었기에 그녀는 대검을 놓치고 말았다.

"……큭. 역시, 1대1로는 당해낼 수가 없군."

검을 놓치고 만 페르시오나 씨는 씁쓸한 얼굴로 뇌까리더니 바닥에 무릎을 꿇었다.

마지막으로 나는 의식을 공중으로 향한다. 시간상으로 몇 초가량 체공해 있던 프랑류르가 떨어져 내리는 모습이 보였다.

"프랑류르!"

목청을 높여서 그 이름을 부른다.

살짝 눈물이 맺힌 프랑류르의 눈과 눈이 마주친다.

나는 검을 땅바닥에 꽂고, 내가 받아 주겠다는 의향을 전한다. 그녀도 고개를 끄덕여서 응답해주었다.

〈디멘션〉을 이용해서 착지 지점을 파악하고, 나는 전력 질주로 달려가서── 떨어지는 프랑류르를 양손으로 살포시 받아낸 후, 공주님 안기 자세 그대로 한 바퀴를 빙글 돌아 달려오던 기세를 상쇄시켰다.

"후우."

안도의 한숨을 내쉬는 동시에 품속의 프랑류르와 눈이 마주쳤다.

최대한 부드럽게 받아내기 위해서 애쓰긴 했지만, 어딘가 다친 곳이 있는지도 모른다. 프랑류르는 촉촉하게 젖은 눈으로 줄곧 이쪽을 응시하고 있었다.

"저기, 괜찮아⋯⋯?"

일단, 확인부터 한다.

"지, 지크 니임⋯⋯──아얏!"

느닷없이 끌어안으려고 드는 바람에 반사적으로 손을 놓고 말았다.

"미안, 나도 모르게⋯⋯.

프랑류르에 대한 경계의식 때문에 몸이 제멋대로 움직였다. 나는 엉덩방아를 찧고 아파하는 그녀에게 손을 내민다.

"⋯⋯아, 아뇨, 괜찮아요. 그냥 그대로 땅바닥에 떨어지는 것보다는 나은걸요."

프랑류르를 일으키고 나서, 나는 주위를 확인한다.

마침, 상황 확인을 마친 사회자가 선언하고 있는 중이었다.

"——스, 승부 결정! 너무 빨라서 무기를 떨어뜨린 순서를 제대로 볼 수가 없었습니다만, 엄정한 심사 결과, 마지막으로 무기를 떨어뜨린 건 카나미 선수라는 것이 판명되었습니다! 게다가 카나미 선수가 무기를 떨어뜨린 건 공중에서 떨어지는 헤르빌샤인 양을 받기 위해서였던 모양입니다! 그 신사적인 태도에 경기장의 여성들이 감격하고 있습니다!"

이번에도 악의가 느껴지는 중계 멘트였다.

받아들고 나서 곧바로 프랑류르를 난폭하게 떨어뜨렸던 걸 없었던 일로 만들 꿍꿍이다. 그래야 분위기가 더 달아오를 거라고 생각한 것이리라.

"의문의 여지가 없습니다! 아이카와 카나미 선수, 승리조건을 충족시켰습니다! 4회전 진출!"

그리고 시합이 끝난다.

떨어진 무기를 칼집에 집어넣은 라그네와 페르시오나 씨가 온화한 표정으로 나에게 악수를 요청해 왔다.

"이것 참, 완벽하게 졌습다. 삼세판이고 뭐고 없네요, 젠장——."

입으로는 볼멘소리를 하고 있지만 표정은 그렇게 억울해 보이지는 않았다.

"아니, 라그네, 전혀 최선을 다하지 않았던 것 같은데……."

나에게는 최선을 다하라고 말해놓고, 정작 라그네 본인은 틀림없이 최선을 다하지 않았다.

나는 개인적으로 그녀를 높이 평가하고 있다. 당장 상대해야 할 강적인 로웬과 유사한 점이 느껴지기 때문이라는 이유도 있지만, 그 고고한 태도에서 끝없는 저력이 느껴진다. 말로는 표현하기 힘들지만 '수치에서는 나타나지 않는 힘' 같은 게 느껴지는 것이다.

라그네는 그런 내 추궁을 웃으며 얼버무렸고 페르시오나 씨는 나의 실력을 칭찬해주었다.

"훌륭했어, 아이카와 공. 설마 이런 조건 하에서 정면대결로 깨질 줄이야……."

"아뇨, 여러분도 훌륭한 연계였어요. 그 연계를 무너뜨리느라 엄청 고생했어요."

우리는 손을 마주 잡고 서로에 대한 칭찬을 주고받았다. 페르시오나 씨의 그 성실한 태도를 보니 마음이 편안해졌다. 이상한 집착만 없다면 그녀와는 사이좋게 지낼 수 있을 것 같다.

"그랬군……. 그럼 약속대로 우리 프랑류르를 데려가도록. 승자에 대한 보상이니까……."

"네. 그럼 약속했던 대로, 대화를——."

그러나 애석하게도 페르시오나 씨에 대한 내 호감은 여기까지였다.

"그리고 프랑류르를 데려가서 거기서 고백을 하든 뭘 하든 마음대로 하도록. 혼인을 신청하더라도 상관없으니 사양할 것 없어. 후즈야즈가 전면적으로 지원해 주지. 라우라비아에서 무슨 소리를 하건 우리는 너를 『셀레스티얼 나이츠』로 받아들일 준비가 돼 있으니까!"

"자, 잠깐만요, 그런 말 좀 하지 마세요! 제발!!"

페르시오나 씨는 사회자가 들고 있는 마이크에 포착될 만큼의 절묘한 성량으로 터무니없는 소리를 꺼냈다. 아니나 다를까 그 말을 들은 사회자는 흥분해서 소리친다.

"──역시나, 방에 데려가서 고백하려는 생각이었던 것인가, 카나미 선수! 게다가 놀랍게도 국가의 승인까지 떨어졌습니다! 역시 라우라비아의 영웅님은 뭐가 달라도 다릅니다!"

이쯤 되니 최대의 적은 이 사회자가 아닐까 하는 생각까지 들기 시작했다.

"그나저나 이렇게 큰 무대에서 승리한 카나미 선수는 누구도 막을 수 없겠죠! 이렇게 재미있는 출전자에게 여자친구가 생기는 건 안타깝습니다만 박수와 함께 보내드립시다! 잘 가시라, 카나미 군, 프랑류르 양! 좋은 시간 보내시길!"

이 사회자 고작 두 시합만 중계해 놓고 뭘 그렇게 친한 척을……. 게다가 나에 대해서만…….

"하아……."

나는 한숨을 지으며 이 참상을 한탄한다.

그런 내 곁에서 페르시오나 씨도 한숨을 짓고 있었다.

"하아, 라그네……. 이 정도면 나도 할 수 있는 일은 다한 거겠지……?"

이제야 귀찮은 일거리가 끝났다는 듯이 볼멘소리까지 늘어놓기 시작했다.

"네, 괜찮을 거라고 생각한다. 어설프지만 할 수 있는 일은 다한 것처럼 보였슴다."

"애초에 이런 임무는 나에게는 무리였어……. 이런 건 항상 팰린크론과 홉스에게만 맡겨 오다가, 이제 와서 하려니 도저히 못해 먹겠군. 그러니까 나는 이만 후즈야즈로 돌아가서 기사 훈련으로 들어가겠다. 뒷일은 네게 맡기마……."

"알겠슴다."

페르시오나 씨는 한 발 앞서 투기장을 떠나고 라그네가 프랑류르의 손을 잡아끌면서 내게 말을 건다.

"그럼, 이만 가죠, 카나미 오빠."

"어, 라그네 씨도 따라오시는 건가요……? 어, 어라……?"

그 후, 신이 나서 바람을 넣는 사회자를 뒤로한 채, 나는 프랑류르와 라그네를 데리고 투기장을 나섰다. 등 뒤에서 관객들의 터무니없는 이야기소리가 들려왔지만 그것들을 모조리 무시하고 내 방으로 향했다.

◆ ◆ ◆ ◆ ◆

3회전을 마치고 이동하다 보니 싸우느라 높아져 있던 집중력이 풀어졌다.

동시에 지금까지 뒤에 숨어있던 이상 증상들이 돌아왔다. 강한 구토감과 졸음이 몰려오고, 현기증 때문에 다리가 후들거린다.

배가 고파서 견딜 수가 없다…….

목도 마르다……. 빨리 물을 마시고 싶다…….

위액이 목구멍에 달라붙어서 속이 뒤집힐 것 같다. 혀 안쪽에서 악취가 느껴진다. 콧구멍 속 깊은 곳이 따끔따끔 아프다.

인생 최악의 기분이다. 아니, 지금은 과거의 기억을 잃은 상태이니 최악이라고 단정 짓는 건 틀린 건지도 모르지만……. 그래도 이렇게나 괴로운 것이다. 이 이상의 고통이 존재한다는 건 상상도 할 수 없다.

입을 틀어막은 채 비틀비틀 걷는다.

옆에서 걷고 있던 프랑류르가 그런 나를 보고 커다란 목소리로 소리쳤다.

"가, 갑자기 왜 그러세요, 지크 님?!"

"괜찮아……. 그냥 좀 피곤해서 그래……."

다가오려는 프랑류르를 손으로 제지했다.

그리고 말없이 걸음을 내딛었다.

내 심상치 않은 분위기를 알아챘는지, 아무도 내게 말을 걸려 하지 않았다.

우리는 그렇게 묵묵히 걸어가서 북부 에어리어의 고급 숙박선에 다다른다. 프랑류르와의 대화는 경기가 끝나자마자 『무투대회』측이 마련해 준 방에서 나눌 생각이다.

뒤에서 프랑류르가 안절부절못하는 기색이 느껴졌기에 최대한 빨리 이야기를 매듭짓기로 한다.

주최측이 마련해 준 방의 문을 연다.

"어서 와, 카나미."

그 방 안에는 먼저 온 손님이 있었다.

디아가 소파에 앉아서 나의 귀환을 환영해 주었다. 여기서 프랑류르와 이야기를 할 예정이라고 아침에 미리 이야기를 해두었었기에, 걱정돼서 여기까지 와준 모양이다.

그나저나 정말이지 일찍도 왔군.

프랑류르를 비롯한 『셀레스티얼 나이츠』와의 싸움은 그리 오랜 시간이 걸리지는 않았다. 싸우기 전에 좀 길게 이야기를 한 게 전부다. 라스티아라 팀은 그런 나보다도 더 빨리 시합을 마친 모양이다.

"디아 양……? 라스티아라는……?"

"라스티아라는 세라와 같이 산책하러 나갔어. 이야기하는 동안에 주위를 경계하겠다면서."

"그랬군……."

라스티아라는 주위 경계 임무를 맡아 주기로 한 모양이다.

덕분에 나는 프랑류르와의 대화에 집중할 수 있다.

"카나미 님과 저 단둘이서만 대화하는 게 아니었나 보네요……."

프랑류르는 동석자가 있다는 것에 낙담한 기색이었다.

어째선지 그런 그녀의 낙담에 대해 디아가 반응한다.

"당연한 일인데 뭘 실망하는 거냐, 금발."

"그나저나, 디아. 왜 당신이 지크 님의 방에 있는 건가요? 설마 같이 숙박을——?!"

"후훗. 나와 카나미는 동료이면서 운명공동체니까. 당연히 항상 함께해야지."

"그, 그럴 수가……! 그렇지만…… 어째선지 디아라면 용납할 수 있을 것 같아요. 뭐랄까, 손 많이 가는 남동생처럼 느껴지니까요. 절대로 연애로 발전하지 않는 타입이죠."

"뭐, 뭐가 어째……?! 그건 내 신장을 무시하는 거냐……?"

그냥 두면 이 즐거운 대화가 주구장창 이어질 것 같아서, 내가 끼어든다.

"잠깐만. 먼저 내 이야기를 좀 들어 줘……. 아주 중요한 이야기야."

최대한 빨리 이야기를 매듭짓고 싶었다. 두통 때문인지 그런 열망이 유독 더 강렬했다.

게다가 이 대화의 자리에는 시간제한이 있었다. 프랑류르는 내가 부탁만 하면 며칠이든 눌러앉아 있겠지만, 시합의 조건을 정할 때, 대화 시간을 약 1시간 정도로 정했었다.

"그래…… 미안. 카나미도 금발도 여기 앉아서 찬찬히 이야기하도록 해."

디아는 흥분을 가라앉히고, 우리를 자리로 안내한다. 그 기특한 태도를 보고 프랑류르는 디아를 겨누고 있던 분노의 칼끝을 거둔다.

"아, 카나미는 이쪽으로 와. 회복시켜줄 테니까."

디아는 자기 옆자리를 탁탁 두드리며, 자기 옆에 앉으라고 재촉한다.

몸에 깃들어있는 마력이 따뜻한 빛으로 변질되어 있다. 보아하니, 회복마법을 걸어줄 생각인 모양이다.

"아니, 됐어. 지금 내 임무는 오히려 피로를 쌓는 거니까."

"어차피 회복마법만 가지고는 피로까지는 회복 안 돼. 외상을 치료하는 것뿐이지. 자, 이리 와."

"아니, 정말 이렇다 할 대미지도 안 입었는데……."

"그래도 최대한 조심해둬야지."

디아는 거부하는 내 손을 붙잡고 억지로 나를 자기 옆자리에 앉혔다. 그러자 그녀의 마력이 흘러 들어오더니 몸에 난 찰과상이 사라져갔다.

그러는 동안 디아는 내 손을 꼭 붙든 채 놓으려 하지 않았다. 시합을 위해 잠깐 떨어져 있었던 것만으로도 정신상태가 다시 원래대로 돌아와 버린 것 같은 느낌이다.

당연하다는 듯이 디아는 회복이 끝난 뒤에도 내 손을 놓으려 들지 않았다. 그냥 그 상태 그대로 이야기하겠다는 생각이 역력하게 엿보인다.

프랑류르와는 테이블을 사이에 두고 마주앉아 있기에 프랑류르는 디아가 내 손을 잡고 있다는 걸 알아채지 못했다.

나는 그만 체념하고, 그냥 이대로 대화에 들어가기로 했다. 이것저것 생각하는 것도 답답하게 느껴졌다.

"그런데 지크 님. 하실 말씀이라는 게 어떤 거죠? 분위기를 보아하니, 제가 기대하는 것과는 다른 것 같은 느낌이 드는데……."

내가 회복을 마친 것을 보고 프랑류르가 이야기를 진행시킨다.

"맞아. 저기, 네 남동생인 라이너 이야긴데……. 혹시, 요즘에 그 애가 뭘 하고 다니는지 알아?"

우선 그의 이름부터 꺼낸다. 그 말을 들은 프랑류르는 고개를 갸웃거린다.

"라이너 말씀인가요? 라이너라면 자원봉사로『무투대회』경비원 일을 하고 있을 거예요. 저희들이『무투대회』에 출전하는 동안 심심하다면서……."

"경비원이라……."

그 연줄을 이용해서 '라인'의 기능을 정지시킨 건지도 모르겠다. 그렇다면 꽤 오래 전부터 습격을 계획하고 있었다는 뜻이 된다.

"프랑류르 씨, 차분하게 들어줘. 실은 어젯밤에 그 애가 내 목숨을 노리고 습격해 왔어."

"네……?"

프랑류르는 내 말을 바로 이해하지 못하는 기색이었다.

"라이너는 내가 뻔뻔하게 살아가는 걸 용서할 수 없다는 모양이야. 그래서 형인 하인을 대신해서 나를 죽이겠다면서 습격해 왔었어."

"네……? 그, 그게 정말인가요……?"

"정말이야. 내 지인도 증언해줄 거야. 틀림없어."

"어쩜 그럴 수가……."

동생이 저지른 악행을 듣고 프랑류르는 부들부들 떨었다. 그 모습으로 보아 그녀는 정말로 라이너에게서 아무런 이야기도 듣지 못한 모양이다.

"그러니까…… 가능하면 프랑류르 씨가 라이너를 좀 말려줬으면 좋겠어."

"그야 물론 그래야죠! 지금 당장이라도 뜯어말리러 가겠어요."

웬만하면 싸울 일 없이 누나의 설득으로 마무리됐으면 좋겠다.

그렇게 염원하면서, 프랑류르에게 부탁했다. 그리고 이야기가 일단락되었을 때 뒤에서 대기하고 있던 라그네가 질문을 던졌다.

"……오빠. 라이너는 정말로 하인 씨의 원수를 갚으려고 한 검까?"

"그래, 본인이 그렇게 이야기했어."

라그네는 냉정하게 라이너의 목적을 확인하려 든다. 그 말을 들은 프랑류르가 목소리를 쥐어짜듯이 말했다.

"하인 오라버니의 원수……? 그렇지만 그건……, 어쩔 수 없는 일이었는걸요."

"라이너는 그렇게 생각하지 않는 것 같았어. 라이너는 나와 팰린크론과 라스티아라, 이 세 사람을 분명하게 적대시하고 있었어."

그러자 라그네가 잠시 생각에 잠겼다가 뇌까린다.

"**그 세 사람을**……? 라이너는 그 날 일에 대해 알고 있는 모양이네요. 어째 좀 이상한데……."

뭔가 마음에 걸리는 점이 있는 모양이다.

그리고는 곧 프랑류르의 손을 잡고 이동하자고 재촉한다.

"프랑, 지금 당장이라도 라이너를 찾아봐야겠습다."

"아, 알았어요. 그렇게 해요. 한시라도 빨리 그 바보를 찾아야 하니……."

가족의 악행을 듣고 두 사람은 부랴부랴 라이너를 찾으러 가려 한다.

그들의 성공률을 조금이라도 더 높여주기 위해 나는 조언을 해 준다.

"아, 서부 에어리어는 내 감지마법으로 감시하고 있으니까, 라이너가 어딘가에 잠복하고 있다면, 아마 그 외의 에어리어에 있을 거야."

"알겠습다. 라이너 일을 가르쳐줘서 고맙습다."

"감사합니다, 지크 님! 이 일에 대해서는 언젠가 꼭 다시 사과를 드리겠습니다!"

그리고 두 사람은 곧바로 거세게 문을 열어젖히고 방을 뛰쳐나갔다.

그 모습을 지켜보니, 일단 한 시름은 던 기분이었다.

라이너 사건이 이 정도로 해결될 것 같지는 않지만, 일단 내가 할 수 있는 일은 다한 것이다.

그리고 그런 그녀들과 엇갈리듯이, 아마 그녀들이 방을 떠나는 걸 밖에서 확인했을 라스티아라와 세라 씨가 방으로 들어온다.

"이야기는 다 끝난 모양이네. 이제 위험이 조금이라도 줄어들면 좋을 텐데……."

라스티아라 이야기를 나누면서 우리는 다 함께 합류하여 이동했다. 무슨 일을 하건 한 층을 통째로 임대한 선박에서 하는 편이 더 편할 게 틀림없기 때문이다.

"그건 운에 달렸겠지. 라이너가 누나의 설득에 넘어가서 의지를 굽힌다는 보장은 없어. 그냥 아무것도 안 하는 것보다는 낫다는 정도로 생각해 두는 게 좋겠지."

"이제 남은 건, 내일 모레까지 디아를 사수하면서 카나미를 약화시키는 건데……. 그러고 보니, 오늘 시합은 어땠어? 잠을 안 잔 게 좀 힘들긴 했어?"

"아니, 막 잠에서 깼을 때는 최악의 컨디션이라고 생각했었는데, 전투 중에는 꼭 그렇지만도 않았었던 것 같아. 싸우는 동안에는 뇌내 마약 같은 게 나오는 건지도 모르겠어."

"응? 뇌내 마약?"

라스티아라는 내 말에 고개를 갸웃거린다.

별생각 없이 쓴 표현이었는데, 이쪽 세계에서는 일반적으로 사용되지 않는 단어인 모양이다.

"으음, 죽기 직전에 집중력을 엄청나게 강화시키거나, 화재가 일어났을 때 초인적인 힘을 발휘하거나 할 수 있게 해주는 물질이야. 밤을 새고 나면 어쩐지 좀 마음이 들뜨거나 하지 않아? 그런 느낌이야."

"아──, 그러고 보니까, 죽기 직전에는 최고로 집중력이 높아지는 것 같기는 해. 응, 알 것 같아, 알 것 같아. 그런 걸 '뇌내 마약'이라고 하는구나. 그것 덕분에 오늘 시합은 식은 죽 먹기였다는 거야?"

"그래, 손쉽게 이겼어. 생각이 맑아져서 그런지, 최소한의 마법만 쓰고도 이길 수 있었어."

"생각이 맑아졌다……. 시합 자체도 일찌감치 끝난 걸 보면 여유가 있었던 건 사실인가 보네. 페르가 있었으니까 조금 더 고전할 줄 알았었는데."

"나도 조금 더 고전할 줄 알았었어."

완승이었다고 해도 과언이 아니다. 다만 끝나고 나서 돌이켜보니 프랑류르를 제외하고는 최선을 다해 싸우지는 않았던 것 같기도 하지만…….

"그럼, 더욱 집요하게 괴롭혀서 카나미를 약화시켜야겠

네——."

라스티아라는 아주 들떠 보이는 얼굴로 말했다. 웃으면서 할 대사는 아닌 것 같은데 말이다.

"저, 저기, 라스티아라……. 또 뭘 하려고……?"

"이상한 짓 안 하니까, 그렇게 겁먹을 것 없어."

"전투 중이 아닐 때는 진짜 힘드니까, 살살 좀 해줬으면 좋겠는데……."

"그냥 카나미가 잠들지 않도록 주구장창 수다나 즐기자는 것뿐이야. 자, 비싼 과자를 잔뜩 사 왔으니까, 다 함께 다과회라도 하자고."

라스티아라는 달콤해 보이는 과자를 한손에 들고 웃었다.

등골에 오한이 인다. 앞으로 시작될 시간이 고문에 가까운 무언가일 것임을 직감한다. 로웬에게서 배운 『감응』의 편린이 그것을 감지했다.

그랬기에 이곳에서 벗어나려는 듯, 몸이 제멋대로 움직인다. 하지만 내 손을 잡고 있는 디아가 그것을 용납하지 않는다. 아까 프랑류르와 대화를 나눌 때부터, 이 손은 잠시도 떨어지려는 기미를 보이지 않았다. 그녀도 이 다과회를 기대하고 있는 듯 미소를 머금고 있었다.

그리고 이윽고 나는 라스티아라 일행의 방에 도착했다.

"자, 즐겁고도 즐거운 시간을 시작해볼까? 어때, 기쁘지 않아, 카나미? 이렇게 귀여운 여자애들과 같이 파자마 파티를 즐길 수 있다니."

"저기……, 혹시 다른 방법은 없는 거야? 몸을 움직이는 편이 체력 소모가 더 심할 것 같은데 말이야."

"아니, 이게 최선의 방법이라고 생각해. 틀림없이. 카나미 얼굴을 보면 알 수 있거든. 후후훗."

라스티아라는 확신에 찬 말투로 말하며 방 안으로 들어가더니, 곧바로 다과회인지 뭔지를 열 공간을 마련해나간다.

나는 별수 없이, 그 지옥으로 발걸음을 들여놓는다.

과장이 아니라 그곳은 말 그대로 미궁보다도 더 고통스러운 지옥이었다.

꾸벅꾸벅 졸기만 하면 세 여자가 강제로 깨워서 시답잖은 이야기를 주구장창 늘어놓는 지옥이다. 졸려서 견딜 수가 없는 지경인데도 한숨도 잘 수 없다── 원래 세계에서 이것과 비슷한 고문 방식이 있다는 이야기를 들은 적이 있다. 이건 그것과 비슷한 고문이라 해도 과언이 아닐 것이다.

번갈아 가면서 내 대화 상대 역할을 수행하는 세 사람.

들이대는 디아에게 시달리고, 놀리는 라스티아라에게 시달리고, 세라 씨의 공세에 시달린다. 게다가 그 대부분이 나는 기억도 못 하는 '지크'에 대한 이야기. 그게 다음 시합 때까지 주구장창 이어지는 것이다.

이렇게 해서 나는 지옥과도 같은 이틀째 밤을 보냈다──.

　——주구장창 여자들의 수다에 시달리다보니 어느덧 심야 시간.

　지금은 라스티아라와 이야기를 나누고 있는 중이다. 참고로 디아는 일찌감치 잠이 들었고, 세라 씨는 잠든 디아가 혼자 있지 않도록 그 곁에 같이 있다.

　"후아——암……. 습격해 오는 사람도 없고 아무 일도 안 일어나네. 좀 따분한걸."

　이야깃거리가 다 떨어졌는지 라스티아라는 하품을 하면서 방의 테이블에 엎드린다.

　"하악……, 하악……!"

　반면 나는 마음이 피폐해져가고 있었다.

　"수, 숨결이 거칠어진 것 같은데, 카나미. 어쩐지 좀 변태 같아."

　"그럼, 잠깐만 나를 혼자 쉬게 해 줘……. 부탁이야……."

　"아니, 그렇다고 여기서 쉬면 지금까지 고생한 게 다 말짱 도루묵이 되니까……. 우리가 확실하게 카나미에게 완봉승을 거두기 위해서는 꼭 필요한 일이다 보니……. 저기, 미안, 카나미."

　내 심상치 않은 상태를 보고 라스티아라의 얼굴이 약간 굳어졌다. 평소의 유쾌한 얼굴이 아니라 정말로 미안해하는 얼굴로 작전 속행을 선언한다.

"그건 이해하지만…… 힘든 건 힘드네……."

"그, 그럼 다른 걸 하면서 긴장을 좀 풀까? 뭘 하면 좋으려나──. 지금은 넷이서 같이 있으니까 기습의 염려도 없을 것 같고, 감지마법의 범위를 좀 넓혀볼까? 근처에서 기습을 준비하고 있는 누군가를 발견할 수 있을지도 모르잖아."

"그래……. 그리고 스노우가 좀 걱정이야. 그 녀석 밥은 제대로 먹고 있을지……."

스노우는 때에 따라서 굶주림보다 귀찮음을 우선시하는 녀석이다.

배고파서 쓰러지지나 않았으면 좋으련만……. 아니, 내 입장에서는 쓰러져 주는 편이 오히려 더 나은 건가……?

"흐응. 이런 상태가 된 마당에도 스노우가 걱정되나 보네?"

"그래 봬도, 지금까지 계속 파트너로 지내 왔으니까. 그러고 보니 로웬 쪽도 좀 신경이 쓰이네. 하지만 남부 에어리어에까지 전개시키는 건 지금 내 체력으로는 좀 버겁겠는데. 그럼 일단, ──마법 〈디멘션 · 멀티플〉."

요 몇 시간 동안에 자연 회복된 MP를 모조리 쏟아 부어서 마법의 감각을 확장시켰다.

그리고 우선 서부 에어리어에 있을 스노우를 찾으려 하다가── 곧바로 뜻밖의 인물을 발견한다.

근처 배 갑판 위에서 이야기를 나누는 낯익은 얼굴 두 개.

스노우와 리퍼가 이렇게 가까이서 이야기를 나누고 있었던 것이다.

　무슨 이야기를 하고 있는 건지 궁금해져서 그쪽에 마력을 집중시켰다가, 리퍼에게 들킨다. 리퍼는 고양이처럼 등을 부르르 떨고는 주위를 두리번거린다.

　같은 속성을 가진 마법사인 데다 '연결고리'까지 있는 덕분에 리퍼는 내 〈디멘션〉을 민감하게 감지해낸 모양이다.

　내가 〈디멘션〉으로 보고 있다는 걸 알아챈 리퍼는 아무것도 없는 곳을 향해 손짓을 하며 "여기로 와"라고 말했다.

　"라스티아라, 바로 근처에 스노우와 내 지인이 있어."

　"어, 스노우가?"

　"그리고 내 지인이, 자기들이 있는 곳으로 오라고 손짓하고 있어."

　"뭐어어어……? 가, 가면 안 되는 거 아냐……? 함정일 것 같지는 않지만, 지금의 스노우에게 접근하는 건 위험하지 않겠어……?"

　나와 라스티아라는 서로를 마주본다.

　어떻게 해야 할지 고민하고 있으려니 방에 있는 마석 하나가 진동했다.

　『──경계할 필요 없어. 나는 바로 여기서 떠날 테니까.』

　스노우의 목소리다.

　이쪽의 목소리를 포착한 것이리라. 우리의 불안감에 대해 군더더기 없는 표현으로 대답한다.

『리퍼가 카나미의 위치를 알고 싶어 하기에 가르쳐준 거
야. 내가 관심 있는 건 내일 시합뿐이야……』

"……알았어. 그럼 그 말을 믿을게, 스노우."

여기서 괜히 상황을 험악하게 만들고 싶은 생각은 없다. 본
인이 이 자리를 떠난다고 말한 이상, 순순히 수긍하기로 한
다. 그런 내 대답을 들은 스노우의 표정은 고통스러워 보였
다. 그 모습은 궁지에 내몰린 어린아이처럼 보이기도 했다.

가슴이 저릿저릿 아파온다.

스노우가 터무니없는 소리를 하고 있다는 건 안다. 그 소
망은 절대로 받아들여줄 수 없다. 하지만 길드의 일을 함께
해결해 온 파트너로서 그녀가 고통스러워하는 모습은 될 수
있으면 보고 싶지 않았다.

『카나미, 저기, 그게──』

스노우는 뭔가를 말하려는 듯 우물우물 입을 움직였다.
이야기는 하고 싶지만 이야기할 계기를 찾지 못하고 있는
것 같은 느낌이었다. 정신없이 표정을 변화시키다가, 그런
끝에──

『그, 그럼 또 보자……. 카나미…….』

작별을 고하고 떠나가려 했다.

어제 그렇게 나를 몰아세웠는데 이제 와서 새삼 말을 걸려
니 쑥스러웠던 건지도 모른다. 그러나 내 소리를 포착하는
건 절대로 중지하지 않을 것이다. 스노우는 그런 녀석이다.

그런 스노우의 뒷모습을 주의 깊게 지켜보고 있다 보니

방 안에 검은 마력이 모여들고, 그 안에서 리퍼가 나타났다.

"얏호, 오빠."

"……왔구나, 리퍼."

리퍼는 평소와 다름없어 보인다. 하지만 남몰래 혼자서 생각에 잠기는 버릇이 있는 녀석이니 방심해서는 안 된다.

"있잖아, 스노우가 너한테 무슨 소리라도 한 거야……?"

"응, 조금. 협조해달라는 부탁을 받았어."

"역시 그랬었군."

"그렇지만 나는 누구 편도 아니라고 거절했어."

리퍼는 당연하다는 듯 선언한다.

단, 그 말은 그녀가 내 편도 아니라고 미리 선을 그어두는 것처럼 들리기도 했다.

"그래, 알아……."

나는 조용히 수긍한다.

리퍼가 그녀 스스로에 대한 고민만으로도 벅찬 상태라는 건 알고 있다. 그렇기에 나는 그녀에게 협력을 요청할 생각은 하지 않았다. 그러나 그런 내 각오와는 정반대의 말이 날아온다.

"하지만 오빠들은 지금 로웬의 기습을 경계하고 있는 거 맞지? 그 점에 대해서만은 협조해줄게. 그러려고 이 큰 배로 온 거야."

"괜찮겠어? 리퍼는 지금 그럴 상황이 아니잖아?"

"뭐, 그건 그렇지만 말이야. 그렇지만 여기서 라스티아라 언니 팀이 떨어지면 내가 좀 곤란해지거든⋯⋯."

"라스티아라가 떨어지면 곤란하다고⋯⋯? 아니, 애초에 리퍼는 로웬 팀이잖아? 로웬에게 협조해야 되는 거 아냐?"

"로웬의 팀⋯⋯? 아아, 그랬었던가? 그렇지만 나는 『무투대회』 같은 거랑은 상관없으니까. 오히려, 지금은 로웬을 방해하고 싶은 기분이야. 저런 좀생이 로웬은 보기 싫으니까 말이야."

로웬의 이름을 언급할 때, 리퍼의 얼굴은 정말로 애석한 기운이 역력하게 엿보였다.

간밤에 로웬이 했던 말과 종합해서 생각해보면 두 사람은 가벼운 다툼을 벌이는 중일 가능성이 높다.

"그랬구나. 그런데 라스티아라 팀이 떨어지면 곤란하다는 건 무슨 뜻이지?"

그 이야기도 잘 이해가 가지 않았다.

내가 아는 한 리퍼와 라스티아라 팀 간에는 아무런 접점도 없다.

리퍼는 잠시 침묵했다가, 가벼운 말투로 자신의 사정을 털어놓기 시작한다.

"⋯⋯라스티아라 언니 팀은 마법의 전문가들이니까 말이야──. 장래를 위해서라도 은혜를 베풀어둘 생각이었거든. 도서관에서 공부하거나, 학원에서 수업을 훔쳐듣거나 하는 것도 한계가 있다는 걸 깨달았거든!"

리퍼의 몸은 마법으로 구축되어 있다. 그렇기에 그 몸에 일어난 문제를 해결하려면 숙련된 의사가 아닌 숙련된 마법사의 힘에 기대야만 한다.

일리가 없는 말은 아니었지만 약간 위화감이 느껴진다.

"차원마법에는 자신이 있으니까. 경계는 나한테 맡겨. 나, 전보다 더 강해졌다고."

훗흐──웅 하고 콧소리를 내면서 리퍼는 자신의 검은 마력에 힘을 불어넣었다.

그 어둠이 눈에 띄게 짙어져 있었다.

……리퍼의 말마따나, 어느 샌가 마력이 강해져 있었다.

나는 그 사실에 놀랐고 지켜보고 있던 라스티아라가 대화에 가담한다.

"이제 대충 이야기 다 정리된 거야? 그나저나 리퍼라니. 설마 이 타이밍에 재회하게 될 줄은 몰랐는걸."

"다시 한 번 잘 부탁해, 라스티아라 언니."

보아하니 리퍼와 라스티아라는 서로 아는 사이인 모양이다. 나는 그 이유를 물었다.

"라스티아라, 리퍼를 알고 있었던 거야? 대체 어디서……."

"얼마 전에 시내에서 만났어. 그때는 마법에 대해서 가르쳐주는 대신에 사람 찾는 일을 좀 도와달라고 부탁했었지."

리퍼가 그 말을 보충하듯이 이야기를 보탠다.

"라스티아라 언니처럼 척 보기에도 이상한 마력을 가진 사람들을 보면, 내가 말을 안 걸 리가 없잖아. 어쩌면 내 몸에 일어난 문제를 척 하고 고쳐줄지도 모르니까!"

내가 모르는 곳에서 교섭이 있었던 모양이다. 그럭저럭 사이가 좋아 보인다.

라스티아라는 리퍼와의 재회를 기뻐하며 그 흑발의 머리를 쓰다듬는다.

"그러니까 나도 리퍼의 몸에 대해서는 잘 알아. 잘 알고 있으니까, 리퍼를 신뢰할 수 있고. ——아, 나는 아무 불만 없지만, 디아한테는 카나미가 잘 설명해줘야 해."

"……알았어."

라스티아라는 리퍼를 신뢰하고 있는 모양이다.

몸이 마법으로 이루어져 있다는 점 때문에 리퍼가 마법 전문가인 자신들의 기분을 거스를 리는 없다고 생각하는 것이리라. 그 점에 대해서는 나도 신뢰하고 있다.

——그 점만은.

어찌 됐건 차원마법 〈디멘션〉을 사용할 수 있는 리퍼가 있으면 기습당할 가능성이 확 낮아진다는 점은 틀림없을 것이다.

라스티아라와 리퍼는 금방 의기투합해서 나를 내버려두고 즐겁게 수다를 떨기 시작했다.

천진난만한 리퍼의 활기는 라스티아라와 상성이 좋을 것 같다.

리퍼는 라스티아라에게 자신의 몸에 관한 이야기를 던지면서 마법 관련 전문가의 의견을 구하고 있다. 그 모습만 보면 자신에게 득 될 게 있어서 여기에 온 것처럼 보였다.

그렇게 보이지만……실은 그게 전부가 아니라는 걸, 나는 알 수 있었다. 내 목덜미에 있는 '연결고리'를 통해 리퍼의 마음 심층부에 있는 감정에 조금이나마 접할 수 있었다.

"……으음, 왜 그래, 오빠?"

내가 빤히 쳐다보고 있던 걸 눈치 채고 리퍼가 어리둥절한 얼굴로 묻는다.

"아니, 아무것도 아냐……. 잘 부탁해, 리퍼……."

"응! 잘 부탁해!"

표면상으로는 아무것도 알아챌 수 없다. 그것은 리퍼가 예상 이상의 속도로 성장했기 때문일 것이다. 외모는 여전히 어린애 그대로지만 내면은 어른에 가까워져 있었다. 갓난아기가 눈에 보이는 모든 것으로부터 배우는 것처럼 무시무시한 속도로 성장하고 있는 것이다.

——별안간 리퍼가 멀게 느껴진다.

몸 상태가 정상이고 차분하게 생각할 시간이 있었더라면 '연결고리'를 통해 뭔가 단서를 잡을 수 있을지도 모른다. 하지만 진흙탕에 꽉꽉 막혀버린 것 같은 현재의 머리로는 아무것도 포착하기 힘들 것 같다.

그랬기에 내게는 리퍼의 호의를 호의로 받아들이는 것 이외에 다른 선택지는 없었다.

만에 하나 그녀의 심층심리에 숨어있는 감정이 호의와는 동떨어진 것이라 해도, 그녀를 도와주고 싶다는 내 마음은 달라지지 않는다.

이렇게 리퍼의 협조를 얻은 나는 『무투대회』 사흘째 아침을 맞이한다.

조금씩 쌓여가는 몸의 무게감을 짊어진 채——.

3. 『첫 번째 달 연합국 종합기사단종 무도회』 사흘째

『무투대회』 사흘째 아침.

간밤에 줄곧 〈디멘션〉을 전개해 주었던 리퍼는 이제 한숨 자려 하고 있었다. 그랬기에 나는 할 수 없이 MP를 사용해서 〈디멘션〉을 전개 『브아르홀라』 전체를 파악한다.

스노우는 평소와 다름없이 시합에 임하려 하고 있었지만 로웬의 분위기가 이상했다.

그의 곁에 라이너가 있는 건 예측 범위 안이었지만 주위의 상황이 어째 좀 시끌벅적하다. 수많은 사람들에게 둘러싸여서 움쭉달싹할 수 없는 상태에 놓여 있었다.

그 이유는 바로 짐작할 수 있었다. 어제 벌어진 3회전에서, 로웬이 '최강'의 명성을 가진 글렌 워커에게 승리했기 때문이리라.

그 탓에 많은 사람들이 로웬이 다음 '최강'의 자리에 군림해주기를 기대하고 있는 것 같았다. 단순한 팬도 있는가 하면 이해타산 때문에 접근하려 드는 자도 있었다. 그 모습은 마치 지난번에 무도회에 갔을 때의 내 모습을 연상케 했다. 아무런 연줄도 없는 로웬은 숙소를 바꿀 수 없었기에 사람들 사이에 둘러싸이는 사태를 피할 수도 없었을 것이다.

어쩌면 어제 시합이 끝난 후로 줄곧 저런 상태였는지도 모른다.

그렇게 생각하면 간밤에 아무런 움직임도 보이지 못한 이유도 납득이 갔다.

"카나미, 몸 상태는……?"

같은 방에서 묵은 라스티아라가 내 몸 상태를 확인한다.

"……끔찍해. 구역질과 두통 때문에 현기증까지 나. 의식은 몽롱해서, 뭐가 뭔지 분간도 안 될 지경이야."

내 몸을 확인하면 확인할수록 그저 메마른 웃음만이 새어 나올 뿐이었다.

솔직히 시력도 제대로 작동하지 않았다. 마치 물속에 있는 것처럼 사방이 뿌옇게 보인다.

균형 감각이 상실돼서 줄곧 폭풍우 속의 배 위에 있는 것 같은 느낌이었다.

이 정도 몸 상태라면 더 이상 정상적인 사고기능도 기대하기 힘들 것이다. 깊이 생각하려 들면 더더욱 고통스러워질 뿐이다.

"그래, 그래, 아주 좋아. 내일이면 아주 제대로 서 있을 수도 없는 정도가 되면 딱 좋겠어."

여자의 높은 목소리를 듣기만 해도 짜증이 솟구친다. 마음의 여유가 사라져서, 스스로가 다혈질이 됐다는 걸 나 자신도 알 수 있을 정도다. 저절로 표정도 험악해진다.

그 모습을 보다 못한 디아가 말을 건다.

"카, 카나미……. 정말 괜찮겠어……?"

"……고마워, 디아 양. 하지만 이건 꼭 필요한 일이니까,

걱정할 것 없어. 나는 오히려 그쪽이 더 걱정이야."

지금 내가 생각해야 할 건, 내 몸 상태가 아니다. 오늘 있을 시합…… 라스티아라 팀과 스노우 팀의 싸움이 더 문제다. 하지만 정작 라스티아라는 자신만만하게 가슴을 치며 대답한다.

"아니, 이쪽도 걱정할 것 없어. 디아와 세라도 싸움에 참가시켜서 초전박살을 낼 거야. 절대로 안 질 작정이야."

"그렇구나……."

그건 알고 있다. 내가 걱정하는 건 오히려 그 반대다.

"——응? 혹시, 우리가 아니라 스노우 쪽을 걱정하는 거야? 미안하지만 봐줄 수는 없어. 어쩌면 죽이기 전까지는 멈추지 않을 수도 있고."

라스티아라는 내 걱정을 이해해주었다. 그럼에도 죽이지 않는다는 약속은 해주지 않는다.

"스노우는 조금 궁지에 몰려 있는 것뿐이야. 될 수 있으면, 큰 부상을 입히는 일은 피해줬으면 좋겠어. 부탁이야."

"터무니없는 부탁을 다 하네, 정말……. 단, 사실 따지고 보면, 그건 디아한테 달렸지만."

라스티아라는 심란한 얼굴로 디아를 쳐다본다.

"나라고?!"

"까놓고 말해서 스노우가 죽는 경우는 디아가 뚜껑이 열리는 경우밖에 없으니까. 내가 지시할 때까지는 전력으로 마법을 내쏘면 안 된다는 거, 명심해둬."

"알았다니까……. 전투 때는 라스티아라 말을 따를게……."

"잘 됐네. 지금 디아가 차분해서 정말 다행이야."

하지만 라스티아라는 디아가 죽을 위기에 처하면 스노우를 죽이는 쪽을 선택할 것이다. 오래 알고 지낸 사이는 아니지만 그녀의 우선순위는 이해하고 있다.

이 중에서 진정한 의미로 스노우를 걱정하고 있는 건 나뿐이다. 그런 내가 중요한 시합에서 스노우와 싸울 수 없다는 사실이 답답하게 느껴졌다.

"지금부터가 제일 중요해. 카나미는 로웬보다 먼저 시합을 마치고 우리와 합류해야 돼. 우리는 스노우를 철두철미하게 때려눕힐 거고. 그리고 그 누구의 방해도 받지 않고 준결승에서 '팔찌'를 파괴. ──좋아, 화끈하게 해보자구─!"

라스티아라는 그렇게 이야기를 매듭짓는다. 나도 그만 체념하고 내 시합에 집중하기로 했다.

"그래, 이제 정말 다 끝내는 거야."

우리는 두 패로 갈라져서, 각각의 시합장으로 향한다.

──『무투대회』 4회전이 시작된다.

나는 이번에도 어제와 마찬가지로 담당자의 안내를 받아서, 내가 싸울 투기장으로 왔다.

그 투기장 중심에서, 지금 나는 내 대전 상대인 귀족 기사── 엘미라드 싯다르크 씨와 마주 서 있다.

가까스로 걸어오기는 했지만 투기장에 서 있기만 해도 이명현상에 끊임없이 시달렸다. 물속을 헤엄치고 있는 것 같은 시야는 이제 아예 심해 속을 걷고 있는 것 같은 감각까지 느껴질 정도였다.

컨디션은 최악의 경지를 초월했다. 애초에 어제 시합 때부터 내 몸 상태는 한계에 도달해 있었다. 의식은 띄엄띄엄 끊어져 있고, 마치 숨 막히는 악몽 속에 있는 것만 같았다.

투기장은 지금까지 싸워왔던 투기장들보다 더 커지고 관전하는 사람들도 늘어났다. 이 4회전은 준준결승에 해당하기 때문에 경기장의 수용인원도 많고 그만큼 함성소리도 더 크다.

관객석은 지금부터 시작될 싸움에 대한 기대에 부풀어 있는 관객들로 만원사례를 이루고 있었다.

──하지만, 지금 나는 그딴 것에는 아무 관심도 없었다.

지금의 나에게는 그런 곳에 정신력을 소모할 여유가 없었다.

몸이 무거운 걸 넘어서 아예 내 몸이 내 것이 아닌 것 같은 감각이었다.

이제 이렇게 상태를 확인하는 것도 싫어질 지경이다.

인식도 할 수 없는 함성소리의 한가운데서 나는 진행에 관련된 목소리만 가까스로 포착했다.

"──자! 그리고 상대는 엘미라드 싯다르크 경입니다! 명문 싯다르크 가문의 적장자이자, 엘트라류 학원 주석 기사이자, 쟁쟁한 정예 병력을 통솔하는 길드『슈프림』의 마스터!! 집안, 경력, 문무, 외모, 모든 면에 있어서 완벽하다 해도 과언이 아닙니다! 이번 대회, 수많은 돌발 상황들이 속출하는 가운데 순조롭게 4회전까지 진출한 우승후보 팀입니다!"

싯다르크 씨에 대한 소개를 듣는다. 토너먼트도 이제 끝이 가까워져 왔기 때문인지 서론도 점점 더 길어지고 있었다. 하지만 딱히 관심이 가지는 않았다. 지금 내 관심은 오로지 다른 에어리어에서 치러지고 있는 스노우와 라스티아라 팀의 시합에만 쏠려 있었다.

"그의 시합이 인기를 모으는 이유는 그것뿐만이 아닙니다! 싯다르크 경은 이『무투대회』의 싸움 분위기를 한껏 끌어올려 주거든요! 매 시합마다 약혼자에 대한 사랑을 맹세하고 부인에게 승리를 바치는 퍼포먼스가 관객들의 화제를 독점! 소문으로는『무투대회』가 끝나면 월말에 결혼을 생각하고 있다는군요! 그 상대는 놀랍게도, 명문 워커 가문의 영애인 스노우 님이라고 합니다!"

스노우라는 이름을 듣고 의식을 내 시합 쪽으로 옮긴다.

"이『무투대회』에는 '부인에게 사랑을 바치는 기사는 승리로 보상을 받으리라'라는 전통이 있습니다! 그리고 싯다르크 경은 그것을 정확하게 구현하고 있는 기사님입니다! 시합마다 스노우 님에 대한 사랑을 찬미해서 많은 관객들을 흥분하게 만들고 있습니다! 정말이지 운영진 입장에서는 이렇게 고마울 수가 없네요!"

싯다르크 씨는 연설하는 사회자에게 다가가서, 그 손에 들고 있는 마이크 같은 것을 받아 들었다. 사회자를 대신해서 경기장 전체를 향해 외친다.

"나는 싯다르크 가문의 엘미라드다! 이 자리를 빌려 이 자리에 있는 모두에게 선언하고 싶은 게 있다――."

그리고 방금 전에 사회자가 말한 '사랑의 맹세'인지 뭔지 하는 것을 소리 높여 외친다.

……어째선지 나는 그 갑작스런 선서를 좀처럼 알아들을 수가 없었다.

'사랑'이니 '운명'이니, '맹세'니 '명예'니 하는 거창한 말들이 줄줄이 등장하는 것까지는 알겠다. 그 선서가 더없이 신성하고 엄숙한 성직자의 설교 같은 것이라는 것도 이해했다.

단, 그 이상은 이해할 수가 없었다……. 아니, 너무나도 짜증이 솟구쳐서 그 말의 의미를 이해하려는 생각 자체를 하고 있지 않다는 걸, 나 스스로도 이해할 수 있었다.

싯다르크 씨는 마지막으로 검을 치켜들고 이렇게 이야기를 마무리 짓는다.

"――이 검을 걸고 나는 그 누구에게도 지지 않겠다고 맹세하겠다! 모든 승리를 내가 사랑하는 스노우에게 바치겠다!"

그는 예전부터 지금까지 계속 이런 행동을 해온 걸까……?

만약 그렇다면 스노우는 그 능력 때문에 이 소리를 몇 번이고 들어야 하는 신세가 됐을 것이다. 『무투대회』 이전에도 비슷한 일이 여러 번 있었는지도 모른다. 스노우가 정신적인 궁지에 내몰려 있는 게 이 선서 때문일지도 모른다는 생각을 하니, 그야말로 속이 뒤집힐 것만 같은 기분이었다.

그 무도회 날, 성의 발코니에서 눈물 머금은 눈으로 웃던 스노우를 떠올린다.

주위 환경에 내몰릴 대로 내몰려서 지금의 나처럼 한없이 괴로워하고 그런 끝에, 가까스로 그 아양 떠는 웃음을 짓게 된 것인지도 모른다. 일단 그런 생각이 들고 나니——

——짜증을 주체할 수 없었다.

책임을 전가할 생각은 없었지만 지금의 내게 그런 이성은 남아 있지 않은 것 같았다.

그러는 동안에도 엘미라드의 선서와 사회자의 연설은 이어진다.

"——그리고! 놀랍게도 여기 있는 두 분은 둘 다 한 여인의 약혼자입니다! 카나미 선수도 그 유명한 글렌 워커 님의 추천으로 스노우 님의 약혼자가 된 것입니다! 연적의 선서를 들은 카나미 선수는 지금 무슨 생각을 하고 있을까요?!"

관객들의 시선이 나에게로 쏠린다. 그리고 사회자는 손에 들고 있던 마이크를 내게로 향한다.

그 말인즉슨, 나도 똑같은 행동을 해 달라는 뜻일까. 그와 마찬가지로 사랑을 찬양하고, 맹세하고, 스노우에게 승리를 바치라는 것일까.

그 시점에서 나의 불쾌감은 한계에 달했다.

"……이제 지긋지긋해."

나도 모르게 입에서 말이 흘러나왔다.

너무나도 작은 그 목소리는 딱히 누군가를 향해 한 말은 아니었다. 아마 누구에게도 들리지 않았을 것이다.

"그런 강요가 줄곧 스노우를 괴롭히고 있다는걸, 왜 아무도 모르는 거지……?"

하지만 목소리의 내용은 알아듣지 못할지언정, 내 몸에서 흘러나오는 노기는 느껴졌는지, 사회자가 뒷걸음질을 친다. 그런 나와 사회자 사이에 싯다르크 씨가 끼어든다.

"그 정도는 알고 있어. 나도, 워커 가문도."

미리 준비라도 한 듯이 싯다르크 씨는 말을 이어간다. 내가 중얼거리는 소리는 알아듣지 못했을지도 모르지만, 내가 하고자 하는 말은 처음부터 알고 있었던 건지도 모른다.

"——하지만, 그것도 다 당연한 일이다."

"당연……? 스노우가 고통스러워하는 게……?"

"귀족으로 살아간다는 건 쉬운 일이 아냐. 하지만 스노우는 그걸 알면서도 워커 가문이라는 대귀족의 양자가 됐지. 그것 때문에 스노우가 괴로워 한다고 해도 그건 당연한 일이라는 거다. 스노우는 귀족의 의무에 임할 수 있는 것에 감사하고 인생을 바치는 수밖에 없어."

지금의 나와는 정반대의—— 냉정하기 그지없는 말이 꽂힌다.

내가 아무 대꾸도 하지 않는 것을 보고 싯다르크 씨는 말을 잇는다.

"그리고 그건 나도 마찬가지다. 싯다르크 가문의 적장자로서 그 어떤 고난도 받아들일 의무가 있지. 싯다르크 가문을 위해서라면 나는 그 어떤 괴로운 길이라도 나아갈 거다. 그만한 각오가 있다. 싯다르크 가문이 원한다면 나는 '영웅'이 되는 길을 택할 것이다."

우렁차게 말하면서 그는 내 검을 향해 자신의 검을 겨누어 맞선다.

물러설 생각은 없지만 그 목소리를 들으면 알 수 있었다.

"엘미라드 싯다르크는 가문의 번영을 위해서, 스노우 워커를 길고도 고통스러운 싸움에 끌어들일 것이다. 하지만 나는 그것을 주저하지도 후회하지도 않겠다."

"그렇단…… 말이죠……."

싯다르크 씨의 우렁찬 목소리에 나는 힘없는 목소리를 흘린다.

맞받아칠 기력도 없다. 그의 각오가 너무 거창해서 감당할 수가 없다. 그 망설임 없는 신념에 조금도 공감할 수 없다. 그의 모든 것이 너무 눈부셔서 똑바로 쳐다볼 수가 없다.

——아아, 미칠 듯이 울화가 솟구친다.

그 결연한 의지는 존경스럽고 선망의 대상이기도 했다.

311

하지만 지금만큼은 그런 감정보다 짜증이 나서 견딜 수가 없었다.

한계에 육박해 있던 내 머리가 한층 더 달아오른다. 생각에 불이 붙어서 몽롱하던 의식에서 연기가 피어오르기 시작한다.

끈적끈적 달라붙는 불쾌감.

묵직한 고통이 늘러 붙는다.

생각의 가닥을 잡을 수가 없다.

팔다리가 떨린다.

시야가 탁해진다.

──아아, 진짜 짜증나는군.

"그럼 저는 지금부터 당신의 꿈과 맹세를 짓밟을 거예요. 모조리 다 짓밟아버릴 거예요. ……어쨌거나 당신이 마음에 안 들거든요."

"호오."

싯다르크 씨는 그런 내 말을 반갑게 받아들였다. 그 여유가 영 거슬린다.

"당신은 제 상대가 안 돼요."

"후, 후훗! 후후훗! 후하하하하하핫!!"

싯다르크 씨는 웃었다. 나는 그 갑작스런 웃음의 이유를 알 수가 없었다.

얼굴을 찌푸리며 어리둥절해 하고 있으려니, 싯다르크 씨가 그 이유를 대답해주었다.

"하하핫! 드디어! 드디어 나를 상대로 최선을 다할 마음이 들었군! **펠린크론이 선택한 '영웅'……!!**"

그 이유 가운데는 지금 가장 듣기 싫은 단어가 들어있었다.

요 며칠 동안 줄곧 나를 괴롭히고 있는 단어.

'영웅'.

"그래, 잘 됐어……! 여기서 너를 이기면, 나는 '**영웅**'이 되는 거다――!"

그 말을 끝으로 약간이나마 남아있던 평정심을 상실했다.

"――**또냐**! 또 그 소리냐! **너도** 영웅을 동경하고 있는 거냐!"

조금의 꾸밈도 없이 진심을 담아 소리친다.

그야말로 그의 말마따나, 이제야 나는 최선을 다할 마음이 들었다.

진심을 담아서, 내가 진정 하고 싶던 말을 반사적으로 토해낸다.

"그래, 당연한 거 아닌가?! 귀족가의 기사들은 다 마찬가지야! 나는 너를 물리치고, '영웅'이 돼서 스노우를 맞이할 거다!!"

"짜증나! 그런 게 제일 싫단 말이다! 귀족들의 그런 점이 난 진짜 넌덜머리가 난다고!"

오늘까지 쌓여온 울분들을 모조리 말로 바꾸어서 나에게 있어 귀족의 대표 격인 그에게 퍼붓는다.

"집안을 위해서라느니, 나라의 이권이라느니, 부니 명성이니! 그런 건 이제 진절머리가 나! 짜증나, 귀찮아!!"

사람의 자유를 빼앗으려 드는 속박적인 사고방식이 도통 마음에 들지 않는다.

그것 때문에 내 동료들이 모두 다 이상해졌다.

그런 시시한 것 때문에, 모두가 다――!

"더 작고! 소박하고! 평화로운 행복도 세상에는 얼마든지 있잖아?! 네놈들 귀족들은 왜 그걸 모르는 거냐?! 왜 그렇게 '영웅'에 집착하는 거냐?! 엘미라드!!"

'영광' 같은 걸 추구해봤자 좋은 일 따위는 하나도 없다.

그렇건만 아무도 그 점을 이해하지 못한다.

나는 불만을 모조리 퍼부었다.

원래는 로웬이나 스노우에게 퍼붓고 싶었던 그 감정을 엘미라드가 온화한 미소를 지으며 대신 받아준다.

"……카나미. 너는 정말 옛날이야기 속에 나오는 '영웅' 같은 녀석이군. 하지만 모든 사람들이 다 너 같은 생각을 가지고 살 순 없어. 사람들에게는 저마다 나고 자란 환경과 인생이 있으니까."

"아아, 시끄러워! 닥쳐!"

이야기하면 이야기할수록 엘미라드 녀석에게 승산이 있을 거라는 점은 의문의 여지가 없었다. 나는 대화를 거부하고 그의 꿍꿍이를 짓뭉개는 일만 생각하기로 한다.

"스노우가 귀족 따위와 결혼하게 놔두지는 않겠어! 절대로!"

엘미라드를 따라서 맞받아치듯 선서한다.

"──이 자리에서 선서한다! 스노우 워커는 나와의 결혼을 원하고 있다! 스노우 워커의 사랑은 나에게 있다! 스노우 워커와 혼약을 나누고자 하는 자가 있다면, 먼저 나를 쓰러뜨려야 할 거다! 내가 이 검을 들고 있는 한, 누구도 스노우 워커와 맺어질 순 없다!!"

『크레센트 펙트라즐리의 직검』을 난폭하게 휘두르며 투기장 전체에 울려 퍼지도록 소리친다.

그리고 나는 그 외침이 몇 배나 더 커다란 굉음으로 변해서 돌아온 것 같은 것 같은 기분에 휩싸였다. 기세에 휩쓸려서 돌이킬 수 없는 짓을 저지르고 만 것 같은 느낌이다.

하지만 상관없다.

지금은 눈앞에 있는 귀족 남자만이 전부다.

더 이상 스노우를 괴롭히도록 내버려두지 않겠다.

다른 건 생각할 수도 없었다.

감정을 모조리 쏟아 부어 눈앞에 있는 적만을 쏘아본다.

그런 나에 맞서는 엘미라드는 투지에 불타오르고 있는 것 같았다.

"이것이 카나미의 진짜 실력인가…… . 어마어마한 마력, 위압감…… . 이것이 '영웅'……!!"

한껏 고조된 얼굴로 나를 바라보고 있었다. 그 표정이 영 거슬린다.

"나를 이긴다고 '영웅'이 될 수 있을 거라고 생각하면 오산이야! 나는 '영웅'이 아냐! 아니, 그 이전에——!"

온 힘을 다해 적을 짓뭉개기로 마음먹는다. '주시'를 통해 엘미라드의 힘을 파악하고 그 차이를 소리 높여 외친다.

[스테이터스]

이름 : 엘미라드 싯다르크 HP 198/201 MP 280/299 클래스 : 기사

레벨 20

근력 4.79 체력 2.82 기량 4.12 속도 7.29 지능 7.19 마력 18.10 소질 1.67

선천 스킬 : 속성마법 1.93

후천 스킬 : 마법전투 1.89 검술 0.89

"엘미라드! 네 힘으로는 절대로 나를 못 이겨! 승산 자체가 전혀 없단 말이다!"

"그래, 그럴지도 몰라…… . 발뒤꿈치에도 못 미칠지도 모르지…… . 하지만 나는 지금껏 이길 수 없을 거라고 생각하면서 싸워본 적은 단 한 번도 없어! 그건 지금 이 순간도 마찬가지다! 나는 너를 물리치고 '영웅'이 될 것이다! 오직 싯다르크 가문을 위해서!"

그 말을 끝으로 나는 한 발짝 앞으로 나선다. 엘미라드 역시 나와 마찬가지로 앞으로 나오기 시작한다.

그때, 옆에서 사회자의 불안한 목소리가 끼어든다.

"저, 저기, 그러니까, '영웅의 명예'와 '스노우 아가씨와의 혼약권'을 걸고, 1대1로 싸우시겠다는 건가요? 지금 당장, 무규칙으로?"

우리는 멈춰 서지 않는다. 지금 우리의 눈에는 서로밖에 보이지 않는다.

사회자의 불안한 목소리에 대꾸도 하지 않고, 점점 더 거리를 좁혀 간다.

"──야, 양자 모두 합의한 것으로 알겠습니다!『첫 번째 달 연합국 종합기사단종 무도회』북부 에어리어 제4시합, 개시하겠습니다!"

다급하게 내려진 선언을 신호 삼아 나와 엘미라드는 전투를 개시한다.

우리 사이의 거리는 채 10미터도 되지 않았다.

"──〈아이스 팔랑크스〉!"

"──마법 〈디 윈터〉!"

맞붙기 전에 서로의 실력을 가늠하기 위한 마법을 서로에게 날렸다.

당연히 엘미라드는 내 마법에 대한 대책을 강구해둔 상태였다. 그의 몸에 장착되어 있는 마법도구가 깨져 나가고, 방해가 불가능한 빙결마법이 이쪽을 향해 발사된다.

다수의 얼음 말뚝이 날아든다.

나는 할 수 없이 그것을 육안으로 확인하고 회피, 사이사이를 누비며 달렸다.

틀림없이 엘미라드는 마법사에 가까운 기사다. 내 입장에서 원거리 전투보다 근거리 전투가 더 유리할 게 분명하다. 우격다짐으로 거리를 좁혀서 검이 닿는 거리까지 접근했다.

하지만 내가 검을 휘두르기 직전 엘미라드의 또 다른 마법이 발동된다.

"――『라이트닝 라인』!"

마법은 고속으로 성립되고, 눈앞에서 전기가 용솟음쳤다.

몸을 틀어서 직격을 당하는 사태만은 가까스로 피했다. 하지만 몸의 절반 정도가 전격을 맞아서 저릿저릿한 감각이 온몸에서 휘몰아쳤다. 그러나 개의치 않는다.

다소 움직이기 힘든 것 정도는 알 바 아니다. 애초부터 멀쩡하게 움직이기는 글러먹은 몸이었다.

그리고 검과 검이 교차, 머릿속이 찡 하고 울릴 만큼 날카로운 소리가 울려 퍼진다. 칼날을 서로 맞댄 채 기싸움을 벌이며, 힘을 불어넣어서 엘미라드를 밀어붙이려 한다. 스테이터스 상의 근력으로 미루어보아, 힘싸움을 벌이면 내가 더 유리할 건 분명한 일이다. 하지만 엘미라드는 금세 검을 기울여서 내 힘을 비껴낸다.

나는 엘미라드의 그런 의도를 〈디멘션〉을 통해 미리 파악하고 있었다. 그러나 파악하고 있었음에도 몸이 반응하지 못했다.

몸이 뜻대로 움직여주질 않는다. 마치 엄청난 접착력을 가진 타르가 몸에 달라붙어있는 것 같은 느낌이다. 게다가

하필 이 타이밍에 하룻밤 사이에 회복되었던 MP가 모조리 고갈돼서 〈디멘션〉이 해제되고 말았다.

나는 자세가 무너져서, 엘미라드 측면에 쓰러지고 말았다.

"──〈와인드 버스트〉!"

쓰러져 가던 나에게, 무영창 마법이 덮쳐든다.

──빠르다.

엘미라드의 강점은 그 유연한 검술과 고속 마법이 일체화되어 있다는 것이다. 모든 움직임이 이론적으로 정립되어 있어서, 군더더기 없이 연동하고 있다.

"크윽!"

강풍을 정통으로 얻어맞고, 옆으로 나가떨어진다.

그것은 일반인이라면 전투불능 상태에 빠질 만큼의 충격이었을지도 모르지만, 내 현재 레벨이라면 이 정도에 치명타를 입지는 않는다. 하지만 엘미라드가 마법을 쓰는 데 있어서 최적의 거리가 발생하고 말았다.

"──〈아쿠아 스프레드〉!"

뒤이어 물 마법이 발동되어, 물방울이 지면을 따라 날아든다.

그럼에도 나는 처음과 마찬가지로 똑바로 내달린다.

같은 방식이면 충분하다.

방금 전에는 번개 마법을 회피하려 한 것이 패착이었다.

그 정도 마법은 굳이 피하지 않아도 된다. 그 정도 즉석마법이라면 맞더라도 별다른 피해는 입지 않는다.

오늘까지 해온 레벨업 덕분에 내 내구력은 초인적인 수준으로 발전했다.

방금 전에는 마법을 몸으로 받으면서 우격다짐으로 밀어붙였어야 했다. 아직도 나 자신을 평범한 인간으로 생각했던 게 문제였다.

밑에서 덮쳐드는 물 마법을 뛰어넘어서 재차 접근한다.

"——〈플레임 애로우〉!"

다음은 화염 화살이 발사된다.

나는 검을 쥐고 있지 않은 왼손으로 그것을 짓뭉갠다.

화염 마법이라면 전에도 자주 맞아 보았고, 목에는 화염에 대해 작용하는『레드 탈리스만』을 매달고 있다. 나는 열기에 그을린 왼손을 무시하고, 오른손에 든 검을 내리 휘두른다.

〈플레임 애로우〉가 전혀 예상치 못한 방법으로 막힌 마당이니, 엘미라드는 검으로 검을 막아내는 수밖에 없었다. 그 검의 무게에 의해 커다란 빈틈이 생겼다.

뒤이어 쉴 새 없이 검으로 내리치다 보니, 검을 쥔 엘미라드의 손에서 힘이 점점 더 풀어져갔고—— 나는 곧바로 측면으로부터 최후의 일격을 날렸다.

그 충격에 의해 그의 검은 공중으로 튕겨져나갔다.

이렇게 해서 적은 무기를 상실했다. 이제 목에 검을 들이대고 승부를 마무리——.

"이 자식이이이이이이!"

엘미라드는 쓰러지면서 왼발을 차올렸다.

예상치 못한 반격에 대응이 늦어졌다. 나는 반사적으로 그 발차기를 왼팔로 받아냈다.

"──〈임펄스〉!!"

그리고 그 왼발에서 마법이 발사된다.

발목에 달려 있던 마법도구가 깨지고, 진동 마법에 의한 충격이 오른팔에 몰아친다.

최대한의 마력이 실린 충격에 의해, 나도 쥐고 있던 검을 놓치고 말았다.

나 자신의 예상보다도 더 약해져 있던 악력이 그 충격을 견뎌내지 못한 모양이다.

몸에 힘이 들어가지 않는다는 건 알고 있었지만 이 정도일 줄은 몰랐다.

하지만 내 몸을 걱정하고 있을 여유 따위는 없었다. 바로 눈앞에는 나를 후려치려 하는 엘미라드가 있기에 그 주먹에 대응해야만 했다.

적의 오른쪽 주먹이 내 안면을 향해 뻗어 나왔다. 그것을 왼팔 측면으로 막아낸다.

뒤이어서, 왼쪽 주먹이 옆구리를 향해 날아든다. 후퇴해서 그것을 피한다.

엘미라드는 근력이 떨어졌는지 나를 붙잡으려는 행동은 하지 않았다.

철저하게 타격을 이용해서 싸울 생각인 모양이다. 그러나

타격전이라면 나도 자신이 있다.

쉴 새 없는 난투 중에 마법은 쏘기가 힘들다. 억지로 마법을 섞으려고 든다면, 타이밍을 노려서 복부라도 후려치면 저지할 수 있다. 엘미라드가 마법을 못 쓰게 만들기만 하면 승리는 내 것이나 다름없다. 무엇보다 지금 나는 눈앞에 있는 이 남자를 후려치고 싶다는 욕망에 사로잡혀 있다. 어쩌면 눈앞에 있는 이 남자도 같은 심정인지도 모른다.

이렇게 해서 오로지 본능에 따라, 아무런 잔꾀도 없이, 우리는 치고받는 난투를 시작한다.

양측 모두, 좌에서 우에서 양 주먹을 쉴 새 없이 휘두른다. 포효를 내지르며——.

"하, 하하핫! '영웅' 아이카와 카나미! 카나미이이이!"

"입 닥쳐, 엘미라드!!"

후려치는 주먹이, 방어하는 팔이—— 아파서 견딜 수가 없다. 하지만 아픔과 동시에 후련함도 느끼고 있었다. 몸에 쌓여 있던 진흙이 씻겨나가는 것 같은 신기한 감각이었다.

이곳은 재능 넘치는 기사들이 모인『무투대회』——검과 마법이 난무해야 할 무대에서 질펀한 타격전이 전개되고 있다. 하지만 그 난장판 같은 시합에도 관객들의 환호성은 그치지 않았다. 아니, 신기하게도 그 열기는 오히려 점점 더 달아오르고 있었다.

울려 퍼지는 그 환호성에 두통을 느끼면서도 나는 기를 쓰고 엘미라드의 안면을 후려치려 하지만 뜻처럼 되지 않았다.

아무리 몸에 힘이 들어가지 않는 상태라고는 해도 '근력'
과 '속도' 면에서는 내가 압도적으로 앞서고 있을 터였다. 아
마 반사 신경이나 동체시력에서도 앞설 것이다. 그렇지만
기본적인 '무술'의 숙련도 면에서 상대방이 압도적으로 앞
서고 있기에 힘의 균형을 이룬다.

로웬과 훈련할 때 했던 것처럼 그 기술을 억지로 따라해
볼까 하는 생각도 했지만, 곧 단념한다.

이렇게 사고력이 감퇴해 있는 상황에서 그런 계산 같은
게 될 리가 만무하다.

결국 지금 내가 선택할 수 있는 건 능력치에 의존한 전투
법뿐이다.

그래, 나는 눈앞에 있는 이 남자를 있는 힘껏 짓뭉개버리
기로 마음먹었다. 그러니까…….

──마법 〈디 오버 윈터〉.

내가 보유한 최강의 마법을 영창 없이 전개하려 한다.

그 마법을 사용하기에는 모든 조건이 부족하다는 건 이미
알고 있다. 그러나 어째선지 나는 여건이 부족해도 쓸 수 있
을 거라는 확신을 갖고 있었다.

[스테이터스]

HP 102/316 MP 0/751

HP 95/309 MP 0/751

HP 89/303 MP 0/751──

처음 보는 '표시'. 누군가의 최대 HP가 감소하고 있다.

다만, 몸은 이미 이해하고 있다. 지금 나는 목숨을 깎아내서 마법을 사용하고 있는 것이다.

익어 버리다시피 한 머릿속에 불꽃이 튀고, 불길이 타오른다. 두뇌가 부글부글 끓어오르는 것 같은 감각과 함께, 혀 안쪽에서 죽음의 맛이 느껴진다.

결국 나는 마법 〈디 오버 윈터〉 발동에 성공했고, 그것은 나와 엘미라드에게 달라붙었다.

단, 그 마법으로 얻은 정보를 정리해서 최선의 수를 계산해낼 만큼의 여유는 없었기에, 반사적으로 엘미라드의 공격을 받아치는 게 고작이었다.

움직임을 파악하고, 그것을 회피한 후에 후려치고, 또 회피한 후에 후려치는 것뿐.

하는 행동 자체는 조금 전과 같지만 지금은 반사신경과 동체시력이 수십 배 뛰어오른 상태다.

게다가 마법 〈디 오버 윈터〉가 엘미라드의 움직임을 둔화시켜주고 있기까지 하다.

그러다 보니 결국 내 주먹만 엘미라드의 온몸을 일방적으로 후려치기 시작했다.

적의 머리, 팔, 흉부, 복부—— 모든 부위를 후려치고 마지막으로 내 주먹이 엘미라드의 턱에 적중한다.

두뇌가 격하게 뒤흔들리고, 결국 그는 신음하며 무릎을 꿇는다.

"──끄윽, 으으으, 아아아……."

결국 엘미라드는 서서히 앞으로 고꾸라졌다.

엘미라드의 손발이 모두 땅에 닿은 것을 보고 나는 마법을 해제한다.

그는 자신의 모든 힘을 쏟아내고 드디어 거꾸러졌다. '주시'를 통해 얻은 정보를 보아도 그가 일어설 수 없는 상태임을 알 수 있었다.

──나의 승리다.

엘미라드는 고개를 들어서 나를 올려다본다.

말 그대로 승자와 패자의 모습이었다.

지금 내가 엘미라드의 꿈과 맹세를 짓부수었다는 건 의심의 여지가 없었다. 원한을 살 건 각오하고 있었다. 하지만 나를 올려다보는 엘미라드의 눈빛은 변한 게 없었다.

"아, 아아, 패배한 건가……. 하, 하핫, 하하하……."

그는 여전히 나를 '영웅'으로 인식하면서 웃고 있었다.

그 패배선언을 들으니 내 머리는 급속도로 식어갔다. 그리고 내가 시합에서는 이겼지만 싸움에서는 패배했다는 사실을 깨닫는다.

결국 나는 그저 내 몸이 가진 초인적인 능력 덕분에 이긴 것에 불과했다. 그런 식으로 이겨 놓고 상대가 나를 '영웅'으로 인식하는 걸 막을 수 있을 리가 없었다. 내가 진정한 의미로 승리하려면 뭔가 다른 방식—— 말을 이용해서 이겼어야만 했다.

내가 후회하고 있는 동안에도 엘미라드는 울분을 터뜨린다.

"억울하군……. 아아, 나는 결국 '영웅'을 이기지 못했어. ……정말로 이기고 싶었단 말이다. 아주 오래 전부터 기다리고 있었어. 이길 수 있을 거라고 믿으면서 단련해왔어……. 하지만 나는 결국 여기까지인가……."

'영웅'이 되지 못한 것이 진심으로 분한 모양이다. 그 모습에서 시합 전의 불타는 열기는 찾아볼 수 없었다.

나 역시 비슷한 상태였다. 찬물이라도 얻어맞은 것처럼 이성이 돌아오고 여러모로 반성할 점들이 눈에 들어왔다.

기억도 돌아오지 않은 상황이건만 열기에 휩쓸려서 터무니없는 선서를 하고 말았다.

대량의 식은땀을 흘리면서 나는 멍하니 서 있었다.

그런 나에게 엘미라드가 가쁜 숨을 몰아쉬며 말한다.

"이봐, 카나미. '영웅'인 네가 보기에 스노우는 보잘것없는 애로 보일지도 모르지. 하지만 녀석은 정말로 가엾은 애야. ……힘이 닿는다면 구해줬으면 좋겠어."

시합 전의 태도와는 딴판으로 스노우를 염려하는 발언이었다.

어쩌면 미리 준비라도 해온 것 같은 그 발언들은 모두 내가 최선을 다해 싸우도록 만들기 위한 연기였는지도 모른다.

아니, 어쩌면, 싯다르크 가문의 적장자로서 해온 모든 행동이──.

나는 씁쓸한 표정으로 대답했다.

"나는 '영웅'이 아냐. 내가 확신을 갖고 대답해줄 수 있는 건 나는 스노우의 동료고, 파트너였다는 것뿐이야. 내가 할 수 있는 건 파트너로서 곁에 있어주는 것뿐이야."

기억이 돌아오면 어떻게 될지 알 수 없지만 지금 내가 해줄 수 있는 말은 그 정도이리라.

"정말 변함이 없군, '영웅'님은. 변함없이 사고방식이 안 맞아."

"그러니까 나는 '영웅'이 아니라고 몇 번을 말했잖아. 그만 승부를 내주지, 엘미라드."

"큭, 크큭, 후후훗, 후후, 후하하하하핫──!!"

한참 동안 나를 쏘아보더니 엘미라드는 진심으로 유쾌한 듯 웃었다.

처음 보는 천진난만한 웃음이었다.

그리고 그렇게 웃으면서 위를 보고 드러눕는다. 완전히 항복 자세다.

더 이상 잡담을 나눌 생각은 없는 모양이다. 시합도 이제 끝났다고 봐도 좋을 것이다.

이제 사회자에게 확인을 취하고, 시합 종료 선언을 듣기만 하면 된다.

"하아, 엘미라드 때문에, 나까지 진 기분이잖아. 하지만 시합은 이겼으니까 만족하기로 하고 넘어가는 수밖에…….

서쪽 에어리어의 라스티아라는 스노우를 이겼을까……?"

나는 무거운 몸을 움직여서 멀찍이 떨어져 있는 사회자에게 다가간다. 사회자도 이쪽으로 다가온다.

엘미라드가 마법을 연발해대는 바람에 상당히 멀찌감치 떨어져 있었던 모양이다.

투덜거리면서 시합을 끝내러 간다——. 그런데 그 도중에 경기장 전체를 뒤흔드는 굉음이 울려 퍼졌다.

"——! ——————!!!!"

그것은 생물의 포효였다.

상식적으로는 있을 수 없는 울음소리가 지진과도 같이 세계를 뒤흔들었다.

투기장에 있는 모든 이들이 귀를 틀어막는다.

그리고 나만이 그 목소리의 정체를 이해한다.

그것은 며칠 전에 서쪽 황무지에서 들었던 것과 같은 목소리와 같았다.

마력을 띤——『용의 포효』다.

"스, 스노우……?"

나는 그 포효의 주인공으로 추정되는 인물의 이름을 뇌까린다.

그 포효는, 분명히 서부 에어리어 방면에서 들려왔다.

라스티아라 일행과 스노우는 시합 중이다.

다시 말해, 이 목소리는 여파.

그 말인즉슨 지금 서부 에어리어에서 이렇게 강력한 여파가 퍼질 만큼의 격전이 펼쳐지고 있다는 뜻이었다.

4. 라스티아라 후즈야즈의 싸움

투기장의 대각선 방향, 스노우가 살벌한 눈빛으로 나를…… 라스티아라 후즈야즈를 바라보고 있었다.

카나미는 내 거야── 스노우는 아마 그렇게 생각하고 있겠지.

"──그리고 서쪽에서 등장하는 것은! 길드『에픽 시커』팀! 아는 사람은 누구나 아는 전설의 소녀, 그 유명한 스노우 워커 님이 리더를 맡은 팀입니다! 스노우 님을 필두로 한, 지극히 안정적인 구성의 만능 파티인『에픽 시커』팀! 지룡(智龍)의 후예는 이『무투대회』에서 어디까지 승승장구할 수 있을까요?!"

드디어『무투대회』의 본선이 시작된다.

지금까지는 사실상 정해져 있었던 일. 진정한 의미에서의 싸움은 지금부터다.

가볍게 통통 뛰면서 스스로의 컨디션을 확인했다.

목을 돌리고 손가락 관절을 뽀각뽀각 꺾어서 몸의 긴장을 풀었다.

솔직히 내 컨디션은 정상은 아니다.

카나미가 스스로의 몸을 혹사시키는 동안, 나는 줄곧 휴식을 취해왔다. 하지만 한 번 밑바닥까지 떨어졌던 컨디션은 그 정도로는 완전하게 회복되지 않았다.

성탄제 날에 한계까지 마력을 상실하고 부상당한 디아를 치료하면서 도주, 후즈야즈와 발트라는 두 나라의 추적을 뿌리치고, 남쪽 나라 글리어드에 잠입. 팰린크론을 끝까지 쫓으려는 디아를 완력으로 제지하고 카나미의 동향을 파악. 『무투대회』를 유리하기 진행시키기 위해서, 글리어드를 통해 미궁에 들어가서 맹훈련. 그리고 어느 세력에도 들키지 않은 채, 아슬아슬하게 『무투대회』에 참가——『무투대회』 때까지 제대로 쉴 틈도 없이 움직여왔다.

그 무모한 행동의 대가가 몸속 깊은 곳에 남아있었다.

불안요소는 성탄제 의식에 의해서 나를 옭아매고 있던 대부분의 마법이 해제되었다는 것이다.

그것은 많은 '가호'와 '보정'을 상실했다는 뜻도 된다. 예를 들어, 지금의 나는 예전처럼 공포심을 무시한 채 싸우는 건 불가능하다.

다시 말해 성인 티아라의 그릇이 아니라, 라스티아라 개인으로서 가진 힘으로만 싸워야 한다.

나는 자신의 힘을 객관적으로 측정하면서 대전상대 일행을 향해 눈길을 돌린다.

팀 『에픽 시커』 대표자 3인.

서브마스터인 스노우 워커에 고참 전사와 마법사가 딸려 있다.

스킬 『의신의 눈』으로 실력을 측정하고 있으려니, 그녀들의 대화 소리가 들려온다.

"그럼, 보르자크 씨와 테일리 씨는 물러나 계세요."

"자, 잠깐, 스노우——. 우리도 같이 싸울 거야."

"안 돼요. 아니, 애초에 무리에요."

마법사가 시합에 참가시켜줄 것을 요구했지만, 스노우가 쌀쌀맞게 거절하고 있다.

그 모습을 본 전사는 심각한 얼굴로 묻는다.

"글렌의 동생…… 진짜로 하려는 거야?"

"네, 이번만은—— 이 시합만은 진짜로 최선을 다해서 싸울 거예요. 오랜만에 한정적인 『용화(龍化)』도 할 생각이에요."

스노우도 진지한 표정으로 대답한다.

역시, 진심으로 나를 짓밟을 작정인 모양이다.

『용화』—— 짙은 피를 가진 수인들은 몸을 변화시킬 수 있는 능력을 갖고 있다. 내 동료인 세라가 구사하고 있는 『늑대화』와 마찬가지다. 스노우도 수인의 일종인 드래고뉴트인 만큼 그 능력을 갖고 있다.

적어도 연합국이 확인된 범위 안에서는 이 세계에서 그녀는 '용'이 될 수 있는 유일한 인간인 것이다.

"스노우! 안 돼, 그건 절대 안 돼! 그걸 계속 쓰다가는 결국은 다시는 돌아올 수 없게 되잖아?!"

『용화』라는 말을 들은 마법사는 심각한 얼굴로 스노우를 다그쳤다.

"돌아갈 수 있는 정도까지만 변화하니까 걱정할 것 없어요. 그래도 위험하긴 하지만……. 하지만 오늘의 저에게는 그걸 할 수 있을 만큼의 각오가 있어요. 오늘만큼은 그런 각오를 할 수 있을 것 같아요. 그러니까 양해해주세요."

스노우는 메마른 웃음을 지으며 마법사를 다독이려 한다. 죽음의 전조와도 같은 그 미소를 보고, 마법사는 말문이 막혔다. 그런 마법사를 대신해서 전사가 말을 잇는다.

"그렇게까지 나온다는 건, 저 아가씨들이 그때 그 용에 못지않게 강하다는 거야?"

전사가 이쪽을 쳐다보았기에 나는 적당히 웃으며 답해주었다. 그런 내 얼굴을 본 전사는 떨떠름한 쓴웃음을 짓고 있었다. 무례한 녀석이다.

"아뇨, 용 정도가 아니에요. 제가 '용의 화신'이라면, 저쪽은 '신의 현신'이니까요."

"하아……, 그럼 우리 힘으로는 별 도움이 안 되겠군. 알았어. 나는 테일리와 같이 구경이나 하지. 하지만 너무 무리하지는 마. 돌아오기 힘들 정도가 되면 전부 다 끝내는 거야."

"그 점은 주의할게요."

전사는 마법사의 팔을 잡아끌고 투기장 한쪽 구석으로 이동하려 한다.

마법사는 마지막으로 몇 마디 말을 남겼다.

"스노우, 이게 네가 선택한 길이라면 더는 아무 말 않을게. 하지만 이 점은 잊지 마.『에픽 시커』의 멤버들은 모두 네 편이라는 걸."

"……고마워요. 이런 저를 지켜봐줘서."

스노우는 약간 놀란 듯, 그 말을 곱씹는다.

하지만 뒤이어 애써 처연한 미소를 지었다.

"하지만 『에픽 시커』 분들로는 안 돼요. 보나마나 금방 죽고 말 테니까……."

그것은 결별의 의지를 머금은 대답이었다.

스노우는 『에픽 시커』의 누구도 신뢰하지 않는다. 자기 자신이 워낙 압도적인 힘을 갖고 있기에.

"알았어……. 그럼 다녀오렴, 스노우……."

마법사도 그 점을 알고 있는 것이리라. 처연한 미소를 머금고 스노우를 배웅했다.

"다녀올게요, 테일리 씨. ——선혈마법 〈플라이 소피아〉."

스노우는 마법을 영창하면서 투기장 중앙을 향해 발걸음을 내딛는다.

『용화』가 시작되었음을 알 수 있었다.

그녀의 손등이 저절로 찢어지고, 피가 흘러나온다. 그 피는 곧바로 증발해서 안개로 변한다.

그 새빨간 안개는 용의 형태를 이루어서 스노우의 몸을 감쌌다.

두꺼운 옷 때문에 알아보기 힘들지만, 등이 부풀어 오른 것처럼 보인다.

아마 등에서 용의 날개가 돋아나려 하고 있는 것이리라.

스노우의 동공이 벌어져서, 인간과는 다른 눈동자로 변

한다.

탐욕스러운 용의 눈이다.

보통 사람이라면 눈이 마주치기만 해도 얼어붙을 게 분명한 그 시선을 받고, 나는 어렴풋이 웃는다.

"으——음, 스노우가 작정하고 싸울 모양이야. 세라, 내 뒤에서 나오면 절대로 안 돼."

"알고 있어요, 아가씨."

뒤에서 대기하고 있던, 나를 섬기는 기사에게 지시를 내린다.

세라는 이유를 묻지도 않고 고개를 끄덕였다. 하지만 그 옆에 있는 디아는 어리둥절한 표정이다.

"있잖아, 라스티아라. 저 녀석이 그렇게까지 강한 거야?"

"그래. 대륙 최강이라는 명성이 괜히 붙은 게 아냐. 그냥 강하다는 말로는 표현이 안 돼. 정말로 '최강'이야."

"'최강'? '최강'이라면 저 녀석의 오빠인 글렌 워커를 말하는 거 아니었어?"

"그건 잘못 알고 있는 거야. 글렌은 여동생인 스노우의 공을 가로채서 '최강'의 칭호를 손에 넣은 것뿐이니까. 스노우 워커가 진정한 '최강'. 연합국 유사 이래 최강의 천재 아였어."

"호오, 그랬었구나."

"어, 어라? 반응이 영 시원찮네. 나름대로 놀라운 이야기를 한 거였는데."

"놀라고 있어. 하지만 어차피 내가 해야 할 일은 달라질 게 없어. 상대가 '최강'이라면 '최강'을 넘어서면 그만이야. 아니, 지크 곁에 서려면 당연히 그 정도는 해야 돼."

"그런 거야? 후후, 디아는 참 믿음직스럽다니까──."

디아는 무모한 구석이 있지만, 이럴 때는 믿음직하다. 어지간한 일에는 주눅 들지 않는다. 아마, 스노우가 가진 용의 힘을 보고도 두려움 없이 싸워줄 것이다.

나는 안심하고 투기장 중심으로 나아간다.

그러면서 세라에게는 늑대 형태로 변신하도록 지시해둔다. 굳이 힘을 아껴둘 필요는 없다. 그녀의 역할은 디아의 이동수단이 되는 것이다. 시합 전부터 디아를 태워둬서, 조금이라도 위험을 감소시킨다.

이윽고 나는 투기장 중앙에 도착해서 스노우와 마주 섰다.

"안녕, 스노우."

"오늘은 제가 이기겠습니다. 라스티아라 님."

스노우는 공손하게 고개를 숙인다.

그 등에서는 무시무시한 마력이 소용돌이 치고 있었다. 마치 닿는 것들을 모조리 짓이겨버릴 것만 같은 마력이다. 변함없이…… 모든 것이 무겁다.

우리도 사돈 남 말할 처지는 아닐지도 모르지만…….

"으──음, 예전부터 생각했던 건데, 이제 존댓말은 필요 없지 않겠어? 이미 속내를 다 털어놓은 사이니까 말이야."

"그럴지도 모르지만……, 그렇다고 친하게 지낼 필요도

없습니다…….”

“나는 스노우가 좋은데 말이야. 아니, 이건 진심이라니까.”

“저는……, 당신이 싫어요…….”

나는 스노우처럼 불안정하고 비극적인 사람을 좋아하건만, 그 기분이 스노우에게는 전혀 전해지지 않은 모양이다. 단박에 차이고 말았다.

“왜 내가 싫은지 물어봐도 될까?”

“그, 그건 말하기 싫어요. 지금은 필요 없는 이야기니까…….”

나쁘지 않은 반응이다.

내 삶의 방식이나 성격을 싫어하는 것 같지는 않다. 뭔가 다른 이유가 있는 것이리라. 아마 시시한 이유겠지만, 스노우에게 있어서는 물러설 수 없는 이유. 그것이 방해하고 있다.

“지금 중요한 건『카나미』에요. 저는 그것 때문에 오늘 여기에 있는 거니까요.”

스노우는 진지한 표정으로 본론에 들어간다.

“나도 알아. 이 시합에서 걸 대상은…….”

“『카나미』.”

“『카나미』──. 아니, 우리 입장에서는『지크』지만 말이야.”

우리는 미리 정해져 있던 사항을 소리 내어 재확인한다.

“『카나미』는 절대로 당신에게 넘겨줄 수 없어요……! 그건 제 거에요! 제 거!!”

"응, 그렇게 해. 이번 싸움에 그걸 거는 거야."

내가 담담하게 승낙하자 스노우의 얼굴이 일그러졌다.

그리고 그 격정을 가득 실어 나를 쏘아본다. 그 얼굴만 봐도 공포가 몰아치고 다리에서 힘이 빠져 버리는 것 같은 기분이다. 보아하니, 요 며칠 동안 고의적으로 자극한 게 효과를 발휘한 것 같았다. 지금 스노우의 얼굴은 달아오를 대로 달아올라 있었다.

나는 웃으면서 그런 그녀의 상태를 꼼꼼하게 관찰했다.

그녀가 냉정함을 상실했다면 시합은 쉬운 전개로 흘러갈 것이다.

스노우와 내가 저마다의 꿍꿍이를 품은 채 마주 보고 있으려니 옆에서 사회자가 끼어든다.

"저, 저기, 『카나미』라는 건 사람의 이름입니까……?"

여전히 사회자는 내게 말을 거는 걸 껄끄럽게 여기는 모양이다.

"맞아."

나는 가볍게 대답한다. 옆에 있는 스노우는 시선을 외면하고 있다.

"그건 혹시 북부 에어리어의 아이카와 카나미 선수를 말씀하시는 건지……?"

"물론이지."

"그 말인즉슨, 두 분이서 한 남자를 사이에 두고 다투고 있다는……?"

"뒤에 있는 디아까지 포함해서 3명이야. 하지만 사실 『무투대회』에서 '카나미'를 노리고 있는 건 세 명보다 훨씬 더 많다니까. 재미있게도 말이야."

그 말을 들은 사회자의 얼굴이 환해졌다.

"와오, 이건 사회자로서 관객 여러분들께 알려드려야겠군요……."

"마음대로 해. 일 열심히 해. 나도 그러는 편이 더 즐거우니까."

카나미가 여러 여자애들의 대시에 시달려서 어쩔 줄 몰라 하는 모습을 보면 어쩐지 더없이 즐겁다. 카나미 덕분에 한 번 새로 태어난 나지만 그 고약한 취향만은 아직 고쳐지지 않은 모양이다.

"자, 분위기가 후끈 달아오르기 시작했습니다! 놀랍게도 이번 시합에서 내기로 걸 대상은, 두 선수가 마음에 두고 있는 남자라고 합니다! 될 수 있으면 그분을 이 시합장까지 모셔 오고 싶지만 애석하게도 그분 역시 시합 중! 왜냐하면, 그 남자의 이름은 아이카와 카나미 선수! 길드 『에픽 시커』의 마스터이며 '용 토벌자'로 명성을 쌓아가고 있는 기대주 '영웅'님이기 때문입니다!"

사회자는 목청을 쥐어짜며 관중들에게 상황을 설명한다.

나는 그것을 무시하고, 스노우와 이야기를 나눈다.

"속행 불능 상태가 되거나 기절하면 지는 걸로 하자. 아, 그리고 죽어도 지는 걸로 할까?"

"네, 그렇게 하죠. 될 수 있으면 이 시합에서 여러분을 없애버리고 싶으니까……."

"그리고 패배한 쪽은 『카나미』에 관한 일에 대해서 방해하지 않기로 하는 거야."

"그렇게 하죠."

스노우는 등에 걸머지고 있던 대검을 꺼낸다. 자기키만큼이나 거대한 쇳덩어리를 아무런 어려움도 없이 한 손으로 쥐고 있다.

나도 그에 호응해서 검을 뽑는다. 이 검도 이름난 명검이긴 하지만, 예전에 사용했던 레반교의 성유물 『천검 노아』에 비해서는 약간 불안한 구석이 없지 않다.

스노우의 검과 맞부딪치면, 일방적으로 깨져버릴지도 모른다.

"──아니, 자, 잠깐만요! 그건 데스매치 룰이라는 거 아닙니까……! 될 수 있으면 다른 규칙으로 해주시면 안 될까요……?"

살기를 휘감고 눈싸움을 벌이는 우리를 보고, 사회자가 어쩔 줄 몰라 하며 제안한다.

"안 돼. 이 규칙으로 해야 돼. 이게 아니면 스노우가 납득하지 못할 테니까."

"하지만 두 분처럼 고귀하신 분들이 돌아가시면 좀 곤란하다고 할까……. 만에 하나 제가 맡은 시합에서 레반교 신의 현신이 사망하기라도 하면 제 인생이 꼬인다고나 할까……."

"참 운도 없지. 불쌍하게 됐네."

나는 웃음 가득한 얼굴로 사회자를 단념시킨다.

이 규칙만은 절대로 변경할 수 없다.

신중에 신중을 기해가며 스노우를 부채질할 대로 부채질해 가며 가까스로 이끌어낸 나에게 유리한 규칙. 이걸 이제 와서 변경하면 스노우를 공략해낼 도리가 없다.

오늘 여기서 하루 안에는 절대로 회복할 수 없을 만큼의 부상을 스노우에게 입히고 싶다. 될 수 있으면 정신적인 면을 완전히 꺾어두는 게 목표다.

"두 분의 무시무시한 살기 앞에서 일개 사회자에 불과한 제가 무슨 반론을 할 수 있겠습니까……. 어쩔 수 없죠……. 그럼 길드『에픽 시커』팀 대 라스티아라 후즈야즈 팀,『첫 번째 달 연합국 종합기사단종 무도회』서부 에어리어 제4시합――."

사회자는 풀이 죽은 채 우리로부터 거리를 벌리고, 뒤이어――

"개시하겠습니다!"

선언했다.

그 선언과 동시에 스노우의 목이 기울어지고, 두 눈이 붉게 빛났다.

더불어 두꺼운 의복을 찢어발기면서 등에서 푸른 날개가 튀어나왔다. 엉겨 붙는 것 같은 스노우의 마력이 소용돌이치며 부풀어 오른다. 연보라색 마력이 파도와도 같이 투기

343

장 전체에 침투한다.

눈 깜짝할 사이에 벌어진 일이었다.

눈 깜짝할 사이에 스노우의 마력이 투기장을 지배했다.

그에 맞서서 나는 개시 선언에 맞추어 몸을 옆으로 비킨다.

사선이 확보되어, 뒤에 있던 디아와 스노우의 시선이 뒤얽히고——

"——〈플레임 애로우〉!!"

디아의 손에서 섬광이 용솟음친다.

막대한 열량을 가진 광선이 눈에 보이지도 않는 속도로 투기장에 선을 그린다.

그 회피 불가능한 광속의 마법에 스노우는——

"하아아아아앗!!"

포효하면서 그 광선을 똑똑히 눈으로 보고 손등으로 쳐냈다.

그 손에 맞은 광선은 10여 갈래의 광선으로 쪼개져서 흩어진다. 그중 몇 갈래가 관객석으로 돌진하다가 '라인'으로부터 전개된 결계와 충돌했다.

세계 최고 레벨의 화염마법에 직격을 얻어맞은 결계에 금이 간다. 관객들의 안전 문제를 담당하고 있는 직원 마법사들이 허겁지겁 복구 작업에 들어간다.

허둥대는 것도 무리는 아닐 것이다. 그럴 만도 한 게, 이 결계는 전쟁에서 사용되는 것보다도 더 많은 시간과 돈을 들여 전개한 것이기 때문이다. 원래는 숙련된 마법사들이 모여서 공격해도 흠집 하나 나지 않아야 정상인 물건인 것이다.

그런 결계가 고작 유탄 정도에 금이 가 버리다니, 그야말로 무시무시한 일이다.

디아의 힘이 얼마나 사기적인지를 알 수 있는 장면이다.

그리고 그것을 손쉽게 튕겨낸 스노우도 보통내기는 아니다.

『용화』에 의해 그 팔이 인간이 아닌 다른 것으로 변질되었음을 알 수 있었다.

하늘보다도 파란── 푸른 용의 팔.

스노우는 단단한 피부와 두꺼운 마력의 힘으로 디아의 마법을 튕겨내버린 것이다. 표면이 약간 그을리긴 했지만, 그게 전부였다.

"아아, 아악, 아아아아아아아아아아아──!!"

스노우는 연신 울부짖는다.

단순한 포효가 아니다. 용의 마력을 머금은 진동. 이 정도면 무속성의 진동마법이라 해도 과언이 아니다. 보통 사람이라면 듣기만 해도 실신할 만큼 강렬한 절규다.

적의 위력을 확인하고 나는 지시를 변경한다.

"디아! 다음부터는 저 결계에 구멍이 나지 않을 정도로 출력을 낮춰!"

"아, 알았어! 하지만 그 정도 공격으로는 결정타를 먹일 수 없을 텐데?!"

"괜찮아! 일단은 연사로 나를 엄호해줘!"

첫 번째 〈플레임 애로우〉를 내쏜 뒤에 디아는 세라의 준족을 활용해서 멀찌감치 후퇴한 상태다. 방어력이 약한 포대인 디아는 처음부터 끝까지 원거리에서 공격하게 할 생각이다.

후방에 지시를 날린 다음 나는 곧바로 스노우에게 검을 휘두르기 위해 내달린다.

스노우는 한손으로 대검을 쥐고 지면과 수평을 이루듯이 옆으로 검을 뻗은 채 도사리고 있다.

그리고 그 아름다운 푸른색 날개를 두 번 펄럭인다.

단지 그 동작만으로도 투기장의 모든 바람이 지배당해서 '용의 바람'이라는 별개의 현상으로 변질됐다. 바람은 마치 생명을 갖고 있는 것처럼 꿈틀거리며 내 몸에 엉겨 붙으려 들었다.

나는 그것을 뿌리치며 내달려서 스노우의 몸을 베어버리기 위해 육박한다.

우선은 단순하게 내리치는 검격. 하지만 나의 '근력'과 '속도'에 의해 구현된 그 공격은 단순히 내리치는 공격과는 그 차원이 다르다. 제아무리 숙련된 군인이라도 절대로 막아낼 수 없는 일격이다.

그런 나의 일격을 스노우는 검의 옆면으로 손쉽게 받아낸다.

나는 그 반동을 이용해서 즉시 후방으로 도약했다. 검을 맞대고 힘겨루기를 해야 하는 상황은 피해야 한다. 아마 나의 완력은 전 세계를 통틀어서도 최고 수준에 속하겠지만, 『용화』한 스노우의 완력은 압도적인 세계 1위일 게 틀림없다. 점점 밀릴 것이 불 보듯 뻔하다.

벌어진 거리를 좁히기 위해 스노우가 내달린다.

스노우 본인의 '속도'는 그다지 대단할 게 없다. 그러나 그것을 보조하는 '용의 날개'와 '용의 바람'이 그녀의 움직임을 대포알과도 같은 속도로 진화시킨다.

무시무시하게 넓은 한 발짝의 보폭. 그것은 보행이라는 표현보다는 비행이라는 말이 옳아 보인다.

스노우는 포효를 내지르면서 지면에 스치기 직전의 아슬아슬한 저공비행으로 육박, 후퇴한 나에게로 덮쳐든다.

"──아, 아아아아아, 아아아아아아아!!"

살갗을 후려치는 진동과 함께 믿기 힘든 무게감과 속도를 동반한 대검이 난폭하게 날아든다.

귀를 틀어막고 싶을 만큼 커다란 포효를 필사적으로 견뎌내고 대검을 피해낸다.

벼락같은 폭발음에 이어서 투기장 지면이 분쇄되었다. 수저로 과육을 떠낸 것처럼 대검은 지면의 흙을 후벼 팠다. 불꽃놀이처럼 모래가 흩날리고, 흙먼지가 인다.

나도 지지 않고 그 호쾌한 일격의 빈틈을 찔러서 검을 휘두르려 한다.

그런데 휘두른 검이 어째선지 엄청나게 무겁다.

내가 휘두른 검에 스노우의 '엉겨 붙는 마력'이 달라붙고, 거기에 '용의 바람'에 의한 힘이 더해져서 여차하면 팔이 뒤로 밀릴 것 같은 지경이 되었다.

결국 내 검이 스노우에게 도달하기 전에 그녀가 반격으로 휘두른 검이 내게 덮쳐든다.

할 수 없이 공격을 포기하고 검을 회피하는 데에 전념한다.

연신 폭풍이 몰아치고 굉음이 울려 퍼진다. 또 다시 지면이 깨져나가서 바닥이 평면의 형상을 상실해갔다. 스노우의 검은 폭풍보다도 무시무시한 재앙의 수준에 다다라 있었다.

그것은 그야말로 세계를 대표하는 최악의 상징. '용' 그 자체라 할 수 있으리라.

'용의 바람'으로 내 움직임을 속박하고 난폭하게 검을 휘둘러대는 스노우.

미처 피하지 못한 일격을 흘려보내다 보니, 내 검에 점점 흠집이 나고 있는 걸 알 수 있었다. 이대로 가면 검이 아예 망가지고 말 것이다.

나는 곧바로 다음 패를 꺼내든다.

스노우가 힘으로 밀어붙인다면, 나는——

"——선혈마법 〈펜릴 아레이스〉!"

마법에 기대는 수밖에 없다.

내가 가진 여러 패 가운데, 완력 대결과는 정반대의 위치에 있는 패를 선택했다.

그 마법의 선언과 동시에 심장이 요동친다. 두근, 하는 강
렬한 고동과 함께 시야가 빨갛게 물들었다.

스노우가 『용화』할 때와 마찬가지로 내 손등도 저절로 찢
어져서 피가 흘러나온다. 피는 증발해서 빨간 안개로 변해
내 몸을 휘감았다.

스노우가 『용화』라면 나는 『인화(人化)』라고 해야 할까. 스
노우가 용과 인간의 혼혈이라면, 나는 인간과 마석의 혼혈.
마석에 얽매인 이 몸을 한층 더 인간에 가깝게 만드는 것.
그것이 나의 선혈마법이다.

피 속에 깃들어 있는 천 명을 상회하는 '인간'의 기억 중에
서 나는 『펜릴 아레이스』를 선택했다. 이런 식으로 원래는
성인을 깃들일 예정이었던 몸은 근대 최강의 검사를 완전히
재현한다.

눈 색깔은 노란색에서 탁한 회색으로 변하고 금색 머리칼
사이에 빨간 머리칼이 섞이기 시작한다.

피를 통해 기억이 흘러들고 한 번도 배운 적이 없었던 검
술의 경험이 온몸에 젖어든다.

현재 나이 60세에 가까운 검성 펜릴. 세계 최고봉의 노련
한 검술을 세계 최고봉의 젊은 몸에 강림시킨다.

이것이 바로, 후즈야즈의 페데르트며 원로원의 레키 등이
구현하려 했던 『주얼 크루스(마석인간, 魔石人間)』의 정수. 다른
'누군가'로 변신하는 것에 특화된 나의 마법. 그 일환이다.

"스노우!!"

나는 반격에 나섰다.

지금까지 쓰던 독자적인 검술이 아닌 체계적으로 갈고닦은 기술로 스노우의 대검을 말끔하게 받아 넘기고, 뒤이어서 조금 전까지와는 전혀 다른 날카로운 일격으로 스노우를 몰아친다.

내 변화를 파악한 스노우는 놀란 기색을 보였고 곧이어 얼굴을 찌푸린다.

경악과는 다른 감정──목숨을 건 싸움 속에서 나를 보는 스노우의 시선에는 부러움이 묻어났다.

스노우는 대검을 휘둘러대서, 내 기술을 힘으로 찍어 누르려 한다. 그러나 나는 검술을 활용해서 그 모든 시도를 흘려보내고, 비껴내고, 회피한다.

나아가서 대검을 크게 휘두른 스노우에게, 내 검이 거의 도달할 수 있었다.

그에 대해 스노우는 검이 아닌 포효로 대응한다.

"──〈임펄스 하울링〉!"

스노우의 목에 용의 비늘이 돋아나고 세계가 일그러진다.

"아, 아아아아아아아아아아아아아아아아───!!!!!!"

그건 이미 목소리라 할 수도 없는 목소리.

난폭한 진동으로 변한 포효가 투기장 안의 풍경을 일그러뜨렸다.

주위를 둘러싼 결계가 덜컹덜컹 흔들린다.

배가, 『브아르훌라』가, 아니, 바다 그 자체가 진동하고 있다.

나는 포효를 견디지 못하고 결국 손으로 틀어막는다. 내 몸이라면 버텨낼 수 있을지도 모른다. 하지만 몸이 반사적으로 청각을 보호한 것이다.

그리고 스노우가 추가 공격을 가하려 했을 때, 화염의 비가 쏟아졌다.

"──〈플래임애로우 · 펄 플라워(산화, 散花)!"

허를 찔렸다고 판단한 디아가 후방에서 엄호해준 모양이다.

그 엄호를 활용해서 나는 멀찌감치 후퇴해서 태세를 정비한다.

하지만 귓전에서 벌레가 날아다니는 것 같은 귀울음이 멈추지 않았다. 뒤에 있는 디아와 세라 역시 나와 마찬가지로 얼굴을 찌푸리고 있었다.

내가 멀찍이 후퇴하자, 스노우는 딱히 추가 공격을 가하지는 않았다.

부러움과 원망이 뒤섞인 시선으로 쏘아본다.

"그 힘……. 척 보기에도 당신 힘이 아니잖아……!"

내 검술이 눈에 띄게 변화한 탓에 그 정체를 짐작한 것이리라. 선혈마법은 스노우도 즐겨 사용하는 분야였을 테니까.

안 그래도 무시무시하던 그녀의 마력이 한층 더 흉악함을 더해 가고 배 속 깊은 곳을 뒤흔드는 듯한 고동이 투기장 가득히 맥동한다.

그 고동은 서서히 스노우의 눈앞에서 응축되어 가고 이윽고 공 모양으로 변형되어 간다. 스노우가 날개를 펄럭여서, '용의 바람'으로 그 구형의 마력을 안정시키고 있는 것이다.

"대체 왜, 당신들은—— 〈드래군 어더〉어어!!"

이윽고 '용의 바람'에 의한 압축이 풀리고 응축된 진동이 해방된다.

풀려난 바람과 함께 공간을 일그러뜨릴 만큼의 진동이 이쪽으로 덮쳐왔다.

그 흉악한 마법에 맞서—— 나는 아무것도 하지 않는다. 마음 놓고 그 마법을 지켜본다.

이 거리에서의 마법전이라면 두렵지 않았다. 왜냐하면 마법을 이용한 전투에 있어서는 연합국 최강이라 할 만한 마법사가 뒤에 대기하고 있기 때문이다.

"——〈디바인 월〉!!"

디아의 마법에 의해, 신성한 빛의 벽이 내 눈앞에 전개됐다.

어마어마한 밀도의 마력으로 구성된 빛의 벽은 진동마법을 완전히 막아냈다.

"또야!!"

스노우는 울분에 차서 소리치고 질시 어린 시선으로 나를 쏘아본다.

전투를 거듭하는 동안, 나는 스노우의 감정을 조금씩 이해할 수 있게 되었다. 그녀는 여럿이서 힘을 합쳐 싸우는 우리를 질투하고 있는 것이다.

"스노우, 그렇게까지 우리를 질투하는 거야……?"

거리를 유지한 채, 나는 스노우에게 묻는다.

"……당신은 언제나 누군가의 보호를 받고 있어요. 언제나, 항상!!"

스노우는 말하는 동시에, 다시 진동마법을 구축해나간다.

방금 전에 사용했던 마법을 이번에는 다수 정제하려 하고 있는 것이다.

그래도 디아의 마법에는 당해낼 수 없을 것이다. 스노우도 세계 최고 수준의 마법사지만, 디아보다는 못하다. 그렇기에 나는 여유를 갖고 스노우에게 계속 말을 걸었다.

내가 생각하기에, 스노우를 이기는 데 필요한 것은 압도적인 힘이 아니라──말인 것이다.

"스노우도 지금까지 카나미의 보호를 받아왔잖아?"

"중요한 건, 지금까지가 아니라, 지금부터에요……. 앞으로 보호를 받을 수 없다면 아무 의미도 없어요……."

"앞으로도 계속 카나미의 보호를 받고 싶어? 스스로도 이렇게 강한 힘을 갖고 있으면서……? 분명히 말하는데 스노우는 다른 사람의 보호를 받을 만큼 약하지 않아. 어쩌면 현재 연합국 전체를 통틀어서도 최강에 해당할지도 모를 만큼의 힘을 갖고 있어. 그만한 힘이 있으면 어지간한 일들은 혼자서도 해결할 수 있을 텐데, 왜 그렇게 다른 사람의 보호를 받고 싶어 하는 거야……?"

카나미를 포기하라고 은근슬쩍 운을 띄운다.

말만으로 기세를 꺾을 수 있다면, 그보다 좋은 방법은 없다.

"제 혼자 힘으로 해결할 수 있었다면, 일이 이렇게 되지도 않았을 거예요. 저 같은 겁쟁이가 혼자서 살아간다는 게 얼마나 힘든 일인지……당신은 절대 몰라요! 수많은 사람들의 보호를 받으면서 살고 있는 당신은!"

"스노우가 혼자라고……?"

내 기억으로는 그녀가 혼자였던 적은 얼마 없다.

항상 워커 가문 사람이나 길드 사람들의 보호를 받고 있다.

그나마 혼자 있을 때가 있었다면 스노우가 워커 가문에서 도망쳤다는 소문이 돌았던 때 정도였다. 1, 2년 전에 글렌에게서 이야기를 들은 적이 있었다.

"예전에 스노우가 워커 가문에서 도망쳤을 때를 이야기하는 거야?"

"……알고 있다면 그 정도에서 넘어가 주세요."

자세한 것까지는 모른다.

하지만 이것이 스노우의 근원과 얽혀 있는 이야기라는 것을 느끼고, 이야기를 이어간다.

"아니, 그냥 넘어가는 건 좀……. 자세한 이야기까지는 모르니까……."

"복잡할 것 없어요. 도망 따위는 처음부터 불가능했던 거예요. 이 세상에 혼자 할 수 있는 일은 아무것도 없어요. 워커 가문이라면 제가 잠잘 새도 없이 추격자를 보낼 수도 있어요. 제가 항복할 때까지 쉴 새 없이 음모를 꾸며댈 수도 있어요. 그걸 끝까지 견뎌낼 순 없어요. 대체 어떻게 견뎌낼 수 있겠어요?! 모두가 죽어가는 와중에 혼자서 견뎌내라니……!"

보아하니 과거에 도망쳤을 때, 상당히 악랄한 방법으로 끌려온 모양이다.

말의 행간을 통해 전모를 예측하고 나는 스노우에 대한 설득을 시도했다.

"하지만 스노우가 끝까지 저항했더라면 결과는 달라졌을지도 몰라. 채산이 안 맞으면 상대방도 포기하게 돼 있어. 스노우 정도의 힘이라면, 그리고 끝까지 포기하지 않았다면, 분명……."

"제가 포기하지 않고 버티는 동안 도대체 얼마나 많은 사람이 죽을지 알기는 해요?! 적도 아군도 쉴 새 없이 죽어나가는데……! 저는 강하니까 안 죽어요. 저는 안 죽지만…… 같이 도망쳐준 친구가 선의로 도와주었던 누군가가 맥없이 죽어 버렸어요! 그게 얼마나 고통스러운 일인데……!"

"그래도 포기하지 않았다면 언젠가 완전히 따돌릴 수 있었을 거야. 스노우가 가진 힘이라면, 다른 사람들을 보호해주는 것도——."

"제가 아무도 지켜주지 못했으니까! 아무도 저를 지켜주지 않았으니까! 그래서 저는 지금 여기 있는 거예요!!"

그런 스노우의 절규에 맞추어 스노우가 준비해 두었던 대량의 진동마법 구체가 해방된다.

단 한 발의 위력만으로도 집 한 채쯤은 산산조각 낼 수 있는 마법이다. 그런 마법이 대량으로 비좁은 투기장 내에 난무한다.

"──〈디바인 애로우〉! 〈디바인 월〉!!"

디아가 신성마법을 구사해서 스노우의 진동마법을 상쇄시켜주고 있었다. 미처 상쇄하지 못한 것도 있었지만 그럴때는 세라가 기동력을 살려서 회피해주었다.

스노우의 마법 탓에 투기장 내의 포장된 지면은 이미 붕괴 직전이다. 황량한 바위산 같은 지형으로 변해 있고 흙먼지 때문에 시야까지 혼탁해져 있다.

그 흙먼지에 몸을 숨긴 채 스노우가 돌진해 온다.

나는 재빨리 검으로 맞받아친다.

검과 검이 맞부딪쳐서 힘겨루기가 벌어진다.

스노우의 얼굴이 내 얼굴과 맞닿기 직전까지 가까이 와 있었다. 그녀는 그 깜찍한 입을 움직여서 비굴해 보이는 웃음을 짓는다.

"그러니까 부탁이에요. 신의 현신님. 제발 부탁이니까, 『카나미』를 제게 주세요. 저와 함께할 수 있는 건 이 세상에 『카나미』밖에 없어요. 『카나미』라면 절대 죽지 않고 제 곁에 있어줄 수 있어요. 아니, 저를 아예 구해줄 수도 있어요. ……당신에게는 뒤에 있는 사도님도 있고, 당신을 찬양하는 시민들이 있잖아요. 그러니까『카나미』는 저에게 나눠주세요……. 부탁이에요. 에, 에헤헤……."

억지웃음도 아니고 마음속에서 우러난 웃음도 아니다. 어중간한 미소가 스노우의 얼굴에 달라붙어 있다. 소름끼치는 혐오감에 나는 식은땀을 흘린다.

"지, 지금, 무슨 소리를……."

"균형을 좀 맞추자는 거예요. 균형을 맞춰서 저는『카나미』와 한 쌍이 되고, 그쪽은 사도님과 한 쌍이 되는 거예요. 한 쌍과 한 쌍이니 딱 좋지 않나요……? 라스티아라 님과 시스 님은 두 분 모두 엄청나게 강하고 찬란하게 빛나고 있잖아요. 모든 사람들의 사랑을 받잖아요. 그 정도면 충분하지 않나요? 그러니까『카나미』는 저에게 주세요. 제발 부탁이니까……! 저에게 주세요……!"

터무니없는 논리다. 하지만 스노우는 진지하게 제안하고 있는 것이리라.

나는 스노우라는 소녀를 조금씩 이해해간다.

"──〈플레임 애로우〉!!"

스노우의 옆구리에 섬광이 꽂히고 스노우가 나가떨어졌다.

"이 여자가 아까부터 보자보자 하니까!"

디아가 마법을 내쏜 모양이다.

될 수 있으면 스노우와의 대화에 끼지 말라고 사전에 다

짐을 두었었지만, 이제 인내심의 한계에 달한 모양이다. 천성적으로 호전적인 성격인 디아에게는 처음부터 무리한 주문이었는지도 모른다.

"스노우 워커! 헛소리 집어치워! 그런 돼먹지 못한 생각으로 살고 있는 너에게『지크』는 너무 과분해!『지크』를 차지하고 싶으면 그에 걸맞은 힘을 먼저 길러!"

디아는 나가떨어진 스노우를 질타한다. 거기에 맞추어 나도 내 대답을 전한다.

"우리 디아는 싫다나 봐. ……나도 싫고."

스노우는 흙먼지 속에서 휘청거리며 일어서서, 용의 붉은 눈을 번뜩인다.

"이렇게까지 부탁했는데, 대체 왜……? 왜 안 된다는 거예요……?"

스노우는 이해하지 못하고 있었다.

왜 자신의 제안이 거절당했는지 정말로 이해가 가지 않는 기색이었다.

그렇게 한동안 어리둥절한 표정으로 있다가, 비틀거리는 걸음걸이로 이쪽을 향해 다가온다.

저주와도 같은 말을 내뱉으면서――.

"그렇다면 그냥 죽일게요. 죽여서라도『카나미』를 되찾을 거야. 되찾고, 말겠어……!!"

그녀를 옭아매고 있던 모든 것들이 떨어져 나가고 존댓말까지 사라졌다.

스노우의 마음이 있는 그대로 말로 표현되고 있는 것이리라.

지금까지의 비굴한 존댓말보다 몇 배는 더 마음에 와 닿는 목소리였다.

"요 며칠 동안 줄곧 『카나미』의 소리를 듣고 있었어. 줄곧 당신의 목소리를 들었어."

이제 교섭할 의지를 완전히 버렸다는 걸 그 분위기를 통해 알 수 있었다.

살에 박혀 드는 것 같은 살기와 함께 스노우의 마력도 변질된다. 물결치는 마력에 점착성이 생겨나서 여지저기에 달라붙으려 들었다.

"『카나미』를 『지크』로 되돌리려 하는 당신들이 나는 싫어. ──미치도록 싫어."

『용화』가 진행되어, 등에 달린 날개가 팽창된다. 바람이 한층 더 강해지고, 부서진 땅바닥이 진동한다.

이제 스노우가 정말로 우리를 죽이기로 마음먹었다는걸, 주위의 마력이 알려준다.

"여기서 죽어도 단순한 사고. 『무투대회』에서는 흔히 있는 일. 당신들은 내 세계에 필요 없어. 여기서 카나미의 과거를 끊어 버릴 거야……! 모조리!"

더 이상 대화가 성립되지 않았다.

스노우의 일방적인 선전포고였다.

그 살의가 살갗에 꽂힌다. 이제 교섭의 여지는 완전히 사라진── 것처럼 보였다.

"라스티아라! 더 이상은 못 버텨!"

뒤에서 디아가 전력으로 마법을 쓸 수 있도록 허가를 요구하고 있다. 아마『늑대화』하고 있는 세라도 같은 의견일 것이다.

"조금만 더! 조금만 더 기다려줘! 디아, 세라!"

하지만 나는 그 요구를 거절한다.

영웅담──꿈같은 이야기들을 너무 많이 읽은 건지도 모른다. 하지만 나는 지금 이렇게 서로의 본심을 털어놓는 순간이야말로 해결의 실마리가 될 거라고 믿고 싶었다.

그렇게 생각하고 스노우의 시선을 맞받아치려 했을 때──어느새 스노우가 눈앞에서 대검을 치켜들고 있었다. '용의 바람'을 등 뒤에서 폭발시켜서 살인적인 가속으로 돌진한 모양이다.

동시에 이동하는 과정에서 발생한 충격파도 내 몸에 몰아쳤다.

바람과 충격을 견뎌내면서 검으로 검을 맞받아쳤다.

검성의 검술을 활용해서 받아 넘기려 했지만 그럼에도 위력을 완전히 상쇄시킬 수는 없었다. 자세가 무너진 틈을 타서 스노우의 발차기가 날아든다. 코앞을 스치는 수준에서 가까스로 회피하자, 식은땀이 흩날렸다.

하지만 분명히 피했는데도 골이 뒤흔들린다. 발차기의 기세가 충격파가 되어 머리를 때린 것이다.

스노우는 거기서 그치지 않고 인정사정없이 덮쳐든다.

난폭하게 검을 내리치고, 휩쓸고, 베어 올린다. 때로는 타격과 잡기 기술도 곁들인다.

나는 그 공격들을 종이 한 장 차이로 피하면서—— 반격 수단으로는 검이 아닌 말을 선택했다.

"스노우! 기억이 돌아오건 말건 『지크』라는 이름을 쓰건 말건 카나미는 『카나미』잖아?! 스노우는 똑똑하니까 그 정도는 이해할 수 있을 거 아냐?! 그런데도 카나미가 『지크』였다는 걸 받아들이지 못하는 이유가 대체 뭐지?!"

설득 방식을 바꿔보자.

카나미가 스노우의 자립을 바라고 있다는 걸 알고 있었기에 그 점을 이용해서 설득하는 방법을 선택한 것이었는데, 그런 방법으로는 절대 그녀를 납득시킬 수 없으리라는 걸 깨달았다.

이 아이는 뼛속까지 피보호자다. 험한 말은 절대로 받아들이지 못한다. 스노우는 어리광을 받아주지 않으면 결코 막을 수 없을 것 같다는 느낌이 들었다.

스노우의 공격에 버텨가면서 나는 연신 말을 던졌다.

"그건, 카나미의 기억이 돌아오면 자기를 선택해주지 않을 거라는 걸 자각하고 있어서 그런 거 맞지?!"

내 말을 듣고 스노우의 표정이 굳어진다.

예상대로 현실적인 이야기는 받아들일 기색이 없었다.

"만약에 여기서 스노우가 이긴다고 해도 앞으로도 과거로부터 도망쳐 다니는 생활을 이어간다고 해도…… 카나미가 끝까지 아무것도 기억해내지 못할 거라고 정말 믿고 있는 거야?! 앞으로도 영원히 아무 일도 안 일어나고 평온하게 지낼 수 있을 거라고 정말 믿는 거야?! 그런 일은 절대 없어! 기억은 언젠가 꼭 돌아오게 돼 있어!"

"그딴 소리는! 듣고 싶지 않아! 카나미를 내 걸로 만들어 버리기만 하면!!"

스노우는 격앙되어 있었다.

예정대로다.

설득의 기본은 먼저 나락에 떨어뜨리는 것. 건져 올리는 건 나중에 해도 된다.

"지금 스노우가 하려는 건 그냥 임시방편일 뿐이야! 언젠 가는 부서질 게 분명한 환상을 바보처럼 지키려 하고 있는 것뿐이야!!"

"하지만 나는 그 환상 속에서만 '행복'해질 수 있어! '행복' 해질 수 있는 방법은 그것밖에 없어……! 나는 그래서어어 어——!!"

스노우는 이를 악물고, 한층 더 힘을 쥐어짜서 검을 휘두른다.

나는 그 공격을 계속 막아낸다. 그 난폭한 검술에는 빈틈이 많다. 마음만 먹으면 반격하기도 쉽다.

하지만 아직 멀었다. 아직 더 버틸 수 있다.

"나는 스노우에 대해 잘 몰라……. 하지만 자기보다 강한 누군가에게 매달리고 싶어 한다는 건 잘 알겠어. 그렇다면……, ──신성마법 〈그로우스 익스텐디드〉!!"

내 모든 마력을 신성마법에 쏟아 붓는다.

빛이 쏟아지고 강화 마법이 온몸에 스며들면서 신체에 걸리는 반동과 부담을 무시한 채, 신체능력이 극한까지 향상된다.

오래는 유지할 수 없는 무모한 마법이다. 하지만 지금 필요한 건 장기전 능력이 아니었다.

지금은 미궁이 아닌 시합장이다.

단숨에 모든 걸 걸어도 상관없다──!

"스노우!!"

"──신의 현신, 라스티아라!!"

내가 고함치자 스노우도 맞받아친다.

나는 강화된 힘을 이용해서 스노우의 검을 떨쳐낸다. 강화 상태인 지금은 힘겨루기에서도 내가 유리하다. 그리고 타격에는 타격으로 맞받아치고, 잡기 공격에는 잡기 공격으로 압도한다.

강철검과 강철검이 맞부딪치고 강력한 힘과 힘이 격돌한다.

서로의 살점이 파이고 뼈에 금이 간다.

초인적인 존재들 간의 충돌은 그 자체만으로도 서로의 목숨을 깎아먹는다.

스노우는 이런 상황에 당황하고 있었다. 세련된 검술로

대응하는가 싶더니, 갑자기 힘으로 밀어붙이고 드니 당황하는 것도 무리는 아니었다.

그 빈틈을 찔러서 나는 손에 들고 있던 검을 버리고 스노우의 양 팔을 움켜쥔다. 그리고 혼신의 박치기를 스노우의 이마에 꽂아넣는다.

갑작스레 박치기를 얻어맞은 스노우의 몸이 비틀거린다.

곧바로 있는 힘껏 몸을 날려 무릎으로 스노우의 배를 찍고 뒤엉키듯이 둘이 같이 쓰러졌다.

나는 스노우를 깔고 앉았다.

아직 서로의 얼굴이 가까이에 있다.

입이 닿을락 말락 할 만큼 가까운 거리에서 나는 선언한다.

"어때?! 나 엄청 강하지?!"

"──윽?!"

그 갑작스런 승리선언에, 스노우는 아연실색하고 있었다.

하지만 스노우는 곧 마음을 다잡고 나를 떨쳐내려 했다. 그 시도를 힘으로 찍어 누르고 나는 그녀를 바라보며 다정하게 속삭였다.

"있잖아, 스노우. 나는 안 될까?"

"──네?"

문득 스노우의 힘이 약간 누그러진다.

다행이다. 신성마법에 의한 나의 신체 강화는 일시적인 것이다. 끝까지 막무가내로 떨쳐냈다면 내팽개쳐졌을 것이다.

　나는 이것이 마지막 설득이라고 마음먹고 신중하게 표현을 선택한다.

　지금이야말로 나락에 빠진 스노우를 건져 올려 줘야 할 때다.

　"그렇게 다른 사람의 보호를 받고 싶다면! **내가** 스노우의 '영웅'이 돼서 구해줄게!"

　"다, 당신이……? 신의 현신인 당신이 '영웅'?"

　"응! 나는 어리바리한 카나미와는 달리, 중증 히어로 신드롬(영웅 증후군) 환자니까! 분명, 카나미보다 더 스노우에게 힘이 돼줄 수 있을 거야!"

　"마, 말도 안 되는 소리……. 당신은 그런 것과는 전혀 달라. 신의 현신으로 너무 완벽하게 완성돼 있어서, 사람들이 '영웅'으로 볼 리가 없어. 아무도 당신을 '영웅'이라고 생각하지 않을 거야!"

　"괜찮아, 괜찮아. 신의 현신 노릇은 이제 곧 그만둘 테니까! 라스티아라라는 한 사람의 인간으로서 '영웅'이 될 생각이니까! 그리고 영웅 라스티아라의 첫 번째 구출 대상은 스노우. 어때? 이러면 전부 다 해결되는 거 아니겠어?"

　"아, 아니, 잠깐……! 당신이 왜 나를……?"

　스노우의 몸에서 힘이 빠진다. 갑작스레 날아든 구원의 손길에 혼란스러워하고 있는 걸 알 수 있었다.

　"스노우의 비통한 절규가 마음에 쏙 들었으니까! 내 생각

에 '영웅'은 불행한 사람과 찰떡궁합인 것 같거든! '영웅'에
는 비극의 헤로인이 필요한 법! 최고의 궁합이 분명해! 나
와 스노우는 아주 잘 어울리는 사이라고 생각하는데!!"

역시 어리광을 받아주면 스노우는 이야기를 들어 준다.

내 말이 스노우의 가슴에 와닿았음을 실감할 수 있었다.

"그, 그럴지도 모르지만⋯⋯. 하지만 그건, 뭔가 좀 아닌
것 같아. 뭔가가, 좀 잘못됐어——."

"내가 워커 가문에서 스노우를 빼앗아줄게! 스노우가 선
택하기 싫은 걸, 내가 전부 다 대신 선택해줄게! 추격자도
뿌리쳐줄게! 스노우에게 안전과 자유를 약속해줄게! 스노
우의 꿈을 방해하는 게 나타나면 내가 모조리 다 깨부숴줄
게! 대가는 스노우가 내 것이 돼주기만 하면 돼!!"

"우, 우우⋯⋯."

스노우는 얼굴이 빨개지더니 시선을 외면한다.

상당히 효과를 발휘한 모양이다. 예전에 나를 건져 올려
주었던 대사는 스노우에게도 충분히 통했다.

이대로 카나미에 대한 스노우의 의존도를 내 쪽으로 끌고
오면 모든 문제가 해결될 것이다.

"아, 안 돼⋯⋯! 그런 게 될 리가 없어. 그건 **'진정한 영웅'**
이 아냐. 애초에 당신을 도저히 신뢰할 수 없어⋯⋯."

그렇게 생각했지만 스노우는 거부한다. 내 제안을 매력적
으로 느끼고 있지만, 그녀 안에 있는 '무언가'가 그것을 용
납하지 못하는 것처럼 보인다.

"나에게는 스노우를 구해야 할 이유가 있어!『무투대회』에서 승리하기 위해서! 카나미와 디아를 위해서! 나아가서는 취미를 위해서! 나를 믿어줘!!"

"아, 안 돼⋯⋯. 그럴 순 없어⋯⋯!"

"왜 안 되는 건데?! 말해줘, 스노우!"

"왜냐고⋯⋯? 왜, 왜지? 나는『카나미』의 도움을 받기를 원하고 있어. 라스티아라 님이 아니라,『카나미』의 도움을⋯⋯. 그, 그렇지만 대체 왜지? 나는 왜『카나미』의 도움을⋯⋯?"

스노우는 얼굴을 찌푸리고 바들바들 떨면서 연신 부정의 말을 뇌까렸다.

카나미 흉내까지 내봤지만 아무래도 그 정도로는 부족한 모양이다.

나와 스노우 사이에는 예전의 나와 카나미 사이에 있었던 것 같은 인연이 없다. 그렇기에 한 발짝이 부족한 것이다.

성공을 거두진 못했지만 눈에 띄게 빈틈이 생겨난 건 사실이다.

스노우는 별안간 나타난 편리한 도주로를 발견하자 미지의 감정을 느끼고 주저하고 있었다.

그 점을 찔러서 이번에는 스노우의 주의를 전투 이외의 것으로 돌리는 데 집중한다. 지금이야말로 누구나 알고 있었지만 누구도 말하지 않았던 것을 폭로해야 할 때다. ⋯⋯어쩐지 좀 신이 나기 시작했다.

"그랬구나. 역시, 스노우는 카나미를 좋아하는 거구나."

"——응?"

스노우는 생각도 못했던 말이라도 들은 것 같은 표정이었다.

그 표정을 보니 의심이 확신으로 변한다.

스노우의 성격상 '좋아하니까 결혼하고 싶은 게 아니라, 편하니까 결혼하고 싶다'라고 생각하고 있으리라는 건 추측하고 있었다. 이 반응으로 미루어보아 본인도 그렇게 생각하고 있었던 게 틀림없다.

하지만 그건 아니다. 그럴 리가 없는 것이다.

이렇게까지 강렬한 집착이 그런 단순한 이유일 리가 없다.

방향성은 다르지만 스노우는 나와 닮은 구석이 있다. 그렇기에 나는 스노우의 심층심리를 읽을 수 있다.

스노우의 마음은 어리다.

몸은 성장했고 누구보다도 강하다. 하지만 마음이 전혀 성장하지 않았다.

절망이 시작된 날 이후로 줄곧 마음의 성장이 멎어 있는 것이리라.

나와 마찬가지로 쓸데없이 큰 덩치를 갖고 있으면서도 마음은 유아나 다름없는 것이다.

그렇기에 그런 자신의 엄청난 연심을 알아채지 못하고 있다.

"분명, 그건 카나미를 좋아한다는 뜻일 거야. 그래서 나를 받아들이지 못하는 거 아냐? 영웅담 속 이야기처럼 스노우는 멋진 카나미가 자기를 구해주기를 원하고 있는 거 아냐?"

"아, 아냐……. 그건, 말도 안 돼……."

"그럼, 그 집착은 뭐지?"

"그, 그저……. 『카나미』가 내가 원하는 조건을 충족시키고 있는 것뿐이야. 그럴 리가 없어. 그냥 나한테 유리하니까, 나를 편하게 만들어주니까, 내 걸로 만들고 싶은 것뿐이야. 어쩐지 강하니까, 이용하려고──."

스노우의 생각이 일그러지기 시작한다.

지금까지 오직 자신을 위해서만 싸우고 있던 마음에 쓸데없는 요소가 섞이고 신념이 흔들린다.

그녀는 스스로의 자기중심적인 세계에 타인이 들어가는 것을 필사적으로 거부한다.

거부하지만── 그것은 거부하고 싶다고 해서 거부할 수 있는 게 아니다.

나도 마리아도 그랬었다.

"이용하려고 했던 것뿐이야. 카나미는 강하고, 착하고, 그러면서도 나에게 모질지 못하고, 믿음직하고, 빈틈이 많고, 내가 이용하기에 좋으니까……. ──어, 어라……?"

"보통은 그걸 두고 '좋아한다'라고 한다나 봐. 실은 나도 얼마 전에 안 거지만."

스노우의 『용화』가 느슨해져간다.

생각이 전투가 아닌 엉뚱한 곳으로 날아가버렸음을 훤히

알 수 있었다.

"내, 내가 카나미를 좋아한다고……?"

스노우는 절레절레 고개를 저으며 그렇게 뇌까린다.

자기 입으로 내뱉은 그 말을 자기 스스로도 도무지 믿을 수 없다는 기색이었다.

그리고 온몸의 힘이 빠져나간다. 도무지 싸울 수 없는 상태임이 역력하게 드러났다.

물론 나는 그 빈틈을 노린다.

"빈틈 발견!"

무릎으로 스노우의 배를 찍는다. 아까도 무릎으로 찍어서 내장에 타격을 준 곳에 한층 더 대미지를 더한다. 스노우의 몸이 고통에 경직돼 있는 틈을 타서 그 배후로 이동한다.

여전히 고꾸라져 있는 상태였으므로 이번에는 스노우가 위에 위치하는 형태다.

마무리로 나는 스노우의 목을 팔로 옥죈다. 이대로 기절시킬 작정이다.

"끄윽! 으윽?!"

스노우는 내 의도를 알아채고 다시 힘을 주려 한다.

하지만 나는 다시 귓가에 속삭인다.

"잘 생각해봐, 스노우. 네가 정말 카나미를 좋아한다면 자기만 생각하지 말고 상대방에 대해서도 생각해야 돼. 안 그러면, **정말로 미움을 사게 될걸**? 스노우는 좋아하는 사람이 있다는 것의 공포를 좀 아는 게 좋을 것 같아."

"조, 좋아하는 사람이 있다는 것의 공포?"

스노우는 처음 느껴보는 감정 앞에서 놀라 어쩔 줄 몰라 하고 있었다.

지금까지 그녀는 자기 자신을 위해서라면 다른 사람에게 미움을 사는 것쯤은 개의치 않았다. 자기 자신만이 전부라는 성가신 사고방식의 소유자였다.

그런 스노우의 생각에 장애물을 가미하는 것이다. 모두가 가진 당연한 제약을 건다.

그것은 좋아하는 사람에게 정말로 미움을 살지도 모른다는 공포.

스노우는 그런 약간 어른스러운 감정을 알고, 생각이 뒤흔들리고, 망설임 때문에 힘이 둔해져버렸다.

물론, 그 동안에도 나의 목 조르기는 계속되고 있었다.

그 망설임은 내게 충분한 공격 시간을 주었다.

"우, 우우……."

스노우의 의식이 흐려지고 몸에서 힘이 완전히 빠져나간다.

완전히 의식을 잃은 모양이다.

나는 그런 스노우의 몸을 부드럽게 안아 들고 선언한다.

"좋——아, 승리!! 살짝 비겁하고 허무한 승리였지만 말이지!"

철두철미하게 정신공격으로만 밀어붙여서 얻은 승리였기에 썩 기분 좋은 승리는 아니었다. 하지만 뒷일을 생각하면 이 방법을 택할 수밖에 없었다.

선혈마법 때문에 마력을 잃고, 뼈와 내장이 상한 상태라 해도, 패배한 스노우가 될 대로 되라는 심정으로 밤에 다시 습격해 올 가능성도 있었다. 하지만 말 때문에 생겨난 망설임이 있으면 스노우의 행동에도 많은 제약이 생겨날 것이다.

"후우. 이제 남은 문제는 가디언의 시합이겠네. 될 수 있으면 고전해줬으면 좋겠는데……."

스노우를 안은 채, 나는 투기장 구석에 피난해 있던 사회자 쪽으로 향했다.

기절한 스노우를 사회자에게 보여주어서 빨리 내 승리를 확정지어야만 한다.

약간 불안했지만 4회전은 우리의 완전 승리.

황무지가 되다시피 한 투기장 안을 걸으면서 그렇게 생각하고 있으려니——

"——!!!!"

멀리, 남쪽 방향에서 목소리가 들려왔다.

흥분에 휩싸인 관객석 너머의 남쪽. 아마, 가디언 로웬 아레이스가 싸우고 있는 남부 에어리어의 투기장선 쪽일 것이다.

"환호성……. 아니, 비명?"

먼 거리지만, 목소리는 또렷하게 포착되었다. 그만큼 커다란 목소리.

초인적인 청력을 가진 내 귀이기에 들을 수 있었다.

지금 로웬의 시합이 벌어지고 있는 곳에서 관객석으로부터 비명이 터져 나오고 있다.

나는 그 점에 불안을 느끼고, 뒤쪽에 있는 두 동료에게 시선을 돌린다. 두 사람은 고개를 끄덕이고 내 쪽으로 다가왔다. 무슨 일이 일어난 건지는 몰라도, 빨리 카나미와 합류해야 한다고 생각한 것이리라.

내 의견도 마찬가지였다.

시급히 시합을 마치기 위해 한층 더 발걸음을 서둘러서, 우리는『무투대회』4회전을 끝냈다.

4회전 시합은, 북부 에어리어와 서부 에어리어에서 예정대로 진행돼서, 나와 라스티아라 팀은 승리를 거두었다. 그리고 남부 에어리어에서 로웬이 순조롭게 승리했다는 소식도 들려왔다.

다음 시합인 준결승에서는 나와 라스티아라가 맞붙고, 로웬은 발트국 대표팀과 맞붙게 되었다고 한다.

라스티아라 일행과 합류한 후에 내가 가장 먼저 확인한 것은 스노우의 안전이었다.

죽지는 않았지만 상당한 중상을 입어서 병원으로 실려 갔노라고 라스티아라 본인이 가르쳐주었다.

〈디멘션〉을 이용해서 병원시설이 있는 배 안에 만신창이

상태의 스노우가 병상에 누워 있는 것을 바로 파악했다. 회복마법을 사용한다 해도, 하루아침에 완치되기 힘든 상태임을 알 수 있었다.

하지만 내일까지 스노우가 움직이지 못한다는 건 우리 입장에서는 반가운 이야기였다. 그렇다고는 해도 아직 방심할 수는 없었다. 지금의 그녀라면 중상을 입은 몸을 질질 끌고서라도 일을 벌일지도 모른다.

나는 앞으로 일어날 일들을 예상하면서 옆에서 걷는 라스티아라와 정보를 교환한다.

"으――음……. 가디언 로웬 녀석, 자기 정체를 관객들에게 밝혔다나 봐. 도대체 무슨 생각을 하고 있는 건지 모르겠다니까."

나와 합류하기 전에 길거리를 오가는 사람에게서 로웬에 관한 정보를 수집한 모양이다. 남부 에어리어 시합의 흐름을 가르쳐준다.

"로웬이 자기 입으로……?"

"시합에서『검성』펜릴 아레이스를 꺾은 후에 당당하게 선언했다는 모양이야."

"선언? 초죽음이 돼서 몬스터화한 게 아니라?"

"응. 선언."

"대체 왜 그런 짓을……?"

지금껏 줄곧 감추고 있던 걸, 이 타이밍에 밝히는 이유를 알 수가 없었다.

"물론, 그 뒤에 대회 관리자에게 포박당했다나 봐. 다만『무투대회』는 누구도 거부하지 않는다는 것으로 명성을 얻고 있는 이상, 로웬의 참가 자격을 취소시키는 일은 없을 거라는 모양이지만."

"몬스터 신분으로 체포당한 건가……. 로웬……."

내가 로웬의 속내를 추측하려 했을 때—— 시야가 깜깜해진다.

갑작스런 현기증에 휩싸이고, 무릎이 꺾여서, 자칫하면 고꾸라질 뻔했다.

"카나미, 괜찮아?!"

디아가 재빨리 내 몸을 부축한다.

"그, 그래, 괜찮아……. 그냥 좀, 시합 때문에 피곤해서 그런 거야."

나는 디아의 부축을 받으며 목소리를 쥐어짜듯 말했다.

이쯤 되니, 제대로 움직이는 걸 상상도 할 수 없을 지경이었다.

"이, 일단, 방으로 돌아가자! 서둘러, 라스티아라!"

"그래. 일단은 방으로 돌아가자. 리퍼와 합류하면 여러모로 안정을 되찾을 수 있을 테니까."

디아와 라스티아라의 목소리가 아득하게 들린다.

나는 부축을 받은 채, 힘이 들어가지 않는 다리를 억지로 움직여서 이동한다.

자신이 어디를 걷고 있는지도 모르는 상태로 나는 이끌리는 대로 발걸음을 옮겼다.

그리고 어느 방으로 이끌려 들어가서 의자에 앉혀진다.

등 뒤에서 목소리가 들려온다.

"수고했어, 오빠. 일이 다 잘 풀린 것 같아서 나도 기뻐."

"리퍼야……? 혹시 괜찮으면, 스노우와 로웬을 감시해 줘……. 만약에 스노우가 우리 쪽에 접촉을 시도한다면 내가 이야기할게. 패배해서 머리가 좀 진정된 스노우라면 이야기가 통할지도 모르니까……."

리퍼는 치하의 말과 함께 내 머리에 젖은 수건을 얹어주었다.

"으──음, 스노우 언니랑 이야기하는 건 포기하는 게 좋을 것 같은데? 오빠 지금 상태로는 제대로 이야기도 못 할 테니까. 그리고 라스티아나 언니의 설득 덕분에 많이 얌전히 지기도 했는걸. 그냥 내버려두면 알아서 자기 고민을 해결할 수 있지 않을까 하는 생각이 들 만큼 설득이 효과를 발휘했어. ……그러니까, 지금은 기억을 되찾는 일에 집중하자. 어중간한 도움보다도 그러는 편이 더 스노우 언니에게 도움이 될 테니까."

"그렇구나. 라스티아라가 시합 도중에 설득해줬단 말이지?"

나는 엘미라드와 싸우느라 라스티아라 일행의 싸움에 대해서는 자세히는 모른다.

입으로는 험한 말을 했지만 라스티아라는 그녀 나름대로

스노우를 설득해준 모양이다.

"그럼, 로웬은? 나는 로웬 쪽도 신경이 쓰이는데."

"로웬도 걱정할 필요는 없어. 어차피 움직일 수 없는 상태니까."

"아아, 리퍼도 현재 상태를 알고 있나 보네."

"로웬은 '최강'에게 승리를 거두고 '검성'까지 뛰어넘었어. 여기까지 올라왔다는 건, 즉 그런 뜻이야. 토너먼트 대진표는 기억하고 있겠지?"

"어, 으응⋯⋯."

로웬은 일찌감치 '최강' 글렌 씨와 맞붙었고, 아까 '검성' 펜릴 아레이스와 맞붙었다. 그리고 그 두 사람을 멋지게 물리치고 상위전에 진출한 상태다.

"그렇다면, 로웬이 원하는 '영광'은 이미 충분히 달성한 것 아닐까? 그러니까 이제 자기 정체를 감추는 걸 그만둔 거고 앞으로는 우리 쪽에 시비를 걸 생각도 안 할지도 몰라."

리퍼의 긍정적인 사고방식에 살짝 설득당한다. 하지만 아직 납득이 가지 않아서 나는 여전히 미간에 주름을 잡고 있었다. 그것을 보고 리퍼는 탄식하며 뒤에서 내 머리를 쓰다듬는다.

"분명 로웬에게는 로웬 나름대로의 생각이 있을 거야. 그러니까 오빠가 없더라도 로웬은 괜찮아. 아무 걱정 안 해도 돼. 그런 생각을 할 시간이 있거든, 내일 있을 준결승에 대해서나 생각하는 게 좋을 거야. 오빠는 기억을 되찾는 것만 생각해······."

리퍼는 스노우 및 로웬과의 접촉에 대해 부정적이었다.

디아 역시 그와 같은 의견인지 동조하는 말을 늘어놓는다.

"그 말이 맞아, 카나미. 지금은 스노우나 로웬 녀석에 대해 생각하는 것보다, 내일 일에 대비해야 할 때야. 뭘 하든 우선은 '팔찌'를 파괴하는 걸 가장 우선시해야 돼."

아무래도 지금 스노우나 로웬과 대화를 원하는 건 나 혼자뿐인 모양이다.

머리가 너무 달아오르는 바람에, 나만 정상적인 판단이 불가능해진 건지도 모른다.

"라스티아라······. 나는 아무것도 안 하는 편이 나은 거야?"

현재 있는 멤버들 중에서 가장 냉정하고 정확하게 상황을 파악하고 있는 건 라스티아라일 터였다. 그녀의 판단에 몸을 맡기는 게 가장 견실한 방안일 거라 생각했다.

"그래······. 아무것도 안 하는 게 좋겠어. 우선 기억을 되찾는 게 가장 중요한 일이라는 건 분명한 사실이니까."

라스티아라는 충분히 뜸을 들인 끝에, 천천히 대답했다.

"알았어. 라스티아라가 그렇게 말한다면, 그렇게 할게."

약간 아쉬운 기분도 들었지만 어쩔 수 없다. 애초에 반론할 여유도 없고 움직일 기력도 없었다.

──이제 한계다.

하지만 이 정도 한계 상태라면, 준결승에서 확실하게 라스티아라 일행에게 패할 수 있을 거라는 확신이 있다. 나는 안심하면서 등을 의자에 기대고 더 이상의 생각을 포기한다.

시간감각마저 흐려지는 가운데 라스티아라의 마지막 지시를 듣는다.

"카나미, 이제 그 컨디션을 유지하기만 하면 돼. 시합 전에 부를 테니까, 그때까지 그냥 거기에 앉아 있어."

그렇게 하자.

그냥 가만히 앉아있는 거라면, 지금의 내 기력으로도 할 수 있을 것 같다.

잠들면 아마 누군가가 깨워주겠지.

그저 시간이 흐르기만을 기다리면 된다…….

"그래. 우선은 기억을 되찾는 거야, 오빠. 그렇게만 하면…….'

몽롱한 의식 속에서 리퍼의 목소리가 들려온다.

내가 움직이지 않는 것을 확인하고 리퍼도 **안심하고 있다.**

"──내 소원도 이루어져."

염원이 이루어진다는 모양이다.

내게는 그것이 남의 일처럼 느껴졌다.

애초에 말의 의미를 생각하는 것부터가 불가능했다. 리퍼의 성취를 자기 일처럼 기뻐해줘야 하련만, 도무지 기뻐할 수 없었다.

그저, 이제야 리퍼의 염원이 이루어질 수 있게 됐다는 정보만이 머릿속에 남는다.

그리고 깊디깊은 어둠 속으로 곤두박질친다.

내 의식이 현실과 분리되어 간다.

어둠속에서 나는 시간이 흘러가기만을 하염없이 기다렸다——.

——마치 몇 년이나 되는 시간이 지난 것만 같은 느낌이다.

그런 몽롱한 의식 속에서 나는 스스로의 상황이 변화한 것을 느꼈다.

이제 하루가 지났을 터였다.

그리고 누군가에게 손을 이끌려 어떤 방으로 이동했다…… 그런 느낌이 든다.

낯선 방에서 잡음 같은 목소리가 들려온다.

"그럼, 이 대기실에서 기다려. 담당 직원이 오거든 투기장까지 걸어오기만 해. 그러면 계획은 성공이니까—— 아니, 내 말 들리기는 하는 거야? 으——음, 리퍼, 뒷일은 알아서 처리해줘."

"나만 믿어. 오빠는 내가 확실하게 배웅할 테니까."

"응, 부탁할게. 그럼, 우리는 반대쪽에서 입장할 테니까, 있다가 보자."

"잘 다녀와——!"

누군가의 목소리가 사라지고 주위에서 인기척이 사라진다.

눈을 비비고 주위를 확인하니, 내 곁에는 검은 머리의 아담한 소녀 한 명만이 있을 뿐이었다.

그 소녀는 주위를 둥실둥실 떠다니는 게 정신 사납기 짝이 없다.

깊은 어둠 속에서 나는 그 소녀의 행적을 눈으로 쫓는다. 그러고 있으려니, 땅거미가 내린 하늘을 나는 나비를 시선으로 쫓는 것처럼 어쩐지 마음이 편해졌다.

시간이 흐르고 새로운 사람이 방 안에 들어온다.

그 사람은 내 이름을 부른다.

"아이카와 카나미 선수의 입장시간입니다. ……그런데, 괜찮으세요? 정말 참전하시려는 것 맞죠?"

아이카와 카나미……?

아아, 그건 내 이름이다.

아마도 내게 묻고 있는 모양이다.

"카나미 선수! 대답하세요! 대답 안 하시면 강제적으로 기권시킬 거예요!"

기권……?

그건 곤란할 것 같다는 느낌이 든다. 그것만은 절대 안 된다는 건 알겠는데, 그 이유가 생각이 안 난다.

아니, 마음만 먹으면 기억해낼 수 있겠지만, 지금 당장은——

"자, 잠깐만 기다려줘, 담당자님!"

여자아이가 담당자와 나 사이에 끼어든다.

그리고 내 쪽으로 다가와서 귓가에 속삭인다.

"오빠, 조금만 더 버티면 돼. 그러니까, 힘내. 지금 남아 있는 마지막 힘을 모조리 짜내서 시합에 나가지 않으면 기억을 되찾을 수 없다고. 원래 세계로 돌아갈 수 없다고. 그래도 괜찮겠어? 원래 세계로 돌아가지 않으면——."

아주 중요한 발언인 것 같다는 느낌이 든다.

'기억' '원래 세계' '돌아간다'. 그것은 분명 아주 중요한 것들일 터였다.

"소중하디 소중한 여동생은 어떻게 되는 거야?"

'내 여동생'?

그 이름은—— 기억나지 않는다.

하지만 그 여동생이 내 목숨보다 더 소중한 존재라는 것만은 알 수 있었다.

그것만은 어느 때건, 어떤 상황에서건 기억해낼 수 있다.

여기서 내가 시합에 불참하면 여동생이 위험해질지도 모른다는 이야기를 들은 이상, 출전하지 않을 수는 없는 노릇이다.

"죄, 죄송해요……. 그냥 잠이 좀 부족해서 그런 거예요. 시합에는 아무 문제없어요. 출전할게요. 싸울게요."

입을 움직여서 의사 표현을 하고.

자리에서 일어서서 눈을 뜬다.

주위를 둘러보며 정보를 수집한다.

눈에 익은 대기실이다.

이제부터『무투대회』준결승이 시작된다는 걸, 나는 가까스로 이해했다.

"그렇다면 다행이지만……. 아이카와 카나미 선수, 힘들 것 같으면 언제든지 기권할 수 있다는 걸 잊지 마세요. 그럼 이쪽으로 오시지요. 준결승이 시작돼요."

아마도 내게 질문을 한 것은 대회 운영진 측의 직원이었던 모양이다.

나는 안내하는 직원을 따라 걸어갔다.

그런 내 곁에서는 검은 머리의 소녀——『**사신**』이 내 손을 잡고 있다.

"정신이 들었나 보네, 오빠. 그럼, 다녀와. **다른 누군가를 위해서가 아니라**, 여동생을 위해서 싸우는 거야. 그 점을 잊지 마."

"그래, 다녀올게. 리퍼."

나는 상황을 이해하고 발걸음을 내딛는다.

어둠 속을 걷고 있는 것 같은 감각은 아직 가시지 않았다.

하지만 조금 전과는 다르다. 리퍼 덕분에 나는 굳건한 의지를 손에 넣었다.

스스로의 소원을 오인하지 않기 위해.

모든 기억을 되찾기 위해.

나는 싸워야만 한다.

당장이라도 어둠의 나락 속으로 빠져들 것만 같은 상태지만 이를 악물고 그것을 견뎌낸다.

이제 몇 분만 더 버티면 된다.

그 뒤에는 정신을 잃건 말건 상관없다.

기다란 회랑을 걸어 투기장 문으로 들어간다.

사회자의 안내방송도 관객들의 환호성도 모조리 무시하고 나는 서둘러 중앙으로 걸어간다. 어차피 이제 모든 소리가 귀에 거슬리게만 들리는 거시다.

투기장 안, 반대편에는 내 협력자인 라스티아라 일행의 모습이 잇었다.

내가 여기까지 걸어온 걸 보고, 일단 안심한 기색이었다.

하지만, 나는 언제 의식을 잃어도 이상할 게 없는 상태다. 빨리 대결을 시작해야 한다.

"규, 규칙을⋯⋯."

나는 목소리를 쥐어짜듯이 말한다.

정면에서 라스티아라가 대답한다.

"사회자! 서론은 됐으니까, 빨리 시합을 시작하자! 우리가 마음대로 규칙을 정해도 돼? 괜찮겠지? 안 된다고 해도 어차피 이미 다 정해 놨다고!"

그리고 라스티아라는 내 곁으로 와서 소곤소곤 말을 건다.

"카나미, 미리 정한 대로 대답해야 돼."

"⋯⋯그래, 걱정 마."

며칠 전에 의논해서 결정한 규칙을 머릿속에 떠올린다.

내가 고개를 끄덕이는 걸 보고 라스티아라는 사회자에게도 들리도록 큰 목소리로 말한다.

"우리 라스티아라 팀은 '무기 떨어뜨리기'도 '꽃 떨어뜨리기'도 아닌 규칙을 제안할 생각이야. '무기 떨어뜨리기'는 소질에 따라 유불리가 갈리고 '꽃 떨어뜨리기'는 화염마법을 쓸 수 있는 쪽이 유리하니까. 그건 너무 불공평하잖아."

예정대로다. 나도 사전에 정했던 대사를 내뱉는다.

"……그럼, 어떤 규칙으로 할까?"

"그래서, 우리는 '팔찌'를 준비했어. 카나미 선수도 비슷한 '팔찌'를 차는 거야. 이 '팔찌'를 빼앗거나── 혹은 부수거나 하는 규칙이라면 그럭저럭 공평하지 않겠어? 이 규칙, 어때?"

라스티아라는 시치미를 뚝 떼고 연기한다.

그 말을 들은 사회자는 잠시 고민하다가 관객들에게 설명한다.

"전례가 있는 규칙입니다. 이런 부류의 규칙은 '심벌 떨어뜨리기'라고 합니다. 저희 대회 운영진 쪽에서는 불만 없습니다만 아이카와 카나미 선수는 괜찮으시겠습니까?"

"……괜찮아요. 서로의 '팔찌'를 부수는 걸로 하죠."

나는 고개를 끄덕인다. 이제 승부조작 준비는 다 끝났다.

"양측의 승인이 떨어졌습니다. 방식이 결정됐습니다. 규칙은 '심벌 떨어뜨리기'. 먼저 상대의 '팔찌'를 파괴하는 쪽이 승리입니다."

규칙이 정해지자 귀청을 뒤흔드는 진동이 한층 더 거세어졌다.

관객들의 흥분은 한층 더 달아오른다.

"자아, 규칙이 정해졌습니다! 그럼 양측 선수들은 무엇을 걸고 싸우는 걸까요! 지금까지 쭉 카나미 선수의 경기를 맡아 진행해왔던 제 입장에서는 궁금하기 짝이 없습니다!!"

그리고 싸움에 걸 것에 대해 질문한다.

마치 이게 진짜 본론이라는 것 같은 말투다. 하지만——

"아무것도 안 걸 거예요."

"우리도 딱히 걸 건 없는데——."

우리는 딱 잘라 고개를 가로저었다.

"네, 에에에엣——?! 아무것도 안 걸겠다고요?! 『무투대회』 준결승에서? 지금까지 그렇게 터무니없는 내기를 해놓고, 여기서 아무것도 안 걸겠다니! 제정신입니까, 카나미 씨이이이이이?!"

"네, 제정신인데요."

여전히 유난히 나에 대해서만 친근하게 군다니까……

쓴소리라도 해주고 싶은 심정이었지만 나는 그런 충동을 꾹 참고 진행을 우선시한다.

"라스티아라 님도 말입니다! 전 시합에서 카나미 선수를 걸고 싸워서 이기고 올라오셨으니, 여기서 뭔가 보상을 요구하셔도 상관없어요! 아니, 보상이 있는 게 더 자연스러워요! 아무런 보상도 없는 게 더 이상하지 않습니까?! 지금이라면 카나미 씨도 거절할 수 없는 분위기니까, 뭐든지 말씀하셔도 된단 말입니다! 뭐든 말씀 좀 해주세요! 모든 관객들이 목 빠지게 기다리고 있을 겁니다! 분명히요!"

"아니, 필요 없어. ……카나미에게 바라는 게 있다면, 딱히 이런 곳에서 부탁할 것 없이 개인적으로 부탁하면 그만이니까. 그렇지, 디아?"

디아는 갑자기 자기에게 이야기가 돌아오는 바람에 잠시 고민에 잠겼다가, 라스티아라의 말에 동의한다.

"그래, 앞으로 우리는 계속 같이 있을 거니까……. 더 이상 조급해할 필요도 없겠지."

라스티아라는 그 말을 듣고 웃으며 외친다.

"이야기 들었지? 우리는 아무것도 안 걸 거야!"

그 외침은 관객석에도 들린 모양이다. 환호성 사이에 불만 어린 목소리가 섞이기 시작한다.

"큭, 엄청나게, 정말 엄청나게 애석한 일입니다! 양측 모두 이렇게까지 거부하니 억지로 강요할 수도 없겠군요! 수많은 여인들을 농락하고 마음이 있는 것 같은 기색을 보여왔던 카나미 선수에게 많은 기대를 걸었습니다만…… 어쩔 수 없죠. 라스티아라 팀과 어쩐지 친해 보여서, 좀 더 실언을 해줄 거라고 기대했습니다만……. 크으윽──!!"

몽롱해져 있는 의식으로도 똑똑히 알 수 없었다. 이 녀석은 적이다.

그런 내 분노를 알아챈 사회자는 허둥대며 말을 잇는다.

"하지만 더 이상 이야기해봤자 헛수고일 것 같네요! 그럼, 시작합시다. 『첫 번째 달 연합국 종합기사단종 무도회』 북부 및 서부 에어리어의 종합 준결승전, 개시!!"

시합 개시 선언이 떨어진다.

나는 무거운 몸을 질질 끌고 맨손으로 라스티아라에게 다가간다.

그와는 대조적으로 라스티아라는 검을 쥔 채 가벼운 발놀림으로 내게 다가온다.

거리는 아직 멀다.

검이 닿기 직전의 거리에서 라스티아라가 말한다.

"간다, 카나미! 일단 양 팔다리의 뼈를 부러뜨릴 테니까, 움직이면 안 돼!"

"좋아, 시작해!"

나는 무슨 일이 일어나도 움직이지 않겠노라고 마음을 다잡고 라스티아라를 기다린다.

그리고 서로의 검이 닿을 거리에 돌입한다.

그 찰나, 라스티아라가 검을 휘둘렀다.

우선 내 왼쪽 허벅지에 검이 박히려 했고── 날카로운 금속음이 울려 퍼진다.

나는 나도 모르는 사이에 '소지품' 속에서 『크레센트 펙트 라즐리의 직검』을 꺼내서 라스티아라의 칼부림을 쳐내버렸다.

라스티아라의 목적이 '팔찌' 파괴라는 걸 나는 알고 있다. 그렇기 때문인지 이른 단계에서 '저주'가 반응한 모양이다.

뒤이어서 날아드는 라스티아라의 검격까지도 나는 무의

식적으로 쳐내버린다.

몸이 제 멋대로 움직인다.

타격이 날아들면 막아내고, 붙들려고 하면 손을 뿌리친다.

아무런 보조마법도 사용하고 있지 않건만 완벽한 방어였다.

나는 이를 갈면서 어떻게든 내 몸의 움직임을 멈추려고 기를 쓴다.

하지만 그런 나에 비해서 라스티아라는 태연해 보였다.

이 정도 반응은 처음부터 예상하고 있었던 것이리라.

"──〈그로우스〉!"

라스티아라는 스스로의 몸을 강화시켜서 약간 속도를 올린다.

내 방어가 서서히 약해져가고 있다. 최종적으로는 라스티아라의 강렬한 일격에 의해 자세가 완전히 무너진다. 그 틈에 라스티아라의 돌려차기가 내 몸통에 꽂힌다.

"끄, 으윽!"

허파 속의 공기가 모조리 빠져나가고 몸이 공중에 붕 떴다.

완전히 옴짝달싹 할 수 없는 상태였다. 그때, 지금껏 때를 기다리고 있던 디아의 마법이 발사된다.

"──〈심포지온 노아〉!"

상공에서 거대한 빛의 구체가 떨어져 내린다.

그 질량 전부가 내 무방비한 몸에 직격해서 나는 땅바닥에 내팽개쳐지고 짓눌렸다.

온몸에 타격이 몰아치고 시야에 하얀 불꽃이 튀었다.

두뇌에 날카로운 고통이 스치고 온몸이 굳어졌다.

라스티아라는 그 경직의 순간을 노리고 있었다.

내 왼팔을 붙잡고 인정사정없이 역방향으로 꺾었다.

"끄윽, 으아아아악!!"

대나무를 쪼개는 것 같은 소리가 울려 퍼지고 이번에는 둔탁한 통증이 두뇌에 몰아쳤다.

"좋아, 하나 부러뜨렸어! 다음!"

팔꿈치에서 열기가 느껴지고 견디기 힘든 통증을 자아낸다.

뼈가 부러진 부분은 팔꿈치 근처일 것이다. 나는 최대한 그 고통을 곱씹으려 애썼지만 몸이 제멋대로 고통을 의식 밖으로 몰아냈다.

다시 인정사정없이 추가 공격을 퍼부으려 하는 라스티아라—— 나는 그 손목을 붙잡고 한 번도 익힌 적 없는 기술로 반격에 나선다.

한계에 가까운 수준까지 몸을 낮추고 라스티아라의 힘을 끌어들여 상대의 자세를 무너뜨려서 그대로 매치기 동작에 들어갔다.

3회전에서 프랑류르가 사용했던 합기도나 유도와 비슷한 기술이다.

나는 '저주'의 완성도에 놀랐다. 나 스스로는 아무것도 의식하지 않았건만, 단 한 번 본 게 전부인 기술을 내 것으로 만들어 사용하고 있는 것이다.

라스티아라는 무참하게 나동그라졌지만 곧바로 공중제비를 돌아 자세를 가다듬고 다시 돌격해 온다.

하지만 한 팔을 잃은 내 몸은 교묘하게 라스티아라의 공격을 회피해 나간다.

"나 참, 엄청 끈질기네! ──〈그로우스〉!!"

라스티아라는 마력을 소비해서 한층 더 기어를 올린다.

그 신체강화 마법을 이용해서 잔상이 남을 만큼 어마어마한 속도로 파고들더니 압도적인 완력으로 내 손을 붙잡는다.

당연히 나는 반사적으로 그 손을 뿌리치려 한다. 하지만 라스티아라는 그것을 미리 예측하고 있었다. 곧바로 인정사정없는 주먹질이 배에 꽂히고 내 온몸이 경직된다.

그러자 '저주'는 최후의 수단으로 마법을 선택한다.

배 속 깊은 곳에서 마력을 끌어올려서 냉기로 변환. 그것을 체외로 방출해서 〈디 윈터〉를 구축하려 하다가── 그 모든 게 산산조각 났다.

컨디션 악화로 인해 회전이 무뎌진 머리가 〈디 윈터〉 구축에 실패한 것이다.

냉기라고 부르기도 민망한 서늘한 바람이 라스티아라의 뺨을 어루만진다.

라스티아라의 앞머리가 둥실 떠오르고 그녀의 미소가 드러난다.

내가 마법에 실패한 것을 보고, 승리의 확실을 얻은 미소다.

이제 나에게는 라스티아라의 공격을 막을 방법이 없다.

나도 패배를 확신했다.

끝났다.

라스티아라의 검이 내 『크레센트 펙트라즐리의 직검』을 후려치자, 검이 손을 떠나 나가떨어진다. 또 다시 칼날이 날아들자, 이번에는 몸을 숙여서 회피했지만 그 눈앞에 라스티아라의 발이 닥쳐든다.

충격과 함께 눈에 보이는 풍경이 상공으로 날아오르고 두 발이 지면에서 떨어진다.

자세를 가다듬지 못한 채 공중에 나가떨어진 상태에서 다시 눈앞에 라스티아라의 주먹이 날아든다.

――예정대로 완벽한 체크메이트다.

이게 적중하면 장기간 행동불능 상태에 빠질 것이다.

그리고 나로서는 이 주먹을 피할 도리가 없다. 시합 종료다.

조금씩 라스티아라의 손이 내 얼굴에 박혀 들어간다. 슬로모션처럼 움직이는 손을 쳐다보면서 안도한다.

드디어 요 며칠간의 긴 고행으로부터 해방될 수 있다는 생각에, 가까스로 이어져 있던 의식의 고삐가 풀려버린다.

이제 곧, 나는 이 주먹에 의해 패배하겠지.

패배해서 '팔찌'를 상실한다.

기억을 되찾는다.

그걸로 끝.

끝이다.

——**끝**이라고?

오싹하고 정체불명인 마력이 등줄기를 타고 올랐다.

그것은 차원속성도 빙결속성도 아닌 마력.

어둠 속성의 마력이 '팔찌'로부터 흘러나와서 내 척추 속으로 침투해 들어오는 것이 느껴졌다.

——정말 끝나도 괜찮은 걸까……?

나는 자문자답한다.

——정말 '팔찌'가 부서져도 괜찮은 걸까……?

아무것도 생각하지 않으려 애쓰고 있건만 저절로 머릿속에 의문이 떠오른다.

거기에 저항할 수 없었다.

——이 '팔찌'는 그 무엇보다도 소중한 것 아니었던가……?

'팔찌'가 소중하다는 것만이 떠오른다.

다른 생각들은 모조리 떨어져 나가고 오직 그것만이 생각난다.

동시에 의식이 아득히 멀어진다.

의식은 멀어져서 어둠속 깊은 나락에 빠져간다.

그 바닥이 바로 '저주'의 종착점.

거기에 도달하고 만 것이다.

분산되어 있던 사고가 수축되어 가고 이윽고 단 한 가지 생각밖에 할 수 없게 된다.

 단 한 가지 생각. 그것은.

 ──**지켜야 해.**

 지난 날, 지키겠다고 누군가에게 맹세했던 것.

 지난 날……? 그게 언제지? 어린 시절?

 내 손이 아주 조그맣고, 시선도 낮았던 시절의 기억.

 코를 찌르는 소독제 냄새. 병상에 누워있는, 누구보다도 소중한 그녀 앞에서 맹세했을 터였다.

 지키는 것만이 내 존재 의의라고.

 나의 소중한……?

 소중한 '팔찌'를 지키겠다고 맹세했던 것이다──!

 [최종방어술식 : 어둠 마법 〈배리어블 버서크(예측 불가의 대영웅)〉이 발동했습니다]

 모든 술식이 『인식장해』에 소비되었습니다

 『인식장해』에 +10.00의 보정이 걸립니다

 깊디깊은 어둠 속, 암흑 저 너머, 망막에 '표시'가 나타났다.

 그리고 지금껏 무슨 짓을 해도 부술 수 없었던 '팔찌'에 금이 가는 것이 느껴졌다. 그 어둠의 대마법 발동에 의한 부담이 '팔찌'의 내구치를 웃돌기 시작한 것이리라.

 당장이라도 부서질 것 같은 '팔찌'는 마치 마법도구를 이용해서 마법을 발동시켰을 때와 비슷한 상태였다.

아니, 비슷한 게 아니다. 똑같은 것이다.

이 '팔찌' 역시 특정한 마법을 발동시키기 위한 물건이었다는 뜻이 된다.

그렇기에 멈출 수 없다. 〈디 윈터〉로도 멈출 수 없다.

『──아아, 이제 조건이 갖춰졌어. 자, 카나미 형씨. 소중한 여동생을 위해서 눈앞에 있는 적들을 해치우자고.』

어둠속 깊은 곳에서, 어쩐지 들떠 보이는 목소리가 들려왔다.

그래, 말 안 해도 당연히 그럴 셈이다.

이 '팔찌'는 내가 기필코 지켜낼 것이다. 지키고 말 것이다.

그 점만 알고 있으면, 다른 건 아무것도 몰라도 좋다.

그리고 나는──눈을 부릅뜨고, 시야에 비친 적을 확인한다.

지금 눈앞에는 '팔찌'를 부수려 하는 적이 있다. 그 주먹이 바로 코앞에 있다.

적의 수는 셋. 아름다운 소녀 둘과 뛰어다니는 늑대 한 마리.

알고 있다. 이 녀석들은 나를 전투불능 상태로 만들어놓고 '팔찌'를 파괴할 계획이다.

절대로 패배해서는 안 될 적들이다──!

『하하핫! 자, 예전 일을 재현할 수 있겠어?! 소중한 한 사람을 위해서 다른 걸 모두 희생시켜버리자고!! 필요하다면 세계까지도! 그렇게 하면 카나미 형씨는 '예전의 카나미'에 다가갈 수 있다니까!!』

　그 들뜬 목소리에 의해 마음뿐만이 아니라 시야까지 어둠에 물들어 갔다.

　이제 내 모습은 어둠에 완전히 뒤덮여 버렸다.

　이제 누가 적인지도 알 수 없을 지경이다.

　하지만 내가 해야 할 일이 무엇인지는 똑똑히 알 수 있다.

　내게 있어 가장 소중한 것은 '팔찌'다.

　그리고 눈앞에 있는 적은 '팔찌'를 파괴하려 하고 있다.

　그것만 알면 충분하다.

　적의 마수로부터 '팔찌'를 지켜내고 말겠다.

　그걸 위해서라면 어떤 희생도 불사할 것이다. 죽이는 것도 불사한다. 그것이 진정한 나다.

　어둠속에서 나는 마법을 영창한다.

　아니, 외친다.

　"마법, 〈디 오버 윈터〉어어어어어어어어어————!!!!"

　자신이 가진 최고의 마법을, 온 힘을 다해서——

[스테이터스]

　HP 152/303　MP 0/751

　HP 147/298　MP 0/751

　HP 142/293　MP 0/751——

눈에 띄게 줄어드는 수치.

어둠속 깊은 곳에서 나는 지금 생명을 불사르고 있다.

하지만 그 생명을 아끼는 감정조차 이제 없다. 사라졌다.

이제 지키는 것만이 전부.

나의 전부다.

단순해서 알고 쉽고 더없이 시원시원하다.

"아핫, 아하하하하핫——!!"

나는 소중한 것을 지킬 수 있다는 기쁨을 알고 아주 오랜만에 진심에서 우러나온 웃음을 지었다.

◆ ◆ ◆ ◆ ◆

——내 주먹이 명중하리라고 확신했을 때 카나미는 안심한 듯 웃었다.

그런데 안도감에 물들었던 눈동자 색이 한 순간에—— 이질적인 것으로 변한다.

흑요석처럼 까만 눈동자에 보라색의 빛이 뒤섞여서 기묘한 흑자색 눈동자가 된다.

나는 그 색의 정체를 알고 있다.

카나미가 차고 있는 '팔찌'로부터 보라색 마력이 용솟음치고 있는 게 보인다. 그것이 뒤통수를 통해 몸속으로 들어가서 내부로부터 보라색 빛을 내뿜고 있는 것이다.

그 보라색 마력은 안도에 차 있던 카나미의 미소를 광기에 찬 미소로 바꾸고 절규하게 했다.

"마법, 〈디 오버 윈터〉어어어어어어어어어————!!!!"

냉기와 차원 속성의 고등마법이 구축된다.

하지만 당연히 그것은 금세 흩어졌다. 카나미의 컨디션 상, 이런 고도의 마법을 유지하는 건 불가능하기 때문이다.

그러나 입과 코에서 피를 흘리면서도 카나미는 순간적으로나마 마법 구축에 성공했다.

순간적으로 구축된 겨울의 마법.

그 마법에 의해 카나미는 현재의 공간 정보를 취득해서 내 주먹의 속도를 감속시키는 데 성공한다.

그리고 부러진 왼팔을 내뻗어서 내 주먹을 막아냈다.

그 팔에는 힘은 없다. 하지만 육체 방벽을 중간에 끼워 넣어서, 안면에 받는 충격을 완화시킨다.

팔에 복합골절이 일어나는 감각과 함께 카나미는 나가떨어졌다.

나는 이를 갈면서 그 모습을 지켜본다.

상당한 대미지를 입혔지만 필살의 타이밍이 어긋나고 말았다.

카나미는 땅바닥 위를 나뒹굴고 흙먼지 속에 휩싸인다.

그리고 곧 검은 그림자가 그 흙먼지 속에서 비틀비틀 일어섰다.

흙먼지가 걷히고 그 섬뜩한 형체가 백일하에 드러났다.

왼팔은 꺾여서 축 늘어져 있다. 얼굴은 창백하고 생기가 느껴지지 않았다. 최근 며칠간의 불면에 의한 몸 상태 악화로 눈 밑에는 새까맣고 진한 다크서클이 생겨나 있었다. 온몸에 무수한 찰과상과 타박상을 입은 상태이니 손가락 하나 까딱하기만 해도 통증이 몰려올 것이다. 몸속의 마력은 완전히 고갈됐고 위장에는 물밖에 들어있지 않으니, 그 넝마가 된 몸속에는 에너지로 변환할 수 있는 것이 하나도 없다. 『무투대회』가 열리는 사흘 내내 줄곧 싸워온 몸은 이미 인간의 한계를 한참이나 넘어선 상태다.

고통과 구역질을 넘어서 무시무시한 죽음의 맛이 혀 속 깊은 곳으로부터 치밀어 오르고 있을 것이다.

──더 이상 싸울 수 있을 리가 없어.

그렇건만, 카나미는 일어서서 검을 손에 든 채 이리로 걸어오고 있었다.

"아핫, 아하하하하핫──!!"

그것도 웃으면서──.

척 보기에도 정상이 아니다.

『의신의 눈』이 적의 스테이터스를 파악한다. 시합 전에 비해서 '상태'의 『인식장해』가 월등하게 상승해 있는 것을 보고, 식은땀을 흘린다.

"지켜야만, 해……."

카나미는 한바탕 웃고 나서 중얼중얼 뇌까리며 흙먼지 속을 걸어왔다.

그 발걸음은 휘청거린다. 하지만 어째선지 쓰러질 것 같다는 생각은 들지 않았다.

"그래, 내가 지킬 테니까, 걱정 마……. 아하핫, 기필코 내가 지킬 테니까……."

카나미는 검보라색 눈을 번뜩이며 웃더니 '팔찌'를 어루만졌다.

생사의 경계선에 서 있는 마당이건만 그 표정은 다정하고 온화하다.

카나미는 완전히 의식을 잃은 상태다. 그렇게 판단하기에 충분한 미소였다.

"이거, 완전히 의식을 잃었는걸. 그런데도 움직인다는 건 팰린크론의 마법인가……? 디아, 카나미의 정신오염이 점점 심해지는 패턴인가 봐! 최대한 신성마법으로 상태 이상을 억눌러!"

나는 사전에 세워두었던 별개의 계획으로 이행한다.

"알았어, 라스티아라! ──〈스트라스필드〉!"

신성한 마법 결계가 투기장 전체에 전개된다.

모든 어둠을 몰아내고, 정신을 진정시키는 빛의 마법이다.

하지만 카나미에게는 효과가 없다.

보라색 마력이 방어막을 형성해서 빛을 막아내고 있다.

"내가 지키겠어……!"

그 빛의 결계에 반응해서 카나미는 이쪽을 향해 내달린다.

처음보다도 더 빠른 움직임이다.

이건 내 추측일 뿐이지만, '팔찌'가 한계를 넘은 싸움을 강요하고 있는 것이리라.

숨 쉴 틈도 없이 검과 검이 부딪친다.

기묘한 감촉이었다. 분명히 부딪쳤는데도 반동이 적었다. 카나미의 검에 전혀 힘이 담겨있지 않았다.

몸 상태의 악화 때문에 힘이 담겨 있지 않은 거라 생각했지만, 곧 그것이 잘못된 생각임을 깨닫는다.

카나미의 검은 마치 내 검을 그대로 통과한 것처럼 내 목을 향해 육박해 오고 있었다.

그건 나도 알고 있던 기술이었다. 덕분에 가까스로 그 검을 회피할 수 있었다.

"바, 방금 그건 아레이스의 기술?!"

바로 최근에 『펜릴 아레이스』의 힘을 사용한 적이 있었기에 알 수 있었다.

틀림없이, 카나미는 검성에 비견될 만한 검술을 사용했다.

내 의문에 대꾸하지 않고, 카나미는 연신 검을 휘두른다.

나는 그 맹공을 아슬아슬하게 막아내면서 후퇴한다.

"──〈파이어 애로우 · 펄 플라워〉!"

내가 밀리고 있다고 판단한 디아가 마법을 내쏜다.

그 빗발처럼 몰아치는 화염 때문에 카나미는 추가 공격을 단념할 수밖에 없었다.

나에게도 몇 발의 불화살이 쏟아진다. 서둘러 쏘는 바람에 조준이 제대로 되지 않은 것이리라. 신성마법으로 불꽃을 막아내면서 멀찌감치 거리를 벌린다.

그런 나와는 대조적으로 카나미는 마법을 일체 사용하지 않은 채 신체능력만으로 회피한다.

무수히 쏟아지는 불꽃에 맞서서 그중 몇 발에 얻어맞으면서도 쉴 새 없이 고개를 움직여 가며 쏟아지는 불꽃들을 **눈으로 보고** 회피하고 있었다. 진귀한 광경이었다.

아마, 지금의 카나미는 조금의 감지마법도 사용하고 있지 않을 것이다. 몸 상태로 보아, 언제 소실될지 모를 마법은 신뢰할 수 없다고 판단한 것이리라.

검보라색으로 물든 눈을 씰룩씰룩 움직여 가며 오직 시력에만 의존하고 있었다.

그것은 마력이 고갈됐다는 증거다. 나는 약간 안심한다.

마력을 잃은 마법사 카나미는 별다른 위협이 되지 못한다.

차원마법을 중심으로 한 카나미의 전술은 흉악한 수준이다. 하지만 뒤집어 말하면 거기에만 전적으로 의존하고 있다고 할 수도 있다.

차원마법이 없는 카나미는 그럭저럭 뛰어난 실력을 가진 검사에 불과하다.

비록 그 검술이 검성의 것이라고 해도, 그 정도는 아직 내 허용범위를 벗어나지 않는 수준이다.

나는 마음을 다잡고 카나미에게 덤벼든다.

"──선혈마법 〈펜릴 아레이스〉! 신성마법 〈그로우스〉!"

마력을 소비해서 근접전투능력에 특화된 상태로 만든다.

그리고 화염의 비를 모조리 피해낸 카나미에게 쉴 틈을 주지 않고 공격을 시도한다.

그에 맞선 카나미는 기묘한 움직임을 보였다.

어느 틈엔가 검을 잡는 자세가 조금 전과는 전혀 달라져 있었다.

칼날을 땅에 대고 나를 요격하려 하고 있었다.

눈에 익은 독특한 자세다. 검을 내리고 상대방의 움직임을 기다리는 그 자세는── 내 뒤에 있는 세라 레이디언트의 '검술'이다.

내가 사정거리 안으로 들어간 순간 카나미는 검을 베어 올린다. 나는 몸을 팽이처럼 회전시켜서 그 공격을 회피한다. 그 기술을 자주 겪어본 덕분인지 피하기가 상당히 쉬웠다.

내가 회피했음에도 불구하고 카나미는 자세를 가다듬고 다시 베어 올리는 공격을 되풀이하려 한다.

정확하게 세라의 검술과 일치하지만 깊이가 한참 부족했다. 내가 유유자적하게 회피하면서 최후의 일격을 날리려고 했을 때── 카나미의 왼팔이 움직인다.

청색과 백색으로 이루어진 아름다운 검을 들고 있는 오른손과는 별개로 왼손에는 또 다른 우락부락한 검을 쥐고 있었다. 그 흉악한 칼날이 내 눈앞으로 닥쳐든다.

나는 재빨리 검을 빼서 방어에 동원하고 경악에 차서 펄쩍 뛰어 물러선다.

카나미의 왼팔은 완전히 부러졌을 터였다. 그런데도 검을 쥐고 나를 공격한 것이다.

——방금 그 허를 찌르는 공격은 라그네를 흉내 낸 건가……?

자칫 잘못하면 시력을 상실할 뻔했다.

거리를 벌리고 카나미를 관찰해서 있을 리가 없는 두 번째 검의 정체를 알아낸다.

왼손 일부가 얼어붙어 있었다. 부러진 팔꿈치에 얼음이 달라붙어서 고정하고 있다. 검을 움켜쥔 손도 마찬가지다. 이러면 고통 때문에 검을 떨어뜨릴 일도 없을 것이다.

팔꿈치를 굽힐 수는 없지만 검이 가진 최소한의 기능은 발휘할 수 있다.

카나미는 놀라는 내 모습에 개의치 않고 계속 몰아붙인다.

이번에는 얼어붙은 왼팔을 감추지 않는다. 두 자루 검을 자유자재로 휘두르며 싸우고 있다.

——이번에는 쌍검……?

헤르빌샤인의 기술에 가깝다. 완성도는 낮지만 예전의 하인 헤르빌샤인을 방불케 했다.

변화무쌍하게 바뀌는 그 검술들은 나를 곤혹스럽게 만든다. 주도권을 빼앗긴 건 틀림없는 사실이다.

주도권을 이쪽으로 되찾아오기 위해서, 나는 거듭 마법을 사용할 수밖에 없었다. 몸에 부담이 가겠지만, 지금은 그런 걸 따지고 있을 상황이 아니다.

"──2중 전개! 선혈마법 〈하인 헤르빌샤인〉!"

보기 드문 쌍검 전법 때문에 고전하는 상황이라면 일시적으로 그 분야의 전문가에게 조언을 구하면 된다.

나는 하인의 지식을 통해서 쌍검에 대한 모든 것을 파악하고 전투를 유리하게 이끈다.

그 격차는 압도적이었다.

카나미의 어설픈 쌍검술은 금세 밑천을 드러내서 그 오른손에 들고 있던 청색과 백색의 검이 튕겨져나갔다. 그리고 왼손의 얼어붙은 검만이 남았다.

나는 절호의 기회라 확신하고 카나미의 팔을 움켜잡기 위해 달려들었다.

그러나 그 순간, 어째 몸이 붕 뜨는 느낌이 들더니── 어느새 오히려 내 팔이 붙잡혀 있었다.

"어──?"

부드러우면서도 재빠른 무술이었다. 붙잡힌 순간, 카나미가 빙글 공중제비를 도는 걸 느낄 수 있었다. 하지만 카나미를 붙잡으려던 내 손이 어떻게 해서 풀리고 오히려 붙잡히는 신세가 된 건지는 알 수가 없었다.

──이 기묘한 무술은, 아까 익힌 건가……? 그렇다면 글렌 워커? 아니, 스노우의 기술? 아아, 뭐가 뭔지 모르겠어!

엘트라류 학원의 무술도 섞여 있기 때문인지, 그 기술의 출처를 알 수가 없었다.

아니, 나의 '피'가 모르는 걸 보면……어쩌면 연합국에는 존재하지 않는 이세계의 무술일지도 모른다.

"——〈그로우스 · 익스텐디드〉!"

이 거리와 상황에서는 어떤 일이 일어날지 알 수가 없다. 나는 힘으로 상황을 역전시키려는 시도에 나섰다.

한계를 초월한 힘과 속도로 카나미의 팔을 뿌리치고, 옆구리를 걷어차고, 곧바로 후방으로 물러선다.

단 몇 초 정도의 강화마법이었지만 그 부담은 온몸에 몰아쳤다.

어제 스노우와의 전투에서도 사용한 기술인 탓에 그 부담은 어마어마했다. 〈그로우스 · 익스텐디드〉는 컨디션이 최상일 때라도 될 수 있으면 사용하고 싶지 않은 카드인 것이다.

거리가 떨어지자, 다시 디아의 마법이 쏟아진다. 카나미는 발이 묶여서 더 이상 나에게 공격을 가하지 못한다.

우리는 다시 서로의 시작 지점으로 돌아와 있었다.

수많은 기술의 응수가 이루어졌지만 결국은 제자리다.

그 시작지점에서 카나미가 뇌까린다.

"내가, 지킨. 다. 지킬 거야——, 아하핫——아핫, 아하하하하핫!!"

웃으면서 비틀거린다. 당장이라도 쓰러질 것만 같다.

한계를 넘어섰다는 건 분명하다. 마력을 제대로 가다듬지도 못하는 상황이다.

마법을 사용한다고 해도 피를 토하는 것 같은 고통 끝에 초급마법 정도를 발동시키는 게 고작일 것이다. ……그런데도 이길 수가 없다.

전에 카나미가 언급한 적이 있었던 『뇌내 마약』이라는 것 때문일까? 아니, 그것만 가지고는 설명이 되지 않는다. 지금의 카나미는—— 그 상태로 미루어보아, 아무 생각도 하고 있지 않을 가능성이 있다.

오로지 '지키는 것'에 대한 생각으로만 가득하다.

그 이외의 사고능력은 0. 모든 것이 반사적인 판단일 뿐.

이 세계에서 보고 배운 기술들을 하나씩 대충 사용하고 있는 것뿐.

복잡한 생각은 집어치우고, 그냥 대충——.

"뭐, 뭐야, 이건……? 혹시, 차원마법에 의존하지 않고, 잡생각을 하지 않는 카나미가 더 강하다는 건가……?"

나는 식은땀을 흘린다.

일반적으로는 사고능력을 상실하면 약해지기 마련이다. 상식적으로 생각하면 당연한 일이다.

하지만 이 비정상적인 소년은 상식이 통하지 않는 것이리라.

카나미는 생각할 여유가 있으면 괜한 잡념에 빠진다. 대량의 MP가 있으면 그걸 허비한다. 이런저런 구실을 붙여서 능력 사용을 자제한다. 결과적으로 자신의 장점인 동체시력과 반사신경을 제대로 활용하지 못한다. 괜히 폼을 잡는 경우도 많고 이유 없이 검을 사용하는 데 집착한다. 다정한 성격 때문에 항상 적을 걱정한다. 특유의 완벽주의가 부작용을 나타내서, 사소한 일로 부정적인 생각에 빠진다. 등
등——.

지금 카나미에게서는 그 모든 악습들이 사라진 것이다.

마법을 사용할 수 없다고 해서 그 힘을 과소평가했던 게 오산이었던 모양이다.

나는 심각한 표정으로 뒤쪽에 있는 디아에게 지시를 내린다.

"디아, 최선을 다해서 싸우자. 팔다리를 잿더미로 만들어버릴 각오로 마법을 사용해."

"잿더미?! 라, 라스티아라……, 진짜 최선을 다해서 싸워도 돼?"

"저건 위험해도 너무 위험해. 힘 자체만 보면 나이프처럼 짤막한 칼 정도겠지만, 우리를 죽이기에 충분한 힘을 갖고 있는 게 분명해. 지금의 카나미는 체력도 마력도 사고력도 판단력도 상실했지만, 그래도 충분히 위험해……!!"

"역시『지크』구나. 알았어. 팔다리 한두 개쯤 날려버릴 각오로 싸울게."

"기회가 왔다 싶으면, 나까지 같이 날려버려."

"……알았어."

뒤쪽에서 작전을 비판하는 늑대의 목소리가 들려오는 것 같기도 했지만 무시했다.

여기서 내 안전에 연연하다가는 이길 수 있는 싸움도 못

이긴다.

최악의 경우, 내가 중상을 입더라도 디아만 무사하다면 회복할 수 있다.

이 싸움만큼은 기필코 승리해야 한다. 만에 하나 나 자신이 희생되는 한이 있더라도——!

"간다, 카나미! 디아, 세라!!"

전원에게 선언하고 내달린다.

그 앞쪽—— 카나미는 얼어붙은 손을 교묘하게 움직여서 어느새 활을 겨누고 있었다.

재빠르고도 우아하게 화살을 얹고 나에게 연사한다.

그 움직임은 예전에 축제에서 본 내 모습이다. 감회에 잠긴다.

하지만 그 감회는 내 각오를 한층 더 단단하게 만든다.

활의 조준은 정확했지만, 이 상황에서 그 정도 원거리 무기는 아무런 효과도 없었다.

내달리면서 몸을 틀어서 화살을 피한다.

화살이 통과하고 그 대신 내 등 뒤에서 디아의 〈플레임 애로우〉가 닥쳐온다.

상당한 마력이 담긴 마법 화살이었지만 그 움직임을 처음부터 읽고 있던 카나미는 이미 그 궤도에서 피한 상태였다. 〈플레임 애로우〉는 카나미 뒤로 날아가서 결계에 구멍을 내고 그 너머에 있는 벽까지 약간 녹이고 나서야 사라진다.

적절한 힘 조절이다. 결계의 강도를 예측하고 주위의 피해를 최소화하면서도 카나미를 잿더미로 만들 수 있는 적절한 〈플레임 애로우〉였다.

『불의 이치를 훔치는 자』 아르티의 제자는 역시 뭐가 달라도 다르다.

〈플레임 애로우〉를 피한 카나미는 활을 버리고, 아무것도 없는 공간에서 검을 꺼낸다.

검과 검이 교차한다.

이 감촉은 아레이스 가문의 검술이다.

카나미가 구사하는 검성의 세련된 검술을 나 역시 검성의 세련된 기술로 막아낸다. 같은 검성의 검술에 신체 스펙은 내 쪽이 우위── 그렇건만 어째선지 나는 힘싸움에서 밀린다.

카나미의 검술은 검성 펜릴의 실력을 월등히 웃돌고 있다.

이건 가디언인 로웬의 소행이 분명하다. 그 녀석의 실력은 근대의 검성을 월등히 웃돌고 있다. 그것을 곁에 보아온 카나미 역시 마찬가지인 모양이다.

괴물 같은 칼부림이 연신 종이 한 장 차이로 내 옆을 스쳐간다.

눈 깜짝할 사이에 살갗이 상처투성이가 되어간다. 아까는 자칫 잘못하면 귀가 떨어져 나갈 뻔했다.

정신이 아득해질 만큼 무시무시한 몇 초가 지났을 때, 디아의 지원 공격이 날아든다.

"——〈디바인 애로우 · 샤인레인〉!!"

하늘에서 빛의 화살이 쏟아져 내린다. 지원 공격이라고는 하지만 조준은 무차별에 가깝다.

카나미는 그것을 눈으로 보고 피하려 하고 있었다.

다만 번쩍이는 빛의 화살은 불꽃보다 보기가 힘든 것 같다.

카나미가 방어에 전념하는 것을 보고 나는 마법을 영창했다.

이 마법으로 승부를 결정지을 작정이다.

마법을 구축하면서 나는 마음속으로 나 자신에게 맹세한다.

——카나미만은 기필코 구해내겠어! 무슨 일이 있어도 카나미만은!!

그러지 않으면, 나를 구해준 카나미에게 보답할 수 없다.

카나미는 이런 어리석은 나를 구해주었다.

하지만 나를 구하는 바람에 카나미는 펠린크론에게 붙잡혔다. 마리아도 마찬가지였다.

그러니까 내가 여기서 목숨을 바쳐서 그를 구해주지 않으면, 그가 뭘 위해서 나를 구해준 건지 알 수 없게 돼버린다. 카나미의 기억이 돌아왔을 때, 얼굴을 마주할 면목이 없다.

그러니까, 나는——!!

"——〈그로우스 · 익스텐디드〉으으!!"

한계를 초월한 강화마법에 의해, 생명이 깎여나간다.

몸이 불꽃보다 더 뜨거워지고 근육의 섬유가 끊어져나가

면서도 인생 최대의 힘을 발휘할 수 있게 된다.

오랜만에 느끼는 감각이다.

예전에는 '가호'를 통해 공포를 지워버리고, 이렇게 생명을 위험에 빠트려 가며 싸웠었다.

하지만 지금은 각오와 맹세에 의해서 목숨을 위험에 노출시키고 있다.

그것이 기뻤다.

나를 그렇게 바꿔준 카나미를 위해서도, 나 자신을 위해서도, 나는 싸울 것이다——!

그 전력을 다한 강화마법을 카나미는 싸늘하게 지켜본다. 또 무식하게 힘으로 밀어불일 작정이라 생각하고 있는 것이리라.

나는 한껏 미소를 짓고, 온 힘을 다한 주먹을—— 땅바닥을 향해 휘두른다.

투기장의 인조 대지가 깨져나간다. 지면의 강도는 스노우와의 시합 과정에서 파악한 상태였다. 지금의 나라면 맨손으로도 이 배에 구멍을 낼 수 있다.

바닥이 붕괴되고 각양각색의 형태를 한 바위들이 중력을 거슬러 튀어 올랐다.

위에서는 빛의 화살이 쏟아져 내리고 밑에서는 암석들이 하늘을 향해 튀어오른다.

제아무리 카나미라도 그것들을 전부 다 파악할 수는 없으리라—— 나는 그렇게 생각하고 있었다.

그러나 카나미의 힘은 여기서 한층 더 강화됐다.

절대로 모든 공격을 파악할 수 없으련만 카나미는 **눈을 감고** 그 모든 것들을 피해내고 있었다. 육감에 따라 움직이면서 찰과상 하나 입지 않는다.

그 움직임을 보고, 이 일순간에 모든 것을 매듭짓겠다고 새삼 결의를 다진다.

아마, 카나미의 힘은 시간이 지나면 지날수록 더 강해질 것이다. 그런 예감이 들었다.

나는 일순간에 모든 것을 걸고——, 내달린다——!

공중에 떠 있는 바위를 발판 삼아 카나미에게 달려든다.

양쪽 모두 공중에서 벌이는 일순간의 싸움이다.

나는 결사의 각오로 카나미에게 검을 휘두른다. 카나미는 웃으면서 그 공격을 맞받아친다.

그 반격에 의해 왼팔이 부러지고, 옆구리가 찢어지고, 다리가 찔렸지만, 나는 카나미의 검을 연신 맞받아친다. 완력의 차를 이용해서, 쉴 새 없이 검을 휘두른다.

그리고 드디어 카나미의 오른손에 들려 있던 검을 쳐내는 데 성공한다. 나는 미소를 지으며 연결동작으로 검을 휘두르려 했지만 갑자기 자세가 무너지고 말았다.

카나미가 부러진 왼팔을 이용해서, 주위에 흩날리고 있던 내 긴 머리카락을 잡아당긴 것이다. 아까 그 빙결마법은 임의로 해제할 수 있는 것이었던 모양이다. 손에 접착되어 있던 검은 없었다.

나는 알 수 없는 울분을 느꼈다. 하지만 그 감정의 정체는 잘 모르겠다. 다만, 지금은 머리카락에 연연하고 있을 때가 아니라 생각하고, 내 검으로 내 머리카락을 절단한다.

이제 더 이상 머리카락을 붙잡히는 일은 없으리라.

그러나 단 한순간의 방심도 용납하지 않는 공방전 속에서 그 행동은 많은 빈틈을 만들었다.

카나미의 발길질이 내 오른손 손목에 적중해서 나는 검을 놓치고 말았다.

상관없다. 중요한 건 살상능력이 아니다.

나는 맨손으로 카나미에게 밀착해서 그 양 어깨를 붙든다.

이에 맞서서 카나미는 오른손으로 내 목을 움켜쥐었다.

──그리고 나와 카나미는 공중에서 낙하해간다.

먼저 카나미의 악력에 내 목이 짓눌린다. 그 대신 나는 카나미의 몸을 마음대로 움직일 수 있는 권리를 얻었다. 낙하에 맞추어, 있는 힘껏 카나미를 땅바닥으로 내팽개친다.

"크으, 으악!!"

카나미는 땅바닥에 내팽개쳐져서 지면을 쪼개버리고 큰 대자로 뻗어서 신음했다.

나는 그 위에 착지해서 마운트 포지션을 취하고 곧바로 카나미의 얼굴에 주먹을 퍼붓는다.

저항할 도리도 없이 푸걱 하는 소리와 함께 카나미의 얼굴이 변형되었다.

하지만 카나미는 피투성이가 된 와중에도 오른손으로 내

'팔찌'를 움켜쥐고 있었다. 일말의 승산을 노린 행동이리라. '팔찌'만 파괴하면 시합은 끝나는 거라 생각하고 있는 것이리라.

하지만 내 입장에서는 '팔찌' 따위는 어찌 되든 알 바 아니다. 시합의 승부 따위는 중요하지 않다. 내 '팔찌'가 파괴되는 대가로 카나미의 팔찌를 파괴할 수만 있다면, 그건 내 승리다.

"아아아아아아아아아아아아―――!!!!"

카나미는 포효한다. 그리고 오른손에 온 힘을 담아서 스스로의 근육이 찢어지는 것도 불사하고 내 '팔찌'를 짓부수어버렸다.

동시에 내 최후의 일격도 카나미의 왼팔에 있는 '팔찌'에 퍼부어진다.

모든 것이 부서지고 모든 승부가 결정되는 굉음이 투기장 가득 울려 퍼진다.

내 '팔찌'는 카나미의 경이적인 악력에 의해 부서졌다.

그 파편이 튀고 카나미는 웃는다. 하지만, 카나미의 '팔찌' 역시 마찬가지다. 카나미의 '팔찌'는 내가 휘두른 주먹에 의해 왼팔과 함께 짓뭉개지고, 산산조각이 나버렸다.

카나미는 천천히 부러진 팔 쪽으로―― 부서진 '팔찌' 쪽으로 시선을 돌린다.

승리의 미소가 굳어지더니 절망의 표정으로 변했다.

"아, 아아아, 아아아아아……."

지키려 하던 것을 잃었다. 그 순간 카나미의 마음은 완전히 꺾여버렸다.

동시에 보라색 마력이 사라져간다.

내가 가진 『의신의 눈』이 카나미를 속박하고 있던 '저주'가 소실되었음을 감지했다.

이제야 겨우 모든 재앙의 근원을 파괴했다.

그것을 확인하고 나는 하늘을 향해 오른손을 내뻗는다.

그리고 환희에 찬 목소리로 외친다.

승리의 선언을.

『──어때?! 내가 이겼지, 팰린크론──!!!!』

하지만 목이 졸린 바람에 그 외침은 목소리라기보다는 포효에 가까워져 있었다.

그래도 나는 온 힘을 다해 승리를 만끽했다.

『무투대회』 따위는 무대에 불과하다. 준결승 따위 어찌 되든 알 바 아니다.

스노우나 가디언도 지금은 안중에도 없다.

오직 한 가지 기쁨만이 마음속을 독점한다.

나는 이제야 나의 싸움에서 승리했다.

성탄제 날 밤부터 오늘에 걸친 길고 고된 싸움에 승리한 것이다.

성탄제 때 빼앗긴 나의 '주인공'을 되찾아냈다.

그 순간을, 그 성취감을, 그 환희를── 있는 힘껏 곱씹는다.

내 이야기의 서장이 끝나고, 새로이 1장이 시작되는 순간을 분명히 느끼고 웃었다.

◆ ◆ ◆ ◆ ◆

………….

…………………….

…………………………………….

……아주 오랜 시간 동안, 어둠 속을 돌아다닌 것 같은 기분이다.

그 세계는 더없이 편안했다.

계속 거기에 있고 싶었다.

거기에만 있으면, 더 이상 괴로워할 필요가 없었으니까. 모두가 '행복'했으니까——.

하지만 그것도 이제 끝이다.

그런 짓은 더 이상 용납될 수 없다.

거짓에 의존하지 않겠다고 맹세했다. 잘못된 길로 나아가지 않겠다고 다짐했었다.

다음 기회가 찾아온다면 두 번 다시 실패하지 않겠다고 다짐했었다……!

아아, 이제야, 모든 걸 다 기억해냈다……!

깊은 어둠의 세계에 따스한 빛이 서리고, 세계가 '진실' 앞에 드러난다.

"어, 엄청난 격투였습니다……! 피를 피로 씻는 격전…….
처절하고도 아름다운 수많은 기술들……. 의심의 여지없는
명승부……. 그런데 제가 보기에는 서로의 팔찌가 동시에
파괴된 것처럼 보였습니다만……. 과연 전투의 결과는 어
떻게 될지……?!"

수많은 목소리들이 울려 퍼진다.

나를 부르는 목소리. 걱정하는 목소리. 기대하는 목소리.
축복하는 목소리.

그 수많은 목소리들에 이끌려, 이제 나는 서서히 눈을
뜬다.

거기에는 걱정스런 표정으로 내 얼굴을 살펴보는 아름다
운 소녀의 얼굴이 있었다. 이목구비는 중성적이고 그 짧은
금발에는 내가 준 머리장식이 꽂혀 있다.

보아하니 나를 무릎에 뉘여주고 있었던 모양이다. 어둠속
에서 느껴지던 빛은 그녀의 것이었는지도 모르겠다.

그 소녀는 옆에 있는 다른 소녀와 이야기를 나누며 내게
회복마법을 걸어주고 있다.

"카나미……! 내가 바로 고쳐줄게……!!"

"아아, 결국 '팔찌'는 부서졌네……. 애초에 팔찌를 지키
면서 싸울 여유 같은 건 없었으니 어쩔 수 없지. 어때, 디
아? 고칠 수 있을 것 같아……?"

"고칠 수는 있을 것 같아. 나중에 이상이 남지도 않을 것
같고……. 아아, 다행이야……. 아니, 아직 방심은 금물이

야! 구석구석까지 빠짐없이 정화해주겠어! 내 마력으로!"

"그, 그래, 열심히 해."

나는 그녀들의 이름을 읊조린다.

"――디아, 라스티아라?"

이 소녀들의 이름은 디아블로 시스와 라스티아라 후즈 야즈.

내 동료들이다.

디아는 나를 회복시키느라 대량의 땀을 흘리고 있었다. 내 몸의 회복과 더불어 상태이상까지 회복시키기 위해서 온 마력을 총동원해주고 있었다.

라스티아라 쪽은……차마 눈 뜨고 볼 수 없을 만큼 넝마가 되어 있었다.

아름답던 옷은 곳곳이 찢어지고 투명하리만치 뽀얗던 살 갗에는 무수히 많은 상처가 나 있었다. 멍과 빨간 피의 흔적이 보기만 해도 안타까워서 견딜 수가 없을 지경이다. 무엇보다 그 아름답던 긴 머리칼이 싹둑 잘려서 짧아져 있는 것이 마음을 아프게 했다.

라스티아라는 목에 손을 대고 자기 자신에게 회복마법을 걸고 있었다.

그 목을 조른 것은 나였다.

"오오?! 카나미……가 아니라 지크인가? 정신이 들어?"

라스티아라의 아름답던 목소리는 흔적도 없이 걸걸하게 쉬어 있었다.

"라, 라스티아라……. 그 목소리……."

"아, 이거? 신경 쓸 것 없어. 금방 나을 테니까. 그보다 기억은 제대로 돌아온 거야?"

그 지적에 나는 곧바로 기억을 되짚는다.

그 과정은 격한 통증을 동반했지만 나는 개의치 않고 기억을 검사해나간다.

처음 미궁에서 방황하기 시작했을 때부터 팰린크론에게 패배했을 때까지의 시간── 그 모든 것들을 되찾아나간다.

쪼개져 있던 두 사람 몫의 기억을 통합시키는 건 신기한 감각이었다.

'지크프리트 비지터'라는 인물과 '아이카와 카나미'라는 인물이 합쳐지는 것 같은 감각.

하지만 드디어 나는 나를 되찾았다. 되찾았지만──.

"돌아왔어……. 그래, 드디어 되찾았어……. 그렇지만!!"

"어때, 감상은?"

──감상?

'지크프리트 비지터'의 기억은 너무나도 어리석어서 견디기가 힘들었다. 하지만 이 라우라비아에서 지내온 '아이카와 카나미'의 기억은 더더욱 어리석어서 견딜 수가 없었다.

그 사실이 나를 절규하게 만들었다.

"아악, 아아아악!! 아아, 이럴 수가──!!"

두 사람의 기억을 되짚어가다 보니, 이내 더 이상은 견딜 수 없는 지경에 이르렀다.

"아아! 내가! 내가 대체 무슨 짓을!!"

라우라비아에서 겪었던 기억이 시작되고── 우선 팰린크론을 생명의 은인이라 믿고 마리아와 처음 만나는 부분부터가 이미 인내심의 한계를 초월했다.

머리카락을 쥐어뜯으면서 나 스스로의 어리석음을 규탄한다.

"마리아가 내 여동생이라니! 나는 왜 의심하지 않은 거냐! 왜 알아채지 못한 거야?! 동생에 대한 내 마음이 고작 그 정도였다는 건가?! 아악, 아아아악, 이렇게 한심할 수가! 그 둘을 착각하다니, 그 둘을 볼 면목이 없잖아!!"

반성할 일은 한참 더 남아있었다.

'아이카와 카나미'로 지내왔던 기억들이 격류와도 같이 쏟아지고, 동시에 각양각색의 감정들까지 그칠 줄을 모르고 휘몰아쳤다.

"길드마스터라는 건 또 뭐야?! 조직에 얽히지 않으려고 그렇게 조심해왔으면서 그냥 얽히는 정도가 아니라 우두머리 노릇까지 하고 있었다니! 돈을 벌고 싶었으면 그것 말고도 다른 방법이 있었을 거 아냐?! 팰린크론 녀석에게 감쪽같이 속아 넘어가다니! 나는, 나란 녀석은 바보인가? 완전 바보 아냐?!"

"지, 지크는 바보가 아냐. 나보다 훨씬 똑똑하다고!"

보다 못한 디아가 변호해준다. 하지만 지금은 나에 대한 변호를 들으면 들을수록 오히려 더 나 자신이 한심해지기만 할 뿐이었다.

기억을 되짚어가는 그 여정은 스노우와의 해후로 이어진다. 다만, 어느 장면을 기억해도 얼굴이 후끈 달아오를 만큼 민망하다. 입가가 쭈뻣쭈뻣 떨리고 이상한 목소리가 튀어나왔다.

"고마워, 디아! 하지만 안 돼! 어림도 없어! 자기 패를 보여주면 안 된다고 디아한테는 그렇게 우쭐대며 설교해놓고 신이 나서 차원마법을 난사해댔어! 그것도 여기저기 가는 곳마다! 예쁘게 생긴 스노우가 칭찬해주니까 신이 났던 건가? 새로운 동료인 길드 멤버들의 인정을 받고 싶었던 건가? 자기 힘이 비정상적이라는 걸 알고 있었다면 좀 감출 생각을 했어야지!!"

나의 반성을 세라만은 신이 난 얼굴로 듣고 있었다.

지금은 그렇게 비웃어주는 편이 더 고맙다.

"라우라비아의 길드마스터라는 지위를 이용해서 멋대로 설치고 다니다니! 나라에서 받은 퀘스트 때문에 미궁에 들어갔을 때는 엘미라드를 제쳐두고 득의양양하게 힘을 과시하기까지 하고, 난 대체 뭘 하고 다닌 거지?! 엘미라드에게 굉장하다는 찬사를 받고 싶었던 건가?! 라우라비아 사람들의 칭찬을 받고 싶었던 거야?! 아아, 어떻게 그런 얄팍한 생각을!"

"지크, 좀 진정해……. 아니, 진짜 제발 좀 진정해줘……."

라스티아라가 당황한 목소리로 말한다.

내 끝없는 절규를 보고 내 상태가 심상치 않다는 걸 알아챈 모양이다.

하지만 나는 멈추지 않는다.

"미궁 탐색도 완전 날림이야! 날림도 이런 날림이 없잖아! 왜 소풍 나간 어린애처럼 30층까지 간 거야?! 사람 이야기를 좀 들어야 할 거 아냐! 가디언은 '무수한 사망자를 발생시킨 광기에 찬 괴물'이라는 이야기도 들었잖아?! 그런 곳에 왜 혼자서 가는 거야! 검이 필요하면 그냥 처음부터 만들었으면 될 걸 가지고!!"

디아는 주위의 시선을 의식하며 어쩔 줄 몰라 하고 있었다.

그래도 내 절규는 멈추지 않는다.

내 안에 쌓인 감정을 지금 당장 모조리 토해내야 한다고 생각했다.

모두에게 마음을 열고, 고민을 털어놓는 게 낫다는 것을, 과거의 실패가 가르쳐주었다.

그래서 나는 온 힘을 다해 절규를 늘어놓았다.

"30층의 가디언은 식은 죽 먹기라고?! 검술로 로웬을 이길 수 있다고?! 『무투대회』에서 우승하는 건 당연한 거라고?! 라스티아라보다 약할 리가 없다고?! 아, 그런 민망한 생각을! 쓸데없이 왜 그렇게 자신감이 넘치는 거냐! 나란 녀석은——!!"

이쯤 되니 모든 이들이 할 말을 잃었다.

그 절규는 사회자의 마이크로 들어가서 투기장 전체에까지 울려 퍼지고 있었다.

사회자도, 관객들도, 지켜보고 있을 길드 사람들도, 라우라비아에서 동료가 된 사람들도, 동료인 라스티아라 일행도 하나같이 입을 떡 벌린 채 광기에 찬 내 절규를 듣고 있었다.

"패배한 적이 없다니 순 거짓말이잖아! 팰린크론에게 졌으면서! 그것도 완패해서 포박당한 상태로 세뇌까지 당했는데! 아아, 실패의 연속이잖아! 아니, 이건 성공한 적이 거의 없었다고 해도 과언이 아닐 정도야! 디아도, 라스티아라도, 마리아도, 아르티도, 하인 씨도, 아무도 구해주지 못했잖아! 누구 하나도 구해주지 못했잖아아아아——!!"

수치도 체면도 개의치 않고 나는 절규한다.

수치라면 겪을 대로 겪었고 체면도 이미 말이 아닌 상태다.

그러니까 이제 와서 그런 걸 신경 써봤자 헛수고다.

"그리고 로웬이나 리퍼와는 왜 친하게 지낸 거야?! 그 녀석들은 몬스터잖아! 티다나 아르티와 같은 존재라고 그것들은! 왜 침식까지 같이 하고 태평하게 검술이나 배우고 있었던 거야?! 사이좋게 같이 대회 등록까지 하고!"

마지막으로 스노우와 리퍼, 그리고 로웬과의 기억을 재인식한다.

그것은 바꿔 말하자면……그 근사한 나날을 되짚어 보는 것과 같았다.

그 행복했던 나날.

여동생과 같이 머나먼 이세계에서 '행복'을 찾는 꿈같은 세계.

그 '꿈같은 세계'에서는 여동생은 웃으며 지냈고, 믿음직한 파트너인 스노우가 있었다. 가디언이며 리퍼와는 친구가 됐고, 국가 직속 길드의 길드마스터로서 동료들과 국민들의 신뢰를 얻고 있었다…….

하지만 '현실'은 여동생과는 한없이 멀리 떨어지고, 진짜 파트너인 디아의 꿈을 앗아가고 동료들은 하나도 구해주지 못했다. 가디언 아르티와 마리아와는 서로를 이해하지 못한 채 적대하게 됐고 그 누구와도 신뢰관계를 맺지 못했다…….

과거의 실패를 없었던 일로 만들고 가짜 세계로 도망쳤던 날들…….

눈가에 눈물을 매단 채, 나는 그것들을 떨쳐냈다.

"아아, 스노우에 대한 대처가 너무 엉성해! 어째서 그 녀석의 고민을 이해해주려 하지 않은 거냐?! 남에게 관심이 없으니까 무도회에서 일을 그렇게 만든 거잖아! 일이 그 지경이 될 때까지 아무것도 못 알아채다니! 일이 벌어진 뒤에는 제대로 대처하지도 못하고! 그 뒤에 뜬금없이 용 토벌이라니, 누가 생각해도 이상한 점투성이잖아! 스노우도, 로웬도, 리퍼도, 모두 다 이상했어! 하나같이 왜 제때 알아채지 못한 거야! 둔해도 너무 둔하잖아!"

그리고 그 기억의 여행은 서서히 '지금'에 가까워진다.

"『무투대회』내용도 끔찍해! 접수처 직원에게 그렇게 주의를 듣고도 어떻게 그렇게 방심할 수 있는 거냐! 엘미라드와의 시합은 완전 개판이잖아! 왜 엘미라드에게 낚여서 사랑의 고백 따위를 하고 자빠져 있는 거야! 그것도 수많은 사람들이 지켜보는 앞에서! 이성을 잃은 거 아냐?! 아무리 조바심이 났다고 해도 그렇지, 그딴 식으로 자폭해버리면 어쩌자는 거야?! 엘미라드에게 화풀이해서 어쩌자는 거야?! 화풀이를 하려거든 팰린크론 녀석에게 했어야지! 아아, 나란 녀석은 왜 이렇게 제대로 하는 일이 하나도 없는 거야?!"

나는 '아이카와 카나미'가 저지른 일들을 떠올리고 얼굴이 새빨개져서 한탄한다. 그중에서도 엘미라드 씨와의 시합은 특히 더 끔찍했다.

"의지가 약하니까 그 꼴이 나는 거야! 이 시합도 내가 제대로 처신했으면 손쉽게 끝날 수 있는 시합이었어! 이 지경이 될 때까지 싸울 필요 따위는 전혀 없었어! 라스티아라 머리카락이 잘리고 목이 졸릴 이유도 없었는데! 전부 다 내 마음이 나약했던 탓이야!!"

나는 라스티아라와 디아의 참상으로 시선을 돌리고 얼굴을 일그러뜨린다.

기억의 여행은 드디어 '지금'에 이르렀다.

자학하면 마음이 편하긴 했지만 지금은 그보다 중요한 게 있었다.

나는 성량을 낮추고 모든 것을 토해낸 마음을 가라앉히고 천천히 사과의 말을 늘어놓았다.

"아아, 나는 정말 멍청이야……. 하지만 이제 겨우 다다랐어……. 미안, 라스티아라. 거기서 끌어내놓기만 하고 끝까지 함께해주지 못했어. 디아도 나 때문에 팔까지 잃게 해놓고도 몇 번이나 위험에 빠트렸어. 정말 미안해……."

나는 어깨를 축 늘어뜨리고 고개를 숙인다.

기나긴 통곡 끝에 간신히 열이 가라앉기 시작했다.

라스티아라는 쓴웃음을 지으며 그런 나를 맞이해주었다.

"이제 좀 진정이 돼……?"

"마음이 가라앉기 시작했어……. 볼썽사나운 꼴을 보였지만, 이제 괜찮아."

냉정하게 스스로를 '주시'해서, 먼저 '상태'를 확인한다.

[스테이터스]
혼란 7.48 정신오염 0.09

상태이상은 디아의 마법 덕분에 거의 해제되어 있다.

다만 '봉인'이 사라진 탓에 '혼란'이 남아있으니 스킬 『???』가 발생할 염려가 있다는 점은 아직 남아있다고 생각해두는 게 좋을 것 같다.

방금 그 감정의 폭발 때도 발동하지 않았던 건 죽음의 위험은 없었기 때문이었을 것이다. 오히려 방금 그 감정 폭발은 정신위생상 필요한 일이었다는 게 스킬 『???』의 판단이었을 가능성이 높다.

하지만 '상태'란만 말끔해지고 약간의 컨디션 불량은 아직도 남아있는 것 같았다.

눈꺼풀이 무겁다. 선 채로 잠들어버릴 것만 같았다.

MP는 0이지만 HP는 충분히 남아있다. 하지만 체력과 HP가 서로 별개의 개념이라는 건 이미 확인된 사실이다. 당장 죽을 위험은 적지만 피로 때문에 움직이지 못하게 될 가능성은 여전히 남아있었다.

나는 양손을 연신 움켜쥐어서 어느 정도까지 싸울 수 있을지를 계산해본다.

경우에 따라서는 **지금부터 연속 전투가 벌어질 수도 있다.**

스스로에게 남은 힘을 냉정하게 확인한다. 될 수 있으면 더 이상의 전투는 회피하고 싶지만, 지금은 태평한 소리나 하고 있을 상황이 아니다.

여기서 느슨해졌다가는 지난번과 같은 결과가 될 것이라는 예감이 든다.

기억이 돌아온 마당에 성탄제 때와 같은 실수는 저지르지 않을 것이다.

이제 두 번 다시, 절대로——!

나는 스스로의 상태를 확인하고 앞으로의 일에 대해 필사적으로 고민한다. 한계에 다다르다시피 한 두뇌를 혹사시킨다.

수면부족이니 컨디션 불량이니 하는 소리를 하고 있을 때가 아니다.

솔직히 이 정도는 별것도 아니다. 성탄제 날 마지막의 절망에 비하면 이 정도는 식은 죽 먹기다.

못 견디게 괴롭고 힘들지만 죽을 정도는 아니다. 나는 이보다 더 끔찍한 상태를 알고 있다.

오늘까지 겪어 온 경험이 내 마음을 강하게 만들어주었음을 알 수 있었다.

나는 스킬 『병렬사고』를 최대한으로 구사해서 앞으로의 행동 방침을 도출해낸다.

그리고 심호흡을 하고 나서 천천히 동료들에게 말한다.

"라스티아라, 디아. 꼴사나운 모습 보여서 미안하지만, 앞으로 더 꼴사납게 발버둥 칠 일이 생길 거야……! 나는 이제 더 이상 변명하지도, 도망치지도 않을 생각이야. 이렇게 실패하는 건 이제 진절머리가 나니까……!"

"이제 원래대로 돌아왔나 보네. ……지크의 몸 상태가 최악이라는 건 어차피 알고 있으니까 신경 쓸 것 없어."

라스티아라는 정말로 안심한 듯, 나의 귀환을 반겨주었다.

뒤이어서 옆에 있던 디아도 밝은 얼굴로 말한다.

"지크! 이제야, 지크가 돌아왔구나!!"

옆에서 달려들어서 눈물이 그렁그렁한 채 내게 매달려 기뻐한다.

나도 눈물이 치밀어 오른다.

기다긴 어둠 속을 지나 이 눈부신 빛 속으로 나오니, 눈이 부실 지경이다.

하지만 감회에 젖어 있을 때가 아니다.

내 예측이 정확하다면 단 1초도 허비할 수 없다. 디아의 어깨를 붙든 다음 약간 몸을 떼어놓고 그 눈을 응시하면서 말했다.

"잠깐, 디아. 일단, 부탁하고 싶은 것과 사과하고 싶은 것이 있어. ……기억을 되찾은 나는 예전의 '지크프리트 비지터'와 동인인물이긴 하지만, 지금까지 불렀던 것처럼 '카나미'로 불러줬으면 좋겠어. 실은 '지크' 쪽이 가명이고, '아이카와 카나미'가 내 진짜 이름이거든. 앞으로는 나를 '카나미'라고 불러주면 안 될까……?"

"으, 응……? 무슨 소린지 이해가 안 돼. '지크'가 아니라고……?"

다급한 마음에, 디아를 배려하지 않은 설명을 하고 만 모양이다.

나는 찬찬히 이야기를 곱씹어서 다시 한 번 부탁한다.

"나는 '지크'이기도 하면서 '카나미'이기도 하다는 이야기야. 그 시절의 나는 아무것도 믿지 못하는 상태여서 마음의 여유가 하나도 없었어. 그래서 '지크프리트 비지터'라는 가명을 쓰면서 거짓 속으로 도망쳐 다닌 거야. 거짓말을 해서 디아의 신뢰를 져버렸다는 건 나도 알고 있어. 그래도 용서해줘. 이제 두 번 다시 거짓말은 안 할 테니까──."

"…………."

디아는 멍한 얼굴로 내 이야기를 듣는다. 하지만 아무런 대답도 하지 않았다.

역시 약속이나 규칙을 중요하게 여기는 디아에게 있어서, 내가 가명을 썼다는 사실은 받아들이기 힘든 일이었는지도 모른다. 하지만 여기서 나 자신에 대해 제대로 이야기해두지 않으면 훗날에 더 곤혹스러운 상황에 빠지게 된다.

어떻게든 디아를 설득하기 위해 나는 말을 덧붙이려 했다.

하지만 미처 내가 말을 더하기도 전에 디아는 내 예상과는 전혀 달리 내가 아닌 라스티아라에게 따지고 든다.

"──저, 저기, 라스티아라. 뭔가 좀 이상하지 않아?"

"응? 뭐가?"

디아는 얼굴을 찌푸리고 있었지만, 라스티아라는 여전히 웃고 있다.

"라스티아라, 전에 이야기했었잖아. '지크'의 기억이 돌아오면, '카나미'였을 때 있었던 일은 잊어버리게 된다고……. 내, 내가 보기에는, 어쩐지 양쪽의 기억 모두 완벽해 보이는데……."

말도 안 되는 이야기다. 양쪽 기억 모두 멀쩡하다.

라스티아라도 참, 또 무슨 무책임한 소리를 한 건지…….

순진한 디아가 라스티아라에게 감쪽같이 속아 넘어갔음을 알 수 있었다.

"아──, 그거 말이지? 그런 소리를 했었지, 참. 미안, 디

아. 그거 거짓말이었어."

"뭐, 뭐어! 거짓말?! 나, 날 속인 거야, 라스티아라?! 나는 라스티아라 말만 믿고, 민망한 것도 참고 그 옷을 입었던 거였는데! 그걸 전부! 지크는 그걸 전부 다 기억하고 있다는 거야?!"

"응. 아마, 똑똑히 기억하고 있을걸."

라스티아라는 산뜻하기 그지없는 미소와 함께 고개를 끄덕였고,

"으, 으아아아아아아아아아아아———!!"

디아가 새빨개진 얼굴로 달려간다.

"아, 도망치면 안 돼! 여기서 흩어지면 안 돼! 진짜 곤란하다니까!!"

"자, 자자잠깐! 나도 곤란해! 움직이지 마, 디아! 제발!!"

다행히 디아의 신체능력은 낮은 수준이다. 그녀는 정말로 당황한 나에 의해 포박되어 곧바로 라스티아라의 손에 의해 의식을 잃었다.

아니나 다를까 처음부터 계획대로 풀리지 않는다.

나와 라스티아라가 안심하고 한숨을 돌리고 있으려니, 어느 틈엔가 세라 씨가 『늑대화』를 풀고 인간의 형태로 돌아와 있었다. 라스티아라가 입고 있던 커다란 외투를 몸에 걸치고 있다.

"디아 님은 기절하는 게 제일 안정적이죠. 이제 안심할 수 있겠네요."

"화력이 필요한 상황이 되면 깨우자. 그때까지는 재워두는 게 좋겠어. 잠결에라도 카나미가 부숴달라고 부탁하면 뭐든지 다 부숴줄 걸, 애는."

라스티아라의 부탁에, 세라 씨는 디아를 품에 안는다.

나는 디아에 대한 그 혹독한 평가에 살짝 황당해하며 말한다.

"그 말만 들으면 그냥 위험하기만 한 애 같잖아……. 그나저나 한동안 못 보는 사이에 디아의 캐릭터가 좀 변한 것 같다는 느낌이 드는데……."

"아니, 이게 저 애의 진짜 모습이야. 디아는 괜히 폼을 잡으려고 드는 구석이 있으니까. '지크' 앞에서는 특히 허세를 부리고 있었던 거고."

라스티아라는 잠들어 있는 디아를 다정한 눈길로 바라본다.

그것은 예전의 지크가 디아를 바라보던 눈길과는 전혀 다르다. 진정으로 디아를 이해하고 있는 자의 눈매였다.

"그렇구나……. 나는 디아에 대해 전혀 이해 못 하고 있었던 거구나……. 아니, 이해하려고 하지도 않았던 것뿐이었나……."

이해할 수 있는 기회는 여러 번 있었다. 과거도 성별도 마음먹고 추궁했더라면 가르쳐줬을지도 모른다. 그렇게 했으면 진짜 디아를 만날 수 있었을지도 모른다.

하지만 나는 그 길을 선택하지 않았다.

이 세계에 온 지 얼마 되지 않았을 무렵, 나는 이세계 사람들을 게임 속 NPC처럼 여기고 있었다. 이 세계를—— 여동생이 없는 세계를 믿고 싶지 않았기 때문이다.

하지만 지금은 다르다. 믿지 않으면 앞으로 나아갈 수 없다는 걸 알고 있다.

모든 일이 마무리되면 디아와 나는 다시 한 번 자기소개를 나누고 서로의 관계를 처음부터 다시 시작해야겠다.

내가 그렇게 결의했을 때쯤 경기장 안에 숙연한 분위기가 흐른다. 짬이 난 틈을 타서 멀리서 상황을 지켜보고 있던 사회자가 다가온다.

"으, 으——음……. 뭐가 어떻게 된 건지 잘 모르겠습니다만, '시합'은 어떻게 된 건지……?"

"죄송해요. 잠깐 좀 가만히 계세요."

"아, 네."

나는 냉랭하게 물리친다.

이 사회자가 저질러온 소행에 대한 분노는 기억이 돌아온 지금까지도 선명하게 남아 있었다. 이 원한은 절대로 잊지 않을 것이다.

라스티아라도 사회자를 무시하고 이야기를 이어간다. 이제 『무투대회』따위 어찌 되든 알 바 아니라고 생각하고 있는 것이리라.

"그래서 앞으로 어떻게 할 예정인데? 지금 당장이라도 팰린크론을 쫓아갈 거야?"

"아——, 그거 말인데……. 우선은 시합을 마치자. 라스티아라, 일단 좀 져주면 안 될까?"

"뭐, 시합……? 아니, 팰린크론은?"

마음 같아서는 나도 『무투대회』 같은 건 어찌 되든 알 바 아니다. 지금 당장이라도 팰린크론을 쫓아가고 싶은 마음이 굴뚝같다.

그 녀석이 자유롭게 살아있는 것 자체가 불안요소가 된다. 1초라도 빨리 해치우고 싶다.

하지만 그랬다가는 녀석의 꿍꿍이에 넘어가는 꼴이 된다.

여기서 신중하게 움직이지 않으면 『무투대회』에 치명적인 파열음이 나게 만든다.

그 파열음은 아마 나를 연합국 밖으로 나가지 못하게 가로막을 것이다.

스노우, 리퍼, 로웬. 이 세 사람이 내 앞을 막아서게 될 게 틀림없다.

확증은 없지만 팰린크론이 만든 '감옥'이 이렇게 허술할 리 없다.

그 '감옥'을 벗어나려면 세심한 주의를 기울여가며 움직일 필요가 있다.

다만, 그 탈출계획은——

"——그건 이야기해줄 수 없어. 미안, 라스티아라."

누구에게도 이야기해서는 안 된다. 입에 담아서는 안 된다.

아니, 애초에 깊이 생각해서도 안 된다.

그렇게 했다가는 **그녀**에게 들킬 가능성이 있다.

그녀에게 들키면 이 계획은 끝장이다. 그녀의 성격으로 미루어보아, 스노우와 마리아 두 사람의 목숨 정도는 태연하게 희생시킬 것이다. 그녀에게는 그만한 각오가 있다.

시간이 흐르면 흐를수록 들킬 가능성이 늘어난다.

신속하고도 신중하게 일을 진행시켜 나가야만 한다.

"흐음……."

대놓고 비밀을 만드는 내 태도에 라스티아라는 불만스런 표정이었다.

내 기억이 돌아오면 당장이라도 연합국을 떠날 작정이었는지도 모른다.

하지만 라스티아라는 이내 냉정하게 스스로의 불만을 억누르고 이야기한다.

"나는 당장이라도 팰린크론을 추격해야 한다고 생각해. 그 가디언을 물리치는 건, 굳이 지금이 아니라도 상관없어. 로웬 아레이스는 척 보기에도 사람 좋고 선량한 사람이니까, 그냥 가만히 둬도 별문제는 안 생길 거야. 하지만 팰린크론은 달라── 그냥 내버려뒀다가는 무슨 못된 짓을 꾸밀지 알 수 없는 녀석이야."

"그건 나도 알아. 팰린크론은 용서하지 않을 거야. 지금 당장 추적해야 마땅한 적이야. 그러니까 더더욱, 아르티 때와 같은 실수를 또 저지르기는 싫어. 이대로 갔다가는 그 날과 똑같은 꼴이 될 거야."

"그게 무슨……."

라스티아라는 핵심을 얼버무리는 내 말에 얼굴을 찌푸린다.

내가 모순된 이야기만 늘어놓으니 짜증이 날 만도 하겠지.

하지만 나는 물러서지 않는다.

"라스티아라, 나를 믿어줘. 나도 라스티아라를 믿을 테니까."

과거의 내가 그랬던 것처럼 신뢰할 수 없어서 숨기는 게 아니다. 오히려 신뢰하고 있기에 아무것도 말하지 않는 것이다.

남에게만 의존하는 게 아닌 혼자 힘으로만 싸우기를 고집하는 것도 아닌── 믿을 수 있는 동료들과 힘을 모으는 게 가장 가까운 지름길이라는 것을 나는 배웠다. 그리고 지금 나는 그 교훈을 실천하려 하는 것이다.

그런 내 진지한 호소를 듣고 라스티아라는 호들갑스럽게 한숨을 지었다.

"하아……. 할 수 없지. 카나미가 그렇게까지 이야기한다면, 나도 그 말에 따라야지 뭐. 앞으로 어떻게 할 생각인지는 잘 모르겠지만……. 일단, 이 시합은 내가 진 걸로 할게."

그리고 상황을 지켜보고 있던 사회자에게 전달한다.

"사회자니──임! 라스티아라 팀은 항복──. 상대방도 인정했으니까, 우리가 진 걸로 해줘──."

하지만 사회자는 영문을 알 수 없다는 표정이었다. 관객

석 쪽에서도, 상황을 이해하지 못한 사람들이 아까부터 줄
곧 수런거리고 있다.

"저기, '심벌 떨어뜨리기' 싸움은 어떻게 된 건지요……?"

"아, 그건 아마 내 쪽이 먼저 부서졌을 거야. 하지만 분
명히 거의 동시에 부서지긴 했으니까, 서로 대화해서 승부
를 결정했어. 그 결과 우리 팀이 항복한 거지. 애석하지만,
우리 쪽이 졌어."

"뭐, 뭐라고요? 항복하는 겁니까?"

"그래."

"하지만, 아직 더 싸우실 수 있을 것 같아 보이는데요……?
아니, 애초에 라스티아라 님 쪽이 카나미 선수를 고쳐주신 것
같습니다만……."

"당사자들이 하는 이야기니까 좀 받아들여 주면 안 될까?
우리 팀의 실력으로는 카나미를 당해낼 수 없을 거라고 판
단한 거야. 그러니까, 우리는 항복. 뭐 이상한 거라도 있
어?"

협박이라도 하는 것처럼 강압적인 말투다. 라스티아라의
기세에 눌려 사회자는 고개를 끄덕인다.

"그, 그렇군요, 알겠습니다. 아무 문제도 없습니다. ──『첫
번째 달 연합국 종합기사단종 무도회』북부 및 서부 에어리어
준결승전은, 아이카와 카나미 선수의 승리입니다!"

사회자의 안내방송이 투기장 전체에 쩌렁쩌렁하게 울려
퍼진다.

이렇게 해서 나는 결승에 진출했다. 일단 이것이 첫걸음이다.

관객석의 술렁임이 한층 더 커지고 불만의 목소리가 부풀어 오른다.

무승부인 줄 알았는데, 어느새 대화를 통해 승부가 결정되고 만 것이다. 관객 입장에서는 성에 차지 않을 만도 하다. 그러나 미안하지만 이번에는 참아주기를 바라는 수밖에 없었다.

이 '무투대회 결승'은 나에게 있어서는 서장에 불과하다.

내 진정한 싸움은 아직 시작도 하기 전이건만 여기서 모조리 불태울 수는 없는 노릇이다.

시합 종료 안내방송이 울려 퍼지고 관객들의 야유가 울려 퍼지는 가운데, 나는 라스티아라에게 다가가서 소곤거리는 목소리로 말한다.

"지금부터 내가 하는 말을 잘 들어 줘, 라스티아라. 『무투대회』에서 무사히 우승하기 위해서, 부탁하고 싶은 일들이 많아."

천천히 차근차근── 그리고 중요한 부분은 숨긴 채 이야기한다.

터무니없는 부탁이라는 건 나 스스로도 잘 알고 있다.

하지만 라스티아라는 그런 내 말을 믿는 듯, 묵묵히 고개를 끄덕이며 들어 주었다.

──나는 안도한다.

자기 자신을 되찾은 라스티아라는 나를 신뢰해주고 있다. 나는 그런 라스티아라를 전적으로 신뢰할 수 있다. 그것이 더할 나위 없이 기뻤다.

　이것이 바로 진정한 의미의 동료라는 것이리라…….

　하지만 감회에 젖어 있을 시간이 없었다. 지금부터 나는 착실하게 계획을 진행시켜 나가야만 한다.

　기억을 되찾고 끈기 있기 기다려 준 동료들과 합류했다.

　그러니까 이번에는 나머지 동료들—— 스노우, 로웰, 리퍼를 구해주어야 할 때이리라.

　이번에는 절대로 그릇된 길을 걷지 않을 것이다. 이『무투대회』를 모두가 웃는 얼굴로 마무리 짓고 말 것이다.

　그 맹세를 가슴에 품고, 이제—— 나의 진정한 싸움이 시작된다.

5권입니다.

이번 표지는 리퍼가 메인이 되어서, 아슬아슬하게 남심을 공략합니다. 참고로 작가는 리퍼의 디자인을 제일 좋아합니다. 이유는 공언하지 않겠지만, 제일 좋아해요. 보고 있으면 마음이 깨끗하게 씻겨나가는 기분이 듭니다.

그리고 내용에 대해 말씀드리자면, 드디어 기대하던 장면까지 다다랐습니다. 늘 그렇듯이 페이지가 모자랄 뻔했는데, 아슬아슬하게 맞출 수 있어서 정말 다행입니다.

다만, 염원해 마지않던 장면까지 도달한 것까지는 좋지만, 그 후에 도사리는 주인공의 두 번째 청산 대상이라 할 수 있는 30층의 가디언과의 전투는 다음 권에 그려집니다.

이 라우라비아 국에서 펼쳐지는 이야기는, 1권부터 3권까지의 무대였던 발트와 후즈야즈에서 그려진 이야기와 닮은 구석이 많습니다. 동일하다고 해도 과언이 아닌 부분도 있고, 특히 히로인들이나 가디언에 대한 취급 면에서 그런 경향이 현저하다고 할 수 있죠. 두 이야기의 차이점은 성장한 주인공이 그 환경을 어떻게 극복해 나가느냐…… 하는 점이라는 게 제 생각입니다. 6권에서는 주인공이 3권과는 다른 모습을 보여줄 것입니다.

이렇게 일러스트나 볼거리에 대해서 언급하는 것도 좋겠

습니다만, 실은 『이세계 미궁의 최심부로 향하자』에는 중대한 문제가 하나 남아있습니다.

그건 바로, 이야기가 당연하다는 듯이 제목과는 무관한 방향으로 흘러가고 있다는 점입니다.

제목 그대로, 계속 미궁에서 히로인들과 희희낙락하면 좋겠습니다만, 이 이야기 속의 보스몬스터들이 툭 하면 미궁 밖으로 나오는 바람에, 저절로 미궁에 대한 묘사가 없는 권들이 이어지게 됐습니다. 이건 변명의 여지가 없는 일이니, 이 자리를 빌어 깊은 사과의 말씀을 드리고자 합니다.

정말 죄송합니다. ……작가 후기를 쓸 때마다 사죄하고 있는 것 같은 느낌이 드네요.

미궁뿐만이 아니라, 주인공의 성장과 갈등도 충분히 묘사하고 싶은 마음에 여러모로 애를 쓴 결과였습니다. 제목은 신중히 생각해서 지읍시다. 안 그러면 이 꼴이 납니다. 정말로, 다음부터는 조심하겠습니다…….

하지만, 이번이 저의 마지막 사죄가 될 것입니다. 왜냐하면 다음 권인 6권이 바로, 줄곧 WEB에서 연재해오던 제가 가장 책으로 내고 싶어 했던 부분이기 때문입니다. 자신감을 갖고 선보일 수 있는 권이 될 거라고 생각합니다.

네, 6권에서는 사죄가 없는 작가후기를 쓰고 말겠습니다. 기필코——!

끝으로, 이 5권에까지 이르는 길을 열어 주신 독자 여러분께 감사를. 여기까지 읽어주신 분들이 계시기에 여기까지 올 수 있었습니다.

물론, 항상 도움을 주고 계신 편집자님들과 일러스트레이터 우카이 씨에게도 감사를.

이 5권을 구입해주시고, 『이세계 미궁의 최심부로 향하자』에 관련된 모든 분들께 감사의 기도를 올리며, 다음 작업에 들어가고자 합니다.

그럼, 다음에 또 뵙겠습니다.

소미미디어 라이트 노벨 시리즈

고교생 마왕의 결단 1

그리하여 불멸의 레그날레 1

나선의 엠페로이더 1

나의 용사 1~2

나이트워치 시리즈 1~3

내 인생에는 심각한 버그가 있다 1

내 천사는 연애 금지! 1~2

냉장고 속에 나타난 그것(?!)이 나의 잠을 방해하고 있다 1

넥스트 헤이븐 1

데스 니드 라운드 1~3

돌아온 용사 아마기 하루토 1

뒷골목 테아트로

록 페이퍼 시저스 1

말캉말캉 츠키타마 1~3

메이드 카페 히로시마 1

메이지 오블리주 1

롬니아 제국 흥망기 1

미남고교 지구방위부 LOVE! NOVEL 1

미소녀가 너무 많아 살아갈 수 없어 1~2

바람에 흩날리는 브리건딘 1~3

밤의 공주 1

배리어블 액셀 1

백은의 구세기 1~3

불교학교에 오신 것을 환영합니다 1

선생님, 틀렸어요. 1

성검의 공주와 신맹기사단 1~2

성흑의 용과 화약 의식 1

세븐스 홀의 마녀 1

소환주는 가출 고양이 1

수국 피는 계절에 우리는 감응한다

스타더스트 영웅전 1

스트라이프 더 팬저 1

시간의 악마와 세 개의 이야기 1

신탁학원의 초월자 1

아오이와 슈뢰딩거의 그녀들

아카무라사키 아오이코의 분석은 엉망진창 1

아크9 1~2

앨리스 리로디드 1~2

여름의 끝과 리셋 그녀

연애 히어로 1

영겁회귀의 릴리 마테리아 1

용을 죽인 자의 나날 1~5

인피니티 블레이드 1

잿더미의 카디널 레드 1~2

첫사랑 컨티뉴 1

친구부터 부탁합니다

클레이와 핀과 꿈꾸는 편지 1

키스에서 시작되는 발키리 1

7인의 미사키 1

건소드. EXE 1

검신의 계승자 1~6

검은 영웅의 일격무쌍 1~5

격돌의 헥센나하트 1

굿 이터 1~2

그 대답은 악보 속에

기계 장치의 블러드하운드

나와 그녀와 그녀와 그녀 1~2

닌자 슬레이어 1~3

대마왕 자마코씨와 전 인류 총 용사

두 번째 인생은 이세계에서 1~2

래터럴 ~수평사고 추리의 천사~

랜스&마스크 1~5

모노노케 미스터리 1

모브코이

백련의 패왕과 성약의 발키리 1~4

부유학원의 앨리스&셜리 1~2

부전무적의 버진 나이프 1

사랑이다 연심이다를 단속하는 나에게 봄이 찾아왔기에 무질서 1

사이코메 1~6

생보형님

수목장

슬리핑 스트레거 1~3

시스터 서큐버스는 참회하지 않아 1~3

신안의 영웅제독 1~2

아키하라바 던전 모험기담 1~3

여기는 토벌 퀘스트 알선 창구 1~2

오컬틱 나인 1~2

요괴청춘백서

용사와 마왕의 배틀은 거실에서 1~3

한 바다의 팔라스 아테나 1

《용을 죽인 자의 나날》 아카유키 토나의 최신작 제2탄!!

치트 약사의 이세계 여행
2

아카유키 토나 지음
Kona 일러스트
이신 옮김

미소녀와 러브러브한 단둘만의 여행?!

◆초판한정◆
스페셜 책갈피 증정

"세리에를 버리는 일은 없어."

동쪽을 돌아 남부에 도착한 유지로와 세리에. 이번에는 서쪽으로 돌아 북쪽을 향해 가기로 한다. 꿈꾸는 약의 재료와 마차를 찾아 여행을 재개한 두 사람은 새로운 동료, 래그스머그 바인을 맞아들인다. 사람을 잘 따르는 바인은 반려동물로서도 전력으로서도 감사한 존재였고, 둘의 소중한 동료가 된다. 약의 정보를 손에 넣은 유지로와 세리에는 재료를 채취할 수 있는 장소를 찾아 이동을 계속하던 중 한 마을에 다다르고, 그곳에서 어떤 인물을 만나 새로운 힘을 익히게 되는데——.

Illustration kona
© Tona Akayuki / SHUFUNOTOMO Co., Ltd.

거짓된 운명에 저항하는 이세계 미궁 판타지 제 5권!

이세계 미궁의 최심부로 향하자
5

와리나이 타리사   지음
우카이 사키   일러스트
박용국   옮김

"오늘은 제가 이기겠습니다. 라스티아라 님──."

◆초판한정◆
브로마이드
스페셜 책갈피
쇼트스토리 & 캐릭터 설정 소책자
증정

"아아, 나는 정말 멍청이야⋯⋯.
하지만 이제 겨우 다다랐어⋯⋯."

"30층의 가디언을 격파하면, 진실을 가르쳐주지."
펠린크론의 제안에 무투대회에 출장하기로 한 카나미.
그 후, 스노우의 제안에 의해 용을 퇴치하러 나선 카나미는 리퍼와의 이야기를 통해, 스스로가 처한 상황에 대한 의문을 품게 된다. 기억 상실의 원흉이 팔찌라 생각한 카나미는 로웬에게 팔찌 파괴를 부탁하지만, 어째선지 로웬은 그 의뢰를 거절하고⋯⋯. 방법을 찾던 카나미에게 손을 내민 것은 예전의 그를 알고 있는 라스티아라였는데──?!
갖가지 인연이 소용돌이치는 무투대회가 막을 열고, 자신의 맹세를 똑바로 알았을 때──
소년은 〈모든 것〉을 기억해 낸다.

대인기! 로봇 판타지! 애니메이션 화!!!

나이츠&매직
4

아마자케노 히사고　지음
쿠로긴　일러스트
강동욱　옮김

에르의 전용기 등장!
나이츠&매직은 이제부터가 '진짜'!!!

◆ 초판한정 ◆
스페셜 책갈피 증정

"자, 갈까요, 이카루가…….
전쟁(축제)의… 시작입니다!"

옥시덴츠에 철과 화염의 광풍이 휘몰아친다. 서방 제일의 대국인 잘로우데크 왕국이 또 하나의 대국 쿠세페르카 왕국에 선전포고. 밀어닥치는 흑철의 기사, 심지어 미증유의 항공 병기까지 투입되어 쿠세페르카 왕국은 멸망의 날을 맞이한다. 그 와중에 프레메빌라 왕국의 제2왕자 엠리스는 쿠세페르카에 있는 고모를 구하기 위해 뛰어들고 에르네스티가 이끄는 은빛 봉황 기사단 앞에는 어찌 된 영문인지 그들이 만들어내고 그들밖에 갖고 있지 않은 최신 기술을 응용한 실루엣 나이트가 적이 되어 가로막고 있었다. 그 정체를 알아차린 은빛 봉황 기사단은 잘로우데크 왕국에 대한 적의를 분명히 한다. 적을 쓰러뜨리고 우방을 되찾기 위해 에르네스티는 갑옷 무사를 몰아 은빛 봉황 기사단에 명령을 내리는데—.

Illustration Kurogin
© Hisago Amazake-no / SHUFUNOTOMO Co., LTD

이세계 요리의 길
5

EDA 지음
코치모 일러스트
이정민 옮김

신 메뉴 '먀무구이'로 새 손님을 확보하라!!
인기 절정의 이세계 요리 판타지 제5탄!!

◆초판한정◆
어나더 커버 증정

"넌 이 목걸이를 몸에 지니는 데 충분한 일을 해내고 있어."

카뮤아 요슈의 제안으로 역참 마을에 기바 요리 포장마차를 낸 후
다양한 사람들을 만나면서 순조롭게 매출을 올리는 아스타.
그러나 『기바 버거』 하나만으로는
기바 고기의 맛을 알리는 데 한계가 있다는 사실을 깨달은 아스타는
기바 특유의 누린내 때문에 잘 먹지 못한다는 남쪽 백성을 위해
새롭게 『먀무구이』를 개발한다.
그리고 그 요리는 아스타에게
다시 새로운 만남과 사건을 가져다주는데──.

이세계 미궁의 최심부로 향하자 5

2017년 3월 8일 1판 1쇄 인쇄
2018년 12월 30일 1판 3쇄 발행

저   자 와리나이 타리사
일 러 스 트 우카이 사키
옮 긴 이 박용국
발 행 인 유재옥
본 부 장 조병권
담당편집자 정영길
편   집 권오범 김다솜 김민지 박찬솔 정영길 조찬희
라이츠담당 오유진
디 지 털 홍승범
발 행 처 ㈜소미미디어
등   록 제2015-000008호
주   소 서울시 마포구 토정로 222, 403호 (신수동, 한국출판콘텐츠센터)
판   매 ㈜소미미디어
마 케 팅 박지혜
전   화 편집부 (070)4164-3962, 3963 기획실 (02)567-3388
　　　　　　판매 및 마케팅 (070)4165-6888, Fax (02)322-7665

ISBN 979-11-5710-711-7 04830
ISBN 979-11-5710-166-5 (세트)